Sense and Sensibility is a novel by Jane Austen, published in 1811. It was published anonymously; By A Lady appears on the title page where the author's name might have been.
It tells the story of the Dashwood sisters, Elinor and Marianne as they come of age. They have an older, stingy half-brother, John, and a younger sister, Margaret, 13.
The novel follows the three Dashwood sisters as they move with their widowed mother from the estate on which they grew up, Norland Park, to their new home, Barton Cottage.
The four women must move to a meagre cottage on the property of a distant relative, where they experience love, romance, and heartbreak.
The novel is likely set in southwest England, London and Sussex between 1792 and 1797. The novel, which sold out its first print run of 750 copies in the middle of 1813, marked a success for its author.
It had a second print run later that year. The novel continued in publication throughout the 19th, 20th and early 21st centuries and has many times been illustrated, excerpted, abridged, and adapted for stage and film.

# Sence and Sensibility

經典插圖版

# 理性與感性

Jane Austen

珍·奧斯汀 著

劉珮芳 譯

The novel, which sold out its first print run of 750 copies in the middle of 1813, marked a success for its author. It had a second print run later that year. The novel continued in publication throughout the 19th, 20th and early 21st centuries and has many times been illustrated, excerpted, abridged, and adapted for stage and film.

Chapter 1

# 第一章

達許伍德家族久居薩西克斯郡，他們產業豐厚，世居位於家族產業中心的諾蘭德莊園。在以令人尊敬的生活態度過了幾代人後，達許伍德家贏得了鄰里間的普遍好評。這座莊園的前任主人終身未婚且年歲甚高，儘管其姊曾以管家之職伴他度過生命中的許多個年頭，終究早他十年辭世，莊園由此產生巨變；爲彌補喪姊之失，他將姪兒亨利．達許伍德一家迎進了家門。

亨利．達許伍德先生不僅是諾蘭德莊園在法律上的繼承人，也是莊園老主人心中屬意的遺產繼承者。老人在姪兒、姪媳和姪孫的陪伴下暢快度日，由此對他們依戀日深。亨利．達許伍德夫婦始終讓老人稱心滿意，而他們這麼做並非只是爲了自身利益，更是出於良善，他們帶給老人家在這個年紀所能得到的最大安慰；此外，姪孫的歡言笑語更是讓他的日子妙趣橫生。

亨利．達許伍德和前妻育有一子，與現任夫人育有三女。兒子性格穩健踏實、得人敬重，拜母親留下大筆財富所賜（其中半數成年後即歸他所有），經濟寬裕，況且甫成年即結婚的他，又因婚姻而另添一筆財富。因此對他而言，繼承諾蘭德莊園自然不像對妹妹們那麼重要；因爲女孩們除了從父親那兒繼承老人的產業之外，實在沒什麼錢。她們的母親身無恆產，而她們的父親所能動用的現金也只有七千英鎊；畢竟前妻的另一半遺產將來也是要留給兒子的，他只能在有生之年領用利息罷了。

後來老莊主過世了，遺囑也宣讀了，正如同世間所有的遺囑，這份遺囑也讓他們憂喜參半。在遺贈諾蘭德莊園這件事上，老人並非不公也非不知感恩，只是附加條件讓這份禮折損了一半價值。亨利・達許伍德之所以希望繼承這座莊園乃基於對妻子與女兒將來生計考量，然而，老人卻在遺囑中要他死後將莊園留給兒子，然後再留給那位現年僅四歲大的曾姪孫。如此一來，他也就無權讓最需要金錢供應的親愛家人，有任何掌管莊園或販售園中珍貴林木的機會了。

這座莊園的所有好處，都落在那個偶爾隨父母來玩、卻大得曾叔公歡心的小男孩身上了。其實，兩三歲大的孩子是很討人喜歡的，咿咿呀呀的童音、想到什麼就做什麼的童心、許多逗趣的舉動，還有不時的嬉鬧，很自然便在老人心中勝過這幾年下來姪媳、姪孫女對他的照顧。不過，他也不想虧待她們，為表示對姪孫女的愛，他留給她們每人一千英鎊。

起初亨利・達許伍德對這樣的遺囑感到非常失望，但生性開朗、樂觀的他，理所當然認為自己來日方長，只要能節儉度日，產業如此之大，要攢下一筆錢也是指日可待的事。然而，這份遲來的產業竟只歸他掌管了一年——他並沒有比自己的叔父多活太久，且身後留給寡妻與三個女兒的財產（包括他之前繼承的遺產），只有一萬英鎊。

當時，他一陷入病危便差人把兒子召來，在病榻上竭盡氣力囑咐他好好照顧繼母和三個妹妹。

留給那位現年僅四歲大的曾姪孫

插畫／Hugh Thomson（1860 - 1920）
1884年移居倫敦，開始執筆爲雜誌刊物繪製插畫，簡單線條勾勒出十九世紀鄉紳、貴族社會的人物姿態，使其作品漸受歡迎。1894年到1898年間，他爲珍·奧斯汀六部小說繪製百餘幅精美插畫，留傳至今。

約翰・達許伍德對繼母與同父異母的妹妹感情並不深，但受到當時情況和氣氛影響，他答應父親會盡力讓她們過得舒適。父親聽到這樣的承諾便放心了。此後約翰・達許伍德便審慎地思考在自己能力範圍內該為她們盡多少心力。

他並不是個壞心眼的人（除非冷漠與自私也算），其實一般而言，他頗得人敬重，處理起事務也還算得體。倘若他娶的是個親切和藹的女子，或許會更得人心，可惜他年紀紀輕輕便結婚，而且深愛著妻子，而很不幸的，約翰・達許伍德太太像是丈夫的諷刺加強版，非常小心眼又自私得很。

他在承諾父親時，曾打算給三個妹妹各一千英鎊以增加她們的財富。他當時想著自己絕對辦得到，畢竟在現有財產之外，眼下又多了新繼承的四千英鎊年收入，再加上生母的另一半遺產，他的心都暖和了起來，覺得自己有十足的力量可以行善。

「好，就給她們三千英鎊，夠大方、夠漂亮了吧！這樣她們就可以過好日子了。三千英鎊，九牛一毛罷了！」一整天，他都這麼想著，在接下來的好幾天，他還是這麼想著，而且未曾後悔。

公公的喪事一辦完，約翰・達許伍德太太便在未知會婆婆一聲的情況下，帶著孩子與僕從住了進來。沒人能質疑她入住莊園的權利，畢竟打從公公一過世，房產就是她丈夫的了，只是她的作為著實失禮，就人之常情而言，自然會惹得她那剛處新寡的婆婆非常生氣。尤其婆婆內心是個有著強烈驕傲與對慷慨抱持浪漫幻想的人，對這樣的冒犯舉動，無論是誰做的或誰受的，她都恨之入骨。約翰・達許伍德太太從沒和夫家的任何人相處得好過，但一直要到現在，才有機會讓她們領教到她做人有多冷漠無情。

做婆婆的當然深刻感受到媳婦舉止的無禮，由此極爲鄙視她，以至於媳婦一搬進來，她就想永遠離開這個家。若非長女苦心勸求，要她以大局爲重；若非出於對女兒深切的愛，她眞想一走了之；再加上爲了三個女兒日後著想，她也決定避免與她們的兄長決裂。

成功說服母親留下的長女愛蓮娜，既明理又冷靜，雖年僅十九歲，卻是母親身邊稱職的參謀，常在緊要關頭攔下母親的衝動情緒，避免她做出輕率魯莽之舉。愛蓮娜心性絕佳、性情可愛，而且感情強烈，不過，她知道該如何控制自己，而這一點是她母親所欠缺、也是她其中一個妹妹永遠不想學會的事。

次女瑪麗安，才情與愛蓮娜不相上下，事事關心、敏感聰慧，毫不克制自己的悲喜。她大方、親切、有趣，唯獨欠缺小心謹愼。她像極了她的母親。

愛蓮娜對妹妹的過度感性極爲擔憂，母親卻很賞識這樣的性格。這對母女在憂鬱痛苦中互相勉勵，兀自沉湎於哀傷的氣氛，走過了傷痛卻又不斷繼續找出傷痛，生怕被傷痛給遺忘了似的。愛蓮娜雖也飽受痛苦，卻努力掙扎振作。她做得到與哥哥坐下來談，也做得到以禮相待迎接嫂嫂進門，更試圖讓母親振作起來，鼓勵她多多忍耐。

么女瑪格麗特，好脾氣、好性情，但吸收了太多瑪麗安的浪漫情懷，倒顯得沒什麼自己的特色。只是她年僅十三歲，自然不能和正值花樣年華的兩位姊姊一概而論了。

# 第二章

眼下，約翰・達許伍德太太一逕以諾蘭德莊園女主人自居，她的婆婆和小姑則被降級成訪客身分。儘管如此，她仍維持表面的殷勤，她丈夫更是自認已無與倫比地善待她們。他的確略帶誠懇地要她們把諾蘭德當成自己家，況且達許伍德夫人還沒在附近找到住處，在對未來還沒什麼具體計畫的此番光景，也就先接受他的好意了。

能在一個一草一木無不喚起往日歡愉的地方繼續住下，自是最讓達許伍德夫人開心。在令人高興的日子裡或對未來懷抱憧憬時，沒有人能像達許伍德夫人那麼雀躍——期盼幸福來臨時，內心充盈著快樂對她來說儼然就是幸福；但面臨憂傷，她自然也比任何人都要沉溺於悲苦，任何安慰都不管用，正如她喜悅時那樣，她的悲苦也是全心全意的。

約翰・達許伍德太太一點兒也不贊同丈夫對同父異母妹妹所做的打算——竟然想從自己可愛兒子未來的財產中，拿出三千英鎊給她們，此舉會陷他們兒子於萬劫不復的貧窮境地呀！她請他再仔細考慮一下此事。他怎能打劫自己的兒子（而且還是自己的獨子）這麼大一筆錢呢？況且，他那三個在她看來根本毫無關係的異母妹妹，怎能利用他的慷慨仁慈要求這麼大一筆數目呢？大家都心知肚明，前妻的子女跟續絃妻子的子女之間，根本不會有什麼親情存在的嘛！他何必爲了給這三個異母妹妹錢，毀了自己、也拖垮他們的小哈利呢？

「可是，這是父親對我的最後要求啊，」她丈夫答道：「我應該幫忙他的寡妻和女兒們。」

「嗳，我敢說你父親當時一定不知道自己在說些什麼，他那時十之八九鐵定是頭腦迷糊啦！他當時若腦筋清楚，又怎麼會要你從自己兒子的財產當中拿出一半給別人呢？」

「我親愛的芬妮，他並沒有規定我要給她們多少錢；他只是要求我，盡可能地幫助她們，讓她們能過得比他在世時更舒適些而已。就算他讓我全權作主也是一樣的，他絕不會以爲我會置她們於不顧吧！更何況他要我答應他的請求，我也只好照辦哪，至少在當時我眞的是這麼想的。已經答應了的事，總得去做嘛！在她們搬離諾蘭德、另覓新居時，總得爲她們做點兒什麼的。」

「噢，那就爲她們做點兒什麼啊；只不過，那點兒什麼不需要是三千英鎊嘛！」她補充道：「想想看，錢一旦拿出去，可就再也拿不回來了。你的妹妹們將來畢竟是要嫁人的，那些錢可就跟著去了。其實，這筆錢實在是可以留給我們可憐兒子的……」

「啊，這麼一說，」她丈夫嚴肅地開口道：「事情就可能有很不一樣的發展了。到時候，小哈利可能會對於沒法保有這麼大一筆錢而遺憾不已。如果他將來有一大家子要養，這筆錢可是很管用的。」

「當然很管用啊！」

「那麼，也許把這筆錢的數目減半，對大家都有好處吧！一個人五百英鎊，對她們來說應該就非常夠用了。」

「噢，綽綽有餘啦！世上有哪一個哥哥會這麼照顧妹妹的？況且，她們還只是同父異母的妹妹而已！你眞是慷慨得可以哪！」

「我只是不想有愧於心，」他答道：「在這種光景下，多做總比少做好吧！至少，沒有人會認為我沒替她們著想；而就算是她們自己，也沒什麼好奢求的了。」

「她們有沒有什麼奢求，我們是不知道啦，」做太太的說道：「而且那也不是我們該關心的；重點是，你供不供得起而已哪！」

「你說得對，我想我供得起的就是每個人五百英鎊。況且就算沒有我的資助，她們每個人也可以在她們母親過世後拿到三千英鎊：這對任何一位年輕女子來說都算是很大一筆財富了。」

「千眞萬確！而且事實上，她們也不需要你的資助啦！她們將來可以平分一萬英鎊耶！如果嫁人，肯定會嫁個好人家；如果沒嫁人，三姊妹住在一起，靠一萬英鎊產生的利息過活，日子也夠輕鬆愉快的了！」

「一點兒也沒錯，那麼，總的來看，不知道爲她們那位還在世的母親做點兒事，會不會比爲她們做點兒事還來得明智；我的意思是，給她養老金之類的。這樣一來，我妹妹和她老人家都會得到好處啊！一年給個一百英鎊，大家都會樂陶陶的。」

對於他的計畫，他太太遲疑了片刻才答話。

「是啊！」她開口道：「這樣是比一下子就砸出去一千五百英鎊強啦！可是，婆婆要是再活個十五年，我們可就要賠老本了。」

「十五年！我親愛的芬妮，她活不到十五年的一半啦！」

「是沒錯，可是你仔細想想，當人們有養老金可拿時，就彷彿會長生不死似的；況且她的身體還這麼硬朗，年紀也還不到四十歲。養老金可是輕率不得的事哪，一年一年來了又去，永遠沒完沒了。你不知道你這是在下一步險棋呀！我就知道一堆有關養老金的麻煩事兒；我父親在遺囑中要我母親支付養老金給三位年老退休的僕人，後來她發現這個囑咐眞是快讓她煩死了！你得一年兩次付養老金給他們；把錢送到他們手上也是麻煩一件；然後聽說他們之中有人死了，後來又說沒這回事兒。我母親眞是不勝其煩。她說，一直這樣付錢付個不停，她的收入根本都不算是她的了；而且這樣也顯得我父親爲人刻薄，因爲要不是他有這樣的遺囑，那些錢可就完全歸我母親處理了，哪裡還會有那些個什麼限制嘛！因此，我對養老金厭惡至極，我絕不會搬這塊石頭來砸自己的腳。」

「這的確是件讓人很不舒服的事，」做丈夫的開口道：「每年要讓這許多錢從收入中流出去。你母親說得好，這樣的收入都不算是收入了。被這種要定期支付的款項綁住，眞是任誰也不願意，這簡直就是剝奪了一個人的經濟自主權啊！」

「你說得眞對，而且到頭來也沒人跟你道謝。他們覺得理當如此，你不過在做你應該做的事而已，所以沒人會感激你。假如我是你，一定隨性去做就好。我才不會拿什麼每年都要給的承諾來綁住自己。也許幾年之後，要我們付個一百英鎊或五十英鎊的，都是種負擔呢！」

「我想你是完全正確的，親愛的芬妮，還是不要有什麼養老金比較好。我偶爾興起給她們的幫助都會比這固定的年俸好得多，因爲她們要是習慣每年固定進帳的大筆收入，就會養成揮霍的生活習慣，搞不好到年底還會弄得所剩無幾呢！還是三不五時給個意思意思的作法才是上上策。偶爾送去個五十英鎊既可以幫助她們免於窮乏，又可以……啊，我想這也算是兌現我向父親的許諾了。」

「當然、當然。其實，說眞的，我一直覺得你父親沒有要你給她們錢。我敢說，他所謂的要你幫助她們，只不過是要你量力而爲罷了；比方說，替她們找個舒適的小房子住啦、幫她們搬家啦、在季節性活動中把釣到的魚或獵到的野味當作禮物送給她們，諸如此類的。我保證，他的意思就只是這樣而已。如果不是這樣，那就很奇怪、很不合理了。我親愛的達許伍德先生，請你好好想想，你的繼母和她的女兒光是靠著七千英鎊的利息可以過得多舒服啊，而且每個女兒又各擁有一千英鎊，這還可以爲她們每年各賺進五十英鎊的利息呢！不過當然啦，她們得從中支付給母親吃住等費用。加總起來，她們一家子每年有五百英鎊的進帳，這對四個女人來說夠多了吧？她們又會有什麼生活開銷呢？她們根本就沒有什麼家用好花的。她們又不會有馬車，也不會有馬，也沒什麼僕人，更不會有朋友來訪，幾乎沒有什麼需要花錢的地方嘛！你想想，她們的生活會是多麼愜意啊！一年五百英鎊耶！我看她們再怎麼花都花不到一半的錢，你居然還想給她們更多的錢，眞是莫名其妙，

我看她們再怎麼花都花不到一半的錢

應該是她們給你錢才對呀！」

「我想，」達許伍德先生開口道：「你是完全正確的，我父親對我的要求壓根兒就是像你說的那樣。我現在完全明白了，而且也會按照你所說的，嚴格執行我對父親的承諾去幫助她們、善待她們。當母親要搬家時，我一定會盡快幫她安頓好一切，送一些家具當小禮物或許也是可行的。」

「是啊，」達許伍德太太答道：「不過，有件事得考慮一下。當年，你父親和你繼母搬到諾蘭德莊園時，雖然賣掉了舊家史坦莊園的家具，但其中的瓷器、碗盤、寢具製品等等卻都保留了下來，現在，它們全都歸你繼母所有。將來她要是搬家，她們的房子肯定放不下這些東西的。」

「這的確是個非常實際的考量，那些可是珍貴的遺產哪！眞希望當中有些碗盤可以放在我們家的櫥櫃裡熠熠生輝。」

「就是說嘛，而且那裡面早餐用的瓷器組比現在這房子裡用的加倍好看。我覺得，那些瓷器比她們所能住得起的任何房子都要漂亮得太多啦！不過，也只能這樣了，你父親就只想到她們。我說啊，你也不必太感激你父親，更無須太在意他的吩咐啦！因爲我們清楚得很，如果可以，他會把全世界的東西都留給她們的！」

這點倒令人無法反駁，先前他還有點兒搖擺不定，這會兒可是吃了秤砣鐵了心；他終於決定按照妻子所言，像對待鄰居那樣和父親的妻女相處就行了，若爲她們做得太多，不是於禮無據就是純屬多餘。

Chapter 3

# 第三章

達許伍德夫人在諾蘭德又住了幾個月，倒不是因爲當初令她觸景生情的一草一木已不再撩動心弦而覺得沒有搬家必要；其實當精神一恢復過來，內心不再記掛著先前的憂鬱，而能夠開始思考一些事情時，她就迫不及待地想搬走了。她努力不懈地在諾蘭德附近尋找合適的房子，畢竟要她住得離這塊心愛之地太遠絕無可能。然而，她卻遲遲找不到能住得舒適自在、又能合乎家中那位行事謹愼長女所要求的房子——她所中意的好幾處地方，都被長女以付不起租金爲由而拒絕。

達許伍德夫人從丈夫那兒得知，他兒子曾認眞許諾要好好照顧她們母女，他因而能了無牽掛地離世。她從未懷疑這項承諾的可信度，她丈夫也是。雖然她想自己只需七千英鎊不到就可維持不錯的生活，又想到女兒們有了兄長的承諾，生活肯定無虞；想著她們兄長的好心腸，心中便充滿了感激與歡欣。這麼一來，她不禁自責當初對他的懷疑——她以前一直不相信他會這麼好心呢！但從他最近對她們母女的關懷與照顧使她相信，他會爲她們打算的，有好一陣子她都相信他眞的會慷慨解囊呢！

這半年來，達許伍德夫人因與兒子一家人住在一起，由此對媳婦爲人了解日深，而那份對她打從一開始就有的鄙夷也跟著加深。若非顧及做人家婆婆的禮儀與氣度，她倆大概無法同住一個屋簷下這麼久。此外還發生了另一件事，在她看來，這對女兒們繼續留在諾蘭德是有加分效果的。

話說，達許伍德夫人的長女愛蓮娜和約翰·達許伍德太太的弟弟之間，逐漸產生了情愫。他是個討人喜歡的紳士模樣年輕人，姊姊入住諾蘭德不久，他就來了，此後大部分時光都待在這裡。

有些為人母親者或許會從利益著眼，鼓勵女兒與艾德華·法若斯交往，因為他已過世的父親有錢得很；而有些母親可能會出於小心謹慎，不要女兒與艾德華·法若斯交往，因為除了一小筆錢之外，金錢大權全都掌握在他母親手裡；然而，達許伍德夫人卻迥異於以上這兩種母親。對她來說，只要人品端正，深愛女兒、而女兒也愛他，就已足夠。倘若彼此情投意合卻因財富懸殊而必須分開，這絕對有違她的原則；況且，若有人認識了愛蓮娜卻不被她的優點吸引，更是達許伍德夫人無法理解的。

艾德華·法若斯之所以能得到她們的青睞，憑藉的不是俊俏外表或優雅談吐。他長得不帥，言行也得在變得熟稔後才覺得有趣。他缺乏表現自己的信心，不過，一旦羞赧褪去，他就會展現出開闊、真情的胸襟。他的理解力很好，所受的教育更使他如虎添翼。然而，無論在能力或性情方面他都沒法讓母親、姊姊滿意，她們要他有顯赫的成就（儘管她們也不知道該有什麼樣的顯赫成就），總之，她們希望他當個大人物。他母親希望他對政治有點兒興趣，能躋身政界，或者可以跟有權勢的人攀上關係。他姊姊也是這麼想；不過，在這些超級願望實現之前，只要能看到他乘駕著四輪大馬車，也就能讓她略感安慰了。然而，艾德華既不想當什麼大人物，也不想乘駕四輪大馬車，他只想擁有舒服的家居生活，恬靜地過日子。所幸，他還有一個弟弟，弟弟比較能讓她們滿意。

在引起達許伍德夫人關注之前，艾德華其實已在諾蘭德住了好幾個星期，只是當時夫人心情憂鬱，對周遭事物都不感興趣。她只看到他是個謙遜寡言的年輕人，不會拿無聊至極的話題攪擾她痛苦的心靈，由此對他生出了好感。而她之所以特別注意他、甚至更進一步欣賞他，是因爲愛蓮娜某天突然提到他和他姊姊很不一樣。基於這個原因，他便在達許伍德夫人心中站穩了腳步。

「這就已經夠好了，」達許伍德夫人說道：「光說他不像芬妮這一點就已經夠好了。這表示他實在可親可愛，我眞愛他。」

「我想，您如果對他認識更深一些，」愛蓮娜說道：「您是會喜歡他的。」

「喜歡他！」她母親微笑答道：「光是喜歡，怎麼足以表達我的心情呢？」

「您可以看重他！」

「若要這樣說，我還眞不知道看重和喜愛差別在哪裡哩！」

這會兒，達許伍德夫人開始想盡辦法接近艾德華，她的態度非常親切和藹，很快便贏得了艾德華眞心信任。不多久，她就清楚了他所有的優點（或許，深信他對愛蓮娜有好感一事，增強了達許伍德夫人的洞察力吧），無庸置疑，她確實挺賞識他的。就連木訥寡言這點有違她一向主張年輕人談吐不可無趣的原則，也因他心地善良、性格溫煦而顯得無關緊要了。

達許伍德夫人一察覺他對愛蓮娜有所愛慕，便自顧自地以爲他們已達兩情相悅、進展穩定的地步，繼而揣想他們的婚期指日可待。

「我親愛的瑪麗安，再過幾個月，」她說道：「愛蓮娜的終身大事差不多就要定下來了。我們一定會很想她的，不過她一定會幸福的。」

「噢，媽媽，我們沒有了她，該怎麼辦呢？」

「傻孩子，我們又不會離得太遠。我們會住得離彼此很近，而且每天都會見面。你就要多一個哥哥啦，一個眞正的、重感情的哥哥。我看那個艾德華，可眞是越看越有趣呢！怎麼，你一臉陰鬱哪，瑪麗安，難道你不贊同你姊姊的選擇？」

「也許，」瑪麗安說道：「這有點出乎我的意料。艾德華確實很和藹可親，而且我也很喜歡他。只不過，他不是那種年輕人，他欠缺了點兒什麼，長得又不帥，一點兒也沒有那種我覺得可以讓姊姊深受吸引的魅力。他的眼睛完全沒有那種神氣、那種烈焰，可以讓人一看就感受到他內在的美德與聰穎。除此之外，媽媽，我還擔心他缺乏品味呢！音樂似乎引不起他興趣，而且就算他很喜歡愛蓮娜的畫，好像也不是很能看出它們的價值。雖然愛蓮娜畫畫時，他常待在旁邊看，但他終究只是霧裡看花罷了。他欣賞畫是因爲愛姊姊，倒不是因爲他懂畫。一個男子若想贏得我的心，非具備以上這些條件不可。要我和那些品味不合的人在一起，我實在無法幸福快樂。他必須完全體會我的感受，和我喜愛相同的書、聆聽相同的音樂而同感震撼。噢，媽媽，昨天晚上艾德華朗讀給我們聽的時候，根本沒什麼精神，一點兒也不精采！我簡直要替姊姊坐立難安了，可她倒像個沒事人似的，一點兒也沒察覺到什麼，我眞是快坐不住了。聽著那些經常讓我感動得近乎瘋狂的優美詩句，被那麼平淡死板地朗誦出來，眞是難受！」

「如果給他精簡優雅的散文唸，他一定可以表現得很好的。我當時就那麼想，可你偏偏就拿考柏[1]的詩給他。」

「才不是呢，媽媽，如果連考柏的作品都無法鼓舞他，那他還能唸什麼嘛！不過，看來我們還是得容忍不同的品味才行！愛蓮娜不像我感情這麼豐富，所以她可以不在意這種事地與他快樂生活在一起。可是如果我愛他，要是聽到他用這種毫不感性的態度朗讀詩句，我的心就要碎成片片啦！媽媽，我越是認識這個世界，越發相信我是找不到眞愛的了。我要求得太多了——他必須擁有艾德華的所有品德，還必須擁有外貌和談吐來妝點美德，好讓他顯得魅力非凡。」

「別忘了，我的寶貝女兒，你還不到十七歲，現在就說這種喪氣話還嫌太早了呢！你怎麼可能不比媽媽幸運呢？只是，希望你的命運能和媽媽大不相同！」

---

※1：考柏（William Cowper, 1731～1800），英國詩人、讚美詩作家、書信作家，同時也是翻譯家。

Chapter 4

# 第四章

「愛蓮娜，多可惜啊，」瑪麗安說道：

「艾德華對於繪畫沒什麼品味耶！」

「對繪畫沒什麼品味？」愛蓮娜答道：「你怎麼會這麼想呢？他自己不畫畫是眞的，不過，他很喜歡看別人的繪畫作品哪！而且我可以跟你保證，他絕對不乏這方面的天分，不過就是欠缺栽培而已。如果他有機會學習，一定可以畫得很好的。他就是對自己在繪畫方面的眼光很沒信心，才老是不願意開口評畫。不過，他天生具備恰到好處的鑑賞力與單純的品味，所以大致能做出適切的評斷。」

瑪麗安擔心觸怒姊姊，便不再談及這個話題；可是愛蓮娜提到艾德華那種因別人作品而產生共鳴，在她來說根本算不上品味，她覺得要對藝術作品懷有狂喜的感動才算得上有品味。儘管在心裡竊笑姊姊犯了這種錯，卻又覺得這是對艾德華偏心而使然，也就尊重姊姊的看法了。

「瑪麗安，我希望，」愛蓮娜繼續說道：「你不要認爲他欠缺品味。實際上，我也不認爲你會這麼想，因爲你對他的態度如此誠懇，假如你眞的認爲他沒有品味，又怎會如此以禮相待呢？」

瑪麗安不知該說些什麼。她一點兒也不想讓姊姊難受，可是不說出自己眞正的想法也是不可能的。終於，她答道：

「愛蓮娜，如果我對他的評價不像你給他的那麼高，請你不要生氣。我不像你有那麼多機會仔細評估他的性向、愛好及品味；不過，對於他的善良和理性，我給予最高的評價，我認爲他是一個值得尊敬且和藹可親的人。」

「我確信，」愛蓮娜微笑說道：「就算他是最親密的朋友，也不能不滿意你這番見解。你這麼說眞是再窩心也不過。」

瑪麗安很高興姊姊這麼容易打發。

「他的善良和理性，」愛蓮娜繼續說道：「我認爲，只要是常和他見面、敞開心胸和他說話的人，都會予以肯定的。他擁有傑出的理解力，只是因爲太害羞，才常保持沉默，沒有發表見解。你對他的了解已足夠對他做出中肯評判了。但至於你所謂的性向，因爲情形有點特殊，所以你沒我對他了解得多。我常和他在一起，而你總是膩在媽媽那兒。我常見到他，也研究過他的性情，更聽過他對文學作品和藝術的看法；總括來說，我認爲他學識淵博，酷愛閱讀，想像力豐富，對事物觀察入微，見解正確，品味優雅而純潔。越了解他的行事爲人，就越欣賞他各方面的才能。初見面時，他的言談當然一點兒也不吸引人，外表也很難說得上好看，直到你看見他那優於一般人的眼神，就會發現他的面貌竟如此溫厚。現在，我深深地認識他了，我覺得他很帥，至少也差不多稱得上帥。瑪麗安，你說呢？」

「愛蓮娜，我現在若認為他不帥，很快也就會認為他帥了。你既然叫我愛他如兄長，我就不會再看見他臉上有任何缺點，就像現在我在他內心看不到任何缺點一樣。」

聽妹妹這麼一說，愛蓮娜嚇了一跳，暗自後悔不該說這麼多艾德華的好話，以致洩了自己的底。艾德華在她心中地位崇高，而她也相信這個觀感是互相的，不過，她需要得到進一步確認，才好讓妹妹知道他倆情投意合，畢竟她深知瑪麗安與母親的個性——總是先來個臆測，再來就相信自己的臆測是對的；也就是說，但願變希望，希望就變冀望了。她試圖向妹妹解釋整件事的實際情況。

「我不否認，」愛蓮娜說道：「我很欣賞他，對他很有好感，我喜歡他。」

瑪麗安卻忍不住發火：

「欣賞他！喜歡他！冷然的愛蓮娜啊！噢，比冷然還糟糕！你是不好意思才這麼說的吧，你要是再用這些不著邊際的詞語，我就立刻走出去。」

愛蓮娜忍不住笑了起來。「對不起，」她說道：「請相信我，我這麼淡然平靜地談論自己的感情，絲毫沒有冒犯你的意思。我的感情確實比我敘述的要強烈得多；他的優點和他對我的心意（出於我的猜想與希望）有多少，我的感情就有多少，而沒有被魯莽或愚昧所矇蔽。事情就是這樣，除此之外你對我感情的臆測都是不可信的。他對我觀感如何，我沒有確切把握。有時候事情似乎難以捉摸，在他還沒對我表白之前，不能硬要我相信超乎事實的東西，要我過於主動。在我內心，我幾乎不會懷疑他對我是喜歡的。可是除了他的心意以外，還有許多方面需要考慮——他現在在經濟上還得仰仗他母親，而他母親為人如何我們不得而知；但就芬妮偶爾提及她母親的行為與見解來看，她不會是多麼和藹可親的人。艾德華一定沒少想過，要娶一個既沒錢、又非出身名門的女子，會遭逢多少困難吧！若以為他沒意識到這一點，那我可就錯了。」

瑪麗安這才驚訝發現，她和母親把事實想像得多麼離譜。

「所以你沒有跟他私訂終身！」她說道：「不過你們肯定很快就會這麼做的。晚點兒訂婚也好，有兩個好處呢，一來我可以不必這麼快失去你，二來艾德華也可以在你最大的興趣上琢磨一下品味，這可是你們未來幸福生活不可或缺的要素。啊，如果艾德華可以被你的天賦啓發而自己拿起畫筆，該有多好。」

愛蓮娜把自己眞心話告訴了妹妹，她不知道瑪麗安竟把她對艾德華的愛，想像得如此美好而順利。其實，有時艾德華會顯出一副無精打采的模樣，讓人覺得他若不是對她漠不關心，就是兩人前景「無亮」。況且就算他懷疑愛蓮娜不喜歡自己，也不至於顯得如此不安，更不可能常常那麼鬱鬱寡歡哪！

比較可能的解釋是他仍仰仗母親過日子，所以不敢在感情方面放縱自己。她知道他母親目前並未讓他在家中舒適過日，除非他照著母親所安排的宏大願景去走，否則別想另組家庭。有了這樣的體認，愛蓮娜是絕無可能對這份戀情輕鬆以對的。儘管母親和妹妹都一致看好，她自己倒不太肯定艾德華對她情有獨鍾。啊，他們待在一起越久，艾德華的態度似乎越曖昧不明，有時在難捱的好幾分鐘裡，她甚至相信兩人之間不過就是純友誼。

但無論艾德華行事如何低調，他姊姊一發現弟弟與愛蓮娜之間走得很近，便毫不罷休地多次對自己婆婆言行無禮、語多冒犯。她說艾德華前程似錦，她母親絕對會讓兩個兒子都娶名門閨秀，任何不自量力想引誘法若斯家少爺的年輕女子，只是自討苦吃罷了。達許伍德夫人聽了這話既不能佯裝不知，更無法忍氣吞聲，她鄙夷地回應了一聲便逕自離去，並暗下決心，無論突如其來的搬家有多麻煩、得花多少錢，她也絕不讓心愛的愛蓮娜在這種光景底下再多待一個星期。

正當心有此念之際，郵差送來一封及時雨般的信。寄信人是達許伍德夫人在德文郡的一位親戚，既有地位又有財富，他說有棟小房子可便宜租給她們。信是他本人寫的，而且措辭誠懇。信上說他知道達許伍德夫人急需一個住處，儘管目前僅能提供一棟小屋，若夫人對地點還滿意，那麼可再看看還需要些什麼，他會將一切備齊的。詳細描述了屋況和花園之後，這位紳士力邀達許伍德夫人帶女兒到他的巴頓莊園一遊，她們也可趁機看看巴頓小屋有無需要整修之處——原來，巴頓莊園和巴頓小屋坐落於同一個教區。他似乎急切地想接待她們，整封信充滿了親切與和善，教達許伍德夫人無法拒絕這位表親的好意，尤其是在這種受到近親奚落與冷漠以對的時候。

達許伍德夫人無暇深思或諮詢，一看完信便做出決定。巴頓小屋位於德文郡鄉間，距薩西克斯郡甚遠，這在幾個鐘頭前還可說是巴頓小屋的致命傷，現在卻成了首要優點。遠離諾蘭德莊園不再是壞事一樁，反倒成了衷心期盼，相較於和兒子媳婦同住一個屋簷下，簡直就是一種福氣。令人心愛的諾蘭德有了這種女人當家，與其住下或偶爾造訪，倒不如搬得遠遠的還更好些。她立刻回信給約翰．米德頓爵士，對他的仁慈表示感激，並告知願意接受他好心的安排。她隨即將兩封信都拿給女兒看，希望寄出回信前能先徵得她們同意。

愛蓮娜一向認爲住得遠一點兒，會比住在諾蘭德的熟人之中更爲明智，基於這個考量，她不反對母親搬到德文郡的想法。況且依約翰爵士所言，房子甚爲簡樸，租金也特別便宜，因此再怎麼說她都沒有反對的理由；儘管搬家這個主意不吸引人，儘管她捨不得離開諾蘭德，但並未反對母親寄出那封接受約翰爵士邀請的回信。

# Chapter 5
# 第五章

達許伍德夫人一寄出回信，便喜形於色地向兒子媳婦宣布有人要提供住處給她們，待一切打點妥當，她們就會立刻搬走，永遠不再麻煩他們。兒子媳婦聽到這項消息甚感驚訝，媳婦一言不發，兒子則禮貌表示希望她別住得離諾蘭德太遠。對此，達許伍德夫人甚爲得意地回答，說要搬到德文郡。艾德華則是一聽到她這麼說，立刻轉過頭來語帶關懷地問道：「德文郡！您眞的要搬到那兒去嗎？離這裡很遠哪！搬到德文郡的哪裡呢？」艾德華的口氣很清楚地表達了他的心思，達許伍德夫人對此再明白不過。

她清楚說明，小屋的所在地就在艾克斯特北方約四英里處。

「雖然只是間小屋，」她繼續說道：「可是我希望朋友們可以常來看我。再增建一兩間房絕對是沒有問題的；如果我的朋友不嫌麻煩遠道來看我，我也不會嫌麻煩，定當盡力接待。」

最後，她非常親切地邀請兒子媳婦到巴頓小屋來玩；對於艾德華，她更是倍加親切地相邀——上次與媳婦談過話後就下定決心，除非不得已，否則絕不繼續留在諾蘭德，不過對於那次談話的主題她才不當回事。要想拆散愛蓮娜和艾德華，對她來說絕無可能，因此故意藉著邀請艾德華到巴頓來玩向媳婦表明，她根本不把媳婦反對愛蓮娜與艾德華交往一事放在眼裡。

約翰・達許伍德則一再向繼母表示抱歉與遺憾，她要住到那麼遠的地方去，他實在無法幫她搬運行李。對此，他在良心上過意不去，因爲他本來答應父親要好好照顧他的遺孀，即便在自己東減西減之下最終決定只需幫她們搬家就好，到頭來竟連這事兒也做不到。家具決定全以水路運輸，包括寢具、碗盤、瓷器、書籍，還有瑪麗安那架漂亮的鋼琴都是。芬妮嘆著氣看著這些東西搬走，心中一陣難受——婆婆的收入跟他們相比實在不算什麼，可她卻能擁有這些精緻的傢具。

達許伍德夫人簽了一年租約，屋裡已備有家具，她隨時可以搬進去。關於合約，雙方都沒什麼異議，她只等著把在諾蘭德的一些財物處理妥當，再決定未來住家的生活調度，就可以西進了，而這一切很快便辦妥了（只要是她想做的事，一定會盡快完成）——丈夫的馬匹在他過世後不久就賣了，眼下則是賣掉馬車的大好時機，多虧愛蓮娜力勸，她總算決定賣了它。其實就她的觀點而言，爲了女兒們的舒適考量，她倒很想留下馬車，但顧慮謹愼的愛蓮娜終究說服了她。也多虧愛蓮娜的建言，她們將僕役人數減爲兩名女僕、一名男僕共三人，這是她們從諾蘭德原有僕役中挑選出來的。

搬家計畫決定後，她們隨即派遣男僕和一名女僕先到德文郡打理住處，以便迎接女主人的到來。達許伍德夫人從未見過米德頓夫人，因此她傾向直接入住巴頓小屋，而不想到巴頓莊園作客；再加上，毫不懷疑約翰爵士對小屋的描述，她想，無須先去看屋況，直接住進去就行了。急著要走的心，因媳婦那副巴望著她們離開的樣子而日益急切；表面上虛僞客氣地邀請她們再多住些時日，臉上卻總掩不住即將獨占諾蘭德的得意神色。而眼下，該是亡夫的兒子兌現當初對父親所許承諾的最好時機了。既然他當初入主諾蘭德時並未以禮相待父親的遺孀，現在她們就要搬走，該是表現一下禮貌的時候了。不過，達許伍德夫人很快便不認爲他會有何善意表現，從他的談話聽來，他所能幫上最大的忙就是讓她們在諾蘭德再多住六個月。他經常說家裡的開銷又增加了，而且大大小小、林林總總的支出永遠沒完沒了，就算他是個有身分、有地位的人也被這些費用壓得喘不過氣來；這些話讓人覺得他似乎很缺錢，所以不會把錢分給別人了。

在收到約翰・米德頓爵士第一封信後，不出幾個星期，她們未來的住處便已完全打點妥當，達許伍德夫人可以帶著女兒啓程了。

要離開她們摯愛的這個地方，一行人臨別前都流了不少眼淚。

「我深愛、摯愛的諾蘭德！」留在莊園最後一晚，瑪麗安獨自一人漫步屋外，忍不住如此輕嘆：「何時才能讓我忘情於你？何時才能另稱他處爲家？噢，幸福之所在，你能否知曉此刻凝視著你的我，心中憂苦難當？也許今日一別，後會無期！而你們，我熟稔而珍貴的林木，你們仍將繼續在風中搖曳，樹葉不因我們搬離而腐朽，樹枝不因少了我們凝視而靜止。不會的，你們不會有所改變，是喜是悲，你們冷眼以對，樹下過客是誰，你們毫不掛念。只是，來日與你們相見歡者爲誰？」

Chapter 6

# 第六章

剛踏上旅程時，她們百感交集，氣氛很是沉悶。但隨著目的地越來越近，看到即將入住的小屋附近淨是怡人的鄉間美景，逐漸覺得心曠神怡，一掃先前陰鬱。當進入巴頓山谷時，周圍景致簡直要讓人歡呼起來，那是一處讓人神清氣爽的沃土，林木蓊鬱，草原肥美。馬車在山谷間繞行一英里左右便來到了她們的小屋。小屋前方僅見一方綠意盎然的庭院，一扇簡樸的小門迎著她們入內。

若將巴頓小屋當成普通屋子來看，格局雖小，卻舒適簡約；但若將它當成郊外別墅來看就不盡完美了──樣式尋常，屋頂覆蓋著瓦片，套窗並未漆成綠色，外牆也沒有忍冬攀爬。一條窄小的通道貫穿屋內直通往後花園，前後門入口處各有一間起居室，約十六英尺見方大小；後面則是廚房、儲藏室及樓梯；此外，還有四間臥房和兩間閣樓。小屋才蓋好沒幾年，維修得也很不錯。跟諾蘭德比起來，小屋顯得小而寒傖。然而一進屋，那些因追憶往事而流連眼眶的淚水，很快便不見蹤跡。看見熱烈歡迎主人到來的僕從們，她們的精神逕自振奮了起來，無不覺得應該爲對彼此表現出高興的神情。現在才九月初，正是美好的季節，拜此美好時節所賜，她們對這棟屋子的第一印象極好，因此對它的喜愛始終不曾稍減。

小屋坐落位置極佳，屋後緊鄰起伏的山巒，山與山之間相距不遠，有些是開放的丘陵地，有些是耕地與森林。巴頓小屋的主體建築位在其中一座小山坡上，從小屋窗戶往外看，景致之優美教人驚豔。小屋前的景觀更是開闊，整座山谷景致盡入眼簾，極目眺望還可見到山谷後方的鄉村。山谷朝著小屋方向伸展開來，直至小屋所在的山坡前；此外，在兩座最陡峭的山崗之中，還延伸出另一個往其他方向而去的山谷。

對於小屋的大小和家具，達許伍德夫人大致上是很滿意的——儘管過去的生活讓她很想在現有空間再添置一些東西，她向來樂於添購東西和增建房間，且她現在有足夠的錢可以把這裡布置得更合她意。

「這間屋子，」她說道：「對我們家來說，眞的嫌小了點兒，不過我們目前就先將就一下吧！因爲今年都已經這個時候了，要改善什麼都嫌晚了。也許等到春天，如果我有了錢（我敢說會有這筆錢的），我們再來想想增建的事好了。這兩間起居室，要接待朋友都嫌太小，畢竟我希望朋友們能常來；我想如果挪出部分走道空間，再把其中一間起居室也改一改，這樣就可以有一間比較大的起居室，而較小的那間就可以拿來當玄關用了。這樣，再添個新客廳，那很容易增建的啦，再加一間臥房，樓上再弄個閣樓，這裡就會成爲一個溫馨舒適的小屋。我本來還想把樓梯也做得漂亮些，不過，人要知足才好，雖然眞的要做也是可以啦！我想，還是看看來年春天我有多少錢，再量入爲出做增建好了。」

話雖如此，她們得等一個一生從未存過錢、現在每年僅五百英鎊收入的女人存錢改建屋子，安於現狀不啻是個明智之舉。這會兒，每個人都忙著整理東西，各自擺放自己的書籍及其他物品，把這兒打理成一個家。瑪麗安的鋼琴已拆箱並裝設妥當，愛蓮娜的畫作也已經掛在她們起居室的牆上。

第二天吃過早餐後，她們仍舊在忙這些事，不久即因房東造訪而中斷。他首先歡迎她們來到巴頓，繼而熱心表示若眼前還欠缺些什麼，都可以從他家中拿來。約翰・米德頓爵士是個年約四十的英俊男子，以前曾去過史坦莊園，不過那已是好久以前的事了，因此他的小表親們都不記得他。他容貌和善，態度就跟他所寫的信一樣親切。她們的到來似乎真的讓他很高興，而且也似乎很關心她們住得舒不舒適。談話中，他不時提到希望兩家人能夠密切往來，並力邀她們在小屋整理妥當之前，每天都到巴頓莊園用餐；他的殷勤邀約真讓人有些難以招架，但還好沒有人因此而生氣。他的好心可不是耍耍嘴皮而已，他離開小屋後不到一個鐘頭，就有人從莊園送來一大籃蔬菜水果，天黑之前又有人送來當季野味。他還堅持幫她們到郵局寄信拿信，並且每天非得把自己的報紙也送來給她們看不可。

米德頓夫人也託丈夫帶來口信，她極為客氣地表示，希望在不打擾達許伍德夫人的情況下前來拜訪，達許伍德夫人自然也非常客氣地邀米德頓夫人過來坐坐。第二天，米德頓夫人便過來看望她們。

這位決定了她們在巴頓能不能住得愉快的夫人，她們當然亟欲見到，而她雍容高雅的外貌確實讓人印象極佳。米德頓夫人年約二十六、七歲，長相標致，身材修長出眾，談吐優雅。她的言行擁有她丈夫所欠缺的一切高雅，只是，若能分得她丈夫的一些坦誠與溫和會更好；不過，她在小屋待得太久，逐漸使人對她的好印象打了些折扣——儘管出身名門、教養極佳，卻有些做作、冷漠，在說完尋常的禮貌問候話語後，便無話可聊了。

不過，也不需要特別聊些什麼，畢竟約翰爵士非常健談，米德頓夫人也有備而來。她帶著他們的長子同行（一個很可愛的六歲小男孩），也就是說，萬一陷入不知要說什麼的窘境，可愛的小男孩總能爲女士帶來話題，畢竟她們總得知道小男孩叫什麼名字、幾歲啦，稱讚他長得眞可愛之類的，而且她們也會問小男孩問題（儘管母親會代他回答）。只是，小男孩總低著頭黏著母親，這一點倒教他母親非常驚訝——何以在人前如此害羞靦腆，在家裡卻吵翻天呢？但凡到人家家中正式拜訪，總得帶孩子同行，以免陷入缺乏話題的困境。眼前，這班人已花了十分鐘左右討論這孩子長得像父親或母親，以及在五官上有哪些部分特別像誰，當然啦，每個人看法不一，而且都覺得其他人怎麼會那麼想。

達許伍德一家很快就有這麼一個機會，爲米德頓家的其他孩子展開容貌長得像誰的爭論，只因約翰爵士怎麼也不肯離開小屋，除非她們答應隔天前往巴頓莊園用餐。

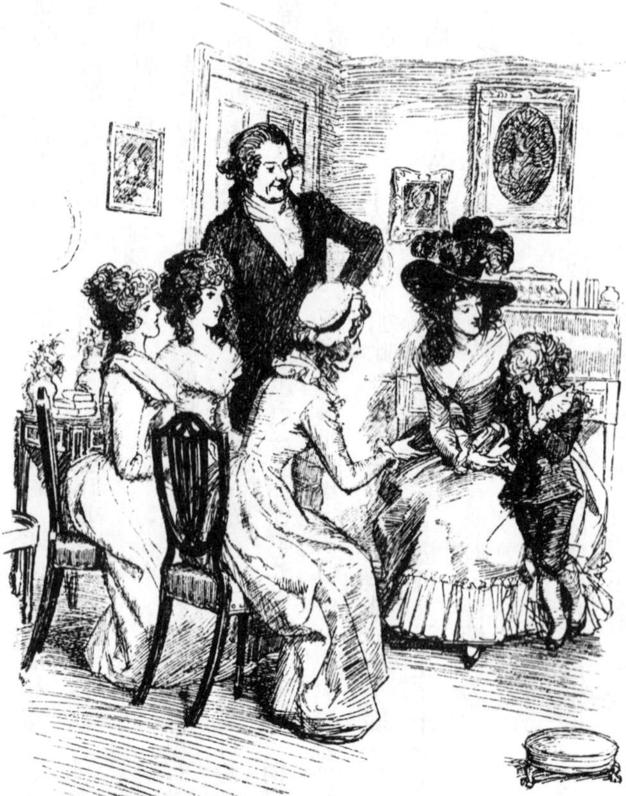

怎麼在人前這般害羞靦腆

Chapter 7

# 第七章

巴頓莊園距小屋約半英里路程，達許伍德一家在搬遷至巴頓小屋的路上曾經經過，但置身小屋時則因山坡阻隔而看不到莊園。巴頓莊園的房子大而宏偉，米德頓家的生活方式好客而高雅；好客乃約翰爵士心靈上的滿足，高雅則是夫人的心願。他們家幾乎從不乏友人相伴，所辦聚會也是鄰里之中名目最多、最頻繁的。這對於夫婦倆的生活幸福而言是不可或缺的，儘管他倆個性或外顯行爲大不相同，卻有個強烈的共通點，那就是欠缺才能與品味，因此他們最拿手的事無關貢獻社會，而是將自己侷限在一方小天地裡——約翰爵士是個狩獵家，米德頓夫人則是位母親；他狩獵動物，她照顧小孩；米德頓夫人一年到頭都可以在家寵小孩，約翰爵士的狩獵活動一年之中卻只有半年時間而已。他們只能藉著不斷在室內或室外舉辦聚會活動，稍稍彌補先天或後天的不足，好讓約翰爵士常保精神奕奕，也讓系出名門的夫人有機會露露臉。

米德頓夫人非常以自家餐桌上的美味及家中擺設自豪，這些聚會大大滿足了她的虛榮心，是以樂此不疲。約翰爵士喜愛舉辦聚會，倒出於比較眞誠的原因——他非常喜歡邀請一大群年輕人到屋子裡來擠得滿滿的，屋子擠不下甚至得到外頭去；他們越吵鬧，他越高興。他對鄰里間的年輕人來說簡直是大恩人，夏天他會在戶外舉辦宴會，供應冷火腿與雞肉讓大家食用；冬天他會辦私人舞會，次數多到讓每位已屆社交年齡的女孩跳得心滿意足。

鄉里間來了戶新人家，對他而言就是來了新樂趣。巴頓小屋的這群新住戶，他怎麼看怎麼滿意。達許伍德家的小姐們不僅年輕貌美，而且態度自然不做作，光這樣就足以博得他的好感（不做作是一個漂亮女孩最需要的東西，唯有這樣才能與美麗外表相稱）。他個性友善，樂於接應生活景況不若以往的人。因此，在對這幾位表親展現善意時，他眞的感受到一種做爲好心人的快樂；而把這全都是女性成員的一家子安置在自己的小屋中，也讓他的狩獵家精神得到了滿足（這位獵人向來只看重男性獵人同伴，但倒也不常放他們入住自家宅院就是了，以免他們被狩不完的獵籠壞）。

達許伍德夫人和她的女兒來到約翰爵士家門口當即受到熱烈歡迎，他毫不矯情地眞心歡迎她們來到巴頓莊園，並在招呼著進客廳時，又重提前一天已關心過的話題，一再爲莊園裡沒有任何俊俏的年輕人可陪她們而道歉。他告訴她們，目前在莊園裡，除了他以外，只有另一位男士在。那位男士是他的好友，目前住在莊園裡，可是他既不年輕也不好玩。約翰爵士希望她們多多包涵這場規模很小的宴會，並保證以後絕不會再有這種情形發生。那天白天他跑了好多戶人家，希望多邀幾個人來，然而正値明月皎潔時節，每個人晚上都已排滿活動。所幸，米德頓夫人的母親在宴會開始前一個小時抵達，她是個溫和有趣好相處的人，約翰爵士希望這些年輕小姐能因此不感到無聊。達許伍德家的小姐和她們的母親一樣，非常滿意宴會上只有兩位陌生人，而且心中暗自希望最好不要再有人來了。

米德頓夫人的母親詹寧斯太太，是位性情和善、個性爽朗的胖老太太。她話很多，狀似快樂，而且滿庸俗的。她不停地說著笑話，不斷地笑著，晚餐結束前已就情人和丈夫這個議題發表了許多似是而非的好笑言論，還說希望小姐們沒把情人或丈夫留在薩西克斯郡才好，還不管人家有沒有臉紅都佯稱看到她們臉頰一片緋紅。瑪麗安因姊姊的關係而覺得有些生氣，她轉眼看向愛蓮娜，看她如何應付這樣的攻擊，哪知妹妹眞切的眼神卻比詹寧斯太太的揶揄更教愛蓮娜難受。

布蘭登上校的言行舉止，看起來一點兒也不像約翰爵士的朋友，就好比米德頓夫人一點兒也不像爵士的太太，而詹寧斯太太一點兒也不像米德頓夫人的母親一樣。布蘭登上校很沉默，很陰鬱，但長得倒不難看；長得雖不帥，面貌卻甚聰穎，談吐也特別溫柔；但在瑪麗安和瑪格麗特看來，他是個十足的老光棍，因爲他已年過三十五。

整場宴會中，達許伍德一家似乎沒覺得與哪一位特別投契。米德頓夫人的冷漠乏味比起布蘭登上校的陰鬱嚴肅來得更讓人討厭，即便是約翰爵士和他岳母的喧鬧歡笑都還顯得有趣些。米德頓夫人似乎在晚餐後當四個吵吵鬧鬧的孩子進來時才變得開心，他們不時地拉拉她，扯扯她衣裳，打斷大人們在談論的話題。

稍晚，當大家發現了瑪麗安的音樂天賦時，便力邀她演奏一曲。鋼琴的鎖已經打開，眾人已準備好要聆聽。應眾人請求，歌藝極佳的瑪麗安走到鋼琴旁，拿起米德頓夫人結婚時帶過來的樂譜，彈唱了其中最好聽的幾首歌曲；這些樂曲本是慶賀結婚用的，不想米德頓夫人婚後放棄了音樂，便就此擺在鋼琴上，即可能蒙塵以終。但根據詹寧斯太太的說法，她女兒可是琴藝精湛哪，就連本人也說自己是很喜歡音樂的。

瑪麗安的表演獲得了熱烈掌聲。約翰爵士每聽完一曲總要高聲叫好，可也總在每一曲的演唱時大聲與旁人交談。米德頓夫人不時要約翰爵士安靜，以免妨礙旁人專心聆賞樂曲，自己卻老是點唱瑪麗安才剛唱過的歌。整場宴會中，布蘭登上校是唯一一位沒對瑪麗安的表演展現癡狂的人，他是以仔細聆聽來表達讚許。瑪麗安也因他是這群人當中唯一有品味的人，而對他還算尊敬。儘管他對音樂的喜愛不像瑪麗安那樣來到如癡如醉的境界，但相較於周遭這群對音樂無動於衷的人，他還是很值得尊敬的；況且他已經三十五歲了，情緒的波瀾理應難以湧上心頭，瑪麗安想想，也就包容他了。基於同理心的立場，她願意包容上校這番已步入中年生活男子的舉止。

Chapter 8

# 第八章

詹寧斯太太是個繼承丈夫豐厚遺產的寡婦，她只有兩個女兒，而且有幸在有生之年看到她們都嫁得很好，因此現在閒閒沒事做的她便把撮合天底下人當成了要務。爲達成使命，她熱心得很，只要能力所及，絕不錯過任何將所認識年輕男女送作堆的機會。她很擅長快速察覺彼此有意的有情人，她還會暗示女孩，說她所心儀的對象也對她有意，藉此讓女孩臉紅，也讓她們暈陶陶的，她很喜歡享受這種樂趣；而這種獨到的眼力也在她來到巴頓莊園後不久即判定——布蘭登上校愛上了瑪麗安。在他們第一次見面那個晚上，上校凝神傾聽瑪麗安唱歌，就已讓她大爲起疑，而達許伍德家回請米德頓一家到小屋用餐時，布蘭登上校又再次凝神諦聽瑪麗安歌唱，更確認了詹寧斯太太的假設爲眞。一定是這樣，她確信自己的觀察無誤。這眞是天作之合，因爲他有錢，她美貌。早在詹寧斯太太因約翰爵士的關係初次見到布蘭登上校時，就已經急著要幫他找個好對象，況且幫所有年輕貌美的女孩找到歸宿，更是她樂此不疲的事。

撮合別人帶給她的立即好處，就是可以盡情地開男女雙方玩笑。在巴頓莊園裡，她取笑布蘭登上校，在小屋則取笑瑪麗安。對布蘭登上校來說，因爲只關乎他一人，便不以爲意，所以詹寧斯太太或許開得成玩笑；但對瑪麗安來說，她先是不解，及至弄清楚怎麼回事，卻不知該因爲荒謬而好笑，還是該因爲無禮而生氣，她覺得這麼說簡直沒顧慮到上校那把年紀和他那孤獨的老光棍景況。

達許伍德夫人卻認爲，一個比自己小五歲的男人比起她荳蔻年華的女兒，並不見得有多老，於是想澄清詹寧斯太太那有關他年齡的揶揄之舉。

「可是，媽媽，您或許不認爲這是居心不良的作法，但不能否認這是一件很荒謬的事吧！布蘭登上校的確比詹寧斯太太年輕得多，但他年紀大得足以當我爸爸啦；更何況，他如果還有力氣談戀愛，一定也早就太上忘情了。這實在太荒謬了！如果年齡和衰老尚且不能讓一個男人遠離這種荒謬之事，那他什麼時候才能長點兒智慧呢？」

「衰老！」愛蓮娜說道：「你說布蘭登上校衰老？我想，在你看來，也許他的年紀比媽媽還要老，可是你也不能否認，他的身體還很健壯吧？」

「你沒聽他在抱怨風濕痛嗎？那不是老年人的通病嗎？」

「我親愛的孩子，」她母親笑著說道：「照這種情形來看，你可就要因爲我的衰老而驚駭連連了；甚至，我還能活到四十歲這樣的高齡，在你看來不啻是奇蹟了。」

「媽媽，您這麼說對我不公平。我知道布蘭登上校還沒有老到讓他朋友擔心會蒙主寵召的地步，他也許會再多活上二十年。只是，三十五歲實在和結婚沾不上邊嘛！」

「也許，」愛蓮娜說道：「三十五歲最好不要和十七歲有婚姻的連結。可是，如果碰巧出現了一個二十七歲的單身女子，我倒不認爲，三十五歲的布蘭登上校就應該拒絕跟她結婚。」

「一個二十七歲的女子，」瑪麗安停頓了一會兒說道：「無法再感受到愛情或燃起愛情的火花了；如果她的家不夠舒適，她也沒什麼錢，我想，也許可以去他家當看護，取得做爲人妻者所能得到的供給與保護。所以，他如果娶了這樣一個女人，倒是沒什麼不妥。這是雙方互惠的婚姻，而且世人也沒什麼閒話可說。但在我看來，這根本不是婚姻，簡直什麼也不是。我說啊，這只是一樁買賣，雙方各取其利而已。」

「我知道，」愛蓮娜答道：「我們不可能讓你相信，一個二十七歲的女人可能愛上一個三十五歲的男人，並願意讓他成爲她的伴侶。可是，我嚴正抗議你把布蘭登上校和他妻子描繪成只能在病房裡度日，就只因爲他碰巧在又濕又冷的昨天，說起一邊的肩膀微微有些風濕痛的感覺。」

「可是他還提到了法蘭絨背心啊，」瑪麗安說道：「在我印象中，法蘭絨背心就是和疼痛、痙攣、風濕痛，以及一切老人病連在一起的。」

「如果他只是發高燒，你就不會這麼看不起他了。瑪麗安，老實說吧，你對發紅的臉頰、深陷的雙眼和急促的脈搏比較感興趣齁？」

愛蓮娜說完話走出房間後，瑪麗安隨即說道：「媽媽，關於生病這個話題，有件事我有點兒擔心，不想瞞您——我確定艾德華・法若斯一定是病了。我們搬到這兒都快兩個禮拜了，他都還沒出現過。除非他眞的身體不舒服，否則不可能遲遲不來看我們的。除此之外，還有什麼事能讓他待在諾蘭德呢？」

「那你覺得他爲什麼應該這麼快就來看我們呢？」達許伍德夫人問道：「我想不出任何他應該這麼快來看我們的理由。其實，若眞要擔心，我倒還比較擔心當時邀請他來巴頓小屋時，他那副興趣缺缺的模樣。愛蓮娜已經在期盼他來了嗎？」

「我還沒跟她提過這事兒，不過她一定是期盼他來的啊！」

「我想你錯了，因爲我昨天跟她提到替那個空房間換個新壁爐架時，她說不用急，因爲那間房暫時不會用到。」

「這就怪了！他們之間到底怎麼回事呢？他們對待彼此的方式眞讓人覺得不可思議！他們上次在道別時是多麼冷靜、多麼鎭定啊！他們在一起最後一晚所說的話是多麼沉悶啊！艾德華在道別時，對我和對愛蓮娜的態度簡直沒什麼分別，好像只是充滿關愛的兄長祝福著兩個妹妹而已。最後那天早上，我還兩度刻意讓他們獨處，沒想到艾德華兩次都莫名其妙跟在我後面走出房間。再加上，遠離了諾蘭德與艾德華的愛蓮娜，哭得卻沒我厲害。就連現在，她依然沉著克己。她什麼時候才會沮喪或憂鬱呢？她什麼時候才會避開交際應酬場面，或表現出焦躁不安與心懷不滿呢？」

Chapter 9

# 第九章

達許伍德一家現在已經舒適地在巴頓小屋安頓下來了，對房子、花園及周遭的一切都備感熟悉。曾經，她們覺得此地不及諾蘭德的一半好，現在卻覺得，這裡提供了她們自父親過世後無從在諾蘭德感受到的快樂。約翰．米德頓爵士在她們剛搬來的兩個星期裡幾乎天天來看她們，這位紳士很少見到家人忙上忙下的，對於這幾位總是忙進忙出的女士，常忍不住流露出好奇神情。

她們的訪客除了來自巴頓莊園的之外，就沒什麼人了。儘管約翰爵士熱切地要她們多跟附近人家來往，而且不只一次說他的馬車隨時可供她們使用；然而，個性獨立不喜麻煩別人的達許伍德夫人，還是決定女兒少參加社交活動爲好，而且她也不打算拜訪步行可及範圍以外的人家。因此，能符合她們交友原則的人家自然也就不太多了，況且就算是步行可達的人家，談得來、談不來也是個問題。達許伍德家的女孩早先散步時，曾在距離巴頓小屋一英里半之處、從巴頓莊園蜿蜒而來的亞倫罕山谷，發現了一座外觀宏偉的古老宅第，這幢建築讓她們想起諾蘭德莊園，也讓她們生出無限遐思，她們很想更進一步了解這座宅第。不過在打聽之後得知，擁有宅第的是一位個性仁慈的老婦人，但健康狀況不佳，因此深居大宅，不和外界往來。

她們所住的鄉間充斥著美麗路徑。當山谷因雨而泥濘，無法觸及美景時，遠處山坡就會透過小屋的每扇窗戶向她們招手，邀她們前往山頂享受清新怡人的氣息；在驟雨稍歇、曙光微露的一個值得紀念的早晨，瑪麗安和瑪格麗特決定朝著美麗山坡尋幽訪勝（連下了兩天雨，她們不想再悶在家裡了）。儘管如此，這樣的天氣仍無法讓屋裡另外兩個人放下手中的畫筆和書，即使瑪麗安告知天氣會持續放晴、烏雲都躲到山後去了，仍吸引不了她們。於是，瑪麗安和瑪格麗特聯袂出發了。

她們愉快地往山上走去，每每瞧見湛藍的天空便欣喜不已。當令人精神振奮的西南風吹拂在臉上時，她們忍不住爲留在家裡的媽媽與愛蓮娜惋惜起來。

「瑪格麗特，世界上還會有比這幸福的事嗎？我們起碼在這兒走上兩個鐘頭吧！」瑪麗安說道。瑪格麗特同意了，於是她們逆風而行，兩人歡笑著在風中走了二十多分鐘。此時，烏雲忽然在頭上集結，不一會兒，傾盆大雨立即打在她們臉上。又驚又惱的她們雖百般不願也只好往回走，因爲這附近除了她們家以外沒有可避雨之處。在此突發緊急狀況下，幸好讓她們略感安慰的是，只要全速衝下這處陡坡，就可立刻到達她們家花園門口。兩人開始衝下陡坡，起初瑪麗安跑在前面，忽然腳下一滑，摔倒了，而往前急奔的瑪格麗特也沒法立刻停下來幫她，只能順著衝力繼續往前跑，終於平安到達山下。

此時，有位帶著槍、身旁跟著兩隻玩得不亦樂乎獵犬的男士，正巧走上山來；瑪麗安跌倒時，他就在幾碼不到的距離，他立刻放下手中獵槍趕過去幫她。瑪麗安已經自己站了起來，卻因跌倒扭傷腳而站不穩。男子趨前問候，並從瑪麗安站不直的樣子得知怎麼回事，二話不說便抱起了她，將她帶下山。他們很快來到花園門口，先回到家的瑪格麗特已開了門，於是他們穿越花園，男子直接將瑪麗安抱進屋裡。此時，瑪格麗特也才剛進屋不久。男子並未立刻放下瑪麗安，而是在客廳裡找了張舒適的椅子才放她下來。

愛蓮娜和母親一看到他們進來，嚇得連忙從椅子上站起身。她們看著眼前這一幕，落在男子身上的眼光充滿著疑惑，卻也對年輕人俊美的外表隱約顯露出讚嘆；男子意識到停留在自己身上的目光，開口為冒昧闖入而道歉，並向她們解釋緣由。他態度誠懇且優雅，又長得一表人才，嗓音也深具磁性，言詞更是適切合宜。對達許伍德夫人來說，就算救了自己孩子的是個又老又醜又粗鄙的男人，尚且該對人家感激不已，何況是個年輕俊美的優雅紳士，當然更把內心的感激全寫在臉上了。

她一再向他道謝，並以一貫溫和的說話方式留他在屋裡坐會兒，然而年輕人以自己身上又髒又濕婉拒了。達許伍德夫人客氣地請他告知大名，他說自己名叫魏勒比，目前住在亞倫罕，同時請求夫人允許他明天可以前來探望達許伍德小姐。夫人隨即答應此番請求，他隨後便告辭，而他在大雨中的身影更見迷人呢！

他的英俊挺拔及翩翩風度立刻成為眾人讚賞的話題，而除了他迷人的外表之外，他英勇的行為更讓瑪麗安成為眾人取笑的對象。瑪麗安並未像其他人那樣仔細地端詳他，因為當他一把抱起自己時，她便羞紅了臉，在被抱進屋裡後，她更是不好意思看他。儘管如此，她對他的印象也已經好到足夠加入其他人對他的美言了，而且讚譽有加。他的外表和氣質都符合她最喜歡的故事裡頭的英雄形象，而他不拘小節地將她抱進屋裡，更讓人覺得這是溫柔體貼的表現。關乎他的種種都很有意思——他的名字好聽，他的住處坐落在他們最喜歡的村子裡，她更是很快便發現，原來在男士們的服裝之中，獵裝是最好看的。她忙著讓想像力奔馳，愉快回憶著此事，扭傷的腳踝似乎也就不怎麼痛了。

那天後來，待天氣再度放晴、可以出門時，約翰爵士便立刻過來看她們。眾人對他敘述了瑪麗安的意外事件後，便急急問他認不認識一個住在亞倫罕、名叫魏勒比的年輕人。

「魏勒比！」約翰爵士叫道：「怎麼，他到鄉下來了？不過，這可是個好消息。我明天過去看他，邀他禮拜四過來吃晚餐。」

「這麼說來，你認識他囉？」達許伍德夫人說道。

「當然認識啦！他每年都會到這兒來。」

「他是個什麼樣的年輕人呢？」

「我向你保證，他是個最棒的年輕人，槍法很好，而且全英國找不到比他更英勇的騎師了。」

「你能說的就只有這些嗎？」瑪麗安忿忿不平地說道：「他跟熟人相處的態度如何？他的日常生活、才華，還有天分呢？」

約翰爵士深感困惑。「老實說，」他回道：「剛才你提到關於他的那些層面，我並不是很了解。不過，他是個讓人覺得很愉快、性情很好的人，而且他擁有我所見過的最棒的一隻黑色小母獵犬。牠今天也跟他在一塊兒嗎？」

不過，正如約翰爵士無法給瑪麗安滿意的答覆一樣，瑪麗安也無法好好回答約翰爵士的問題，因爲她根本不知道魏勒比的獵犬是什麼顏色的。

「可是，他是什麼人呢？」愛蓮娜問道：「他打哪兒來？他在亞倫罕有房子嗎？」

關於這個問題，約翰爵士就有比較多情報可提供了。他告訴她們，魏勒比先生在此並無房產，他到亞倫罕來是爲了探望住在亞倫罕大宅的老太太，他是老太太的親戚，也是老太太財產的繼承人。末了還添了一句：「是的、是的，他是值得釣的金龜婿。我跟你說，達許伍德小姐，他在撒姆賽特郡還有一個屬於自己的可愛小莊園，如果我是你，我可不會因爲這椿跌下山的事件就把魏勒比先生讓給妹妹喲！而且瑪麗安小姐也不會想霸占所有男人吧？她如果不小心一點，布蘭登是會嫉妒的。」

「我倒不認爲，」達許伍德夫人帶著和善的微笑說道：「我的大女兒或二女兒會去釣魏勒比先生，因爲我不是這樣教養她們的。男士們跟我們在一起是很安全的，就算他們有再多錢也不必擔心。不過，我很高興你說他是個值得尊敬的年輕人，跟他來往並無不妥。」

「他是個很好的人，我確信，是最好的。」約翰爵士重複說道：「我記得，去年聖誕節在巴頓莊園的一個小舞會中，他從晚上八點一直跳舞跳到凌晨四點，完全沒有坐下來休息過。」

「眞的嗎？」瑪麗安閃亮著雙眼叫道：「態度優雅、精神昂揚嗎？」

「是啊！而且他早上八點就又起來，騎著馬去打獵了。」

「我就是喜歡這樣的人，年輕人就應該像這樣。不管他的興趣是什麼，總是一頭栽進去，而且樂在其中不知疲倦。」

「是啦、是啦，我知道這是怎麼一回事了，」約翰爵士說道：「我都知道了。現在你的目標就是他，可憐的布蘭登要被淘汰出局了。」

「約翰爵士，」瑪麗安溫和地說道：「你剛才的用語我很不喜歡。我討厭每個披著機智外表的平凡詞彙，而『設定某個男人爲目標』或『征服某個男人』更是其中最討人厭的說法。這種說法不但粗糙，而且狹隘；如果它們是時代的產物，也早該不耐時光的淘洗而不再流行了。」

約翰爵士不大聽得懂這番責備，但仍開懷大笑，彷彿完全理解似的，然後回應道：「是啦，我敢說會有夠多的人被你征服的，一個接著一個。可憐的布蘭登，他已經被擊敗了，我可以告訴你，雖然你來了個跌下山坡扭了腳踝，可他依然是值得你設定的好目標啊！」

# Chapter 10 第十章

「瑪麗安的救命恩人」（瑪格麗特所給的誇張封號）——魏勒比，第二天一早即登門造訪。他受到達許伍德夫人極爲熱誠的接待，一方面出於約翰爵士對他的美言，另一方面則出於感激。魏勒比在拜訪達許伍德家時發現，他偶然結識的這家人不僅通情達理、舉止優雅、互相關愛，而且屋子裡充滿家的溫馨與舒適。他不必再來第二次，就可以確定這個家的每個人都很討人喜歡。

達許伍德家的大小姐皮膚細嫩、五官標致，身材尤其婀娜多姿。而二小姐瑪麗安更是漂亮，雖然身材不及姊姊勻稱，但因較爲修長，反而更顯出眾。她長得甜美可愛，就算用巴結的詞彙說她是個美人兒也不算過分恭維。她的膚色頗深卻很澄澈，一張臉顯得明亮非凡；五官都長得很好看；笑容尤其甜美吸引人；一雙深邃的眼眸總是神采奕奕、充滿朝氣，眞可說得上人見人愛。

起初，這雙明眸對待魏勒比仍顯得矜持，畢竟想起那段英雄救美事蹟不免覺得難爲情，而尷尬的感覺一過，她便重新振作起精神，看到了在良好教養下，這位紳士所表現出的眞誠與活潑，而當聽到他對音樂及舞蹈的狂熱喜愛時，更忍不住對他投以讚嘆的目光。因此，魏勒比這次造訪達許伍德家的大部分時間裡，都是瑪麗安在跟他聊天。

其實要引得瑪麗安打開話匣子，只須告訴她任何一件有趣好玩的事就成了。如果有人提起這樣的話題，她是絕不會保持沉默的，不但不羞於討論，而且肯定盡抒己見，毫無保留。他倆很快就發現原來兩人都喜歡音樂和舞蹈，而且對這兩項藝術有著相同見解。瑪麗安大受鼓舞，爲了進一步探知他的想法便談起書本來；她興高采烈、眉飛色舞地說起自己最喜歡的幾位作家，而一個二十五歲的年輕男人，就算再不喜歡看書、對文學作品再不認識，此時此刻也會馬上對這幾位作家的作品大表贊同——他們的興趣和品味眞的非常相似啊！兩人喜歡相同的著作、膜拜相同的篇章，噢，若兩人見解略有不同，也只要她再多說兩句、明亮雙眸再閃一閃，就立刻意見一致了。他總是以她的意見爲依歸，以她熱中的事物爲興趣，在他的拜訪結束之前，兩人已經以一種多年故舊的熟稔之情愉快地聊著天了。

「瑪麗安，」他一走，愛蓮娜便說道：「才一天的光景，你就大有斬獲了啊！你幾乎已經知道魏勒比先生對每件重要事情的看法了——你知道他對考柏和司各特[2]的看法，確信他對他們的作品有適當的評價，也相信他對波普[3]的稱讚恰如其分。可是，你們這麼快就把話題聊完了，這段友誼該怎麼支撐下去呢？你們很快就會欠缺聊天的題材了。下次見面時，你們應該會聊到他對美的看

※2司各特（Sir Walter Scott, 1771〜1832）：英國歷史小說家暨詩人。

※3波普，即亞歷山大・波普（Alexander Pope, 1688〜1744）：被譽稱為英國十八世紀最偉大的詩人，深受浪漫主義詩人拜倫勳爵（Lord Byron）影響。

法，然後是他對婚姻的看法，然後就沒有可聊的話題了。」

「愛蓮娜，」瑪麗安叫道：「你這麼說公平嗎？正確嗎？我就這麼欠缺見識嗎？不過，我懂你的意思。我表現得太隨性、太快樂、太坦誠，有違傳統禮教規範。我不該那麼坦率誠實，應該靦腆含蓄、無精打采、裝模作樣，一副蠢相才對。倘若我只聊聊天氣和道路，而且每隔十分鐘才發言一次，就可以免受你這一頓非難了。」

「孩子啊，」她母親說道：「你別因爲愛蓮娜這麼說就生氣，她只是開玩笑嘛！如果她因爲你和我們的新朋友聊天聊得很愉快而想要批評你，那我會親自罵她的。」經母親這麼一說，瑪麗安才平靜下來。

魏勒比這邊則處處顯得能和這家人交上朋友很榮幸，而且也希望能發展出更密切的關係——他每天都來看她們。剛開始是以探望瑪麗安爲藉口，但隨著她們一天比一天更加親切地待他，他也就大受鼓舞，以至於後來的造訪根本無須再以瑪麗安爲藉口。瑪麗安在家休養了幾天，關在家裡卻不怎麼無聊。魏勒比是個很有本事的年輕小伙子，不但想像力豐富、神采飛揚，而且心胸開闊、熱情如火。他完全是瑪麗安最心儀的那一型；除了這些特質之外，他還長得一表人才、風度翩翩。他波濤洶湧的內心因瑪麗安對他的青睞而更加澎湃，散發出來的氣息也就更加吸引著瑪麗安。

和他在一起，逐漸成爲最讓瑪麗安開心的事。他們一塊兒讀書、談天、唱歌。他對音樂很在行，朗誦起詩歌也極富抑揚頓挫，時而深情、時而激昂，而這正是艾德華不幸所欠缺的。

他們在一起讀書、談天、唱歌

達許伍德夫人對魏勒比的看法和瑪麗安一樣，認爲他簡直完美無缺；而愛蓮娜也覺得他沒什麼可指責的缺點，除了他總是不看人、不看場合就大發自己議論之外（不過這一點倒和瑪麗安很像，也是瑪麗安挺開心的事）。魏勒比常興之所至便脫口而出對別人的批評，一旦發現有趣的事便沉溺其中，也不管身旁是否有人，更毫不在意是否合乎禮節，對一些人情世故也常不當回事，愛蓮娜由此覺得魏勒比不夠謹愼莊重；不過，他也和瑪麗安一個樣，並不認爲是這樣，而總爲自己大加辯護。

打從十六歲半開始，瑪麗安就認爲自己絕無可能遇到心目中理想的白馬王子，並爲此深覺不幸。但自從遇到魏勒比後，她開始覺得從前的自己眞是太魯莽、太沒道理了。當心情陰鬱，魏勒比帶來滿室的陽光；當心情奔放，他也總能陪伴在身旁。而他的言行舉止也在在顯示他急切地想成爲她的護花使者，況且，捨他其誰呢？

達許伍德夫人也這麼想。剛開始，她並不因爲魏勒比將繼承大筆遺產而想把女兒嫁給他，但在後來不到一個星期的時間裡，她就開始希望魏勒比能和瑪麗安在一起了，而且暗自慶幸能有艾德華和魏勒比這兩個好女婿。

至於眾人最初競相發現布蘭登上校愛戀瑪麗安一事，這會兒卻只剩愛蓮娜還看得出來而已，因爲大夥早已把焦點集中到那個比他幸運太多的對手身上去了。布蘭登上校和瑪麗安之間八字還沒一撇時是眾人揶揄的對象，現在他眞對瑪麗安動了情卻沒人理他。愛蓮娜雖不願、卻也不得不承認，當初詹寧斯太太玩笑似地說布蘭登上校喜歡瑪麗安，如今瑪麗安果然激起布蘭登上校心中的情感漣漪。魏勒比和瑪麗安之間因志趣相投而助長愛苗，布蘭登上校和瑪麗安之間性格截然不同也是一種吸引力。她忍不住要擔心，一個沉默寡言的三十五歲男人，要怎麼和一個精力充沛的二十五歲男子相抗衡呢？既然她也沒法期盼他打敗對手，只好衷心希望他淡然處之了。

愛蓮娜對布蘭登上校的評價頗爲正面——儘管陰鬱而沉默，卻是個有意思的人；態度雖嚴肅，人卻很溫和；況且，他的陰鬱沉默應該是精神上備受壓抑所致，並非天性如此。約翰爵士曾不經意透露他曾受過創傷及挫折，這證實了愛蓮娜對他是個不幸之人的假設，因此她尊敬他，也同情他。

魏勒比和瑪麗安卻總是看輕布蘭登上校，對他存有偏見，不是說他太沉悶就是說他太老，似乎無論如何非貶低他不可；或許正因如此，愛蓮娜也更加可憐他、敬重他吧！

「布蘭登就是那種人，」有天當大家談及他時，魏勒比這麼說道：「大家都稱讚，卻沒有人喜歡；大家都想拜見，卻沒有人想跟他聊天。」

「這正是我對他的看法！」瑪麗安叫道。

「話別說得那麼誇張，」愛蓮娜說道：「這麼說對他是不公道的。巴頓莊園裡的人都很敬重他，而且我每次看見他，都會去跟他聊聊天。」

「你那麼護著他，」魏勒比答道：「當然是說他好話了；至於其他人的敬重嘛，簡直就是一種責難。被米德頓夫人和詹寧斯太太這樣的女人稱讚，誰還能不視爲一種災難？只怕她們越稱讚他，別人就越要躲他呢！」

「但或許，你和瑪麗安這樣的人對他的責難，足可彌補米德頓夫人和她母親對他的稱讚——倘若她們的稱讚是一種責難，那你們的責難就是一種稱讚了，因爲你們既有偏見又不公道，她們比起你們來自然也差不到哪兒去。」

「爲了保護他，你竟然言詞刻薄起來啦！」

「噢，借你們的詞彙一用——我保護他！他呢，是個通情達理的人，而我向來就喜歡理智。是啊，瑪麗安，一個三、四十歲的男人又怎麼樣呢？他見多識廣，出過國、唸過書，也有思想。我發現當我們談論許多不同的主題時，他總能帶給我很多收穫，回答我問題時也總是從容不迫，顯得既有教養又有耐心。」

「也就是說，」瑪麗安鄙夷地高聲說道：「他告訴了你，東印度群島的天氣很熱，蚊子很凶。」

「如果我問他這方面的問題，絕不懷疑他會這麼答覆我，但碰巧這些都是我早就知道的事了。」

「也許，」魏勒比說道：「他的見識還擴及一些在印度賺了錢的財主、印度的古金幣和轎子之類的東西吧！」

「請恕我大膽地說一句——他的見聞遠在你的直率之上。不過，你爲什麼不喜歡他呢？」

「我沒有不喜歡他啊！我反倒認爲他是個很值得尊敬的人咧——擁有大家的好評，沒人要抓他的把柄；有花不完的錢、用不完的時間，還有每年兩件新外套的行頭。」

「還有還有，」瑪麗安叫道：「既沒天分，又沒品味，更沒精神；才思不敏捷，情感不熱烈，聲音單調乏味。」

「你們把他講得這麼一文不值，」愛蓮娜回應道：「用這麼多想像力編派他的不是。相形之下，我所能給他的讚賞就顯得平凡無奇了。我只能說，他是個理智的男人，很有教養、很有學識，說話溫文儒雅，而且我確信，他有一顆和藹可親的心。」

「達許伍德小姐，」魏勒比叫道：「你現在是在對我洗腦。你企圖說一堆理由要我推翻自己的想法，說服我反抗自己的意念。可是這是行不通的，你會發現我的固執一如你犀利的言詞。對於布蘭登上校，我有三個任憑你怎麼說、我都不喜歡的無解理由——在我希望天晴的時候，他就嚇我說會下雨；他嫌我馬車的布簾不好；還有，無論我怎麼說，他就是不肯買我那匹棕色的母馬。然而，如果我說他在其他方面是個無可指責之人，而且也會因此讓你高興的話，我就打算這麼說了。不過，承認他是個無可指責之人在我來說還是滿難受的，你就恩准我繼續不喜歡他吧！」

Chapter 11

# 第十一章

達許伍德夫人和女兒剛搬到德文郡時，做夢也沒想到竟有這麼多活動等著她們，請柬一張接一張，訪客更是絡繹不絕，忙得她們都沒什麼時間做正經事了。然而，事情就是這樣。待瑪麗安一康復，約翰爵士早已安排好的室內外娛樂活動便一一登場。莊園裡的私人舞會隨即展開；趁著十月雨季的歇雨空檔，河邊宴會立刻上場。舉凡這類型聚會，魏勒比絕不缺席，因爲在這種氣氛悠閒親切的場合下，正可增進他和達許伍德一家的情感互動，也更見識到瑪麗安無與倫比的美。此外，魏勒比也會趁機向瑪麗安大獻殷勤，而從瑪麗安的言行中，也得到了她非常欣賞自己的確認。

愛蓮娜並不意外魏勒比和瑪麗安彼此鍾情，她只希望他們能含蓄些。曾有一、兩次，她大著膽子勸瑪麗安注意一下在公開場合的禮儀規範，要他們稍稍自我克制。瑪麗安卻覺得這又不是什麼見不得人的事，何必裝模作樣地掩飾事實，她最討厭這樣了——一逕壓抑內心感受本來就不足稱道，在她看來，這不僅徒勞，更無異於屈從理智向假道學投降。魏勒比的想法也一樣，況且他倆可一直都是怎麼想就怎麼做的行動派呢！

有他在場，她便無暇看別人一眼。他做的每件事都是對的，他說的每句話都透露著慧黠。倘若他們在莊園裡的散場戲是打牌，那麼他一定會想盡辦法，就算犧牲自己或欺騙別人也在所不惜地要讓她贏牌。舞會時，他倆有一半以上時間都在共舞，即便到了必須交換舞伴的時刻，也總是算好位置站在一起，幾乎不和旁人打交道。這樣的行為當然招來眾人訕笑，不過這訕笑並不讓他們感到羞恥，甚至似乎連讓他們生氣的作用也無。

達許伍德夫人內心暖洋洋地完全融入兩人的熱情之中，一點兒也不想限制他倆過於火熱的舉止。在她看來，這不過是年輕人純眞的心靈加上濃烈的愛情，自然而然展現出的結果罷了。

這是屬於瑪麗安的幸福季節。她把自己的心獻給了魏勒比，先前從薩西克斯郡帶出的那份對諾蘭德的眷戀，她一直認為無法消退，此時卻因魏勒比的出現而獲得緩解，由此對現在的家生出了美好的感覺。

愛蓮娜就不覺得這麼幸福了。她的心情沒那麼輕鬆，也沒那麼喜歡這些娛樂活動。在這許多人之中，沒有一個可遞補她留在諾蘭德的那位夥伴，也沒有任何人事物可稍解她對諾蘭德的思念。米德頓夫人或詹寧斯太太都無法提供她想要的那種言談——儘管詹寧斯太太是號語不驚人死不休的人物，而且從一開始就很和善，常找她說話。她已經把自己的生平跟愛蓮娜說過三、四回了，愛蓮娜無須特別聰穎就能在她們相識後不久記得當初詹寧斯先生的病況，以及他在過世前對妻子說了些什麼；米德頓夫人則比她母親討喜，因為她話沒那麼多。愛蓮娜無須仔細觀察也知道，她之所以不多話是個性冷漠使然，跟識大體一點兒關係也沒有。米德頓夫人對待丈夫、母親及其他人的態度沒什麼不同，而跟這樣的人是沒有什麼親密關係可言的，她說的話總是千篇一律。她總是一成不變，讓人覺得乏味，就連心情也一直沒什麼變化。對於丈夫所安排的宴會，只要井然有序、且較年長的兩個孩子也陪在身邊，她就不反對；話雖如此，卻讓人感覺她在家裡坐著還是比參加宴會愉快些。她出席宴會並不會帶給賓客任何歡樂，畢竟她幾乎不跟人交談，唯一能提醒賓客女主人在場的，是她時不時得管管她調皮搗蛋的兒子們。

愛蓮娜認爲在這群新近認識的人當中，只有布蘭登上校算得上有才幹，值得交朋友，可分享言談的樂趣。魏勒比就別提了，她雖欣賞他、關心他，甚至待他如手足，但他正在熱戀中，注意力全放在瑪麗安身上，要是能分一點兒給其他人，也許會比較討大家喜歡。可憐的布蘭登上校，得不到瑪麗安善意回應，沒法將全副精力傾注在瑪麗安身上，但至少能在與愛蓮娜的談話中獲得極大安慰，由此深深補償了瑪麗安對他的冷漠。

愛蓮娜越來越同情布蘭登上校，她猜想，布蘭登上校已爲失戀所苦了。

愛蓮娜之所以如此猜測，乃因布蘭登上校脫口而出的一句話。那晚在莊園，大家都在跳舞，他倆則有志一同地坐下來聊天。布蘭登上校眼睛看著熱舞中的瑪麗安，沉默片刻後，苦笑道：「我了解，令妹是不贊成人生第二次戀愛的。」

「是呀，」愛蓮娜答道：「她滿腦子浪漫情懷。」

「或者，我該說，她認爲人生的第二次戀愛是不可能存在的。」

「我相信她是這麼想。可是我不知道，她怎麼就不想想自己的父親，也就是我們的父親他也是再婚的，她這麼想，對父親不也有失公允？也許再過幾年，等她多看點人間百態，長了點兒見識，就比較能理性看待事情了吧；到時候她的想法也就比較容易讓人接受、理解，不像現在這樣，完全不懂她在想什麼。」

「或許吧，」他答道：「其實，年輕人的偏見蘊藏著一種很可愛的情懷。要他們放棄自己的想法，轉而接受一般通俗的見解，也是很讓人難過的。」

「這一點，恕我無法贊同，」愛蓮娜說道：「瑪麗安的想法會惹出麻煩的，就算以熱情的魅力與無知爲名，也難掩其過。她有個不好的習慣，總是視禮儀規範於無物，我眞希望她能多見點世面，以裨補這方面的缺憾。」

片刻靜默之後，布蘭登上校接著說道：

「令妹是不是對人生的第二次戀愛一律反對？還是只要談起第二次戀愛就算有罪？那麼，那些在第一次婚姻中，因配偶不忠或環境多舛而遭受痛苦的人，難道就該關起心扉寂寞以終？」

「老實說，對於她所抱持的原則，細節我不太清楚。我只知道，她從不認爲有哪樁第二次戀愛是可以原諒的。」

「這樣的想法，」他說道：「不會一成不變，只要一個改變，一個性情上的徹底改變——不、不，別奢望了，年輕人的浪漫情懷一旦被迫放棄，取而代之的就是庸俗不堪的想法和危險不已的念頭。這是經驗之談。我曾認識一位脾氣和心性都和令妹極相似的小姐，她像她那樣思考、那樣判斷，但就在一連串不幸的遭遇之後，她改變了初衷……」

講到這裡他突然打住，彷彿覺得自己說得太多了，臉上表情引得愛蓮娜滿腹狐疑。如果不是他顯露出一時說溜嘴的樣子，使愛蓮娜對他所談及的那位小姐起疑，這也許就只是某人的故事罷了。其實，只要稍微費點心思，就不難將他激動的情緒和耐人尋味的過去聯想在一起。愛蓮娜並未繼續往下想。要是換成瑪麗安，可不會就此善罷甘休。她那豐富的想像力，一定很快就爲整個愛情故事構好了圖，然後一層又一層地鋪陳最令人難過的悲劇。

Chapter 12

# 第十二章

第二天，愛蓮娜和瑪麗安一塊兒散步時，瑪麗安告訴了姊姊一個消息。儘管愛蓮娜早就知道妹妹行事衝動、魯莽欠考慮，但這個消息還是讓愛蓮娜大為驚訝，深覺妹妹此事做得太過頭。瑪麗安興高采烈地告訴姊姊，魏勒比要送她一匹馬，是他在撒姆賽特郡的莊園親自馴養、專為婦女量身打造的。她壓根兒沒考慮到母親並不想養馬（如果母親改變計畫，接受了這份禮物，就得為僕人另買一匹馬，再僱個人來騎牠，然後再為馬兒蓋個馬廄），瑪麗安連想都沒想就接受了這份禮，還歡天喜地地告訴姊姊。

「他打算立刻派他的馬夫到撒姆賽特郡取馬，」她補充道：「等馬一到，我們就可以每天騎。你可以和我分享這匹馬。我親愛的愛蓮娜，想像一下，騎著馬在草原上奔馳將會多麼愜意啊！」

她不願從這麼幸福的美夢中醒來，不願面對此事所帶來的麻煩事實，還一度拒絕接受事實——再僱個人就再僱個人嘛，又花不了多少錢；她確定媽媽不會反對的，而且僕人騎什麼馬都可以；他可以隨時到巴頓莊園去牽啊；至於馬廄，搭個最簡單的棚子就夠了。後來，愛蓮娜忍不住大著膽子說，從一個所知不多、或至少是剛認識不久的人手中，收下這樣一份禮，是不是不太恰當。這麼一說，瑪麗安可受不了了。

「你錯了，愛蓮娜，」瑪麗安急切地說道：「就算我對魏勒比所知不多，事實上我們也的確認識不久，但我對他的了解卻甚於世上任何一個人，除了你和媽媽之外，他就是我最熟悉的人了。人與人之間親不親密並不是由時間或機緣決定，而取決於個性。有些人就算花了七年時間也無法彼此了解，但對有些人來說，七天卻已足夠。我要是從哥哥手裡收下一匹馬，才覺得不恰當而滿心罪惡呢！我們同住一個屋簷下好幾年，我卻不怎麼認識他；但對於魏勒比，我早就有自己的看法了。」

愛蓮娜心想要是自己夠聰明，就別再提恰不恰當這一點了。她深知妹妹的脾氣，越在這敏感話題上和她唱反調，只會讓她越固執己見罷了。話鋒一轉，愛蓮娜提到若接受這份禮物，爲了愛孩子而默默忍受著一切的母親，不知又要爲此扛下多少麻煩。瑪麗安一聽，由於不想讓摯愛的媽媽太過操煩，很快便打消了收禮念頭；她答應不再提起此事，免得媽媽衝動之下同意了她的作法，她也答應下回見到魏勒比就會婉拒這份禮物。

她果眞信守承諾。當天，魏勒比來到巴頓小屋時，愛蓮娜便聽到她低聲告訴魏勒比，很遺憾不能接受他的禮物。在此同時，她也告知不能收禮的原因，而魏勒比聽了之後也無法再要求她收禮。儘管如此，他還是很關心地問了一堆事，然後同樣低聲地說：「不過，瑪麗安，雖然你現在不能騎這匹馬，但這匹馬仍然是你的。我會一直幫你養著牠，直到你能把牠帶走爲止。在你離開巴頓莊園、建立起自己的家園時，瑪布女王（那匹馬的名字）必迎接你。」

這席話全聽進了愛蓮娜耳裡。從他所說的話、所持的態度，以及說話時只用教名稱呼自己妹妹來看，這兩個人之間已經非常親密了，言談也非常直接，簡直就是情投意合。從那時起，她就認爲這兩人無庸置疑已然私訂終身；知道這件事，對她來說沒什麼好驚訝的，倒是性格坦率的這兩個人竟能把她和任何一位朋友都蒙在鼓裡，得憑著意外才能發現這事兒，這才教人驚訝。

第二天，瑪格麗特告訴她一件事，讓此事變得更加明朗。前一天晚上，魏勒比一直跟她們在一起，有段時間客廳裡只剩瑪格麗特、魏勒比還有瑪麗安，瑪格麗特便趁機好好觀察了一下他倆。這會兒，瑪格麗特煞有介事地對她大姊說起看到的事情。

「噢，愛蓮娜，」她叫道：「我告訴你一個有關瑪麗安的祕密，我確信她很快就要嫁給魏勒比先生了。」

「你啊，」愛蓮娜答道：「自從他們在高教會山丘邂逅以來，你幾乎每天都這麼說；還有，我相信，你在還不確定他們認識滿不滿一個禮拜時，就說瑪麗安把魏勒比的畫像掛在脖子上了，結果那是我們舅公的袖珍畫像。」

「這次眞的不一樣啦！我確信他們就快結婚了，因爲他拿了她一小撮頭髮收著呢！」

「說話小心哪，瑪格麗特，那可能是他舅公的頭髮喔！」

「可是，愛蓮娜，那眞的是瑪麗安的頭髮啊！我幾乎可以肯定那是，因爲是我看到他剪的啊！昨天晚上喝過茶以後，你和媽媽一離開客廳，他倆就立刻竊竊私語起來，說得又快又急，而且他好像在要求她給他什麼東西似的，不久他就拿起她的剪刀，剪了一撮她披散在背後的長髮，拿起來親吻一下，然後用一張白紙包起來，放進他的皮夾裡。」

消息來源這麼可靠，敘述又如此詳盡，愛蓮娜不信也不行；而且她也沒有不相信的理由，因爲這和她所聽見、看見的完全相符。

但瑪格麗特小鬼靈精的表現也不是一直都讓姊姊那麼滿意。就像那次在巴頓莊園，一直很想知道愛蓮娜心中白馬王子是誰的詹寧斯太太，硬逼著瑪格麗特說，這時瑪格麗特居然邊看著她大姊，邊說：「我不能說，對不對，愛蓮娜？」

此話一出當然惹得眾人大笑，把痛苦往肚裡吞的愛蓮娜也試圖微笑以對。她知道瑪格麗特設定的人選是誰，這個名字一旦說了出來，她可無法沉著地坐在那兒聽詹寧斯太太對此大加取笑。

瑪麗安很同情姊姊，卻幫了倒忙，因爲她紅著臉生氣地對瑪格麗特說：「記住，你要怎麼猜測都可以，但你沒有說出去的權利。」

「我才沒有猜測什麼咧，」瑪格麗特答道：「還不都是你告訴我的。」

眾人這下子可樂了，非逼瑪格麗特透露些什麼不可。

「噢，拜託啦，瑪格麗特小姐，把事情都跟我們講嘛，」詹寧斯太太說道：「那位先生貴姓大名啊？」

「我絕對不能說啦，夫人。不過我知道他的姓名，也知道他住在哪裡。」

剪了一撮她披散在背後的長髮

「對啊、對啊，我們可以猜猜看他在哪裡；當然，是在諾蘭德那邊他自己的家裡。我敢說他一定是位教區的助理牧師。」

「不對，才不是呢！他根本就沒有工作。」

「瑪格麗特，」瑪麗安生氣地喝道：「你知道，這全是你自己亂想的，根本就沒有這號人物。」

「噢，瑪麗安，那他就是在這幾天裡死掉的囉，因爲我確信這個人存在過，而且姓氏的開頭是『法』字。」

就在這個關頭，米德頓夫人說了句：「雨下得眞大呀！」爲此，愛蓮娜不勝感激，雖然她知道米德頓夫人這麼說並非出於對自己的關心，而是厭惡丈夫和母親這種揶揄別人當有趣的低級把戲。米德頓夫人一談起天氣，布蘭登上校隨即往下附和（上校無論在什麼場合都很替別人著想），於是他倆便聊起雨來了。此時，魏勒比去打開鋼琴蓋，邀請瑪麗安坐到鋼琴臺前；之後又有幾個人努力轉移話題，才終於沒人再提這件事。然而，這件事卻讓愛蓮娜嚇了一大跳，如驚弓之鳥，心情恢復不易。

當晚，眾人說定，第二天要前往離巴頓莊園十二英里遠的一個好地方參觀遊玩。那個好地方是布蘭登上校姊夫的產業，多虧上校有興致邀大家去玩，否則誰也進不去，因爲身在國外的主人嚴格規定，只能在布蘭登上校的帶領下入內參觀。據說那是個美麗的地方，約翰爵士尤其讚不絕口（近十年來，他每年夏天都會帶人去玩兩趟，所以也就算是個鑑賞家啦）。那兒有個美麗的小湖，第二天白天的行程安排就是搭船賞湖，大夥會準備餐點，登上敞篷馬車，像準備一般的歡樂宴會那樣置辦一切。

不過，對他們之中的一、兩位而言，此行堪比大膽的冒險之旅。現在是雨季，而這雨已經連下兩個星期了；已經感冒的達許伍德夫人，在愛蓮娜的力勸下，決定在家休息。

# Chapter 13
# 第十三章

讓眾人興致勃勃的惠特偉爾莊園之旅，結果卻完全出乎愛蓮娜意料之外。她本來已準備好要淋成落湯雞，累到不行，再加上飽受驚嚇；可是結果更糟，因爲他們根本沒去成。

眾人上午十點已齊聚巴頓莊園，他們要在那兒吃早餐。雖然下了一整夜的雨，早晨卻清新而美好，雲層開始散開，太陽不時探出頭來。每個人都精神抖擻、心情飛揚，迫不及待要好好享樂一番，並下定決心就算吃盡苦頭也在所不惜。

正在吃早餐之際，信件送了進來，有一封是寄給布蘭登上校的。他接過信，看了一下信上地址，臉色大變，立刻走出去。

「布蘭登怎麼了？」約翰爵士問道。

沒人知道。

「希望不是什麼壞消息才好，」米德頓夫人說道：「不過一定是非比尋常的事，他才會連聲招呼都不打就離開我的早餐桌。」

大約五分鐘後，他回來了。

「不是壞消息吧，上校？」詹寧斯太太一見他進來便問。

「不是、不是。謝謝夫人關心。」

「是亞維儂來的消息嗎？該不會是你姊姊的病更重了吧？」

「不是的，夫人，是城裡來的信，只是公事而已。」

「可是如果只是公事，你怎麼會如此心煩意亂呢？好了、好了，這樣是不行的，快告訴我們信上說了些什麼。」

「媽媽——」米德頓夫人說道：「您在說些什麼呀！」

「也許是說你的芬妮表妹要結婚了呢？」詹寧斯太太繼續問道，一點兒也不理會女兒的責怪。

「眞的不是。」

「啊，這樣的話，我知道是誰了，上校。我希望她一切都好。」

「您說的是誰呢，夫人？」他說道，臉頰有點兒泛紅。

「噢，你當然知道我說的是誰。」

「夫人，非常抱歉，」他轉向米德頓夫人說道：「今天收到這封信，是有關公事的，我得馬上進城一趟。」

「進城！」詹寧斯太太叫道：「你在這個時候進城能幹什麼？」

「我得離開諸位好夥伴進城去，」他繼續說道：「這眞是莫大的損失。可是我更在意的是，沒有我的陪伴，你們怕是進不去惠特偉爾莊園了。」

這對眾人來說不啻晴天霹靂。

「可是布蘭登先生，如果你給管家寫個通知，」瑪麗安急切地說道：「可不可以呢？」

他搖搖頭。

「我們一定得去，」約翰爵士說道：「我們都要出發了，怎麼能延期呢？你明天再進城，布蘭登，就這樣決定了。」

「事情如果這麼容易解決就好了，可是我實在沒辦法再多留一天！」

「如果你願意告訴我們到底是什麼事，」詹寧斯太太說道：「我們就可以看看要不要延期。」

「等到我們從莊園玩回來，」魏勒比說道：「你也不過就是晚六個小時出發而已。」

「我連一個小時也沒辦法延。」

然後，愛蓮娜聽到魏勒比小聲地跟瑪麗安說：「有些人就是見不得人家快快樂樂去玩，布蘭登就是這種人。我敢說他怕會感冒，所以弄了個把戲想開溜。我跟你賭五十畿尼[4]，這封信一定是他自己寫的。」

「我同意。」瑪麗安說道。

「布蘭登，我知道你一旦下定決心，任何人也無法說服你改變心意；」約翰爵士說道：「雖然

※4舊時英國金幣，一畿尼為一點零五英鎊。

如此，我還是希望你再考慮一下。因爲這兒有兩位從牛頓城過來的凱瑞小姐，三位從巴頓小屋來的達許伍德小姐，還有爲了要到惠特偉爾莊園而比平常早起兩個鐘頭的魏勒比先生。」

布蘭登上校再次爲掃了大家的興而致歉，同時也表明取消行程是在所難免的了。

「那麼，你什麼時候回來呢？」

「我希望，」米德頓夫人接著說道：「一旦你可以離開城裡就立刻回巴頓莊園來。等你回來，大夥再一塊兒去惠特偉爾莊園玩。」

「謝謝您，可是連我自己都不知道什麼時候可以回來，所以不敢訂下日期。」

「噢，他非回來不可，」約翰爵士叫道：「如果他在週末還不回來，我就去找他。」

「對，就這麼辦，約翰爵士，」詹寧斯太太叫道：「到時你就能發現他到底在忙些什麼了。」

「我不想打聽別人隱私，我想那一定是他覺得丟臉的事。」

此時，布蘭登上校的馬匹已經準備好了。

「你不會要騎馬進城吧？」約翰爵士又開口道。

「不，我只騎到杭寧頓，到那兒再搭驛馬車。」

「好吧，既然你執意要走，我就祝你一路平安了。不過，你最好還是改變一下心意嘛！」

「這眞的不是我能決定的。」

他隨即向大家道別，並問道：

「達許伍德小姐，今年冬天該不會有機會在城裡遇上您和兩位妹妹吧？」

「怕是不會有這樣的機會。」

「那麼，我們會有好長一段時間見不上面了，眞希望可以早些見面。」

對於瑪麗安，他僅欠了欠身行禮，什麼話都沒說。

「上校啊，」詹寧斯太太說道：「出發之前跟我們說一下嘛，你到底是去做什麼呢？」

他只是向她道別，隨即在約翰爵士陪同下走了出去。

眾人剛才礙於禮貌不便發作的抱怨和嘆息，待布蘭登一離開便爆發了出來，大夥異口同聲地一再表示這眞是太令人失望了。

「我猜得到他在忙些什麼。」詹寧斯太太興致勃勃地說道。

「您猜得到？」幾乎每個人都這麼問。

「是啊，一定是有關威廉斯小姐的事。」

「威廉斯小姐是什麼人哪？」瑪麗安問道。

「什麼！你不知道威廉斯小姐是誰？親愛的瑪麗安，你以前一定聽過這位小姐的名號，她可是布蘭登上校的親戚喔，是很親的一個親戚，我們姑且就不說到底有多親了，省得嚇壞年輕小姐們。」然後，又低聲對愛蓮娜說：「她是他親生女兒。」

「眞的！」

「噢，當然是眞的，她瞪著眼睛看人時最像他了。我敢說，上校一定會把財產都留給她。」

約翰爵士從外頭進來後便加了入大家，由衷抱怨著今天有多衰；後來做出一個決定，既然大家都來了，就非得做件令人開心的事不可。幾經討論，眾人都同意反正是沒辦法到惠特偉爾莊園享受好時光了，那麼無魚蝦也好，就駕著馬車在鄉間兜兜風吧！馬車隨即備上。魏勒比的馬車搶了個頭彩，第一個出現，瑪麗安跟著跨上車，臉上展現絕無僅有的幸福笑靨。他飛快地穿越莊園，兩人迅即消失在眾人眼前，直到大夥兒都回來之後，他們才又出現。兩人似乎非常愉快，卻只輕描淡寫地說，當大家都往山丘去的時候，他們就只是在鄉間小路繞而已。

晚上又決定要辦舞會，確保每個人都盡興地玩上了一整天。凱瑞家又多幾個人過來吃飯，於是將近二十人歡歡喜喜地坐滿了一桌，約翰爵士看著，不禁感到心滿意足。魏勒比一如往常，坐在達許伍德家大小姐和二小姐中間。

詹寧斯太太坐在愛蓮娜的右手邊。才剛坐下，詹寧斯太太便傾身到魏勒比和愛蓮娜背後，對瑪麗安說話，音量大得足夠讓他們兩人也聽見：「雖然你們不說，可是我也發現了喲！我知道你們白天上哪兒去了。」

瑪麗安臉上泛紅，心急地答道：「哦，上哪兒去了啊？」

「您不知道，」魏勒比說道：「我們一塊兒乘我的馬車出去了嗎？」

「知道、知道，厚臉皮先生，我清楚得很，而且我還決心要弄清楚你們兩人上了哪兒去！希望

雖然你們不說，可是我也發現了喲！

你會喜歡你的房子，瑪麗安小姐。那房子很大，我知道，希望我去看你的時候，你就已經把它重新裝修好了，因爲我六年前到那兒去的時候，發現它很需要裝修一下哪！」

瑪麗安一臉狼狽地別過臉去，詹寧斯太太則樂不可支地大笑。愛蓮娜發現，原來詹寧斯太太爲了知道他們上哪兒去，早就讓女僕問過魏勒比的馬夫，這就是爲什麼她知道他們去了亞倫罕莊園，在那兒的花園散步，還進屋走了一圈，消磨了許多時光的緣由。

愛蓮娜對此無法置信，畢竟那處產業的主人是史密斯太太，而她就住在那裡。瑪麗安與她素不相識，因此魏勒比不太可能提出這樣的邀請，而瑪麗安也不可能答應要去呀！

她們一走出飯廳，愛蓮娜立刻問了瑪麗安這件事；愛蓮娜非常驚訝，因爲詹寧斯太太所講的每件事都是眞的。瑪麗安居然還對愛蓮娜懷疑此事的眞實性而生氣。

「爲什麼你會以爲我們不可能到那兒去，或是不可能去看過房子？你自己不也是一直很想去那兒嗎？」

「對，可是我不會在史密斯太太在的時候，或只有魏勒比先生一個人陪伴的時候去。」

「當然只有魏勒比先生才有權利帶人參觀那房子啊，況且他的馬車又是敞篷馬車，座位有限哪！今天是我一生中最快樂的時光了。」

「只怕，」愛蓮娜說道：「有些事情雖然做起來覺得快樂，正當性卻值得商榷。」

「正好相反，沒有比這件事更能強烈證明的了，愛蓮娜。因爲，倘若我做的事有任何不正當的地方，我當時就會察覺出來的，做錯事的時候，自己總會知道的，所以我若做錯了事，又怎麼會覺得快樂呢？」

「可是，親愛的瑪麗安，這麼做已經招來非議了，你難道不會懷疑一下自己是否失當嗎？」

「如果詹寧斯太太說的那番魯莽言語就代表我行爲失當，那麼我們這輩子不就一直都在做錯事。不管她是指責我或讚美我，她的話我是不會放在心上的。我不認爲在史密斯太太的花園裡散步，或到她的房子參觀一下，就是不當的行爲。它們遲早都會變成魏勒比先生的，而且——」

「就算它們有一天會變成你的，你今天的行爲也不算正當。」

瑪麗安一聽到這樣的暗示，羞紅了臉，卻也明顯可見她開心得很。約莫仔細思忖了十分鐘後，她又再度神采奕奕地過來找姊姊：「愛蓮娜，或許我去了亞倫罕莊園，算是有欠思考，可是魏勒比先生特別想帶我到那兒看看。我跟你說，那眞是座漂亮的宅子，樓上有個非常可愛的客廳，大小適中，做爲平常起居用再好不過，只要再配上時髦的家具，一定會很舒服的。它位在角間，兩面都有窗戶；從一邊的窗戶往外望，可以看到屋後那片滾球用的草坪，再過去就是美麗的樹林；從另一邊的窗戶看出去，就是教堂和村莊，再過去就是我們經常讚嘆的起伏山巒了。我當時並不特別喜歡那個房間，因爲家具實在貧乏無比，可是只要再重新裝潢一下——花個幾百英鎊吧，魏勒比先生說的，它就會是全英格蘭最棒的夏季起居室了。」

若非有人打擾、中斷了談話，愛蓮娜肯定得聽她喜孜孜地把屋裡房間全都說上一遍。

# 第十四章

Chapter 14

布蘭登上校突然離開巴頓莊園，又不肯說明匆忙離去的原因，著實讓詹寧斯太太滿腹狐疑地度過了兩、三天（她是個超級好奇奶奶，任何一個喜歡注意別人家閒事的人都是這樣）。她一刻不得閒地想找出合理解釋，認定上校一定是接到了什麼壞消息，再把所有可能發生在他身上的不幸都想了一遍，還下定決心不讓他瞞過他們。

「我肯定這百分之百是件很令人傷心的事，」她說道：「我可以從他臉上看出來。這可憐的男人，恐怕他的經濟狀況出問題了。算起來，德拉福特莊園的產業年收入不到兩千英鎊，而且他哥哥又把一切搞得亂七八糟。我認爲，他這一趟進城完全是爲了錢的事，要不然還能有別的事嗎？眞想知道是不是這麼回事。只要能知道事情的眞相，要我做什麼都行。難不成是跟威廉斯小姐有關——而且，是了，沒錯，我敢說就是威廉斯小姐的事，因爲我提到她的時候，他的表情很不一樣。可能是威廉斯小姐在城裡生病了，除此之外沒其他可能了，因爲在我印象中，她總是病懨懨的。我打賭，這事兒準跟威廉斯小姐有關。他現在不太可能有財務上的困難，畢竟他向來是個謹愼的人，而且肯定已經把產業的負債都償清了。眞想不透到底是什麼事！也許是他在亞維儂的姊姊健康情況惡化，所以把他叫走。他走得這麼匆忙，也許眞的是因爲姊姊的病。啊，不管怎麼說，我衷心祝他平安無事，討個好老婆啊！」

詹寧斯太太就這麼胡亂猜測著，叨叨絮絮地唸著，腦子裡不斷閃出新的可能性，而這些可能性在她眼裡似乎都可能成眞。愛蓮娜雖然很關心布蘭登上校的幸福，卻無法像詹寧斯太太那樣胡謅些道理來解釋他匆匆離去的原因，她覺得實在沒必要臆測得這麼多，無須一直把焦點放在這件事上；相較之下，她反倒對另一件事更好奇。眾人現在應該對魏勒比和瑪麗安之間的事大有興趣，但兩位當事人卻出奇沉默。他倆一天比一天親密，對他們之間的事卻越發不作聲，此舉很顯然與兩人的性格相悖。爲什麼瑪麗安不公開對母親或姊姊說明呢？兩人的感情明明持續加溫，卻什麼都不說，眞讓愛蓮娜費解。

她想像得到，他們目前沒有能力立刻結婚，儘管魏勒比說自己經濟獨立，卻也沒有理由讓人相信他很有錢。約翰爵士曾估算過他的產業收入，一年大約六、七百英鎊，然而他生活揮霍得很，收支實難平衡，況且他自己也常喊窮。她想不透的是，他們私下訂婚是瞞不住人的，何以如此詭異地絕口不提呢？而且這根本與兩人一貫的主張及言行完全相反嘛，有時她眞忍不住懷疑他倆是否眞訂了婚，但因爲還在懷疑也就不便去問瑪麗安。

魏勒比待她們一家人眞是展現出再明顯不過的深情友好。對瑪麗安，他表現出一個熱戀之人最由衷的溫柔體貼，對家裡其他人則展現了做兒子及做兄長的溫情與關心。他似乎像關愛自己家一樣關愛著巴頓小屋，他待在小屋的時間比待在自己的亞倫罕莊園要多得多；倘若巴頓莊園沒安排聚會，那麼他早上出來活動之後就會繞到小屋陪瑪麗安，而一塊兒前往的愛犬就會趴在瑪麗安腳邊，就這麼消磨上一整天。

他似乎對周遭每件事物都顯得特別關愛。在布蘭登上校離開約一個星期後的某天晚上，當時達許伍德夫人提到，春天時想改建一下巴頓小屋，他當即強烈反對，認爲這裡在他心中是個完美無缺的居所，無須任何改變。

「什麼！」他驚叫道：「改建這棟親愛的小屋？不——我永遠都不會同意。如果你們顧念我的感受，那麼，這兒的牆無須多添一塊磚，大小也無須增建一寸。」

「別擔心，」達許伍德小姐說道：「我們不會這麼做，因爲我母親不會有足夠的錢來改建房子。」

「我眞是太高興了，」他叫道：「如果她因爲有錢沒處花而想改建房子，那麼我情願她永遠都沒錢。」

「謝謝你，魏勒比。你大可以放心，我絕不會棄你對此地的感情不顧，或不理會我所愛之人的感受而改建房子的。等到春天結算帳目時，無論我還有多少閒錢，就算擺著不用也不會拿來傷你的心。不過，你當眞喜歡這地方，喜歡到認爲它完美無缺？」

「是的，」他說道：「對我而言，它毫無缺點。而且，我認爲這是唯一能讓人獲得幸福的建築；如果我夠有錢，一定會立刻把康柏莊園推倒，然後再按照這棟小屋的藍圖施工重新興建起來。」

「我猜，也要有陰暗狹窄的樓梯，以及冒著煙的廚房囉？」愛蓮娜說道。

「沒錯，」魏勒比以同樣熱切的語氣答道：「一切的一切都要和這小屋裡的一樣，沒有所謂的便不便利，只有徹底的複製。這樣，我住在康柏莊園時才可能和在巴頓小屋一樣快樂。」

「我倒認爲，」愛蓮娜答道：「就算您不巧正好住在有著更好房間、更寬大樓梯的房子，您也會覺得它跟巴頓小屋一樣毫無缺點。」

「的確可能，」魏勒比說道：「我或許也會很喜歡其他的房子，不過，我對巴頓小屋有一種別的地方難以比擬的特殊感情。」

達許伍德夫人樂開懷地看著瑪麗安，此時瑪麗安正深情款款地注視著魏勒比，彷彿在說她完全了解他似的。

「我一年前來到亞倫罕時，就常常在想，」他補充道：「巴頓小屋如果有人住該多好！每次經過，總是讚嘆不已地看著它，心中惋惜屋子空無人居。等再次回到這兒時，想不到史密斯太太告訴我的第一個消息就是，巴頓小屋有人住了！我一聽，心中立刻湧起一股滿足與關注，這難道不是一種徵兆，表示我將在這裡得到無與倫比的幸福嗎？一定是這樣的，對不對，瑪麗安？」魏勒比轉向瑪麗安低聲說道。隨即又恢復先前語調，開口道：「然而，達許伍德夫人，您卻要毀了這棟房子！

您卻要以改建來劫掠它的質樸之美！這個親愛的客廳，這個我們初相見之處，這個我們一起度過了許多美好時光的所在，您竟然要將它改成一個尋常的玄關，一個大家來來往往穿越的門廊，它可是最舒適的休憩之地啊，就算是世界上最華麗的建築也無法媲美！」

達許伍德夫人又再次向他保證，她絕不會改建房子。

「您人眞好，」他熱情地回應道：「您的保證讓我安心，甚至您只要再將好心腸延伸一下就會讓我感到無比幸福——請對我說，不僅您的房子將保持原樣，就是您和您的千金也將永遠不變，會一直以仁慈待我，讓我覺得舉凡您所擁有的一切，對我來說永遠是那麼親切。」

魏勒比的請求當然立刻獲得應允，他一整晚的表現充滿了深情與幸福。

「你明天過來吃晚餐好嗎？」正當魏勒比要告辭時，達許伍德夫人說道：「我不請你白天過來，是因爲我們得到巴頓莊園探望米德頓夫人。」

魏勒比答應四點再過來。

Chapter 15

# 第十五章

第二天，達許伍德夫人到莊園拜訪米德頓夫人，同行的還有她兩個女兒，瑪麗安則找了藉口不一起去。她母親心想，也許前一天晚上瑪麗安已和魏勒比約好，趁她們不在時到家裡來，因此也就有成人之美地答應讓她留在家裡。

她們從莊園回來時，看到魏勒比的馬車、僕人都在巴頓小屋前等著，達許伍德夫人心想還眞猜對了。到目前爲止她猜的都算對，不過進門後看到的景象可是連做夢也沒想到——她們一走進玄關就看到瑪麗安從客廳往外疾走，情緒顯得很激動，頻頻以手帕輕拭雙眼，沒有注意到她們便逕自跑上樓去。她們嚇了一跳，連忙走進客廳，裡頭只有魏勒比一人，他傾身向前倚著壁爐，背對著她們。一聽見她們進來的聲音，他馬上轉過身來，臉上表情也十分激動，看起來和瑪麗安一個樣。

「她怎麼啦？」達許伍德夫人一進來便急問道：「她生病了嗎？」

「希望不是，」他答道，然後故作輕鬆、勉強擠出一個笑容說道：「我才是那個可能會生病的人，因爲我現在身處極度的失望沮喪之中！」

「失望沮喪！」

瑪麗安從客廳往外疾走

「是啊，我沒法履行承諾跟你們一起吃晚餐了。今天早上，人仗錢勢的史密斯太太硬逼我這個倚靠她的窮表親到倫敦出差。急電剛送到，我就離開了亞倫罕莊園，爲了提振一下精神，我來跟你們道再見。」

「去倫敦——你今天下午就要走嗎？」

「現在就差不多該走了。」

「這眞是太不巧了，不過史密斯太太一定是情非得已，希望她要你辦的事，不會讓你離開我們太久。」

他有些臉紅地答道：「您眞是能體諒人，不過我無法立刻回德文郡來，我來看望史密斯太太的時間是一年一次的。」

「難道你只有史密斯太太一個朋友而已嗎？難道你在這附近只有亞倫罕莊園可以落腳嗎？眞是的，魏勒比，難道還得我們送邀請函給你嗎？」

他的臉更紅了。他只是眼睛看著地板，簡單地說：「您人眞是太好了。」

達許伍德夫人不可置信地看著愛蓮娜。愛蓮娜臉上的表情也同樣驚訝。

好一會兒，大家都沒說話，達許伍德夫人率先打破沉默。

「我只再說一句，親愛的魏勒比，巴頓小屋隨時歡迎你。我不會逼你趕快回來，因爲只有你知道，該怎麼做才能讓史密斯太太滿意，關於這一點，我不會質疑你的判斷力，也不會懷疑你的意願。」

「目前派給我的差事，」魏勒比含糊地答道：「那個性質——我——我沒把握。」他停住了。達許伍德夫人驚訝得說不出話來，接著又是一陣沉默。

這回打破沉默的是魏勒比，他帶著淡淡的微笑說道：「再這樣留戀不走眞是有夠蠢的，我不想再折磨自己了，既然現在無法和朋友們歡聚一堂，還是就此告別吧！」

說完便離開眾人走出客廳。她們看著他坐進馬車裡，不一會兒馬車便消失無蹤了。

達許伍德夫人心裡紛亂得不想說話，便也走出客廳，獨自冷靜一下魏勒比突然離去帶來的擔心與震驚。

愛蓮娜對此事的擔心並不亞於母親，剛才發生的事讓她既不安又懷疑。魏勒比向她們告別時，態度委實很奇怪，他的困窘、他的故作輕鬆，還有居然不願接受母親的邀請，一副急欲脫身的樣子，哪裡像個熱戀中人，哪裡像魏勒比的作風！愛蓮娜越想越困擾。她一度猜想，也許魏勒比對瑪麗安並沒有什麼認眞的打算；然後又猜想，也許他和妹妹大吵了一架，瑪麗安離開客廳時傷心難過的表情，不就是兩人吵架的最好說明嗎？可是她又想，瑪麗安那麼愛他，跟他吵架幾乎是不可能的。

姑且不論魏勒比究竟爲何離開，她妹妹的傷心難過卻是無庸置疑的；她萬分同情瑪麗安的痛苦，她想著，妹妹的眼淚也許不僅僅只是情緒的抒發，還營造出了一種非如此不可的必要。

約莫過了半個小時，母親回來了，儘管雙眼泛紅，臉上表情倒也沒那麼不開朗。

「愛蓮娜，我們親愛的魏勒比現在已經離開巴頓好幾英里遠了，」母親說道，隨即坐下來工作，「他此行心情可眞沉重啊！」

「這件事眞的很奇怪。他就這麼走了！才一會兒的時間而已。昨天晚上他還跟我們在一起，那麼快樂、那麼高興、那麼深情的樣子！而現在，花了十分鐘跟我們話別，然後就歸期無定地走了？他一定有什麼事沒告訴我們。他沒說，一點兒也不像他的作爲。您一定也和我一樣看到這個不同之處了。到底是怎麼回事呢？他們吵架了嗎？要不然他爲什麼扭扭捏捏地不願接受你的邀請來我們家呢？」

「不是他不願意，愛蓮娜！我看得出來，他是沒辦法。我跟你保證，我已經把這件事想過一遍了，我可以把你我認爲奇怪的地方都做出合理解釋。」

「眞的嗎？」

「對，我已經找到讓自己最滿意的解釋了。不過，至於你啊，老愛疑神疑鬼的愛蓮娜，我知道，這解事肯定沒辦法讓你滿意，不過你可別想說服我推翻自己的想法。我認爲——是因爲史密斯太太懷疑魏勒比喜歡上了瑪麗安，她不贊成（也許因爲她對魏勒比另有安排），所以急急把他打發走。她交代他去辦的公事，只是一個支開他的藉口而已。我認爲就是這麼回事兒。而且魏勒比也知道史密斯太太不贊成他和瑪麗安的事，所以目前也還不敢告訴老太太，他已和瑪麗安私下訂婚的事，因爲沒辦法嘛，他還得在經濟上仰賴她，只好先聽從她的安排暫時離開德文郡。我知道，你一定會說事情可能是這樣、也可能不是這樣；不過，除非你可以給我一個更令人滿意的解釋，要不然我寧願相信自己的說法。好啦，愛蓮娜，你怎麼說呢？」

「無話可說，因爲你已經猜到我的答案了。」

「你是說，你的確要說事情可能是這樣、也可能不是這樣？噢，愛蓮娜，你在想些什麼呢，眞讓人無法理解！你總把事情往壞處想，寧願去看瑪麗安的痛苦，視可憐的魏勒比爲惡，也不願想個藉口幫魏勒比開脫。你已認定罪在魏勒比，就只因爲這次他跟我們道別時不像平常那麼熱絡，而不想想他今天很可能心不在焉，或因爲心煩而情緒低落？就因爲我們不確定到底發生了什麼事，所以連假設也不可以接受嗎？對於這位深受我們大家喜愛且找不到理由討厭的男士，難道就不能給個假設，合理化他的行爲嗎？難道他就不能有迫不得已、暫時無法解釋的動機嗎？你到底在懷疑他什麼？」

「我也說不上來，可是看到他剛剛那副樣子，眞讓人無可避免會有些不愉快的聯想。您說要多體諒他，這當然也是說得通的，我只是希望能給每個人一個公正的評價而已。魏勒比之所以這麼做當然有充分理由，我也希望是這樣啊！只不過，他如果當場說出來，會比較合乎他的作風。寡言守密也許有其必要，但我眞忍不住要懷疑，魏勒比這個人會寡言守密？」

「不管怎麼說，別責怪他的言行和個性相悖，人總有不得已的時候啊！不過，你眞的承認我爲他設想的假設是合情合理的？——我眞高興——他無罪開釋啦！」

「並不全然如此。他對史密斯太太隱瞞他們訂婚的事（如果是眞的），也許是適當的作法——若果眞如此，魏勒比目前當然少待在德文郡爲妙。可是即便如此，他也無須隱瞞我們。」

「隱瞞我們！孩子啊，你要因爲魏勒比和瑪麗安隱瞞我們此事而怪罪他們嗎？這可就怪了，你不是天天都因他們行事輕率而瞪他們？」

「我不需要證據證明他們彼此相愛，但我需要他們私訂終身的證據。」

「我對他們彼此相愛和私訂終身都感到滿意。」

「但是他們誰也沒跟您提起過隻字片語吧！」

「行爲足可表達之事，何須言語說明呢？他這兩個禮拜以來對瑪麗安和對我們大家的行爲，難道還不夠表現出他對瑪麗安的愛，並視她爲未來的妻子、視我們爲他最親近的親人嗎？我們之間的相互了解還不夠深嗎？他的神情、他的態度、他的殷勤與多情，不就是要我答應他們之間的事嗎？愛蓮娜，你怎麼可能懷疑他們訂婚的事呢？你怎麼會有這樣的想法呢？魏勒比對瑪麗安的態度讓我們大家都相信他就是瑪麗安的戀人，那麼，他又怎會明知要離開她、而且可能離開好幾個月，卻不對她表白——他倆怎麼可能沒有彼此交換心意就說再見呢？」

「說實在的，」愛蓮娜說道：「每種情形都可以做爲他們已經訂婚的象徵，就是這個情形除外——他們兩人竟然對此事完全閉口不提，我覺得，光是這個情形就足以否定一切。」

「這是什麼話！你一定是把魏勒比想成大壞蛋了，他們都已經公開出雙入對了，你還懷疑他們之間的關係。難道他這些日子以來都在對你妹妹演戲嗎？你眞的以爲他對她漠不關心嗎？」

「不，我沒辦法那樣想。他一定是愛她的，這一點我深信不疑。」

「可是如果像你說的那樣，他離開她時態度冷淡、對未來又沒什麼計畫，那麼他們之間是哪門子奇怪的情愫呢？」

「親愛的媽媽，請您記得，我並沒有說事情一定就是這樣啊！我承認我有我的疑慮，可是這些疑慮已經沒有當初那麼強烈了，也許再過不久就會一掃而空了。如果我們發現他們彼此有書信往來，我就不會再擔心了。」

「多謝你的恩准呀！你非得看到他們站在教堂祭壇前，才會認爲他們要結婚了。刁鑽的丫頭！我就不會要求這樣的證據。我覺得根本沒什麼好懷疑的，也沒什麼好隱藏的祕密，一切都一直那麼公開而坦率。你不會去懷疑自己妹妹的心意，你所懷疑的肯定是魏勒比。可是，爲什麼呢？他不是一個值得敬重且感情豐富的年輕人嗎？難道他有什麼言行不一讓人起疑的地方嗎？他會欺騙人嗎？」

「我希望不會，我也相信不會。」愛蓮娜叫道：「我喜愛魏勒比，打從心裡喜愛他，懷疑他的誠信讓我備感痛苦，我的痛苦絕對不下於您啊！我絕不是故意這麼想的，也不會蓄意助長這樣的想法。老實說，今天看到他態度上的那種轉變，我眞是嚇呆了，他說起話來一點兒也不像他自己，對您的善意邀請也絲毫不見禮貌回應。不過，也許就像您假設的那樣，情非得已吧，畢竟他才剛跟妹妹道別，看見她那麼難過地跑開。倘若他是因爲對史密斯太太有所顧忌而壓抑自己，不敢很快就回到瑪麗安身邊，但他自己應該也會想到，接著拒絕您的邀請、說是得離開一段時間，這會讓我們覺得他很不大方、很可疑，這麼一來，他似乎應該會感到尷尬和困擾才對啊！在這種情形之下，直接而坦白地說出難處，應該會對他的誠信比較有幫助，也比較符合他的爲人——不過，話雖如此，我也不會因爲別人沒按照我的邏輯處理事情，或者不同於我對是非的判斷，就對那人持反對意見。」

「你說得很有道理。我們的確不該懷疑魏勒比。雖然我們跟他認識不久，他在這個地方卻也不是什麼陌生人。有誰說過他的不好嗎？如果他今天的情況是經濟獨立，可以馬上結婚，他卻什麼事都不對我說就揚塵而去，這樣就很奇怪；但是，他的情況卻不是這樣。也許他們一開始就不應該訂婚的，畢竟他們不知道什麼時候才能結婚；如今看來，他們之間的事也許保密才是上策。」

這時瑪格麗特剛好進來，她們的談話也就中止了。這讓愛蓮娜能夠想想母親所說的話，她承認母親的假設也是很有可能的，她無非希望一切都能合情合理。

直到晚餐時間，她們才又看見瑪麗安。她進來飯廳時，一言不發地坐在自己位子上，兩隻眼睛既紅又腫，眼淚彷彿一不小心又要潰堤似的。她避免接觸其他人的目光，而且吃不下東西，無法說話。過了一會兒，母親悄悄地伸過手去，憐愛地放在她手上，她強裝出來的堅強便瓦解了——眼淚潰堤，人也起身離席。

整個晚上她的情緒都非常激動。她無力控制自己，任憑自己被淹沒在情緒的狂濤中。只要提起任何有關魏勒比的芝麻蒜皮事，她就立刻崩潰；儘管家人都小心翼翼地避免刺激她，但只要一開口，無論說了什麼話題，她總會聯想到魏勒比。

Chapter 16

# 第十六章

魏勒比離開的第一晚，瑪麗安如果睡得著覺，肯定沒法原諒自己；如果起床時沒比上床前更疲累，鐵定覺得愧對家人。種種反應無不說明，她以冷靜沉著爲恥，也幸好沒掉入她自己所謂的恥辱險境裡。她整晚都醒著，大半時間都在哭泣。帶著頭痛起床，無法說話，不想吃東西，讓母親和姊妹們都很難受，而且不讓任何人安慰她。她的過度感性眞是來到一個極致！

吃完早餐，她便一個人出門，走到亞倫罕村莊附近晃蕩，整個白天都沉浸在回想過去的歡愉和悲嘆如今的不幸裡。

晚間也差不多在同樣情緒中度過。她彈奏著每一首曾彈給魏勒比聽的由衷熱愛曲子，每一首他倆經常合唱的曲調；坐在鋼琴前，盯著每一行魏勒比爲她抄錄的音符，直到內心沉重得再也裝不下悲傷爲止；只是，這份悲傷每天都在成長茁壯。她在鋼琴前一坐就是好幾個小時，歌唱與哭泣輪番上場，歌聲常因眼淚氾濫而被迫中止。看書時也一樣，總比較著往昔與今日，非弄得自己痛苦不堪不可。除了和魏勒比一起看過的書之外，她什麼書也不看。

如此劇烈的傷心實在不太可能長久撐下去，幾天後，它沉澱成一種較爲冷靜的憂鬱。不過，當她做著那些每天必做的事如孤單散步、沉默的冥想等，有時仍會迸發先前那種劇烈的悲傷。

魏勒比沒有寫信來，瑪麗安似乎也無所期待。母親甚爲驚訝，愛蓮娜則又開始擔心起來。儘管如此，達許伍德夫人卻總能找出一些至少讓自己安心的解釋。

「愛蓮娜，記住，」她說道：「約翰爵士時常替我們到郵局拿信和寄信。我們上次已經得出結論，這件事情守密爲上策，所以他們如果來來回回地寫信，而這些信又得經過約翰爵士之手，祕密就守不下去了。」

愛蓮娜不能否認這一點，卻也試圖找出他倆不通音訊的動機。其實，當下有個既直接又簡單、在她看來再恰當不過的方式可探知此事眞相，解開所有謎團，於是忍不住向母親建議。

「您何不立刻去問問瑪麗安，」她說道：「問她有沒有和魏勒比訂婚？您是她的母親，而且這麼慈祥、這麼疼愛她，由您去問這個問題，她應該不會生氣才是。您關心她，自然會想問她。她向來不會把事情放在心裡不說的，對您尤其是這樣。」

「我絕不會去問她這個問題。倘若他們沒訂婚，這麼一問豈不讓她難過死了！不管怎麼說，這個問題都太尖銳了。若現在我去逼她說出那件應該保密的事，以後就再也不配得到她的信任。我了解瑪麗安；我知道她很愛我，只要這件事可以公諸於世，她絕不會等到最後才告訴我。硬要別人說出祕密，這種事我是不會去做的，對於我的孩子更是如此，因爲她很可能爲了盡孝而不說出事實。」

愛蓮娜覺得母親太溺愛妹妹了，繼而又考量妹妹年紀尚輕，便再次勸說母親，然而均屬徒勞——達許伍德夫人的一般常識、日常關懷、尋常的謹慎，全被她敏感浪漫的天性所淹沒了。

家裡的人有好幾天都不敢在瑪麗安面前提起魏勒比的名字，但約翰爵士和詹寧斯太太就沒這麼好心了，他們的打趣常使難捱的時光加倍痛苦。有天晚上，達許伍德夫人不經意拿起一本莎士比亞的作品，居然高聲說道：

「瑪麗安，我們從來不曾把《哈姆雷特》讀完，魏勒比在我們讀完之前就走了。我們就擱著吧，等他回來再……可是，他也許要好幾個月才會回來。」

「好幾個月！」瑪麗安叫道，驚訝不已，「不可能……應該不到幾個禮拜吧！」

達許伍德夫人後悔自己一時嘴快；不過，愛蓮娜倒很高興，因爲瑪麗安的回答代表她很信任魏勒比，而且也知道魏勒比有什麼計畫。

魏勒比離開約一個星期後，某天早上，姊妹們說服瑪麗安一塊兒散步，她這才不再一個人獨行——到現在，她出門散步時仍小心翼翼地避開同伴，如果姊妹們想往山上走，她就馬上悄悄地轉進小路；如果她們說想去山谷，她就快速往山上走；而當她們要出發時，她已不見蹤影。到最後，愛蓮娜實在看不慣她獨行俠的作風，硬把她拉了出來。她們沿著山谷路徑走著，大半時間都沒說話，畢竟瑪麗安心神不定，而愛蓮娜既已說動妹妹一起散步，便覺心滿意足，暫無所求。走出山谷，來到郊野，土地肥沃依舊，但已不再那麼荒蕪，也比較寬闊，眼前是一條向前延伸的大路，她們當初前來巴頓，走的就是這條路；思及此，便停下腳步看看四周，仔細瞧瞧此番常從巴頓小屋遠眺的景致，以前散步時她們從未來過這一帶。

正賞著風景的三姊妹，很快就在景色之中看見一個會動的物體，原來有個騎著馬的男人正朝她們過來。不一會兒，便看出來者是位紳士，瑪麗安隨即高興地大叫：「是他、眞的是他，我知道是他。」說著就要迎上前去。

愛蓮娜卻大聲說道：「瑪麗安，你弄錯了，不是魏勒比，這個人沒有魏勒比那麼高，身形也不像魏勒比。」

「他有、他有，」瑪麗安叫道：「我確定他有！他的身形、他的外套、他的馬——我知道他很快就會回來的。」邊說邊快速地往前走。

愛蓮娜幾乎可以確定那人不是魏勒比，爲了保護瑪麗安，她也急速向前追趕。不一會兒，兩人都來到距離那人三十碼不到的地方。瑪麗安又看了一眼，一顆心隨即往下沉，倏地轉身就要往回跑，耳邊卻響起姊妹們要她停下來的聲音，然而還有第三個聲音，那個跟魏勒比一樣熟悉的聲音也叫她停住腳步，便轉過身去，驚訝看到來者是艾德華．法若斯。

在那一刻，他是唯一並非魏勒比、卻還能讓人原諒的來者，是唯一一個能看見她笑的人；只是，在朝著他笑的同時，她可是正把眼淚往肚裡呑呢！就沉浸在姊姊的幸福中，暫時忘了自己的痛苦吧！

叫她停住腳步

艾德華下馬，將馬交給自己的僕人，然後和她們一起走路回去。他是專程來探望她們的。

他受到了三位達許伍德小姐的熱烈歡迎，尤其是瑪麗安，甚至比愛蓮娜更熱情迎接他的到來。然而在瑪麗安看來，艾德華與姊姊的重逢，竟然也只是像當初在諾蘭德常看到的那樣，籠罩著不慍不火、讓人摸不著頭緒的淡漠。尤其是艾德華，在這樣的場合，竟絲毫未表現出一個熱戀中人該有的眼神和談吐。他一臉困惑，似乎不因看見她們而高興，看起來既不興奮也不愉快，除非有問題要他回答，否則也不說什麼話，對愛蓮娜更是一點兒深情的表示也沒有。瑪麗安看著、聽著，越來越驚訝，她幾乎要討厭起艾德華來了——結果，正如目前任何事無不動輒得咎那樣，她想起了魏勒比，想起他的言行舉止和眼前他這位準連襟相比，還眞是大不相同。

重逢的驚訝與寒暄過後，緊接著一小段沉默，然後瑪麗安問起，艾德華是不是打從倫敦來。答案是否定的，他已在德文郡待了兩個星期。

「兩個禮拜！」瑪麗安重複道，心中想著，他跟姊姊就在同一個郡，先前竟然都沒來看她，眞不可思議。

艾德華一臉沮喪地補充道，他跟朋友待在普利茅茲附近。

「你最近有沒有去過薩西克斯郡？」愛蓮娜問道。

「我大約一個月以前還在諾蘭德。」

「親愛的諾蘭德莊園情況如何？」瑪麗安高聲提問道。

「親愛的諾蘭德莊園，」愛蓮娜說道：「也許就跟每年這個時候的情形一樣——樹林裡和走道上，滿是落葉。」

「噢！」瑪麗安叫道：「我以前看那些葉片飄落，心中總是激動澎湃，不能自已。散步時，每每瞧著被風吹得翻飛的葉片在我眼前灑落，內心眞眞充滿喜悅。那落葉、那季節、那氣息，交織成一股多麼特別的感動啊！而如今，再也沒有人關心它們了，那些落葉只會被視爲垃圾匆匆掃掉，大家眼不見爲淨呢！」

「並不是每個人，」愛蓮娜說道：「都像你那樣對落葉別有一番情懷啊！」

「當然不是，不常有人和我有一樣的感覺，也不常有人了解我。不過，有時候就有。」說著，陷入了短暫沉思，一會兒又顯得興致勃勃。「艾德華，你看！」瑪麗安說道，指著前面的景色要他看，「這裡是巴頓山谷。往上看，我就不信你的心感受不到波瀾壯闊。看這些山，你見過那麼美的嗎？向左去就是巴頓莊園，它就坐落在森林和墾植場之間，你可以看見屋宇的一端。還有那邊，最遠處那條壯麗山脈山腳下矗立著的，就是我們的小屋。」

「這眞是個美麗的地方，」他答道：「不過，這些谷地在冬天想必塵沙漫天。」

「美景當前，你怎麼會想到什麼塵沙呢？」

「因爲，」他笑道：「我在眼前的景致中看到了一條黃泥路。」

「眞奇怪！」瑪麗安自言自語著往前走去。

「附近鄰居好相處嗎？米德頓一家討人喜歡嗎？」

「不、不、不，一點兒也不，」瑪麗安答道：「我們住在這兒最可憐了。」

「瑪麗安！」她姊姊叫道：「你怎能這麼說呢？你怎能這麼不公道？法若斯先生，他們是很體面的人家，也一直對我們很好。瑪麗安，你忘記啦，多虧他們，我們才能度過許多愉快的日子。」

「沒忘，」瑪麗安低聲說道：「還有許多痛苦的時刻也沒忘。」

愛蓮娜當作沒聽見這句話，注意力全放在來訪的艾德華身上。她說起她們目前的住處及種種便利等等，更硬要他偶爾提出問題、發表評論，努力把這場談話維持成對話的樣子。他的淡漠和寡言令她傷心不已。她覺得煩亂也有些生氣，但仍決定看在過去的份上審言愼行，避免顯露出任何生氣或不高興的樣子，並以對待家中親戚的態度待他。

# Chapter 17

# 第十七章

達許伍德夫人見到艾德華，只稍稍驚訝了片刻須臾。在她看來，艾德華到巴頓小屋來，是天經地義、再自然不過的事。她對他造訪的喜悅之情、對他的關懷言語，既長又久，遠勝剛才片刻須臾的驚訝。艾德華受到了最熱烈的歡迎，在此氣氛之下，他的羞怯、淡漠與寡言全都撐不下去了。本來在進屋之前就已經快解盔卸甲，這會兒在達許伍德夫人熱誠的招呼下更是徹底投降——一個男人實在無法只是愛她女兒而不愛她啊！愛蓮娜看到艾德華逐漸恢復成原來的模樣，也開心極了。他似乎又熱愛起每個人，感覺得出來他很關心她們過得好不好，只不過他似乎有心事——他讚美她們的屋子，欣賞著風景，既殷勤又親切，卻仍快樂不起來。全家人都注意到了，於是達許伍德夫人把這筆帳算在他母親頭上，心想又是他母親逼他做什麼事，坐在餐桌前用餐，還不禁生起天底下所有自私父母的氣來。

「法若斯太太目前對你有什麼安排嗎，艾德華？」晚餐後，他們坐在火爐旁，達許伍德夫人開口問：「你還是非得當個口若懸河的大人物不可嗎？」

「不太可能，我希望家母能明白，我既沒那個天分，也沒那個興趣。」

「那你要怎麼做才能揚名立萬呢？你一定得出名，你們家的人才會滿意。不想砸錢買名氣，沒興趣和陌生人攀關係，既沒工作，又沒信心，想出名可難了！」

「我不想出名。我不想卓越超群，而且我相信自己永遠也不想那樣。幸好，我不可能一被逼就變成天才，一被逼就變得雄辯滔滔。」

「你沒有那個野心，我清楚得很。你向來是淡泊名利的。」

「我相信，我只是跟一般人一樣平凡，也只想跟一般人一樣幸福快樂，所以就像一般人一樣，我也得用自己想要的方式過日子，功成名就不會讓我快樂。」

「要是會才奇怪咧！」瑪麗安叫道：「財富和虛名要怎麼跟快樂扯上關係嘛？」

「虛名和快樂是沒什麼關係，」愛蓮娜說道：「財富的話，關係可就大了。」

「愛蓮娜，你眞丟臉！」瑪麗安說道：「金錢是獲得快樂的最後一種手段。單就金錢本身來說，超過一定所需就無法讓人眞正地稱心愉快了。」

「也許，」愛蓮娜笑道：「我們的說法有異曲同工之妙呢！我敢說，你所謂的一定所需，和我所指的財富，是非常相似的；我們都認同，在現在的社會中若缺了它們，要過舒適的日子是很難的了。你的說法只是比我的好聽罷了。好啦，何不說說你所謂的一定所需是多少呢？」

「一年大約一千八百英鎊或兩千英鎊，無須更多。」

愛蓮娜笑道：「一年兩千英鎊！我說的財富僅僅只是一千英鎊而已！我早就猜到結果會是這

樣。」

「可是一年兩千英鎊算是很保守的估計了，」瑪麗安說道：「再少，就沒辦法維持家計了。我確信我沒有要過揮霍的生活，總得有幾個僕人、一輛馬車，也許兩輛，還有幾隻獵犬嘛，錢再少就付不起這些開銷了。」

愛蓮娜聽著妹妹如此詳細計算日後和魏勒比在康柏莊園的生活費用，便又笑了。

「獵犬！」艾德華重複道：「可是你們何必要有獵犬？貴府又沒有人打獵。」

瑪麗安紅著臉回答：「可是，大部分的人都有獵犬啊！」

瑪格麗特突發奇想地說道：「眞希望有人可以給我們每個人一大筆錢！」

「對呀、對呀！」瑪麗安叫道，雙眼神采飛揚，雙頰也因爲沉浸在想像的幸福中而泛著光芒。

「我猜這是我們大家共同的願望吧，」愛蓮娜說道：「雖然財富是如此微不足道。」

「噢，」瑪格麗特叫道：「我會多麼快樂啊！我眞不知道該怎麼用那些錢呢！」

瑪麗安看起來就像確信這事會發生似的。

「如果我的孩子都不需要我的資助就會變得有錢，」達許伍德夫人說道：「我就要爲怎麼花我那一大筆財產而傷腦筋了。」

「您會從增建這棟房子開始，」愛蓮娜評論道：「不久，您不知道該怎麼花錢的煩惱就會一掃而空了。」

「到時候，這個家不曉得要向倫敦那邊下多麼闊綽的訂單呢！」艾德華說道：「所有的書店、樂譜店、版畫店可就樂了！達許伍德小姐，你一定會要人把所有傑出的版畫都送一張過來；至於瑪麗安，我知道她有著宏大的靈魂，光倫敦的音樂作品並無法滿足她。書籍也是，湯普森、考柏、司各特——她會不停地買他們的作品，我相信她會把每一本都買下來，以免這些書落入不配之人手裡；還有，她也會買下每一本教她如何欣賞盤根錯節老樹的書，對吧，瑪麗安？如果我太過莽撞，請你多多包涵。我只是要讓你知道，我並沒有忘記我們昔日的爭論而已。」

「我喜歡提及過去，艾德華，憂傷也好，快樂也罷，我都喜愛回憶它們。你放心好了，我不會因爲你談起過去就生氣。至於我會怎麼花我的錢，你猜得眞對，至少在寬裕的現金那個部分，我一定會拿去擴增樂譜和書籍收藏的。」

「而且你會把大部分的財產分給那些作家和他們的子孫們，做爲年金。」

「不，艾德華，那些財產我有其他用途。」

「那麼，也許你會設立一個獎項，看誰最能把你那一生只能戀愛一次的人生準則說得最好，然後就把獎頒給他——我猜，你對這一點的看法還是沒變吧？」

「這是無庸置疑的。我現在這個年紀，對事情的看法已有定見，不太可能因爲看見什麼或聽到什麼就改變的。」

「你看吧，瑪麗安堅定一如往昔，」愛蓮娜說道：「她一點兒也沒變。」

「瑪麗安比以前嚴肅些呢！」

「才不是呢，艾德華，」瑪麗安說道：「你別五十步笑百步了，你自己不也是心事重重的樣子。」

「你怎麼會這麼想呢！」他答道，嘆了一口氣。「我本來就不是一個個性開朗的人。」

「我覺得瑪麗安也一樣，」愛蓮娜說道：「她也不算是個活潑開朗的女孩。她很認眞，做事也很執著，有時候侃侃而談，而且總是充滿活力——但常常都不是眞的很快樂。」

「我相信你是對的，」他答道：「我卻老是把她當成活潑女孩看待。」

「我自己也常發現會在這方面犯錯，」愛蓮娜說道：「有時會完全錯看某個人，不是把他看得比本人開朗就是比本人陰鬱，不是更聰明就是更笨，而且完全沒法解釋這樣的誤解是怎麼來的。有時候是他們自己怎麼說，我們就怎麼信，更多時候是別人怎麼說他們，我們也怎麼信，自己完全沒好好想想什麼才是事實。」

「可是，愛蓮娜，」瑪麗安說道：「我認爲完全受到別人的判斷左右是對的。因爲在我看來，我們人之所以有判斷力，就是爲了跟周遭的人同聲唱和。我確定，這也一直是你的教訓。」

「不是，瑪麗安，從來就不是。我從未教訓人得委屈自己的看法去附和別人，我一直想影響他人的，不過是行爲作法而已，你千萬別弄錯我意思。我承認我常希望你對親友熱絡些，可是我什麼時候要你照單全收他們的情感，或在重要事情上順從他們的判斷來著？」

「你一直都沒辦法讓妹妹照你意思去做，去看重一般的禮儀規範。」艾德華對愛蓮娜說道：「到現在還是徒勞無功嗎？」

「完全徒勞無功。」愛蓮娜答道，意味深長地看著瑪麗安。

「理論上，」愛蓮華回應道：「我是站在你這邊的；不過，行動上，我恐怕得站在你妹妹那邊了。我無意冒犯，可是我就是莫名其妙地害羞，以至於看起來好像對所有事物漠不關心，可是其實是因爲天性笨拙才總顯得裹足不前。我常想，我肯定天生喜歡下層生活，因爲只要跟那些出身名門的陌生人在一起，我就渾身不對勁！」

「可是瑪麗安對人的輕慢，卻不能以害羞當藉口。」愛蓮娜說道。

「她太清楚自我價值了，用不著故作害羞。」艾德華答道：「害羞，是自卑感作祟下的產物。如果我可以讓自己相信我態度瀟灑、舉止優雅，我就不會害羞了。」

「不過你總是不夠坦誠，」瑪麗安說道：「那更糟糕。」

艾德華瞪大眼睛說道：「不夠坦誠？我不夠坦誠嗎？瑪麗安？」

「是啊，而且很嚴重。」

「我不懂，」他答道，臉色漲紅起來，「不夠坦誠——怎麼會，什麼事不夠坦誠？我該怎麼說呢？你怎麼會這樣想呢？」

見他情緒如此激動，愛蓮娜反倒嚇了一跳，她笑著打圓場，對他說：「你難道不夠了解我妹妹，不知道她是什麼意思嗎？只要說話不夠快、沒跟她一樣神采飛揚讚賞她所讚賞的事物，這樣的人都會被她歸類爲不夠坦誠，這你還不知道嗎？」

艾德華沒有接話，整個人又變回一副心事重重的陰鬱模樣，無精打采地靜默坐了好一會兒。

Chapter 18

# 第十八章

愛蓮娜見朋友情緒低落，內心也抑鬱了起來。他的造訪讓她憂喜參半，因為他一副無法盡興的樣子，顯然很不快樂。她眞希望，他對自己的感情也能像過往一樣表現得那麼明顯，此刻看不出他是否仍喜歡著自己；他對她的態度曖昧不明、充滿矛盾，前一刻眼神深情款款，一會兒之後又像什麼事也沒有。

第二天早上，其他人還沒下樓，他走進只有愛蓮娜和瑪麗安兩人在的早餐室。亟欲促成他們二人在一起的瑪麗安一見他進來，便起身走出。但只踩了一半樓梯、人都還沒走到樓上的瑪麗安，聽見了客廳的門打開，她轉過身，驚訝看到艾德華已經走了出來。

「因為你們還沒要吃早餐，」艾德華說道：「我想先去村子看看我的馬，一會兒就回來。」

艾德華回來後，史無前例讚美了附近村莊景色好一番。他步行到村子的途中，有機會飽覽沿途美景，又因村莊坐落位置高於巴頓小屋，能將附近景致盡收眼底，因而頓覺心曠神怡。

這個話題當然吸引了瑪麗安的注意，她果然開始對美景發表自己的讚美之詞，還向艾德華問起更細膩的描述。艾德華只好打斷她的雅興，說道：「你就饒了我吧，瑪麗安，你應該記得我對山水意境沒什麼研究，再說下去只會讓我的無知和缺乏品味惹你生氣而已。我會把雄偉的山巒說成陡坡，崢嶸崎嶇的地表說成怪異荒蕪的土地，而在遠方雲霧氤氳之下充滿朦朧美的物體，我會簡單地說看不見。我發自內心的讚美如下，請你務必滿意——我稱這裡是個好地方。山坡陡峭，森林充滿好木材，山谷看起來舒適而溫馨，谷中綠草如茵，幾棟整潔的農舍點綴其中。這就是我理想中的好地方，因爲它結合了美麗與實用，而且我敢說它也充滿了意境之美，因爲你也欣賞它；我當然相信這地方充滿奇岩怪石、苔蘚、草叢，只是它們之於我一點作用也沒有。我對山水意境一無所知。」

「你的描述恐怕言過其實了，」瑪麗安說道：「你爲什麼要把它說得那麼好呢？」

「我猜，」愛蓮娜說道：「艾德華是想避免用矯情的陳腔濫調，卻不自覺地這麼做了。因爲他認爲許多人對自然美景的描述往往辭溢乎情，他很討厭這種裝模作樣，所以故意淡化內心的感覺，再怎麼喜愛眼前美景，也不想加以詳述，只用平凡的詞彙一語帶過。他眞是個挑剔的人，弄到後來反而顯得自己很虛僞做作。」

「你說得眞對，」瑪麗安說道：「欣賞自然美景已經淪爲一種玩弄文字的作爲。每個人都假裝自己是第一個對山水風景充滿感動的人，裝得極有品味與優雅。我嫌惡各種形式的賣弄詞彙，有時候我只把感覺藏在心裡，因爲除了用爛了的陳腔濫調之外找不到可以描述的語詞。」

「當你宣稱深受美景感動時，」艾德華說道：「我相信那份愜意暢快是眞的。不過，話說回來，請你姊姊務必允許我看到什麼就說什麼——我喜歡欣賞美景，但不是以作畫的原則去看它。我不喜歡盤根錯節、形貌彎曲、枯萎的老樹，如果它們長得筆直挺拔、枝繁葉茂，我會比較有興趣。我不喜歡傾頹殘破的屋舍，不愛蕁麻、薊花或石南花。我喜歡簡潔樸實的農舍勝於鶴立其他屋舍之上的瞭望臺。而一群樂天知命的村民，遠比一夥世上最時髦的盜賊還教人覺得浪漫。」

瑪麗安一臉驚訝地看著艾德華，又同情地看看姊姊。愛蓮娜只是一笑置之。

這個話題也就到此爲止了，瑪麗安又若有所思地沉默起來，直到出現一個引她注意的新目標——當艾德華接過達許伍德夫人遞來的茶時，瑪麗安正好坐在他旁邊，艾德華的手直接伸向她面前，她因此看到艾德華手上戴了一枚戒指，戒指中心還攢著一縷頭髮編成的結，煞是醒目。

「我從未看你戴過戒指，艾德華，」她叫道：「那是你姊姊芬妮的頭髮嗎？我記得她說過要送給你的，可是我覺得她的髮色應該比較深才對。」

瑪麗安不自覺地說出了自己的想法，但看到艾德華因她的話困窘難當時，她心裡暗自叫苦，不斷責備自己的失言，困窘不在艾德華之下。艾德華漲紅著臉，飛快地瞄了一下愛蓮娜，答道：「是啊！這是我姊姊的頭髮。你知道的，光線投射造成的陰影，總會影響到髮色的嘛！」

愛蓮娜接觸到艾德華的目光，臉上表情也和他一樣尷尬。

那縷頭髮是愛蓮娜的——愛蓮娜和瑪麗安幾乎同時這麼想，也都覺得心滿意足；姊妹倆唯一不同的結論是——瑪麗安想，頭髮是姊姊送給他的；愛蓮娜卻想，艾德華不知道是用什麼方法偷到的。不過，她也沒因此而生氣，只裝作一副毫不在意的樣子，隨便起了個話題，轉移眾人的注意力。然而心裡卻暗自決定，得找個機會好好瞧瞧那縷頭髮，看看到底是不是自己的。

艾德華的尷尬持續了好一陣，接下來的時間裡都一副心不在焉的樣子，一整天下來心情更是陰陰鬱鬱的。瑪麗安因爲說了那些話自責不已；不過，她要是知道姊姊對這件事並不在意，也許用不著自責那麼久。

下午，約翰爵士和詹寧斯太太前來達許伍德家拜訪，因爲他們聽說村子裡來了位紳士，特地過來瞧瞧這位稀客。約翰爵士在岳母的幫助下很快就發現，原來這位客人的姓氏是「法」字開頭的，以後可有的是談資取笑死心眼的愛蓮娜了；不過，艾德華和他們才剛認識，還不好意思立刻對他下手。然而，愛蓮娜觀察他們兩位幾次意味深長的表情，已猜到他們早就從先前瑪格麗特透露的訊息，編出一個很完整的故事了。

約翰爵士每次來達許伍德家，不是邀她們隔天過去用晚餐，就是當晚過去喝茶。眼前這個時機，他覺得有必要好好款待稀客，便決定邀他們過去吃飯、喝茶。

「今天晚上你們一定得過來喝茶，」他說道：「因爲家裡就只有我們而已。而明天，你們非得過來跟我們一塊兒吃飯不可，因爲家裡會來很多人。」

詹寧斯太太在一旁幫著敲邊鼓，說明爲何非去不可。「誰曉得到時候會不會辦上一場舞會呢？」她說道：「那對你可就有吸引力啦，瑪麗安小姐。」

「舞會！」瑪麗安叫道：「不可能！誰來跳舞呢？」

約翰爵士和詹寧斯太太便過來拜訪達許伍德家

「誰？當然是你們這幾位，還有凱瑞家的人、懷戴克家的人啊！怎麼，你以爲那個不能說出他名字的人不在，就沒有人能跳舞啦！」

「我衷心企盼，」約翰爵士大聲說道：「魏勒比會再次回到我們之間。」

聽了這些話雙頰緋紅的瑪麗安，不禁讓艾德華起疑。「魏勒比是誰？」他悄聲問身旁的愛蓮娜。

她簡短回答了一下，然而瑪麗安臉上的表情卻寫著更爲清楚的答案。這下子，他不僅明白旁人所說那些話的意思，也對她之前的某些表情恍然大悟了。待訪客離開，他立刻走到瑪麗安身旁，耳語道：「我一直在想著某些事。要不要我告訴你，我在想什麼？」

「什麼意思啊？」

「要我告訴你嗎？」

「當然。」

「那好吧，我猜魏勒比先生喜歡打獵喔！」

瑪麗安嚇了一跳，表現出慌亂的樣子，但看到他那副不動聲色的搗蛋模樣，卻也忍不住微笑了一下。沉默一會兒後，她說道：

「噢，艾德華，你怎麼可以這樣——不過，會有那麼一天的，我希望……我相信你會喜歡他的。」

「我絕不懷疑。」他答道，對瑪麗安的坦誠與熱情甚爲吃驚。他還以爲瑪麗安只不過是認識魏勒比罷了，而他純粹出於好玩，要看看他倆之間有什麼關係，倘若知道情形如此，他絕對不會冒昧提起這件事的。

# Chapter 19 第十九章

艾德華在巴頓小屋住了一個星期，達許伍德夫人好說歹說地要他再多住些時日，他卻好像下定決心自我放逐似的，選在和朋友過得最快樂的時候離開。最後兩、三天裡，他雖然還是有些陰陽怪氣，不過已改善許多——

他越來越喜歡小屋和四周環境，每次提及要走都不免嘆息，到要走時還聲稱他其實空閒得很，甚至說離開她們之後不知該到哪兒去——可是，卻還是得走。從沒有一個星期過得這麼快，他幾乎無法相信這個星期就這麼過去了。他不斷重複這句話，也說著其他的事情，這無疑說明了他情緒上的掙扎，分明不想離去，卻又得扯謊離開。他在諾蘭德過得並不快樂，也討厭待在城裡；然而，諾蘭德或倫敦，他得選一個地方去。他非常感謝她們熱情接待，只有跟她們在一起時，他才是幸福快樂的。然而過完這個星期，他就得拂逆她們的盛情、違背自己的意願，在根本完全無須顧慮時間的情況下，離開她們。

愛蓮娜將他這讓人摸不著頭緒的行爲，都歸咎於他母親——她並不了解他母親，但慶幸的是，只要做兒子的有異常行爲，十之八九都可以推到母親身上。她雖然失望、苦惱，有時還因他對自己態度不明而煩心，但大致上還是能夠坦率地替他的行爲開脫、爲他找藉口——想當初，她母親要她對魏勒比的行爲寬大些，她還備感痛苦呢！艾德華情緒低落、不夠坦誠、態度不定，總被歸咎於他還無法自立，並深知自己母親法若斯太太的脾氣和企圖。他短暫的來訪、堅定的辭意，均起因於他母親給他的枷鎖，以及他不得不從的命令。

責任義務凌駕於自由意志，父母權威凌駕於子女性格，這種悲哀由來已久，也確實是他們之間問題的根源。她真的很想知道這種麻煩何時才能解決，這種對立何時才能休止——法若斯太太何時才會轉念，她兒子何時才能享受自由的快樂。不過，這些全是遙不可及的癡心妄想，爲了安慰自己，她只好再次相信艾德華對她深情難喻，盡量回想他待在巴頓小屋期間，表現出的每個可能示愛的眼神，或對她說出的每句可能含藏愛意的話語，尤其是他時刻戴在手上的那枚戒指，更是讓她感到寬慰的證據。

「艾德華，我想，」他們一起吃早餐的最後一個早晨，達許伍德夫人說道：「你要是找個工作來善用時間，給自己的計畫和作爲增點兒趣味，也許會比較快樂些。當然，這樣對你的朋友來說會造成一些不便，因爲你再也無法花太多時間在他們身上。但是，」她微笑道：「這麼做有實質上的好處，至少和朋友道別之後你知道要往哪裡去。」

「老實說，」他答道：「我也一直在想您說的這一點。然而這也許是過去、現在，甚至在未來都是我的一大不幸，因爲從以前到現在，我都沒有可做之工，沒有可以受雇之業，或任何可以自立的契機。我對工作的挑剔，還有朋友對我工作的挑剔，不幸造就了今日的我，一個遊手好閒無能的人。我們在工作的選擇上，永遠無法達成協議。我向來比較喜歡教會的工作，一直到現在都是。但我的家人卻認爲這樣的工作趕不上流行，他們建議我往陸軍發展，但那對我來說又太過時尚了。當律師夠優雅了，許多年輕人在議事堂裡有辦公室，時常在上流社交圈出現，還駕著時髦的輕便馬車在城裡兜來轉去。然而，即便家人要我稍微研究一下法律，我也沒興趣。海軍倒挺時髦的，可是當這件事被拿出來討論時，我年紀已經太大了——而且，反正我也不是非得有個工作不可，因爲穿不穿紅色軍裝我都同樣帥氣奢侈。整體看來，遊手好閒被斷定爲最有益、最體面的作爲了，畢竟一個十八歲大的年輕人誰不想跟朋友一起玩樂，而跑去過忙忙碌碌的生活。所以我就進了牛津大學，也就是從那時候起眞正地遊手好閒了起來。」

「這樣下去的結果，我想，」達許伍德夫人說道：「既然你沒法因爲無所事事而過得更好，那麼將來你的兒子可就有罪受了，你一定會盡可能地栽培他們，要他們做各種不同嘗試，任何行業都會要他們做做看，就像小說《克魯米拉》（Columella）的主人翁那樣要求孩子。」

「我會把他們教養得，」他正色道：「盡可能不要像我，無論是感情上、行爲上、社會地位上，每件事情上都是。」

「得了、得了，這只是你心情不好、發洩情緒的說詞而已。你現在內心鬱悶，便覺得舉凡和你不一樣的人就是快樂的。可是別忘了，無論一個人的教養和品味如何，同樣都會經歷與朋友分別的痛苦。要體驗自己的幸福，你需要的是耐心，或者說得好聽些，是懷抱希望。假以時日，你母親一定會把你所企求的獨立自主還給你，那是她的責任。將來也是一樣，爲了她眞正的幸福快樂著想，爲了不讓你虛度青春，她會把將主權交還給你的。也許再等幾個月吧！」

「我認爲，」艾德華答道：「不管再過幾個月，好事也不會上門。」

沮喪鬱悶的他，沒法向達許伍德夫人多說些什麼。不久，離別時刻到來，大夥因他情緒低落而更覺難受，尤其是愛蓮娜，眞的非常捨不得，她必須多花些努力和時間才能平復情緒。艾德華離開後，她下定決心要恢復正常，並試圖不讓自己表現得比其他家人還難過，她不會沉默不語、孤立自己、漫無目的地晃來晃去弄得自己更傷心，這是瑪麗安應對類似情況的作法。姊妹倆一個亟欲自制，一個自我耽溺，目的不同，作法也不同，只要適合她們各自心性就行。

艾德華一離開，愛蓮娜立刻坐到畫桌前，整天忙於作畫，既不主動也不避提他的名字，對家中大小事一如既往關心。這麼做，就算沒法稍減自己的痛苦，至少不會滋長痛苦情緒，母親和妹妹也可以替她少擔點心。

儘管姊姊的行爲和自己完全相反，瑪麗安也不覺得這麼做値得稱讚，而自己不見得就是錯的。她認爲自我克制是很容易做到的（當然啦，這對愛得深的人來說是不可能的，對用情沒那麼深的人自然容易得多，這沒什麼好嘉獎的嘛），她姊姊談起感情來很理智，這一點她不敢否認，但還是替姊姊感到有點兒羞愧。儘管姊妹性格有著這麼大的不同，她仍然深愛她，且對她尊敬有加。

愛蓮娜雖未將自己封閉起來，或避開別人自己到外頭散步，或憂傷痛苦徹夜不眠，卻還是發現每天都有足夠多的時間讓她想到艾德華以及他的一舉一動，而且因爲時間不同、心情不同，對艾德華言行的解讀也不同——有溫柔的、同情的、贊同的、責備的，也有懷疑的。許多時候，如果不是母親與妹妹們不在，就是她們都在忙、沒法聊天說話，這時，寂寞就會發揮威力，她的心靈無可避免地空閒下來，思緒開始飄忽翻飛，無論想到以前或以後，那個讓人無法忽略的主題總是獨占了她的回憶、她的心思，以及她的遐想。

就在艾德華離開後不久的某一天，愛蓮娜坐在畫桌前，又陷入這樣的遐想，不料突然有人來訪，打斷了她的思緒。那時正好只有她一人在樓下，聽到前院入口處小門被關上的聲音，連忙舉目望向窗外，只見一夥人浩浩蕩蕩朝屋子走來。這些人之中有約翰爵士、米德頓夫人、詹寧斯太太，還有她從未見過的一名紳士和淑女。

愛蓮娜就坐在窗邊。約翰爵士一看到她，立刻走上前來很有禮貌地敲門，並且穿過草坪、走到窗口來，愛蓮娜只好打開窗子跟他說話。窗子離門口很近，他們在窗口說的話，站在門口的人不聽見也難。

「哈，」他說道：「我們帶了兩個陌生人來。你喜歡他們嗎？」

「噓！他們會聽見的。」

「聽見了也沒關係，就是帕瑪夫婦嘛！夏綠蒂很漂亮，這我可以告訴你。如果你從這邊看過去，就可以看到她。」

愛蓮娜知道再過幾分鐘就可以看到她了，不想失禮，所以對約翰爵士的提議敬謝不敏。

「瑪麗安呢？是不是我們來了，她就跑去躲起來啦？我看她的鋼琴琴蓋還是開著的。」

「她出去散步了。」

等不及開門就要打開話匣子的詹寧斯太太，也忍不住過來湊一腳。她邊叫嚷著邊走過來，「親愛的，你好嗎？達許伍德夫人好嗎？你妹妹們都上哪兒去啦？什麼，只有你一個人在啊，你會很高興有這群人來陪你坐坐的。我帶了另一對女婿和女兒來了。他們來得真突然！昨天晚上我們在屋裡喝茶的時候，我聽到了馬車的聲音，可是壓根兒沒想到會是他們哪！那時候我想，該不會是布蘭登上校回來了吧！所以我跟約翰爵士說：『我想我真的聽到馬車的聲音了，也許是布蘭登上校回來了──』」

愛蓮娜得接待其他客人，話不得不聽了一半就先走開去；米德頓夫人把那兩位陌生人介紹給她認識。這時，達許伍德夫人和瑪格麗特也從樓上下來，大夥便都就坐，彼此對望了一陣。同一時間，詹寧斯太太從穿堂走進客廳，嘴裡還叨唸著她的故事，約翰爵士跟著進來。

帕瑪太太比米德頓夫人年輕幾歲，但跟她一點兒也不像。她個子嬌小、身材豐腴，有張漂亮的臉蛋，看起來是個性情非常好的人。她的儀態不若她姊姊優雅，卻討喜得多。她進來時臉上帶著微笑，整個拜訪過程中除了大笑之外都一直微笑著，離開時仍然掛著微笑。她丈夫是個一臉嚴肅的

二十五、六歲年輕人，比妻子時髦些，好像也比較有見識，不過沒她那麼愛取悅人、愛被人奉承。他帶著一副自尊自大的神情走進來，不發一語地稍微欠身，算是和女士們打了招呼，快速打量她們和她們的住處一眼後，便隨手拾起桌上報紙閱讀起來，在屋裡待了多久就看了多久的報紙。

帕瑪太太剛好和他相反，天性熱情愛交際，還沒坐下，就開始讚美起客廳及廳裡的每件物品。

「啊，多麼漂亮的客廳啊，我從沒看過這麼精緻的東西！噢，媽媽，這裡跟我上回最後一次造訪眞的變了好多！我一直覺得這是個可愛的地方，」隨即轉向達許伍德夫人，道：「夫人，可是您卻把它變得更加迷人！姊姊，你看，每件擺設都這麼可愛！眞希望我能擁有這樣一棟屋子，你難道不想嗎，帕瑪先生？」

帕瑪先生沒有回答，眼睛甚至連抬都沒抬地繼續看著報紙。

「帕瑪先生沒聽到我說話，」她笑著說道：「他有時候就是沒聽見我說話，眞是好笑！」

這對達許伍德夫人來說還眞是新鮮事兒，她以前從沒發現，對於他人的簡慢還能這般自我解嘲，忍不住訝異地看著這兩個人。

在此同時，詹寧斯太太也唯恐別人聽不見似的大聲訴說他們昨晚的驚喜，直到詳述了每個細節才罷休。帕瑪太太提起，他們昨晚見到他們夫妻倆時神情如何目瞪口呆，便忍不住哈哈大笑，每個人至少都說了兩、三次同意他們的話，大家不只一次贊同地說昨晚眞的非常驚喜。

「我們看到他們夫妻倆時，要說多高興就有多高興，」詹寧斯太太補充道，還邊作勢朝愛蓮娜耳語，彷彿不想讓人聽見她說話似的，然而她們的座位可是一個遠在東，一個遠在西啊，「可是我眞不想讓他們這麼趕著回來，或做這麼長途的旅行，因爲他們是從倫敦過來的，」她意有所指地點點頭，再指指她的女兒，「有點兒事情，你知道的嘛，她不該這時候出遠門的。我本來還要她今天留在家裡休息，她硬要跟著我們來，她迫不及待地想見見你們哪！」

帕瑪太太大笑，還說自己不會有什麼問題的。

「她預計二月份要臨盆的。」詹寧斯太太繼續說道。

米德頓夫人再也受不了這樣的對話，便故意問帕瑪先生報紙上有沒有什麼新聞。

「沒有，什麼新聞也沒有。」他答道，繼續看報。

「瑪麗安回來了，」約翰爵士叫道：「喂，帕瑪，你就要見到一位絕世美女啦！」

他立刻走進穿堂，打開前門，親自迎接她進來。詹寧斯太太一看到她，就問她是不是到亞倫罕莊園去了。帕瑪太太一聽到這個問題就笑得好開心，彷彿要表現一下她知道這個問題所代表的意義似的。瑪麗安進來時，帕瑪先生抬起頭盯著她看了好幾分鐘，便又低頭看他的報紙。此時，帕瑪太太忽然被掛在牆上的畫作吸引，起身向前審視了一下。

「噢，這些畫畫得眞好啊，眞讓人覺得耳目一新！媽媽，快看嘛，多美啊！我說這些都是傑作，我可以一直這麼看下去呢！」說完後又坐下，不一會兒便全忘了屋子裡有這些東西。

米德頓夫人起身告辭時，帕瑪先生也站起來，放下手中報紙，伸伸懶腰，環顧在座眾人一圈。

這些畫畫得眞好啊！

「親愛的，你睡著啦？」他太太說道，大笑。

他沒回答，只是又仔細地看了整個客廳一遍，說天花板很矮，而且都彎曲了。然後欠了欠身，跟其他人一塊兒走出去。

約翰爵士熱情地邀約她們明天到莊園玩。達許伍德夫人不願讓自己造訪巴頓莊園的次數多過他們造訪小屋的次數，便謝絕了好意，至於女兒們要不要去可以自己決定。不過，她們既不想去看帕瑪夫婦是怎麼吃晚餐的，也不冀望去那邊會有多好玩，便也婉拒了；她們推稱天氣不穩定，可能會下雨。然而約翰爵士不答應，說會派馬車來接她們，因此大家都得來。米德頓夫人也是，雖未勉強邀請達許伍德夫人，卻一定要她的女兒們去。詹寧斯太太和帕瑪太太也跟著拜託起來，彷彿每個人都生怕到時會變成一場沒有外人的家庭聚會似的，年輕小姐們只好從命了。

「他們幹嘛非邀我們不可？」待他們一離開，瑪麗安便開口道：「雖然他們算我們的房租比較便宜，可是只要他們家來了客人或我們家來了客人，就得過去莊園吃飯，這樣我們也算付了嚴苛的代價了。」

「他們對我們展現出的友好，與幾個禮拜前頻繁邀請我們赴宴的態度並無不同，」愛蓮娜說道：「如果我們覺得他們的宴會已經變得乏味無聊，那麼，不是他們改變了，而有別的因素存在。」

Chapter 20

# 第二十章

第二天，當達許伍德家的小姐們一踏進巴頓莊園的客廳，帕瑪太太立即從另一道門飛奔進來迎接她們，臉上還是昨天見面時的一團和氣和熱情愉快。她不勝欣喜地拉著她們的手，表示很高興再次看到她們。

「我眞高興看到你們來！」她說著，在愛蓮娜與瑪麗安中間坐了下來，「今天天氣不好，我還擔心你們不來了呢，如果那樣就會很令人失望，因爲我們明天就要走了。魏斯頓夫婦下禮拜要來看我們，事情就是這樣啊，所以我們非走不可。其實，我們這次眞的回來得很匆促，我一點兒也不知道要回來，直到馬車出現在門口，帕瑪先生才問我要不要跟他一塊兒走一趟巴頓莊園。他就是這麼古怪逗趣！他呀，什麼事也不跟我說！很遺憾我們不能久留，不過，我希望我們很快就能在城裡相見。」

達許伍德小姐們告訴她，她們並沒有進城的打算。

「沒有進城的打算！」帕瑪夫人笑著嚷道，「如果你們不來，我會很失望的。我可以很容易就幫你們在我們家隔壁找到全天下最舒適的房子啊，就在漢諾威廣場嘛！你們一定得來，眞的。如果達許伍德夫人不喜歡在外頭走動，我可以陪你們參加各種社交場合，直到我要分娩爲止。」

她們向她道謝，仍婉拒了她的邀約。

「噢，親愛的，」帕瑪太太轉過身，對著才剛走進門的丈夫叫道：「你一定得幫我說服達許伍德小姐們在今年冬天進城去。」

她親愛的沒有作答，只稍微對小姐們欠身行禮，然後開始抱怨起天氣。

「搞什麼嘛！」他說道：「這種天氣弄得每件事、每個人都討厭透頂。一下雨，待在室內和室外一樣無聊，眞讓人忍不住看到認識的人就想發脾氣。約翰爵士不知道哪根筋不對勁，房子裡也不弄間撞球室？怎麼就沒幾個人知道要怎麼舒適地過日子！約翰爵士就跟這天氣一樣蠢。」

不一會兒，其他人也進來了。

「瑪麗安小姐，」約翰爵士說道：「恐怕你今天不能像往常一樣到亞倫罕散步囉！」

瑪麗安一臉陰霾，沒有說話。

「噢，在我們面前不必裝模作樣的，」帕瑪太太說道：「我跟你說，我們全知道了，而且我很贊同你的品味，因爲我也覺得他眞的很帥。我們在鄉下時都住得滿近的嘛，相距不到十英里吧，我說。」

「都快三十英里啦！」她丈夫說道。

「噢——啊，差不多啦。我從沒去過他那棟宅院，不過聽說是個很舒適雅致的地方。」

「那是我平生僅見最爛的地方。」帕瑪先生說道。

瑪麗安雖仍不發一語，臉上表情卻透露出她對這個話題的興趣。

「真有那麼糟嗎？」帕瑪太太接著說道：「那我猜，他們說的漂亮地方一定是指別處了。」

當大家在晚餐室坐定時，約翰爵士對於餐桌上總共才八個人顯得很失望。

「親愛的，」他對他的夫人說道：「今天才這幾個人而已，眞是掃興哪！你怎麼沒邀吉爾伯特家過來呢？」

「我不是告訴過你了嗎，約翰爵士？你當時跟我提的時候，我就已經說過他們今天不能來，因為他們不久前才來吃過飯而已，都還沒回請我們呢！」

「約翰爵士跟我，都不在意什麼禮數不禮數的。」詹寧斯太太說道。

「那您就太不懂禮貌了！」帕瑪先生嚷道。

「親愛的，你把每個人都惹毛了，」他太太說道，臉上仍帶著一貫的笑容，「你知道你這樣很粗俗無禮嗎？」

「我不知道因為說你母親不懂禮貌就是粗俗無禮。」

「唉，你愛怎麼罵我就怎麼罵吧，」好脾氣的老太太說道：「你已經從我手裡把夏綠蒂接過去了，而且不能把她退回來，所以你算是逃不出我手掌心的。」

夏綠蒂想到自己丈夫是擺脫不了她的，便開心得大笑起來，還洋洋得意地說，她才不管他態度有多麼無禮，反正他們都得生活在一塊兒。在這世上，怕再也沒有人像帕瑪太太那樣全然好脾氣、徹底樂天的吧！她丈夫故意不理睬她、輕慢她、給她難堪，她都不以為意；當他責罵她、貶損她的時候，她反倒樂不可支。

「帕瑪先生真好笑！」她低聲對愛蓮娜說道：「他老是在生氣。」

經過短暫觀察，愛蓮娜並不認為帕瑪先生像他外表故意顯露得那麼脾氣壞或粗俗無禮。也許就像其他男人一樣，帕瑪先生也是個偏愛美貌的人，可是結了婚後卻發覺自己娶過門的不過是個蠢女人，所以脾氣也就變得古怪了（不過，她知道很多人都犯了這種錯誤，凡是有理性的人，總得想個法子讓自己的情緒有個出口）。她想，帕瑪先生是因為想表現出卓然超群的氣勢，才如此鄙夷所有的人，並嫌棄一切事物吧！換句話說，就是要表現他的優越感嘛！這個動機普遍得很，沒什麼好奇怪的；不過這種作法，只能讓他在欠缺教養這方面高人一等，而無法讓任何人喜歡他——除了他的妻子以外。

「噢，親愛的達許伍德小姐，」不久，帕瑪太太說道：「請讓我有這個榮幸對你和令妹提出邀請。請你們今年聖誕節來克里夫蘭小住數日好嗎？真的，請賞光，趁魏斯頓夫婦還在的時候來。你們如果能來，我不知道會有多麼高興，一定會很好玩的！——親愛的，」她向丈夫求援，「你不也盼望達許伍德小姐們能來克里夫蘭嗎？」

「當然，」他冷笑答道：「我來德文郡沒別的事好做。」

「你們看，」他妻子說道：「帕瑪先生也期盼你們來，所以你們不能拒絕呀！」

達許伍德小姐們立刻態度堅決地婉拒了。

「可是，說眞的，你們眞該來的。我敢說你們此行一定會很愉快的，魏斯頓夫婦也會在，說有多好玩就會有多好玩。你們都想像不到克里夫蘭是個多麼可愛的地方，而且我們過得很開心，因爲帕瑪先生忙著從事競選活動，得四處奔走，有好多我從沒見過的人都會來我們家吃飯，眞的好好玩！不過，可憐的帕瑪先生，他眞是累慘了呢，因爲他得讓每個人都喜歡他。」

愛蓮娜在對這項艱鉅任務表示贊同的同時，幾乎忍不住要笑出來。

「他要是進了國會，」夏綠蒂說道：「該會多麼有意思啊——是吧？我會笑得多開心啊！看著所有寫給他的信都要加上『國會議員』這幾個字，一定很好笑。不過你們知道嗎，他說他永遠不會讓我也享有特權在信件貼上郵資免付的戳記，他宣稱自己絕對不會這麼做。對吧，帕瑪先生？」

帕瑪先生沒有理睬她。

「他受不了寫字，你們知道吧，」她繼續說道：「他說那是件可怕的事。」

「不，我從未說過如此荒謬的話，不要把你那堆無聊的廢話都倒到我身上來。」

「你們瞧，他眞是好笑得很。他總是這樣呢！有時候他大半天都不跟我說話，然後一開口就是這麼好笑的事——眞是什麼話都有。」

當他們回到客廳時，帕瑪太太吐出的問題倒嚇了愛蓮娜一大跳，她問愛蓮娜是不是很喜歡帕瑪先生。

「當然啊，」愛蓮娜說道：「他好像挺和藹可親的。」

「噢，我眞高興聽你這麼說。我就知道你會喜歡他的，他是那麼好相處的人；而且我可以告訴你，帕瑪先生很喜歡你和你妹妹。如果你們不能到克里夫蘭來，他不曉得會有多失望呢！我眞不明白你們爲什麼要拒絕邀請。」

愛蓮娜只得再次婉拒她的好意，並趁機轉變話題，讓她別再繼續邀約。她想，既然帕瑪夫婦和魏勒比住在同一個郡，也許她能提供有關魏勒比個性如何的詳情，比起和魏勒比不算熟識的米德頓夫婦，她的消息應該會比較可靠；而且，她急著得到有關魏勒比人品的正面評價，才不至於替瑪麗安擔太多心。她起先問到，他們在克里夫蘭時是不是常見到魏勒比，他們和他熟不熟。

「噢，對呀，我跟他很熟啊！」帕瑪太太答道：「雖然我從沒跟他說過話，但倒經常在城裡看見他。不過，事情就是那麼陰錯陽差，我在巴頓莊園的時候，他總是不在亞倫罕。媽媽以前在這兒看過他一次，那時我跟舅舅住在威茅斯。不過，如果不是那麼巧，我們回家時他都剛好不在，否則我們在撒姆賽特郡一定會常見面的。我想，他很少待在康柏莊園；就算他常待在那兒，我認爲帕瑪先生也不會去拜訪他，因爲他是反對黨的，你知道的，況且路途也很遙遠。我知道你爲什麼問起他，你妹妹要嫁給他了！我眞是高興得不得了，因爲，你知道的嘛，這樣我就會有令妹這個鄰居了。」

「我說，」愛蓮娜答道：「如果你認爲他們快要結婚了，那麼你對這件事情的了解就比我多了。」

「不要裝不知道嘛，因爲你知道的，大家都在說啊！告訴你，這還是我在路上聽說的。」

「帕瑪太太！」

「眞的啦，不騙你。禮拜一白天，就在我們離開城裡之前，在龐德街碰到布蘭登上校，他告訴我的。」

「你太讓我驚訝了。布蘭登上校居然會告訴你這件事！你一定是弄錯了。我不認爲布蘭登上校會跟當事人以外的人談及這樣的事，就算他有正確的消息也不會這麼做。」

「可是我跟你保證，這是眞的，而且我可以把整件事的來龍去脈告訴你——我們碰到他以後，他就轉過身來，和我們一塊兒走著；於是開始聊起我姊姊和姊夫，事情一件接一件地聊下去，然後我就跟他說：『對了，上校，聽說巴頓小屋入住了一戶新來的人家，而且媽媽寫信告訴我，她們都長得很漂亮，其中有一位小姐就要嫁給康柏莊園的魏勒比了。這是眞的吧？你一定知道齁，因爲你最近都待在德文郡。』」

「上校怎麼說呢？」

「噢，他沒說多少話，不過表情看起來就是一副默認的樣子，所以從那時候起，我就想，這件事已經塵埃落定了。我就說嘛，這是天大的喜事啊，什麼時候辦哪？」

「布蘭登上校好嗎？我希望他一切無恙。」

「噢，當然，好得不得了。他一直誇讚你咧，除了講你的好之外，他什麼話也沒說。」

「他的讚美讓我備覺榮幸。他似乎是個很優秀的人，我也覺得他是個很讓人喜歡的人。」

「我也是這麼想——他是個很有魅力的人，只可惜總是愁眉不展，抑鬱寡歡。媽媽說，他也愛上令妹了。我告訴你，若眞是這樣，對令妹而言可是大有面子的事，因爲他不輕易愛上任何人的。」

「在撒姆賽特郡你們住的那一帶，有很多人認識魏勒比先生嗎？」

「噢，對呀，大家都認識他，但我不認爲有很多人跟他熟識，因爲康柏莊園還滿遠的；可是我敢說，大家都覺得他是個很好相處的人，只要有他在的地方，他總是最受歡迎的人，你可以這樣告訴令妹。我以名譽擔保，令妹釣到他，眞是天大的福氣；不過，他能找到令妹也算是幸運啦，因爲令妹既漂亮又討人喜歡，幾乎沒有人可以配得上她。話雖如此，但我跟你說，我並不覺得她比你漂亮，因爲我認爲你們兩位都很漂亮，而且我確定帕瑪先生也是這麼想的，儘管昨晚我們沒能讓他親口承認。」

帕瑪太太所提供有關魏勒比的訊息並無實質內容，但只要是有利於他的見證，無論多麼微不足道，愛蓮娜都會很高興的。

「眞高興我們終於相識了，」帕瑪太太繼續說道：「我希望我們永遠都是好朋友。你不知道我當初多麼想見你一面啊，有你住在巴頓小屋眞好！說眞的，沒有比這更令人高興的事了！我尤其高興你妹妹就要嫁個好人家了，希望你以後會常去康柏莊園，據大家說，那兒是個可愛的地方。」

「你和布蘭登上校認識很久了，是嗎？」

「對啊，滿久了，從我姊姊結婚那時就認識了。他是約翰爵士的好朋友——我認爲啦。」她壓低聲音補充道：「其實如果可以，他是很想娶我的。約翰爵士和米德頓夫人也很期盼，可是媽媽覺得我可以嫁得更好，要不然約翰爵士早就去跟上校說了，而我們也可能立刻就結婚了。」

「布蘭登上校知不知道約翰爵士要跟你母親提這件事？他曾對你表白過嗎？」

「噢，沒有。不過，如果媽媽不反對，我敢說他一定會想娶我。他才見過我兩次，因爲那時我還在學校唸書。然而，我現在再幸福不過了，因爲帕瑪先生正是我喜歡的那種男人。」

# Chapter 21

# 第二十一章

第二天，帕瑪夫婦返回克里夫蘭，又留下了巴頓莊園和巴頓小屋兩家人互相請客拜訪——只是，這樣的情形並未持續太久。愛蓮娜很難不想到上次那兩位客人，她想不通夏綠蒂怎能沒由來地這麼快樂，而帕瑪先生極富聰明才智，行爲怎麼這般幼稚，夫妻之間怎麼常常就這麼怪異不搭襯呢！就在約翰爵士和詹寧斯太太的熱心交際下，很快又拉來了幾位新朋友。

有天，他們當日往返艾克斯特一趟，途中遇見兩位年輕小姐，詹寧斯太太很高興地發現她們原來是親戚呢！這就足以讓約翰爵士邀請她們在艾克斯特辦完事後，直接到莊園作客。她們一聽到這樣的邀約，立刻說在艾克斯特的事已經辦妥。

米德頓夫人聽了約翰爵士一回家就報告的這個消息，大吃一驚，因爲這表示她很快就得接待兩位素昧平生的小姐，而且完全不知她們的品行教養如何（她根本不相信丈夫與母親爲這兩位陌生人的擔保）；此外，她們甚且是親戚咧，這就更慘了。詹寧斯太太只好安慰女兒，別太在意她們的品味，她們畢竟是表姊妹，凡事多擔待些。

既已不可能阻止她們來訪，米德頓夫人只好以身爲一名教養良好的貴婦自我期許，每天只溫和地叨唸丈夫此事五、六次就算罷休。

兩位年輕小姐到了，外表看起來絕不欠缺教養與品味。她們衣著入時、舉止有禮，都很喜歡這棟房子，對屋裡家具擺設更是讚不絕口，而且碰巧非常喜歡小孩到幾近溺愛的地步。於是她們來莊園還不到一個小時，就已博得米德頓夫人的好感。她宣稱她們是非常討人喜歡的小姐，可見米德頓夫人對她們眞的頗有好感。

約翰爵士聽到這樣熱情的讚美，對自己的眼光也就更有信心了，便立刻前往巴頓小屋告訴達許伍德小姐們，有兩位斯蒂爾小姐來莊園作客，並保證她們是全世界最可愛的小姐。愛蓮娜清楚得很，這樣的讚美之詞實際上沒有多大意義——全世界最可愛的小姐在英國隨處可見，只是身材、臉蛋、脾氣、見識各不相同罷了。約翰爵士要她們全家直接步行到莊園見見他的客人。他眞是個熱心的大好人哪，要是不讓人家認識認識他的遠房表妹，簡直痛苦不堪哩！

「來嘛，快點啊，」他說道：「拜託啦，你們一定得來，我已經說了你們會來。你們一定會很喜歡她們的。璐西漂亮得不得了，個性好，又討人喜歡！孩子們已經圍著她轉了，彷彿早就認識她似的。她們姊妹倆都很期盼跟你們見面，因爲在艾克斯特就已聽說你們姊妹倆是世界上最漂亮的小姐；我告訴她們，此乃千眞萬確之事，而且本人比傳言更美。我確定，你們一定會很喜歡她們的。她們帶了一整車的玩具給孩子們。你們怎能這麼任性，不來看她們呢！怎麼，她們算起來也是你們的表親耶！你們是我的表妹，她們是我妻子的表妹，所以你們也是親戚。」

不過，約翰爵士還是說服不了她們。他只得到了她們一、兩天後會前往莊園的承諾，對她們的冷漠深感震驚的約翰爵士，也只好告辭了。一回到莊園，他便又對斯蒂爾小姐們重述達許伍德小姐們有多麼美麗迷人，就像他在巴頓小屋時說斯蒂爾小姐們有多好一樣。

當她們兌現承諾來到莊園，終於正式和這兩位年輕小姐見面，發現較年長的那位看起來差不多快三十歲，長相平庸，毫不吸引人；不過另一位小姐則約莫二十二、三歲，她們都認爲她倒是長得滿漂亮的，五官很好看，眼神銳利還帶著聰慧，就算稱不上氣質高雅，也頗具特色。

她們的態度特別謙恭有禮，而且總是費盡心機討好米德頓夫人，因此愛蓮娜很快又爲她們添上一項通達人情的優點。她們一直在和孩子嬉戲，極力稱讚他們生得漂亮，並巴結、滿足他們各種任性無理的要求；而在禮貌應付孩子煩擾不休的需索之餘，她們還得勻出時間精神大力稱讚正在做任何事的米德頓夫人，或忙著就夫人昨晚穿的那件令人讚嘆不已的優雅新禮服，畫出衣裳式樣的草稿來。

幸好此二人阿諛奉承的對象有個弱點——一個極爲溺愛孩子的母親，很陶醉別人對她子女的稱讚，而且聽再多都不覺厭煩，當然也就最容易被迷湯灌得樂陶陶的了，別人越講她孩子好，她就越高興。也因此，斯蒂爾小姐們對她子女的過分熱情與百般忍耐，在她眼裡再尋常不過，根本用不著驚訝或不可置信。她帶著爲人母的滿足感，看著表妹們被自己子女無禮冒犯、惡意捉弄——孩子扯掉她們的髮帶，惡整兩人的頭髮，針線包被藏起，小刀和剪刀被偷，並且依然覺得孩子是在和她們

看著表妹們被自己的子女無禮冒犯和惡意捉弄

姊妹倆玩。她甚至還很訝異，愛蓮娜和瑪麗安怎能文風不動地坐著，不去和他們一塊兒玩呢！

「約翰今天精神眞好！」她看到兒子拿起斯蒂爾小姐的手帕，朝窗外扔去時說道：「他眞淘氣。」

過了一會兒，二兒子粗魯擰著剛剛那位斯蒂爾小姐的一隻手指頭，她開心地笑道：「威廉眞愛玩！」

「我可愛的安娜瑪莉亞在這兒呢，」她補充道，愛憐地輕撫著一個兩、三歲大的小女孩，而她好不容易才安靜了兩分鐘。「她總是這麼乖、這麼安靜——從沒看過這麼安靜的小孩呢！」

但很不幸地，米德頓夫人彎腰摟抱女兒時，頭上的一支髮簪輕輕劃過小女孩的脖子，引得女兒當即扯開喉嚨大聲號哭，連最會吵鬧的小孩都要自嘆不如。這一哭叫讓做母親的驚恐萬分，斯蒂爾小姐們則更加驚惶，彷彿在這緊要關頭得有特別的疼愛才能止息這小小受害者的無邊痛苦，於是三人都使出看家本領。

米德頓夫人抱起女兒，讓她坐在大腿上，親她親個不停；一位斯蒂爾小姐跪在她身旁，拚命拿薰衣草香水往她身上抹；另一位斯蒂爾小姐則忙著把蜜餞往她嘴裡塞。看著眼淚這麼管用，小女孩當然要繼續哭下去了。她依舊大聲號哭不止，兩個哥哥要過來摸摸她，她抬腿就踢。

就在眾人束手無策的當兒，米德頓夫人幸運地想起上星期也發生過類似不幸事件，那時女兒撞到太陽穴，讓她吃了點兒杏仁醬才止住了疼痛；米德頓夫人便急著試試這道處方，看看在這不幸的擦傷事件中，杏仁醬能否依然奏效。小女孩一聽有杏仁醬可吃，中斷了一下哭泣，眾人便想，這道處方或許值得一試。因此，做母親的便把她抱出去，而她兩個哥哥也想吃吃這劑藥，無論母親怎麼勸他們留下還是硬是跟著去。於是，四位小姐得以留在安靜的客廳裡，這是數個小時以來客廳首次安靜無聲。

「可憐的孩子！」他們一走出去，斯蒂爾小姐便說道：「這個意外一定讓她傷得不輕。」

「我還是不知道她怎麼會傷得不輕，」瑪麗安說道：「除非是在完全不同的情況下發生的。人們總是這麼愛大驚小怪，其實也沒什麼好慌張的。」

「米德頓夫人眞是位甜美的婦人。」璐西・斯蒂爾說道。

瑪麗安沉默不語，無論是多麼細微的小事，要她說出違心之論都是不可能的。因此，說應酬場面話的這種任務總落在愛蓮娜身上。既然得談論米德頓夫人，愛蓮娜便竭力把她說得比自己所認爲的還要好，即便如此，比起斯蒂爾小姐的敘述還是差得遠。

「還有約翰爵士，」年紀較大的斯蒂爾小姐說道：「他是多麼迷人哪！」

達許伍德小姐對約翰爵士的讚美也很簡單公正，毫不誇大其辭，她只說——他是個脾氣很好且十分友善的人。

「他們的家庭多麼溫馨可愛啊！我從沒見過這麼優秀的小孩。我已經深深喜歡上他們了，說眞的，我一直都很喜歡小孩。」

「我想也是，」愛蓮娜笑著說道：「就我今天所看到就足以證明了。」

「我明白，」璐西說道：「你認爲這幾個小朋友被寵壞了，也許他們的確太被溺愛；不過，在米德頓夫人看來，這是再自然不過的事。至於我，我喜歡看到孩子們充滿活力、生氣勃勃，我沒法忍受溫順、安靜的小孩。」

「老實說，」愛蓮娜答道：「我人在巴頓莊園時，從來不覺得溫順、安靜的小孩討人厭。」

這句話說完後，客廳裡出現了短暫靜默，後來是斯蒂爾小姐率先開的口，她似乎相當健談，此時突然冒出一句：「你喜歡德文郡嗎，達許伍德小姐？我猜你離開薩西克斯時一定很難過。」

愛蓮娜覺得這個問題問得唐突，至少在說話態度上是唐突的，她有些驚訝地回答「是的」。

「諾蘭德是個非常漂亮的地方，對嗎？」斯蒂爾小姐補充道。

「我們聽說約翰爵士極欣賞那個地方。」璐西說道，她好像覺得她姊姊說話太直接，所以得修飾一下。

「我想，」愛蓮娜答道：「任何看過那個地方的人都會很欣賞它的，即使他們不見得有我們對它的評價。」

「那邊有很多風流倜儻的帥哥吧？這邊就不太多了。我個人認爲，帥哥總是能爲地方上增添風情。」

「你爲什麼會認爲，」璐西說道，有點兒替她姊姊感到害臊，「德文郡有教養的年輕男士沒有薩西克斯郡多呢？」

「不是，我的意思不是說這邊的帥哥比較少。我確信在艾克斯特也有一堆年輕的帥小子，可是你也知道，諾蘭德那邊的情形我怎麼會清楚呢？我只是擔心，如果這裡的帥哥沒有她們以前那邊多，達許伍德小姐們待在巴頓會覺得無聊。不過，也許你們年輕小姐不太稀罕帥哥啦，就算沒有他們也無所謂，至於我，只要穿著入時、舉止斯文，我就會覺得他們很可愛了。換言之，如果衣著邋遢、又不懂禮貌，我可無法忍受。我告訴你們喔，艾克斯特有位羅斯先生，他非常好看，簡直就是個年輕時髦的帥小子，他爲辛浦森先生工作。但你知道的，如果大白天碰到他，那副邋遢樣簡直不堪入目。達許伍德小姐，我猜令兄結婚前也是個時髦的帥小子，對吧？畢竟他那麼有錢。」

「老實說，」愛蓮娜答道：「我無法回答你的問題，因爲我甚至不了解那個詞彙的定義。不過如果你認爲他婚前是個時髦的帥小子，那麼他現在也是，因爲他完全沒變。」

「噢，拜託，沒有人會認爲結了婚的男人還是時髦的帥小子——他們還有其他事情要忙。」

「噢，安，」她妹妹叫道：「你這樣帥小子長、帥小子短的說個沒完沒了，會讓達許伍德小姐以爲你成天想的就是這些事情而已。」然後，爲了改變話題，她開始讚賞起這棟房子和家具來。

斯蒂爾小姐們眞是讓人受夠了。姊姊庸俗不知節制，愚昧無知，毫無可取之處，而在妹妹的美麗外表下，愛蓮娜也看出她欠缺眞正的優雅與品味；辭別時，愛蓮娜一點兒也不想跟她們有進一步來往。

斯蒂爾小姐們卻完全不這麼想。她們之所以從艾克斯特過來，就是想見識一下約翰．米德頓爵士以及他家人、親戚的丰采，現在認識了他漂亮的表妹們，更讓人覺得不虛此行。她們讚揚達許伍德小姐們是她們平生僅見最漂亮、最優雅、最多才多藝、最討人喜歡的女性，甚至迫不及待想和她們深交呢！

而愛蓮娜很快就發現，不想跟她們深交還眞難辦到，因爲約翰爵士完全站在斯蒂爾小姐們那一邊，他們這夥人力量強大，難以對抗，眞是恭敬不如從命了；況且，所謂的日益親密，就是每天都得花一、兩個鐘頭和她們同坐在一個屋子裡。約翰爵士能做的也只有這樣，他不知道還能再做些什麼；在他看來，要深交就是要親密，要親密就是要在一起，既然已經安排了那麼多次讓她們在一起的聚會，也就毫不懷疑她們已然日益親密了。

平心而論，爲了促成她們之間坦誠相待，約翰爵士還眞卯足了全力，他將所知道或自以爲知道有關表妹們的所有事情，全都鉅細靡遺地說給斯蒂爾小姐們聽——在愛蓮娜跟她們才不過見第二次面時，較年長的斯蒂爾小姐便向她道賀，說她妹妹眞是幸運，來到巴頓沒多久，就已征服了一個時髦的帥小子。

「說眞的，她這麼年輕就結婚眞是好事一樁，」她說道：「我聽說，他時髦得很，而且帥得不得了。希望你很快也可以有這樣的好運氣——不過，也許你早就已經交到一個朋友了。」

愛蓮娜不敢奢望約翰爵士向別人提起她和艾德華之間的事情時，會說得比瑪麗安的事還含蓄。

事實上，約翰爵士反倒比較喜歡拿她的事開玩笑呢，這事兒畢竟比較新鮮，也比較有猜測空間——自從艾德華現身後，每次眾人只要一起吃飯，約翰爵士都要舉杯祝她戀愛成功，還以一副你我心知肚明的態度對她擠眉弄眼，唯恐別人不來問這是怎回事似的。

他更是經常把「法」這個字掛在嘴邊，由此衍生出不少插科打諢的笑鬧，弄得愛蓮娜不得不讚嘆這眞是最富機智的一個字了。

而斯蒂爾小姐們也果眞如她所料，成爲這些笑話的最大受益者，較年長的那位還被引得興致勃勃地問這位先生到底是誰。她雖問得莽撞而不得體，倒也完美表現出愛打探人家閒事的一貫作風。雖自己故弄玄虛引得旁人無限好奇，約翰爵士倒也不想吊人胃口，因爲他自己也想趕快把這個人姓什麼說給斯蒂爾小姐們聽。

「他姓法若斯，」他用大家都聽得見的耳語說道：「可是請你不要告訴別人，因爲這是個大祕密。」

「法若斯！」斯蒂爾小姐複誦道，「法若斯先生就是那位幸運兒，是嗎？什麼，你嫂嫂的弟弟，是嗎，達許伍德小姐？他眞是個很討人喜歡的年輕人，我跟他很熟。」

「安，你怎麼可以這麼說？」璐西叫道，她老愛糾正她姊姊，「雖然我們在舅舅家裡見過他一、兩次，可是也不能這樣就跟人家裝熟啊！」

這話，愛蓮娜聽得仔細，也感到詫異——這位舅舅是誰？他住在哪裡？他們是怎麼認識的？她

舉杯祝她戀愛成功

眞希望他們繼續談論這個主題，儘管她是不會加入討論的。然而，眾人的討論卻到此爲止，這是她有生以來頭一次覺得詹寧斯太太不夠打破砂鍋問到底，也不夠長舌。而斯蒂爾小姐說起艾德華時，態度更是讓她起疑，她覺得對方有點兒居心不良，好像故意要引發她的好奇心。她們到底知道些什麼？難道是有關艾德華的不體面之事嗎？不過再怎麼好奇也沒用，因爲斯蒂爾小姐在得知答案後，無論約翰爵士暗示或明講，她都不再對「法若斯」這個姓氏感興趣了。

Chapter 22

# 第二十二章

瑪麗安向來就不太能容忍粗魯、庸俗、才學不如她，甚或品味不同的人，特別是現在，她心情不好，對斯蒂爾姐妹們來說，當然就更是個陰晴不定，難以取悅，甚至難以親近的人了。斯蒂爾姐妹在努力要跟瑪麗安建立情誼卻老是碰釘子之後，愛蓮娜想，難怪她們兩姐妹都跑來跟我要好了，尤其是璐西，從不放棄任何一個可以跟愛蓮娜說話的機會，希望藉由傾訴心中的感受，拉近彼此間的距離。

璐西天生機靈，她的言談往往都恰如其分，饒富趣味；才跟她相處半小時，愛蓮娜就發現她的言談不時展露機鋒，很討人喜歡。不過她這樣的能力並非因教育而來，她不但無知、學養不豐，且缺乏深度，雖然她力圖展現過人之處，但她的缺乏常識，在愛蓮娜面前簡直無所遁形。愛蓮娜看著她，替她覺得惋惜，依她聰明靈敏的資質，倘若能受教育之惠，一定會是一個大不相同的人；然而，愛蓮娜又看到她在巴頓莊園過分謙恭、殷勤做作、拍馬逢迎的表現，一點兒也不優雅，欠缺正直，太不誠實，終究無法對她有什麼好感。這樣一個虛僞無知、缺乏見識以至於無法和愛蓮娜有共同的話題，而且不論別人如何關懷她、看重她都起不了作用的人，愛蓮娜實在無法長期和她待在一起。

「我敢說你一定會覺得我的問題很奇怪，」有一天當她們一起從莊園走回小屋時，璐西問道：「我只是想問，你和你嫂嫂的母親，法若斯太太，熟不熟？」

愛蓮娜的確覺得這個問題很奇怪，這樣的感覺也表現在她臉上，她答說從未看過法若斯太太。

「眞的？」璐西回應道：「我好驚訝喔，我還以爲你一定在諾蘭德看過她呢！這麼說來，你也許就無法告訴我，她是個什麼樣的女人了？」

「是的，」愛蓮娜小心回答，以免透露出她對法若斯太太的看法，而且也不太想滿足她這種無聊的好奇心，「我對她一無所知。」

「我相信你一定認爲我很奇怪，竟然向你打聽她，」璐西說道，注意地看著愛蓮娜，「可是這是有原因的——但願我可以說出來。可是希望你能相信我，我絕非有意冒犯。」

愛蓮娜禮貌性地回應一下，然後她們沉默地走了幾分鐘。璐西率先打破沉默，她有點兒遲疑地重提剛剛的話題。

「我無法忍受你視我爲一個冒冒失失、愛打聽人家私事的人，我情願竭盡一切努力，去得到像你這樣的人的讚美。而且我知道我可以完全的信任你；其實，我處在這種不舒服的境況中，如果能聽聽你的忠告，告訴我該怎麼做，我一定會很高興的，不過，現在已經不用麻煩你了。眞遺憾，你不認識法若斯太太。」

「很抱歉，我眞的不認識她，」愛蓮娜頗爲驚訝的說道：「如果你要問我，她爲人如何的話，我的確幫不上忙。可是，說眞的，我一點兒也不知道你和那家人有什麼關係，所以才會對你那麼認眞地想知道她的個性感到驚訝。」

「我也知道你很驚訝，我一點兒也不覺得奇怪。可是如果我大膽把整件事的來龍去脈告訴你，你就不會這麼驚訝了。目前，法若斯太太跟我是沒有任何關係的，不過，就快有那麼一天了——至於有多快，就得看她決定了——使我們關係變得非常密切的一天。」

她說話時看著地上，臉上滿是嬌羞，只偷瞄了一眼身旁的同伴對這些話的反應。

「天啊！」愛蓮娜叫道：「你這是什麼意思？你和羅伯特・法若斯先生相識嗎？是這樣嗎？」她一想到要和這樣的人成爲妯娌，心中委實不大樂意。

「不是，」璐西答道：「不是羅伯特・法若斯先生——我從未見過他；而是，」她看著愛蓮娜說道：「是他哥哥。」

在那一瞬間，愛蓮娜是何感覺？瞠目結舌，而且要不是她對璐西所言大大存疑，恐怕就會痛苦不堪了。她一臉狐疑地看著璐西，沉默不語，想不出她說這些話的原因，也不知道她所言是否屬實；雖然她臉上一陣青一陣白的，但心裡認定這不會是事實，所以也就得以遠離歇斯底里的舉止或當場暈厥的危險。

「你也許會非常震驚，」璐西繼續說道：「因爲，說實在的，這件事，你以前可能連想都想不到；因爲，我敢說他對你，或是你的家人們，都沒有透露過半點口風；這件事一直以來就是個大祕

臉上滿是嬌羞

密，而且我也一直守口如瓶，直到現在。我的親人中除了安妮之外，沒有一個人知道，而且若不是我絕對相信你會對這件事保守祕密，我也絕對不會告訴你的；再說，我也覺得我這樣一直問法若斯太太的事，感覺很奇怪，所以非得解釋一下原因不可。而且，我想法若斯先生如果知道我這麼相信你，他也不會生氣的，因爲他對於你們家的人都有著很高的評價，而且把你和另外兩位達許伍德小姐都當成自己的妹妹來看待。」——她說完了。

愛蓮娜沉默了一會兒，起初是因對於所聽到的事太過震驚而無法言語，後來終究勉強自己開口了。她帶著盡量不顯露出自己震驚和掛心的冷靜態度，小心地說道：「請問，你們訂婚很久了嗎？」

「我們訂婚到現在已經四年了。」

「四年！」

「是的。」

愛蓮娜雖然對此驚訝不已，卻仍無法置信。

「我一直到那天在莊園裡，」愛蓮娜說道：「才知道你們彼此認識。」

「我們已經認識很多年了，他住在我舅舅那兒很長一段時間。」

「你舅舅？」

「是的，我舅舅，普瑞特先生。你聽他提起過普瑞特先生嗎？」

「我記得有。」愛蓮娜說道，恢復了一點兒精神，情緒也好一點兒了。

「他跟我舅舅在普利茅茲附近的朗斯特伯住了四年。我們就是在那兒認識的，我姊姊和我常去舅舅家住，我們就是在那兒訂婚的，不過，那時距他完成學習課程，脫離學生身分，約莫快一年了；後來，他幾乎還是一直跟我們在一起。我想你也知道，在他母親不知道且不允許的情況下，我也不想和他訂婚的，可是我那時太年輕，又那麼愛他，以至於不像平常的我那麼謹慎行事。——達許伍德小姐，雖然你並不像我那麼了解他，可是就你所見，你也知道他是個很討女人家喜歡的人。」

「是啊，」愛蓮娜不知所云地答道，繼而想起艾德華的品德與愛，以及身旁同伴的矯情虛偽，她恢復信心地說道：「和艾德華・法若斯先生訂婚！——坦白說，我被你所說的話嚇到了，真的——請你原諒。可是我想你一定弄錯名字了，我們說的不可能是同一個法若斯先生。」

「我們說的，的確是同一個人，」璐西笑道：「艾德華・法若斯先生，他是家住公園街的法若斯太太的長子，你嫂嫂約翰・達許伍德太太的弟弟，我說的就是這個人；這個關乎我一生幸福之人的名字，我是不可能弄錯的，請你相信我。」

「這就奇怪了，」愛蓮娜難過且困惑，「我怎麼從來就沒聽他提起過你的名字。」

「不，想想我們的情況，就不奇怪了。我們一直把保守祕密當成最重要的事。——你和我，或是我們家的人都素昧平生，因此也就不會有機會聽到他提起我的名字；而且他向來就怕他姊姊起疑，所以就更不可能提到我的名字。」

她說完便不再作聲。愛蓮娜的自信沉沒了，不過理智卻沒有隨之下沉。

「你們已經訂婚四年了。」她語氣堅定地說道。

「是啊，而且誰知道我們還得等多久，可憐的艾德華！他因此而心情很不好。」說罷便從口袋裡取出一幅縮小畫，補充說道：「為了避免弄錯，還是請你看看他的長相比較好。畫得沒有本人好看，不過，你還是可以看得出來畫中人是誰。我帶著它都三年多啦！」

她說著便把這幅縮小畫塞進愛蓮娜手裡，愛蓮娜看了一眼畫中人，心裡雖然七上八下地想著自己是否太快得出結論，或是身旁的同伴所言是否屬實，卻也不得不承認，畫中人就是艾德華。她立刻將縮小畫還回去，承認是他沒錯。

「我一直沒能回送他一張我的畫像，」璐西繼續說道：「真是讓人懊惱，因為他一直跟我要！我現在已經決定了，一有機會就要畫一張。」

「你說得很有道理。」愛蓮娜冷靜地答道。她們一言不發地往前走了幾步。璐西率先開口。

「我相信，」她說道：「你一定可以保守這個祕密的，你明白這件事情絕不能傳到他母親耳朵裡，這對我們來說是很重要的；因為我敢說，她是絕不會贊成這件事的。我沒有財產，而且我猜她是一個非常驕傲的女人。」

「這件事絕對不是我主動問起的，」愛蓮娜說道：「不過你說我一定可以保守祕密，這真是說對了。我會對你的祕密守口如瓶，不過，如果我在這個實際上並不需要存在的談話中顯出驚訝的神情，就眞的要請你多多包涵了。你告訴我這件事情，其實並不會讓這件事更安全。」

當愛蓮娜說這話的時候，她仔細地看著璐西，想要從璐西的表情中看出一些端倪——也許璐西剛剛扯了個漫天大謊也說不定，然而璐西神色自若，臉上表情沒什麼變化。

「你也許認爲，」璐西說道：「我對你說這件事情簡直就是太過隨便了。我們的確是認識不久，更談不上有什麼深交，可是我對你以及你的家人們眞的有過無數的耳聞，及至一見到你，我便有見到朋友故舊的感覺。而且，在向你打聽艾德華他母親的爲人如何之後，我更覺得有必要把事情跟你解釋一下；此外，我也很可憐，沒有什麼人可以諮詢。安妮是唯一知道這件事的人，可是問她幾乎是等於白問；老實說，她總是成事不足，敗事有餘，我一直提心吊膽的，就怕她把這件事給講了出去。正如你所見，她就是管不住她的舌頭，那天，約翰爵士提起艾德華的名字，我都快嚇死了，生怕她把一切都抖出來。你無法知道我爲了這件事情忍受了多少痛苦。我常常想，爲艾德華吃了這四年的苦，我竟然還能活著，眞是不可思議。每一件事都懸而未決，無法確定，兩個人也幾乎見不上面——我們一年頂多見個兩次面。我還眞是不知道我的心怎麼沒有破碎掉。」

說到這裡，她掏出手帕，不過愛蓮娜並不覺得她有什麼好同情的。

「有時候，」璐西抹抹眼睛之後繼續說道：「我想不如分手算了，也許這樣對我們兩人反倒好。」她說這話的時候，眼睛直瞧著身旁的愛蓮娜。「可是，有時候又狠不下心。一想到要讓他那麼痛苦，我就無法忍受，因爲我很清楚，只要一提出分手，他一定會很難過的。而且這也是爲我自己著想——我非常愛他——雖然我覺得我配不上他。我該怎麼辦呢，達許伍德小姐？如果是你的話，你會怎麼做呢？」

「對不起，」愛蓮娜答道，這個問題讓她嚇了一跳，「這樣的事，我無法給你任何忠告，你必須自己做決定。」

「無庸置疑的，」在雙方都沉默了幾分鐘之後，璐西開口道：「他母親遲早都要把財產給他的，可是可憐的艾德華，他卻爲這件事那麼不開心！你不認爲他在巴頓的時候精神很差嗎？他從朗斯特伯告別我們，要到你們這兒來的時候，一副糟糕得不得了的樣子，我還怕你們會以爲他生了重病呢！」

「他來看我們的時候，是從你舅舅家過來的嗎？」

「對呀，他在那兒和我們一塊兒住了兩個禮拜。你以爲他是直接從城裡去的嗎？」

「不是。」愛蓮娜答道，現在她越往下聊，越覺得璐西其實並沒有扯謊。

「我記得他告訴我們，他和幾個朋友一起在普利茅茲附近待了兩個禮拜。」她也記得她當時還滿驚訝的，因爲艾德華並沒有多談他的朋友，甚至連名字都沒有提起。

「你沒有發覺他的精神很差嗎？」璐西又問道。

「我們的確注意到了，尤其是在他剛到的時候。」

「我求他要振作一點，因怕你們會疑心是否出了什麼事。可是因爲不能再跟我們多住些日子，又看到我那麼強顏歡笑，他眞的很沮喪。可憐的傢伙！我擔心他現在還是那個樣子，因爲他寫來的信裡頭也充滿了憂傷。我在離開艾克斯特之前收到了他一封信。」說著便從口袋裡拿出一封信來，不經意地晃向愛蓮娜的方向。「我相信你認得他的字跡，他寫字很好看，可是這封寫得沒有平常的好。我敢說他一定是累了，只想盡量湊滿一頁的樣子。」

愛蓮娜看到那果然是他的筆跡，現在她已沒有什麼好懷疑的了。那張縮小畫，她還可以允許自己認爲是璐西偶然拿到的，並不是艾德華送給她的禮物；然而，他們彼此間的魚雁往返，若不是有婚約在，是不太可能發生的。有幾分鐘，她幾乎快被擊倒了——一顆心直往下沉，整個人幾乎站立不住。可是她非得振作不可，她下定決心要反擊負面的情緒，成效即刻湧現，她大獲全勝。

「通信，」璐西邊把信放回口袋，邊說道：「是我們長期相隔兩地的唯一慰藉。對啦，我還有他的照片可當另一個安慰；可是，可憐的艾德華，連我的相片都沒有。他說，只要有我的相片，他就會覺得舒服了。上次他到朗斯特伯時，我給了他一縷頭髮嵌在戒指上，他說，那是他的安慰，可還是比不上一張畫像。你們看到他的時候，也許也注意到那枚戒指了吧？」

「我看到了。」愛蓮娜說道，在她冷靜沉著的聲音下，隱藏著她從未感受過的激動和憂傷。此時的愛蓮娜覺得受辱、震驚與憤怒。

幸好，她們現在已經來到小屋，而這段談話也不能再繼續下去了。在和她們坐了一會兒之後，斯蒂爾小姐便起身告辭回莊園去了，而愛蓮娜也就有時間想想這一切，領受痛苦的滋味了。

Chapter 23

# 第二十三章

不管愛蓮娜多麼懷疑璐西的話，在仔細思考之後，她卻覺得璐西根本沒有虛構此事的必要。璐西所說的事，愛蓮娜不能也不敢再懷疑下去，因爲她說的事不是有其可能性，就是有證據，唯一和璐西所言相牴觸的就只剩愛蓮娜自己的心願而已。他們在普瑞特先生家的相遇衍生出往後的所有事件，既無須爭議又令人吃驚。艾德華在普利茅茲附近拜訪朋友，他情緒低落，他對自己的前景不滿，他對愛蓮娜曖昧不明的態度；斯蒂爾小姐們對諾蘭德莊園及其家庭成員的了解甚深，尤其讓愛蓮娜驚訝，那幅縮小畫、那封信、那枚戒指，組成了具體的證據，讓愛蓮娜不用擔心她是誤會了艾德華，沒有幫艾德華說話，反而建立起一個就算愛蓮娜不想承認都不行的事實——艾德華耍了她。

她厭惡他這種行徑，一想到自己被愚弄，更是氣憤難當，一時之間她覺得自己眞是可憐；然而其他想法、其他考量卻也隨即竄升。艾德華是故意要欺騙她的嗎？他對她是虛情假意嗎？他和璐西訂婚眞是兩廂情願的嗎？不，不論過去如何，她相信現在已經不是這樣了。他只愛她一個人，這一點是不會錯的。她母親、妹妹們、芬妮，在諾蘭德的時候，她們全都察覺到他愛她；這絕不是她自己的幻想。他的確是愛她的，這個想法是效果多麼強的軟化劑啊！在這個想法之下，她有什麼好不能原諒他的！當初在諾蘭德，他第一次感受到她對他有著異乎尋常的吸引力，竟然還繼續留在那兒，這就該受責備，大大的責備。事實上，他對這一點是無法辯白的；不過，若說他傷害了她，他對自己的傷害豈不更深！如果她是情況堪憐，那麼他就是處於無望的境地了。他的莽撞給她帶來了一時的痛苦，但卻似乎永遠剝奪了他獲得幸福的機會。她或許過些時日可以恢復平靜，可是他，他該何去何從呢？他跟璐西．斯蒂爾在一起會幸福嗎？如果連愛蓮娜都無法讓他滿意，那麼誠實、敏銳、見多識廣的他，會滿足於娶一個——知識淺陋、矯情做作、自私自利的女人爲妻嗎？

當年才十九歲的艾德華，對於璐西的美貌與溫順自是盲目的迷戀；然而往後的四年——倘若善用這四年，必定使他增長了不少智慧，開闊了眼界，看見她欠缺教育的缺點。而同樣的時間，璐西卻與低下階層的人在一起，舉止輕浮，追逐庸俗，以致失去了往日讓她的美貌倍增風采的純眞。

倘若艾德華想要娶愛蓮娜，艾德華他母親一定不會讓他們好過，現在艾德華跟一個門第更低，財產也許更是少於愛蓮娜的女人訂婚了，他母親不更加爲難他們才怪！其實，因爲艾德華在心靈上和璐西很疏遠，他母親的阻撓還不會讓他忍受不住，只是這個一度把家庭的反對和爲難當解脫看待的男人，現在竟是如此憂鬱！

當愛蓮娜一一思考著這些令她痛苦的事情時，她爲他流的眼淚比爲自己流的還多。她覺得心安，因確信自己並沒有做出任何招致眼前這種不幸的事，她覺得安慰，因艾德華沒有任何傷害她名譽的舉動。即使現在，就在遭受重大打擊之後，她想她也能夠克制自己像個沒事人似的，不讓母親和妹妹們有絲毫的懷疑。

她是如此地忠於自己的期望，以至於她在承受最美的夢想灰飛煙滅之劇痛後的兩個小時，就能與她們同桌吃晚餐，而且從妹妹們的表情來看，完全沒有人知道愛蓮娜正爲了不得不與愛人分手的理由而暗自飲泣。瑪麗安則在心中思念著那個她自以爲全心全意愛著自己的完美情人，每次一有馬車駛近她們家，她都會以爲是他來了。

雖然愛蓮娜得把璐西告訴她的事忍住不說給她母親和瑪麗安聽，雖然她得不斷勉強自己振作，但是這樣做並不會使她心情更壞。相反的，她還鬆了一口氣呢，因爲她不必告訴她們那些讓她們難過的消息，也不必聽她們因愛自己而加在艾德華身上，自己並不會贊同的指責。

她知道無論是她們給的建議，或是和她們談談這件事情，都不會讓自己得到任何幫助；她們的溫柔關懷和憂傷擔心只會讓她更不愉快而已，而她的自我克制從她們的行爲模式來看，是既得不到鼓勵，也得不到讚美的。她獨立奮戰倒還會強壯些，而且她的理性幫了大忙，她意志堅定而不動搖，雖然這令人傷心難過的事才發生不久，她卻能在外表上保持不變的開朗。

雖然她第一次聽璐西談起這件事時，震驚而難過，不過，很快地，她覺得有和璐西再談一次的必要，而且原因不只一個。她想再聽一次有關他們訂婚的許多細節，她想要更清楚地了解璐西對艾德華眞正的感覺，她想要知道璐西是否眞如她所宣稱的那樣深愛艾德華，而且她特別想要藉由自己主動提起這件事，並且用冷靜的態度來談它，讓璐西明白，自己是以朋友的身分來關心這件事的，因爲她們早上在談這件事情時，她不由自主的焦慮很容易讓人起疑。璐西很可能是嫉妒她的，原因很簡單，艾德華老是在她面前稱讚愛蓮娜，這不僅是璐西在言詞上所透露的，在行爲上，璐西才認識她沒多久，就大著膽子告訴她這個重要的大祕密。而且就算是約翰爵士的玩笑話，在璐西心中一定也有相當的分量。

不過，既然愛蓮娜心中還是非常肯定艾德華是深愛自己的，那麼她也就不必去假設其他可能，自然就斷定璐西是嫉妒自己的了；璐西也的確是如此，她對愛蓮娜所說的那一番話就是證明。她告訴愛蓮娜這件事，不就是向愛蓮娜宣布，艾德華是她的，要愛蓮娜以後少跟艾德華在一起嗎？愛蓮娜自是不難理解她情敵的用意，也下定決心要光明磊落以對，盡量克制自己對艾德華的感情，能少見面就少見面；但她卻也不能否認，當她努力說服璐西，要她明白自己並沒有因爲這件事而傷心時，實際上自己也得到了安慰。此外，重聽這件事已經沒有什麼可以再令她痛苦的了，因此她認爲自己絕對可以心平氣和地再聽一次有關此事的細節。

然而機會並不是召之即來的，雖然璐西也想找個機會再和愛蓮娜談談，但是天氣並不常放晴，她們也就無法到外面散步去，因爲到外頭散步是最能把她們和其他人隔開的方法。雖然她們至少每兩個晚上不是在莊園就是在小屋聚一次會，其實主要是在莊園，但聚會的目的卻不是說話。不管是約翰爵士或是米德頓夫人，他們都從未把與人交談當成聚會的目的，因此在聚會時，彼此很少有時間可以閒聊，更別說要特別同誰談談什麼了。他們相聚主要是爲了吃吃喝喝，一起大笑，打打牌，玩玩故事接龍，或其他吵死人的遊戲。

這樣的聚會開了一兩次，愛蓮娜都無法找到機會和璐西私下談談，不過有一天早上，約翰爵士到小屋來拜訪，要求她們行行好，全家人當天晚上都到莊園裡去陪米德頓夫人吃晚餐，因爲他得到艾克斯特的俱樂部去一趟，家裡只有她母親和兩位斯蒂爾小姐陪她，她們一家若是不去，米德頓夫人會很寂寞的。愛蓮娜心想，參加這個聚會極有可能是實現她心願的大好機會，因爲在安靜且教養良好的米德頓夫人所主持的聚會下，比較有時間可以自由行動，不像她丈夫所舉辦的聚會，就只是把一堆人拉在一起吵吵鬧鬧而已，所以愛蓮娜立即接受了邀請。

瑪格麗特在母親的允許下，也欣然答應出席，而瑪麗安雖然總是不願意參加他們的任何聚會，但在不願她錯過任何娛樂機會的母親強力勸說下，也答應赴會。

年輕的小姐們來了，米德頓夫人可高興了，這下她從寂寞的威脅中獲救了。而聚會正如愛蓮娜所料，乏味得很，沒有新奇的點子，也沒有富於創意的字句，全部的談話內容，從餐室到客廳，都無聊乏味得無以復加。她們在客廳時，孩子們也同她們在一起，既然有孩子們在，愛蓮娜知道，她是不可能單獨跟璐西說上話了。孩子們一直待到喝茶的用具都撤走了才離開。而牌桌隨即擺上，愛蓮娜開始質疑自己，怎麼會想到在莊園裡還可以找到機會跟人聊天呢？這時大家起身，準備打上一圈牌了。

「我很高興，」米德頓夫人對璐西說道：「你今晚並不打算織完可憐的小安娜瑪莉亞的籃子，因爲我相信在燭光下做編織細活是很傷眼睛的。我們只好等到明天再給那個失望的小可愛一些彌補了，但願她不會太介意。」

這樣的暗示夠明顯了，璐西馬上恢復精神說道：「米德頓夫人，您誤會了，我只是在等看看您打牌需不需要我湊人數，要不然我早就開始編織了。我是說什麼也不願意讓那個小天使失望的，如果現在需要我坐上牌桌，我就決定在消夜過後把籃子織好。」

「你人眞好，希望這樣不會太傷你的眼睛。——你要不要拉拉鈴叫他們送幾支工作用的蠟燭過來？我了解我那可憐的女兒，要是明天籃子還沒織好，她肯定會很失望的，雖然我已經告訴過她，明天肯定還織不好，她卻不這麼想。」

璐西馬上將她的工作檯拉過來，俐落而愉快地坐到工作檯前，彷彿幫那個被寵壞的小孩編織籃子帶給她無限的樂趣似的。

米德頓夫人這時邀其他人來玩一局卡西諾（譯註：cassino，一種紙牌遊戲）。除了瑪麗安之外，大家都沒有意見，她帶著一貫不理會社交禮儀的態度，大聲說道：「夫人您就好心點兒饒了我吧——您也知道我討厭打牌。我要去彈鋼琴，自從它調過音後，我還沒彈過呢！」而且說完之後也不再客套，直接朝鋼琴走去。

米德頓夫人的表情看起來彷彿是在慶幸，她還沒說過這麼粗魯的話呢！

「夫人，您知道的，瑪麗安非常喜歡那架鋼琴，」愛蓮娜說道，努力地要幫瑪麗安打圓場，

「而且我一點兒也不覺得奇怪，因爲那是我所聽過，音質最棒的一架鋼琴。」

剩下的五個人要開始抽牌了。

「也許，」愛蓮娜繼續說道：「如果我可以不打牌，倒是可以給璐西・斯蒂爾小姐幫點兒忙，替她捲捲紙。要織完籃子還得費不少工夫，我看，如果只有她一個人做，可能今天晚上是做不完的了；如果她願意讓我幫忙，我倒是很樂意去做的。」

「你如果願意幫忙，那就再好不過了，」璐西叫道：「因爲這比我原先想的還要費工夫呢！況且要是讓親愛的安娜瑪莉亞失望就不好了。」

「噢，那就眞的是糟糕了，」安妮・斯蒂爾小姐說道：「可愛的小天使，我眞愛她呢！」

「你人眞好，」米德頓夫人對愛蓮娜說道：「既然你那麼喜歡幫忙做針線活兒，要不要等到下一局再玩，還是現在就要試試手氣？」

愛蓮娜愉快地選擇了第一個提議，她只不過是運用一下瑪麗安向來不屑一顧的客氣言談，就達到自己的目的，同時也博得了米德頓夫人的歡心。璐西愉快地挪了個位子給愛蓮娜，於是兩個美麗的情敵，肩並肩地坐在同一張桌子前面，極其融洽地做著同一件工作。而坐在鋼琴前面的瑪麗安，陶醉在她自己的音樂和思緒中，彷彿忘了客廳裡還有其他人在，幸好這架鋼琴離愛蓮娜和璐西不遠，所以愛蓮娜判斷她應該是安全的，在鋼琴的聲音掩蓋下，她可以和璐西談那個有意思的話題，不用擔心被牌桌上的人聽見。

Chapter 24

# 第二十四章

愛蓮娜語氣堅定而謹愼的開口道：

「承蒙你那麼信任我，將那件事告訴我。如果不請你繼續說下去，或不好奇地追問詳情，我怕你要認爲我不値得你信任了，所以我想冒昧地再請你談談那件事情。」

「謝謝你打破僵局，」璐西親切地叫道：「你這樣說，我就安心了，因爲我還以爲我那個禮拜一跟你說的話，觸怒你了。」

「觸怒我！你怎麼會這樣想呢？請你相信，」愛蓮娜發自內心眞誠地說道：「我一點兒生氣的意思也沒有。你這麼信任我，難道會有什麼不良的動機嗎？」

「可是，說實在的，」璐西答道，她小而銳利的一雙眼睛，意味深長的看著愛蓮娜，「你那天的態度似乎很冷漠，很不高興，讓我覺得很不自在。我還以爲你一定是生氣了，害我從那時候起就一直責怪自己，幹嘛拿自己的問題去煩你。現在可以放心了，那不過是我自己胡思亂想而已，你並沒有責怪我的意思。如果你知道，對你說出那件無時無刻不在困擾我的事情，對我來說是多麼大的安慰的話，你對我的同情就會勝過一切的事了。」

「我的確相信，跟我說出你的處境，而且無須後悔這麼做，你心裡會覺得輕鬆許多。你們的情形頗爲不幸，眼前似乎是困難重重的，你們必須互相扶持才能走過這些難關。依我看，法若斯先生在經濟上是完全仰賴他母親的。」

「他自己的收入一年才只有兩千英鎊，光靠這兩千英鎊怎麼結婚，又不是瘋了，不過我自己當然可以毫無怨言地過儉約的生活啦！我向來就是安貧樂道的過日子的，跟他在一起更是可以把吃苦當成吃補；可是我太愛他了，不願意讓他爲了娶我而失去他母親原本要給他的錢。我們必須等待，也許得等上好多年。如果對象是世界上其他任何一個男人，我就會覺得前景堪憂，但是艾德華，他對我的深情和堅貞是什麼也剝奪不了的。」

「這個信念對你而言意義非凡，他無庸置疑地對你也有同樣的信任。倘若你們彼此間相互的感情變卦了，就如同其他許多人，在許多不同的環境下，在四年之間就往往有變卦產生，那麼你的情況才眞的堪憐。」

璐西聽到這裡抬起眼望著她；然而，愛蓮娜謹愼小心不露聲色，以免讓璐西以爲她話中有話。

「艾德華對我的愛，」璐西說道：「向來都是經得起考驗的，從我們訂婚到現在，雖然很長時間沒有在一起，他對我的愛仍是眞金不怕火煉，我如果去懷疑他，那我就眞是不可原諒了。我可以毫無掛慮的說，他在這方面絕對讓我放心。」

對於她這樣的說法，愛蓮娜不知該報以微笑還是嘆息。

璐西繼續說道：「我的個性比較愛嫉妒，我跟艾德華由於生長環境不同，再加上他見過的世面比我多，我們又經常不在一起，所以我們見面的時候，如果我發覺他對我的態度有一點異樣，或沒來由的情緒低落，或談論某一位小姐的時候更多些，或在朗斯伯特時沒有以往快樂，我就會滿腹狐疑的想要立刻找出原因來。我並不是說我特別敏銳或眼光有過人之處，只是，我確定我不會受騙的。」

「說得眞好聽，」愛蓮娜心裡想道：「只不過，我們兩人，誰也不會受騙。」

「不過，你的看法如何呢？」愛蓮娜在短暫的沉默之後接著說道：「該不是什麼打算也沒有，就等著法若斯太太撒手再說？那可是令人沮喪又很震驚的極端思想喔！他兒子眞的打算順著母親的意思，幾年下來就一直沒消沒息，沉悶地拖著你，就不想冒著讓她生一下氣的危險，試著把事實眞相告訴她？」

「如果我們能確定她只會生一下氣就好了！可是法若斯太太是個頑固又驕傲的女人，她可能一怒之下就把所有的財產都轉給羅伯特；每思及此，爲了艾德華著想，我就嚇得不敢輕舉妄動了。」

「這也是爲你自己著想吧，若說你對那些財產一點兒也沒興趣，就沒道理了。」

璐西再次瞧瞧愛蓮娜，並不說什麼。

「你認識羅伯特．法若斯先生嗎？」愛蓮娜問道。

「完全不認識——我從未見過他，不過，我猜他和他哥哥很不一樣——既沒腦筋，又是花花公子。」

「花花公子！」安妮・斯蒂爾複誦道，在瑪麗安的琴聲暫歇時，她剛好聽到這幾個字。「噢，我敢說她們正在談論她們的心上人。」

「不是的，姊姊，」璐西叫道：「你弄錯了，我們的心上人不是花花公子。」

「我敢說達許伍德小姐的心上人不是花花公子，」詹寧斯太太說道，開心地大笑。「因為他是我所見過最有禮貌、言行舉止最得體的年輕人之一。不過璐西的話，她是個很狡猾的小姑娘，根本就沒人知道她喜歡的是誰。」

「噢，」安妮・斯蒂爾叫道，意味深長地看著她們，「我保證璐西的心上人和達許伍德小姐的心上人一樣有禮貌，言行舉止也一樣得體。」

愛蓮娜不自覺的雙頰緋紅。璐西則咬咬嘴唇，生氣地看著她姊姊。一時之間鴉雀無聲。璐西首先打破沉默，她低聲說起話來，瑪麗安為了給她們提供有力的掩護便彈奏起雄壯的交響曲來——

「我要誠實地告訴你，我最近想出了一個讓我可以忍受這件事情的計畫；事實上，我會告訴你，是因為你跟這件事情有關。我確信你知道艾德華想當牧師甚於其他任何一種工作。我的計畫是這樣的，讓他盡快接受牧師的職務，然後希望你願意看在艾德華的份上，還有，也算看在我的份上，運用你的影響力，說服你的哥哥，讓艾德華承接諾蘭德的教區牧師一職；我知道那個職務福利挺好的，而且現任牧師年歲已大，來日無多了。這樣的話，我們就有本錢結婚了，至於其他，就聽

我敢說達許伍德小姐的心上人不是花花公子

天由命吧！」

「我向來就很敬重法若斯先生，也很珍惜我們之間的友誼，」愛蓮娜說道：「可是你不覺得在這件事情上，根本就不需要我插嘴嗎？他是約翰・達許伍德太太的親弟弟——光是約翰・達許伍德太太向她丈夫推薦就夠了。」

「可是約翰・達許伍德太太不太贊成艾德華從事聖職。」

「既然如此，我想即使我去說也沒什麼用。」

她們又沉默了幾分鐘。最後，璐西長嘆了一口氣，說道：

「我想，解除婚約，立刻讓這門親事結束掉，是最明智的抉擇。在這種似乎是四面受敵的情況下，解除婚約雖會痛苦一時，但結局也許會好些。達許伍德小姐，你不給我出些主意嗎？」

「不行啊，」愛蓮娜答道，臉上的笑容隱藏著內心的忐忑不安，「這種事，我自是不能幫你拿主意的。其實你也很清楚，除非我是附和你的意見，要不然，我的建議你也聽不進去吧！」

「你眞的冤枉我了，」璐西一本正經地說道：「在我認識的人當中，我最看重你的意見；而且我眞的相信，如果你跟我說：『我勸你無論如何都要跟艾德華・法若斯解除婚約，這樣對你們兩人都好。』我一定立刻照你所說的去做。」

愛蓮娜不禁爲艾德華未婚妻的矯情覺得臉紅，因此答道：「如果我對這件事眞有什麼建議的話，也讓你對我的恭維給嚇得不敢開口了。你也太抬舉我了，一個不相干的人哪來這麼大的力量去分開兩個彼此相愛至深的人呢！」

「就因爲你是個『不相干』的人，」璐西說道，她有些不高興，因此說這幾個字的時候特別加重了語氣，「看法公正不偏頗，我才會看重你的意見。如果你對哪一方有所偏愛的話，那麼你的意見就一文不值了。」

愛蓮娜心想最明智的應對就是不去搭腔，免得弄得彼此的談話失去準頭而流於隨隨便便，因此暗自下定決心，再也不去談這個話題了。於是談話中止了好幾分鐘，後來璐西忍不住，又打破了沉默。

「達許伍德小姐，你今年冬天會進城去嗎？」她說道，態度是慣有的自滿與得意。

「當然不會。」

「眞是遺憾，」璐西這麼回答道，眼睛卻因這消息而發亮，「如果能在那裡見到你，我該有多高興啊！可是我敢說你還是會去的啦！你哥哥和嫂嫂總會邀請你過去的嘛！」

「就算他們邀約，我也是不能去。」

「好可惜哦！我還很盼望能在那裡見到你呢！安妮和我會在一月底進城去看看一些親戚，他們邀我們去已經邀了好多年了。不過我去主要是爲了見艾德華，他二月分會在城裡，要不然我才不想去倫敦，沒那個興致啦！」

這時牌桌上的人已經打完第一圈，趕忙把愛蓮娜給叫過去，兩位小姐的私密談話也因此而劃上句點，對此兩人都樂於服從不覺可惜，因爲她們任何一方都沒有講出讓對方嫌惡己方更少於以往的話。愛蓮娜坐上牌桌，心裡幽幽地想著艾德華不但跟這位未來的妻子沒有感情，就算將來結了婚也不太可能會幸福，只有在愛蓮娜自己深摯的感情下，艾德華才有獲致幸福的可能，其實一個自私的女人就算明白男人並不樂於與她在一起，也會用婚約抓住這男人的。

從此以後，愛蓮娜再也沒有提過這件事。倒是璐西，一逮住機會就猛說個不停，尤其是在接獲艾德華來信時，總要小心翼翼地跟她的密友報一下喜，不過愛蓮娜通常都是冷靜謹慎以對，並且盡快找個合適的時機走開；因爲她覺得璐西並不配享受這種談話的樂趣，而且對愛蓮娜本身來說，談太多也滿危險的。

斯蒂爾小姐們在巴頓莊園作客的時間一再地延長，早就超過當初說定的日期了。她們越來越受歡迎，想走都走不了；約翰爵士不想聽到她們說起要走的話，雖然她們在艾克斯特早就有一堆事情等著，雖然這些事情都非得要她們立刻回去處理不可，而且越到週末越需要她們回去，她們卻仍被說服在巴頓莊園裡多待了近兩個月的時間，以便幫忙聖誕節的活動，因爲有許多非比尋常的舞會與大型的晚餐餐會要舉行，以突顯這個節日的重要性。

Chapter 25

# 第二十五章

雖然詹寧斯太太習慣在子女家和朋友們家長住，但是她也並非沒有自己固定的居所。她丈夫生前在城裡不很高級的地段做生意做得還滿成功的，在她丈夫過世之後，她每年冬天便都會在波特曼廣場附近一條街上的宅子裡住上一回。隨著一月分即將來臨，她便也想起了這個家，於是有一天早上，她突如其來地邀請一點兒也沒想到會有這個邀約的達許伍德小姐們陪她回去一趟，詹寧斯太太向達許伍德家大小姐提出邀請。愛蓮娜沒有察覺到瑪麗安臉色的變化，她臉上興味盎然的神色說明了她對這個邀請並非全然不感興趣，但愛蓮娜立刻禮貌地替自己和妹妹婉拒了這項邀請，她還以為她們姐妹倆都想這麼做。她所提出的理由是她們絕不能在那個時候離開母親。詹寧斯太太對於她們的拒絕甚為吃驚，當即又邀請了一次。

「唉呦！我確定你們的母親會讓你們去的啦，而且就算是我拜託你們陪我好不好，我都已經打算好了。不要認為你們會給我添什麼麻煩，因為我不會因你們而添什麼麻煩的。只須叫貝蒂搭驛馬車回去就好，這點錢我還付得起。這樣我們三個就可以舒舒服服地乘坐我的馬車了。到了城裡，如果你們不願跟著我到處去，那也沒問題，隨便跟著我哪一個女兒都行。我確定你們母親不會反對的啦，因爲我總有好運氣可以幫我女兒們找到好婆家，她一定會認爲我是最適合照看你們的人選啦。不過，如果到頭來無法幫你們其中至少一位覓得良伴，可也不是我的錯喔！總之，我會在所有年輕小夥子面前都幫你們美言幾句的，放心好了。」

「我想，」約翰爵士說道：「就算愛蓮娜小姐反對這個計畫，瑪麗安小姐也不會反對的。總不能因爲姊姊不想去，妹妹就連這麼一點兒玩樂的機會也沒有了。所以我建議你們二位，如果待膩了巴頓莊園，就出發到城裡去吧，不用再對愛蓮娜小姐多費唇舌了。」

「是啊，」詹寧斯太太叫道：「我確信有瑪麗安小姐陪伴，愛蓮娜小姐來不來都沒有關係。只是人越多越好玩嘛，而且我想，她們兩位一塊兒來會覺得比較舒服；因爲如果對我覺得厭煩了，她們也好彼此聊聊天，在背後笑話一下我這個老太婆什麼的，如果不能兩位都來，那就讓你們其中一位來吧。上帝憐憫我！我怎麼受得了一個人呢，一直到今年冬天之前，我一直都有夏綠蒂陪伴著的。來吧，瑪麗安小姐，我們就這樣說定了，如果，愛蓮娜小姐願意改變心意跟我們一塊兒走，那就更好啦！」

「謝謝您夫人，我打從心裡謝謝您，」瑪麗安激動地說道：「您的邀請，我永遠感激在心，而且您的好意將會帶給我幸福——是的，也許就是這輩子所能得到最大的幸福了。可是我母親，我最親愛、最仁慈的母親——我覺得愛蓮娜顧慮得很有道理，如果因爲我們不在而使得母親較不快樂、較不舒服——噢，如果這樣的話，我說什麼也不願意離開她。這件事不能勉強，也勉強不得。」

詹寧斯太太再次保證，達許伍德夫人絕對會非常樂意讓她們去的。而現在明白妹妹心思的愛蓮娜，知道妹妹亟欲與魏勒比相見，因而對其他事情幾乎都不放在心上，也就不再直接反對這個計畫，只是提說要問過母親之後再做決定；話說回來，她也知道母親不會像她那樣反對瑪麗安到城裡去，母親更不會知道她有特殊的想避開這趟倫敦之行的理由。凡是瑪麗安想做的事，母親總是熱切的加以促成——她並不指望能影響母親小心謹慎的看待瑪麗安跟魏勒比之間的事，因為她一直就無法讓母親對魏勒比起疑，況且，她也不敢解釋為何自己不想到倫敦去的緣起。一向心高氣傲的瑪麗安，當然完全清楚詹寧斯太太的為人，對她的作為常免不了輕蔑之至，現在卻要不顧這一切的不便，硬是忽略自己可能一觸即發而嚴重受傷的情緒，就是為了追求一個目標，這不啻證明了這個目標對瑪麗安而言有其牢不可破的重要性；愛蓮娜算是見識到了，只不過是在她的意料之外。

達許伍德夫人一聽說這個邀請，便覺得這次的旅程對兩個女兒都會有所幫助，女兒們可以趁機出去走走玩玩。她知道瑪麗安放心不下自己卻又很想去，所以說什麼也不讓女兒們因自己而拒絕這次的邀請，堅持要她們兩人立刻答應，然後因著自己的樂天性格便又開始想像，女兒們自出發起，大家就都會有一堆好事降臨。

「我非常喜歡這個計畫，」她大聲說道：「這正是我所盼望的，瑪格麗特和我從中得到的好處就和你們兩個一樣多。你們和米德頓一家一離開，我們就可以清靜地過日子，一起快樂地沉浸在書本和音樂中！你們回來的時候就會發現瑪格麗特大有長進！而且我有個小小的、整修你們房間的計畫，趁著你們不在的時候進行，就不會給任何人造成不便了。你們眞是應該進城去的，我眞希望每個像你們一樣的女孩子都能對倫敦的風貌和娛樂有所認識。在那裡，你們將受到一位慈母般善心的婦人照顧，她對你們的好意，我無庸置疑。此外，你們也極有可能碰到你們的哥哥，不管他有什麼錯，或是他妻子有什麼錯，只要想到他是誰的兒子，我也就不忍心看著你們一直跟他疏遠下去。」

「雖然您還是一貫的爲了我們的幸福著想，」愛蓮娜說道：「而把這次倫敦之行的每個不便之處都排除掉，但是，我認爲還有一項顧慮是不能輕易忽略的。」

瑪麗安的臉色沉了下來。

「那麼，」達許伍德夫人說道：「我親愛的深謀遠慮的愛蓮娜指的是什麼事呢？是什麼令人生畏的困難呢？千萬別告訴我得花錢才行。」

「我之所以反對是因爲：雖然我認爲詹寧斯太太心很好，可是她不是和我們談得來的那種人，她的照顧對我們而言也不會有什麼具體的幫助。」

「這倒是眞的，」她母親答道：「不過，你們也不太有機會拋開別人，單獨跟她在一起，而且你們幾乎都會跟米德頓夫人一起出席公開場合的活動啊！」

「如果愛蓮娜因不喜歡詹寧斯太太而不去，」瑪麗安說道：「也不用因爲這樣就不讓我接受她的邀請。我沒有這種顧忌，而且我確定我可以毫不費力地把那種不愉快拋諸腦後。」

愛蓮娜一聽到這番話忍不住笑了，她以前得經常費力地提醒對詹寧斯太太不屑一顧的瑪麗安，要對詹寧斯太太客氣一點兒呢！她打定主意，如果妹妹執意要去，她也會同行，因爲她認爲讓瑪麗安一個人率性而行頗不恰當，而且妹妹也需要一個談話對象，她總不能去攪擾詹寧斯太太舒適的家居生活啊！一旦做了這個決定，她的態度也就軟化了，在此同時也想起璐西跟她說過，艾德華・法若斯在二月以前不會在城裡，而且她們的作客時間，如果沒有什麼意外的話，二月之前就可以結束了。

「我要你們兩人都去。」達許伍德夫人說道：「這些顧慮都是多餘的，你們在倫敦會過得很愉快的，尤其是兩個人一起；而且，愛蓮娜若是願意紆尊降貴的話，她肯定也會玩得很開心的，也許她可以和她嫂嫂家的人多認識一下，這樣也很愉快啊！」

愛蓮娜常常想找機會告訴她母親，對於她和艾德華之間的事不要這麼一頭熱，以免到時候被事實眞相嚇一大跳，現在母親又這樣說，她雖然知道母親沒有這麼容易醒悟，不過還是姑且一試，她盡可能冷靜的說道：「我很喜歡艾德華・法若斯，也向來樂於見到他；至於他的家人，他們認不認識我，對我來說一點兒關係也沒有。」

達許伍德夫人微笑了一下，什麼話都沒說。瑪麗安驚訝地抬起眼來，愛蓮娜心想，自己還是不說話的好。

母女們再稍事討論後便決定完全接受邀請。詹寧斯太太得知消息簡直喜出望外，一再地說她會好好照顧她們的。不但詹寧斯太太對此感到高興，就連約翰爵士也欣喜不已，因爲對於一個害怕孤單寂寞的人來說，倫敦城裡添了兩名生力軍不啻是大事一樁。就連米德頓夫人也一反常態，不厭其煩地表示她眞的很高興；至於斯蒂爾小姐們，尤其是璐西，更是一副一輩子也沒這麼高興過的樣子。

愛蓮娜違背了自己的心意接受邀請，感覺卻也沒有原來想的那麼勉強。對她自己來說，去不去其實現在都無所謂了；但是當她看到母親對這個安排由衷的滿意，妹妹也在神情上、聲音上和態度上都興奮不已時，自己便也恢復了往日的精神奕奕，甚至比平常還要快活些，對此安排她無法不滿意，也難以讓自己對其後果存疑。

瑪麗安簡直欣喜若狂，心都飛到九霄雲外去了，一個勁兒地只想快快出發，唯有想到捨不得離開母親才會恢復一下冷靜，因此，離別的時刻也就讓她難過得無以復加。她母親的離愁也不下於她，愛蓮娜似乎是三個人當中唯一不把這次的暫別當作是生離死別的人。

她們在一月的第一個禮拜出發，米德頓一家在一個禮拜後隨之前往。斯蒂爾小姐們則繼續暫留巴頓莊園，過些日子再和家丁們一起離開。

Chapter 26

# 第二十六章

愛蓮娜坐在馬車裡，忍不住想著她自己的境遇，她們才和這位女士認識不久，在年紀上、脾氣上完全不同，自己前幾天還想著一堆此安排不可行的顧慮，現在卻坐在人家的馬車裡，和人家一起出發要到倫敦去，還要受人家照顧，在人家家裡作客呢！而那一堆顧慮在瑪麗安與母親都具備的天真的歡樂氣息影響下，不是被說服就是被忽視了，愛蓮娜對於魏勒比的忠實雖然時有懷疑，但她看到瑪麗安整個人神采飛揚，雙眼閃亮，就忍不住覺得自己前景一片悽涼，自己的心境無精打采。和瑪麗安大不一樣，若是她也能沉浸在瑪麗安那樣的期盼中，有著同樣鮮明的目標，懷抱著可能實現的相同的希望，那該有多好啊！無論如何，現在得在最短的時間內，找出魏勒比的意圖為何，他極可能已經在城裡了。瑪麗安這麼急著到城裡去就表示她相信在那兒可以找到他，而且愛蓮娜暗下決心，不僅自己要以全新的眼光注意觀察他的一舉一動，也要聽取旁人的意見，以便探知魏勒比的性格，此外也要密切注意他對她妹妹的態度，以便無須見太多次面就可以摸清他的底細和意圖。如果她觀察的結果令人失望，那麼她用盡一切辦法也要幫助她妹妹把眼睛擦亮以看清事實；若結果並非如此，她就要做出完全不同性質的努力——她要避免做出自私的比較，同時還要把一切阻礙自己像瑪麗安那樣心滿意足的掛慮都丟掉。

她們在路上旅行了三天，而瑪麗安在旅途上的行爲，可以說是她將來要討好詹寧斯太太，與她爲伍所能做出的最愉快的典範。她一路上幾乎都沉默不語，只沉浸在自己的冥想中，難得開口說話，除了看到旅途上絕美的景色，驚嘆地叫她姊姊看看之外，幾乎一直緊閉朱唇。爲了彌補這個缺憾，愛蓮娜立刻肩負起做好社交禮儀的責任，她非常專注地照應詹寧斯太太，陪她聊天，陪她一起笑，還盡可能地聽她說話；而詹寧斯太太對她們姐妹倆也禮遇有加，時刻掛記著她們是否舒適愉快，唯一讓老太太感到不便的是，住在旅店裡她們無法自己選擇晚餐，兩姐妹也不坦誠告訴她，比較喜歡鮭魚還是鱈魚，雞肉還是小牛肉。她們在第三天下午三點鐘到達城裡，大家都很高興，坐了這麼久的馬車，終於可以得到解脫了，現在大家都準備要在熊熊的爐火旁好好享受一下溫暖了。

詹寧斯太太的房子很漂亮，裡頭的裝潢擺設也非常華麗，兩位小姐立即被安排住進一間極爲舒適的房間。這本來是夏綠蒂的房間，房裡壁爐架的上方還掛著一幅她親手做的彩色絲綢風景畫，以資證明她在城裡那所名校七年的時間可不是白待的。

因爲離晚餐時間差不多還有兩個小時，愛蓮娜決定利用這個空檔給母親寫信，於是便坐了下來。幾分鐘之後，瑪麗安也做了相同的動作。

「我正要寫信回家，瑪麗安，」愛蓮娜說道：「你要不要晚個一兩天再寫？」

「我不是要給媽媽寫信。」瑪麗安急忙答道，而且好像不想要她再問下去似的。

愛蓮娜不再作聲，她立刻想到那信準是寫給魏勒比的，繼而得出一個結論，不論他們把事情弄得多神祕，他們兩人準是訂婚了。雖然這個假設不能讓她完全滿意，卻也讓她有些高興，於是她更加愉快地繼續寫信。瑪麗安的信很快就寫好了，其篇幅充其量也不過是個口訊，然後她很快便將信摺好、封緘，寫上收信人的姓名、住址。愛蓮娜猜想，她準能在信封上看到一個「魏」字，瑪麗安一寫好便拉鈴，然後請應鈴而來的男僕替她把這封信拿到郵局去寄。這就立刻使得這件事確定無疑了。

瑪麗安的情緒仍然持續高漲，不過這樣的情緒當中也含藏著她姊姊不甚喜歡的興奮不安，而這樣的興奮不安隨著夜晚的降臨更加嚴重。她幾乎吃不下晚餐，而且在稍後她們回到客廳時，她似乎又緊張兮兮地聽著門外每一輛馬車的聲音。

讓愛蓮娜感到慶幸的是詹寧斯太太正在她自己房裡忙著，不會看到客廳裡的情形。茶具已經擺進來了，而瑪麗安則被隔壁人家的敲門聲弄得一次比一次失望了，這時，清楚的敲門聲適時響起，如此的清晰以至於沒有人會誤以爲是隔壁家的。愛蓮娜氣定神閒地等著僕人傳報魏勒比來訪，而瑪麗安則站起身來朝門口走去。一切都安靜無聲，就在幾秒鐘的時間裡，她打開門，朝樓梯口走了幾步，傾聽了半分鐘之後，焦躁興奮地回到客廳裡，那是確信聽到魏勒比聲音的自然反應，欣喜若狂的她忍不住高聲叫道：「噢，愛蓮娜，是魏勒比，眞的是他！」說著似乎就要投進他的懷抱裡去了，但出現在她眼前的卻是布蘭登上校。

這個震撼實在太大，瑪麗安無法冷靜以對，她隨即轉身走出客廳。愛蓮娜也很失望，但是在此同時，她也禮貌地接待布蘭登上校，對他表達歡迎之意；讓她難過的是，一個如此深愛妹妹的人，一旦見面，卻只看到妹妹憂傷失望的臉。不過愛蓮娜卻也發現，上校根本沒注意到這些，他只是驚訝且關懷地看著她走出客廳，甚至對愛蓮娜的問候都忘記回禮了。

「你妹妹是不是病了？」

愛蓮娜有些苦惱的回答說是，然後就說她有些頭痛、精神不濟、過度疲勞什麼的，還有每個可以合理解釋她妹妹行爲的緣由。

他非常仔細地聽著，似乎也恢復了鎮靜，對這件事也就沒再說什麼，然後話鋒一轉，說他非常高興能在倫敦看到她們，也客套地問及她們的旅程還有留在巴頓的朋友們。

兩人就這樣平靜而乏味地交談著，彼此的興致都不高，因爲各人心裡都正各自想著心事。愛蓮娜很想問他，魏勒比在不在城裡，可是又怕詢問起他情敵的事會讓他覺得難堪；最後，爲了要找個話題，愛蓮娜便問他，自從上次離開巴頓莊園之後，他是否就一直待在倫敦。

「是的，」他有些困窘地答道：「幾乎從那時候起，就一直待在倫敦，期間曾回去過德拉福特一兩次，待個幾天，但就是沒能再回巴頓去。」

這句話，以及他說這話時的神情，立刻讓愛蓮娜回想到他當初離開巴頓莊園時的情景，還有他的離開所帶給詹寧斯太太的好奇和猜疑。她也擔心自己提這個問題，會讓他以爲自己比實際上還要好奇得多。

詹寧斯太太隨即走進客廳裡來。「噢，上校！」她說道，帶著平常慣有的熱烈氣息，「見到你實在太高興了——抱歉，我現在才出現——請見諒。我忙著打理一些事情，因爲我已經好久不在家了，你也知道，人一旦出了趟遠門，回來時總有些瑣瑣碎碎的雜務要忙。待會兒還得和卡特萊特結一下帳呢。天哪，我從晚餐後就一直忙到現在！不過，上校啊，你怎麼猜得到我今天回城裡來呢？」

「我有幸在帕瑪先生家聽說的，我今天在他們家吃晚餐。」

「噢！眞的，那麼，他們一家都好嗎？夏綠蒂怎麼樣了？我敢說她的腰圍現在一定更粗了。」

「帕瑪太太看起來好得很，她要我帶個口信兒給您，她明天一定會過來看您。」

「啊，說實在的，我也是這麼想。對了，上校，我帶了兩位年輕的小姐一起回來，你瞧——這就是其中一位，另一位現在不在這裡。就是你的朋友，瑪麗安小姐啦——你不會後悔聽到這消息的啦！我不知道你和魏勒比先生打算拿她怎麼辦。啊，能長得年輕又漂亮眞好。哈，我也年輕過，可就是不怎麼漂亮——眞是不太好運哪！不過，我倒是嫁了個好丈夫，所以就算最美的美女也沒我這麼好命吧！啊！可憐的人兒啊！他已經過世八年多啦！不過，上校，你上次離開我們之後到哪兒去了？你的事情處理得怎麼樣了？來，來，說來聽聽，朋友之間是沒有祕密的。」

上校以他一貫的溫和有禮回答了她所有的問題，不過卻沒有一個答案是讓她滿意的。愛蓮娜現在開始泡茶，瑪麗安不得已只好又回客廳來了。

從瑪麗安進來之後，上校就比剛才更加若有所思、更加沉默，詹寧斯太太勸上校多待一會兒，卻也沒能成功。那天晚上沒別的訪客來了，所以女士們一致同意早些就寢。

第二天早上醒來時，瑪麗安已恢復精神，臉上也顯出愉快的神情，她似乎是因為對當天充滿期待而忘卻了前一天的失望。大家吃完早餐後不久即聽到帕瑪太太的四輪大馬車停在門口，不一會兒帕瑪太太就笑吟吟地走進來了，她看到大家高興得不得了，甚至讓人分不出她是看到她母親較高興，還是與達許伍德小姐們重逢較高興。雖然她一直很盼望她們能來，但是一見到她們，臉上還是露出非常驚訝的神情；對於她們先前拒絕她，現在卻接受她母親的邀請，帕瑪太太顯得相當生氣，不過她也表示，如果她們連這次邀請都不來，那她一輩子也不原諒她們呢！

「帕瑪先生看到你們會很高興的，」她說道：「你們猜，當他聽到你們跟媽媽一塊兒回來的時候，他說什麼？我現在忘記他怎麼說了啦，不過很好玩就是了！」

一兩個鐘頭就在詹寧斯太太所謂的舒適愉快的閒談下過去了，其實，換句話說，也就是詹寧斯太太鉅細靡遺的詢問知交故舊的消息，而帕瑪太太沒來由的笑個不停。後來帕瑪太太提議，大家就一塊兒在上午的時間陪她到商店去辦點事情，詹寧斯太太和愛蓮娜當即同意，因為她們也想去採買一點東西。瑪麗安起初不打算去，後來在眾人勸誘下便也決定前往。

大夥兒在逛街時，不論走到哪裡，瑪麗安總是四下張望，尤其在眾人到了要大肆採購的龐德街時，她更是睜大眼睛四處看；不論眾人進了哪一家店，她對於眼前的東西，別人在談些什麼，買了些什麼，一律心不在焉。她到任何地方都是心神不寧，不覺得滿意，她姊姊想買個跟兩人都有關的東西，想徵詢她的意見，她卻是理都不理。沒有一件事能讓她高興，她只是迫不及待的想趕回去，而且看到帕瑪太太那副無聊樣兒就很想發脾氣，因爲帕瑪太太的眼光總被每一件漂亮的、昂貴的或新的東西給吸引住，她每件東西都想買，可又無法決定要買哪一件，時間就在她讚嘆著東西的精美和左看右看卻無法決定買什麼中滴答過去。

她們回到家時已快要中午了。她們一進門，瑪麗安就飛奔到樓上去，愛蓮娜隨即上來，她發現妹妹帶著失望的神情從書桌前轉過身來，這表示魏勒比並沒來過。

「我們出去後，沒有人送信來給我嗎？」她對隨後送進來一個郵包的僕人問道。僕人答說沒有。「你確定嗎？」她又問道：「你確定都沒有僕人，或腳夫給我送過信或短箋嗎？」

那人回答都沒有。

「這就怪了！」她低聲且失望地說道，轉身走向窗戶。

「這就怪了！」愛蓮娜在心裡複誦道，不安地看著她妹妹。「假如她不知道他在城裡，那她就不會給他寫信，可是她卻寫了信；就算寫了信也應該寄到康柏莊園去啊！如果他在城裡，卻是人沒來信也沒來，這眞是奇怪了！噢，親愛的母親，您眞不該允許您的女兒這麼年輕就跟一個認識不深的男人訂婚，而且還讓事情弄得這麼疑點重重、態度曖昧不明的！我眞想問個明白，可是又怎麼好插手介入呢！」

幾番考慮之後她決定，如果這種不愉快的情形再持續個幾天，她就要以最強烈的態度稟明母親，對這件事情非得做些認眞的查問不可。

帕瑪太太以及詹寧斯太太早上遇見且邀約的兩位知交故舊一同過來吃晚餐。帕瑪太太喝過茶後不久，便先行告辭去赴晚上的邀約應酬，愛蓮娜只好留下來幫大家打理牌桌。瑪麗安在這樣的場合算是英雄無用武之地，因爲她既不會也不想學打牌，她雖然因此而有自己的時間可運用，然而跟愛蓮娜比起來，卻反而沒那麼快樂，因爲她一整個晚上都在焦慮的等待以及失望的痛苦中度過。好幾次她強打起幾分鐘精神來看書，可是書一下就被扔到旁邊去了，於是她又回去做比較有趣的事，就是在房間裡來回踱步，在踱到窗邊時駐足片刻，希望能聽到期待了好久的敲門聲。

Chapter 27

# 第二十七章

「如果這暖和的天氣再持續下去，」隔天早上大家一塊兒吃早餐的時候，詹寧斯太太說道：「約翰爵士下個禮拜就不想離開巴頓了；那些愛打獵的人，一天不能出去就難過得不得了。這些可憐的傢伙！他們難過的時候，我總覺得很可憐——他們似乎也太看重打獵了吧！」

「的確是這樣，」瑪麗安愉快地說道，邊說邊走向窗戶去察看一下天氣，「我還沒想到這一點呢！這種天氣常使一些愛好打獵的人留在鄉下。」

還好她想到這一點，這麼一想她精神都恢復了。「對他們來說，這真是迷人的天氣，」她繼續說道，帶著愉快的神情坐回餐桌前。「他們該有多開心哪！不過（她又有點兒擔憂起來），這種天氣不可能持久，在這個時節，又連續下了這麼一陣子的雨，當然不太會再有雨了。不久就要下霜了，也許會下得很大呢！可能就在這一兩天吧！這種格外舒服的好天氣維持不了幾天的——唔，也許今天晚上就會冷得不得了呢！」

「無論如何，」愛蓮娜說道，她想避免讓詹寧斯太太看穿瑪麗安的心思，因為愛蓮娜已經完全知道瑪麗安在想些什麼了，「我確信我們下個禮拜就可以迎接約翰爵士和米德頓夫人進城了。」

「唔，親愛的，我保證他們下禮拜一定會來，瑪莉說要做的事就非得去做不可。」

「那麼，」愛蓮娜心裡思忖著：「她會寫信到康柏莊園去，而且今天就寄。」

如果，她真的寄了，那麼信就是在極隱密的情況下所寫所寄的，因爲它躲過了愛蓮娜的眼睛，從而無法認定這是不是事實。姑且不論事實眞相爲何，愛蓮娜都不甚開心，然而看著興高采烈的瑪麗安，愛蓮娜自己也不能一副無精打采的樣子。瑪麗安因著和煦的天氣而高興，因著期盼下霜而更高興，自然是興高采烈的了。

這天上午，大家主要忙著寄送卡片到詹寧斯太太的知交故舊家中，通知他們詹寧斯太太已然回城。瑪麗安則一直都在忙著觀察風向，看著天空的變化，想像著天氣的轉變。

「你不覺得現在比早上更冷嗎？我覺得很明顯耶！就算把手放在暖手筒裡都不覺得暖。昨天並不是這樣，我覺得。雲朵似乎正在散開，太陽一會兒就會露出臉來了，下午會是個晴朗的天氣。」

愛蓮娜的心情時有轉變，悲喜交替。不過瑪麗安倒是不屈不撓的忠於自己的想法，每天晚上看到明亮的爐火，每天早晨看到天空的樣子，都認爲那是即將下霜的徵兆。

達許伍德小姐們不論是對詹寧斯太太的生活方式、所結交的朋友，或她對她們的態度（她對她們眞的很好）都沒什麼好不滿意的了。她在家中對每一件事情的安排都以讓每個人自由舒適爲優先考量，除了城裡的幾個，米德頓夫人不要她交，她卻捨不得放的老朋友以外，只要是在介紹彼此認識時可能會讓她的年輕夥伴們感覺不舒服的人，她都不去拜訪。而愛蓮娜也很高興地發現，雖然那此宴會，不論是在家裡開的、在別人家開的，還是只爲了打牌而開的，對她來說都沒什麼意思，但她卻也能在其中找到自己想要的樂趣。

布蘭登上校是詹寧斯太太家中的常客，幾乎每天都會過來跟她們在一起。他來看看瑪麗安，跟愛蓮娜聊聊天，跟他聊天常讓愛蓮娜覺得是一天當中最有意思的事，不過她也細心地看出上校對她妹妹仍是一往情深。她擔心上校對她妹妹會越陷越深。她看到上校經常情眞意切地看著瑪麗安，而他的情緒也比當初在巴頓時低落許多，每次看到這種情形，她總要難過一陣。

約莫在她們抵達一個禮拜之後，終於確定魏勒比也在城裡。她們那天上午乘車出遊回來之後，發現桌上放著他的名片。

「天哪！」瑪麗安叫道：「我們出去時，他來過了。」

愛蓮娜得知魏勒比人在倫敦也很高興，於是大著膽子說道：「這樣看來，他明天一定會再過來的。」不過，瑪麗安似乎沒聽到她說話，等詹寧斯太太一進門，就帶著那張珍貴的名片開溜了。

這件事讓愛蓮娜精神提振不少，也讓瑪麗安開心到最高點，甚至遠遠超過最高點，也就是恢復到她先前的興奮不已。從那一刻起，她的心情再也無法平靜，無時無刻不在想著與他相見，什麼事情也沒辦法做。第二天早上大家都要外出，她卻堅持一定要留在家裡。

在外面時，愛蓮娜心裡不斷想著柏克萊街上的這棟宅子裡可能發生些什麼事情，不過她們一回來，愛蓮娜一下子就發現魏勒比根本沒來第二次。這時僕人剛好送來一封短箋，擺在桌上。

「給我的！」瑪麗安叫道，一個箭步向前。

「不，小姐，是給我家太太的。」

可是瑪麗安不信，立刻動手拿過來。

「眞的是給詹寧斯太太的，氣死人了！」

「那麼，你是在等信囉？」愛蓮娜問道，她無法再沉默下去。

「是啊，有一點——沒什麼啦！」

短暫的沉默之後，「你不信任我，瑪麗安。」

「哈，愛蓮娜，你還說我哪！——你誰都不信任！」

「我！」愛蓮娜有些狼狽的說道：「瑪麗安，我眞的沒有什麼好說的。」

「那我也沒有，」瑪麗安不甘示弱地答道：「我們的情況看來是一樣的了。我們誰也沒有什麼話好說——你是沒什麼好說的，我是沒什麼好隱瞞的。」

愛蓮娜因被指責爲不坦白卻又無法辯駁而覺得沮喪，在這種情況下，她又不知道該怎麼做才能使瑪麗安打開一點心門。

詹寧斯太太不久就回來了，她拿到信，大聲唸了起來。信是米德頓夫人寫來的，說他們已於前一天晚上抵達康迪特街宅邸，欲邀請她母親以及表妹們於第二天晚上前去作客。由於約翰爵士公務纏身，她自己又嚴重感冒，所以不克前來柏克萊街拜訪。她們接受了邀請，不過當赴約的時刻臨近時，依照禮儀應該陪同詹寧斯太太前去的達許伍德姐妹卻出了點兒問題，愛蓮娜費了好大的工夫才說服瑪麗安一同前去，因爲她都還沒看到魏勒比，不想因爲自己跑出去玩而又讓魏勒比撲了個空。

那天晚上愛蓮娜發現，人的性情實在不會因所處環境的不同而有什麼改變。因爲約翰爵士雖然才來到城裡不久，卻也很快就召集了二十名左右的年輕人，給他們辦了個舞會玩玩，然而，這個舉動卻讓米德頓夫人很不開心。在鄉下，興之所至，辦個舞會並無不妥；但是在倫敦，優雅的名聲是很重要也是比較不容易得到的，這麼草率地辦個舞會實在太冒險了，爲了滿足幾個女孩子，卻會讓人認爲米德頓夫人找了八、九對男女，兩把小提琴，再加上一點兒小點心就開起舞會來了。

帕瑪夫婦也參加了舞會。自從她們進城以後還沒跟帕瑪先生打過照面，因爲帕瑪先生總是小心地避開他的岳母，從不到他岳母身邊去，她們進來時他也是一副不以爲意的樣子。他坐在屋子的另一頭，冷冷的看著她們，彷彿不認識她們似的，對於詹寧斯太太也只是遠遠的點個頭而已。瑪麗安一進門就環顧室內一圈，這就夠了，他沒來——於是她坐了下來，既不想給自己找點樂子，也不想給別人什麼好臉色。她們在那兒待了大約一個鐘頭之後，帕瑪先生漫步到達許伍德小姐們身邊來，說他很驚訝竟然在城裡看到她們，然而布蘭登上校卻是在他們家聽到小姐們進城來的消息，而他自己對她們的到來還說過好笑的話呢！

「我還以爲你們都在德文郡呢！」他說道。

「真的嗎？」愛蓮娜答道。

「你們什麼時候回去呢？」

「還沒決定。」談話就此結束。

瑪麗安這輩子從沒像今晚這樣這麼不想跳舞過，也從沒像今晚跳得這麼疲倦過。她們回到柏克萊街時，她就抱怨起來了。

「好，好，」詹寧斯太太說道：「我們都知道爲什麼會這樣啦，如果那個不能說出名字的人今晚也去了，你就一點兒也不覺得累了；不過，說眞的，我們邀請他，他竟然不賞光，未免做得太不漂亮了。」

「邀請他！」瑪麗安叫道。

「我女兒米德頓告訴我的啊！因爲今天早上約翰爵士在街上碰到過他。」

瑪麗安不再說什麼，但看起來很受傷害的樣子。愛蓮娜目睹此情此景，焦急地想爲妹妹排憂解難，她決定第二天早上就給母親寫信，希望以讓母親注意瑪麗安的身體健康爲題，要她親自詢問瑪麗安那些早就應該要問的事。第二天早上她看到瑪麗安又在給魏勒比寫信，除了魏勒比之外她想不出還會是誰，更加強了她要捎信給母親的打算。

約莫中午，詹寧斯太太有事出去了，愛蓮娜立刻著手寫信；而瑪麗安心煩意亂，什麼事也不想做，什麼話也不想說，不是從一個窗口踱到另一個窗口，就是坐在火爐前面一副心事重重的樣子。

愛蓮娜言詞懇切地把一切事情告訴母親，她也說出自己對魏勒比的懷疑，並催促母親要設法讓瑪麗安說出她和魏勒比之間交往的實情。

就在她快要把信寫好時，僕人來敲門傳報，說是布蘭登上校來了。瑪麗安早就從窗口看到他了，因爲她什麼人也不想見，便早先一步離開了。上校看起來憂鬱更甚於以往，對於只看到愛蓮娜一人，他雖表示很高興而且彷彿有什麼話要告訴她似的，卻坐了半天不開口。愛蓮娜知道他一定是有什麼關於她妹妹的事要說，便急切地等著。這已經不是第一次她有這樣的感覺了，因爲在這之前，他的開場白有好幾次都是「令妹今天看起來不太舒服」或「令妹似乎情緒低落」之類的，彷彿要透露或打聽有關她的消息似的。彼此沉默了幾分鐘之後，他終於語帶焦慮地開口問她，什麼時候要恭喜她得了個妹婿啊？他這麼突如其來的一問，倒把愛蓮娜給問倒了，她只好用最平常也最合適的反應處理，問他這話是什麼意思？他擠出一絲笑容答道：「令妹與魏勒比訂婚之事已是人盡皆知了。」

「不可能人盡皆知，」愛蓮娜答道：「因爲她自己家人都還不知道。」

他面露驚訝地說道：「很抱歉，我的問題怕是有點莽撞。可是他們都已經公開通信了，所以我想也就沒有保密的必要了，而且大家都在說他們就要結婚了。」

「怎麼可能呢？您是聽誰說的呢？」

「很多人──有些是你不認識的，有些是你很熟悉的──詹寧斯太太、帕瑪太太，還有米德頓夫婦。不過我還是不太相信──因爲我不願意去相信，所以總想找一些事情來支持自己的想法──然而剛剛僕人開門讓我進來時，我無意中看到他手裡拿著一封要寄給魏勒比的信，是你妹妹的筆跡。我是過來找答案的，不過卻在提出問題之前就已經知道結果了。事情都已經決定了嗎？難道不可能——？不過，我沒那個權利也不可能成功。眞抱歉，達許伍德小姐，我想我不應該說這麼多的，可是我眞的不知道該怎麼辦才好，我完全信任你的小心謹愼。請你告訴我，事情已經完全決定了，任何企圖——也就是說，如果可能的話，他們只是還沒有公布而已。」

這一番話在愛蓮娜聽來無疑就是對妹妹眞心的表白了，她覺得非常感動，因此無法立刻說些什麼，甚至就在她情緒恢復平靜之後，她也花了點兒時間思忖著該給什麼樣的回答才算妥當。其實就算她自己，也不知道妹妹和魏勒比之間到底是怎麼回事，如果勉強說些什麼，也可能不是說得言過其實就是說不出個所以然來。況且她清楚得很，瑪麗安是深愛魏勒比的，不論事情有什麼發展，布蘭登上校也許都沒什麼成功的希望，且在此同時，她也想保護妹妹免遭非議，經過考慮之後，她認爲最周全的作法就是說得比自己所知道、所相信的還多些。因此她承認雖然他們本人都尚未跟她提過訂婚的事，但對於他們倆彼此相愛一事，她是毫不懷疑的，而且聽到他們彼此在通信，她也不覺得驚訝。

他安靜且專注地聽她說話，待她一說完，他立即從座位上站起來，語氣激動地說道：「我祝令妹幸福快樂，也希望魏勒比能配得上她。」說完即告辭離去。

這次的談話並沒有減少愛蓮娜對於其他事情的憂心；相反的，她卻因布蘭登上校的不幸而覺得鬱悶不已，而且她還急著想得到這件事情的印證，因此，陰鬱的心情是揮不開的了。

# Chapter 28

# 第二十八章

接下來的三到四天都沒發生什麼讓愛蓮娜後悔給母親寫信的事，因為魏勒比既沒出現也沒來信。在那幾天末尾，她們應邀陪米德頓夫人出席一場宴會，詹寧斯太太則因為小女兒身體不適無法同行；瑪麗安因為壓根兒就對這個宴會不感興趣，也就沒怎麼打扮，而且一副去不去都無所謂的樣子，雖然準備赴會，不過卻情緒低落，沒有一絲愉悅。喝過茶後就坐在客廳的壁爐旁，等著米德頓夫人過來，她坐在椅子上紋風不動，態度也沒變，逕自沉溺在自己的冥想中，連姊姊來到身邊了都沒察覺。一等僕人終於來報說米德頓夫人已在門口等著了，她便倏地起身前行，似乎都忘了她在等人了。

她們準時來到宴會地點，一排馬車依序來到門口，她們下了車，登上台階，聽著迎賓的僕人們聲音響亮地層層傳報她們的姓名，接著她們進入一間燈火通明的大廳，裡面擠滿了人也熱得不得了。她們禮貌地向宴會的女主人行禮致意，接著便加入人群中，為提升室內的擁擠與悶熱增添貢獻。大家沒說什麼話、沒做什麼事地待了一會兒之後，米德頓夫人坐下來玩卡西諾牌，而瑪麗安沒什麼精神地走來走去，就和愛蓮娜在離牌桌不遠處，幸運地找到空位坐了下來。

她們才坐下不久，愛蓮娜就發現魏勒比正站在離她們幾碼不到的地方，熱切地和一個穿著非常時髦的年輕女人說話。她很快就和魏勒比四目相接，而魏勒比也立刻欠身致意，不過卻沒有要過來跟她說話或要找瑪麗安的意思，雖然他不會沒有看到瑪麗安；他仍舊繼續和那位小姐說話。愛蓮娜不由得轉向瑪麗安，想看看她會不會沒看到這一幕。就在這時候，瑪麗安看見魏勒比了，這驚鴻一瞥讓她立刻興奮得漲紅了臉，邁開步伐就要向魏勒比跑去，愛蓮娜一把抓住了她。

「天哪！」她高叫道：「他在那裡——他在那裡。噢！他爲什麼不看我？我爲什麼不能跟他說話？」

「拜託你冷靜一點，」愛蓮娜激動地說道：「不要讓全場的人都看穿你的心思。也許他還沒看到你啊！」

然而這話連愛蓮娜自己都不信，要在這個時候保持冷靜，瑪麗安不僅做不到也不想這麼做。她焦急不安的坐著，臉色都變了。

魏勒比終於又轉向她們這邊了，而且目光跟她們兩人相接；瑪麗安站了起來，親熱地叫著魏勒比的名字，向他伸出手來。他走了過來，跟愛蓮娜交談而不太理會瑪麗安，似乎故意避開她的視線，打定主意不管她似的，他匆忙地問起了達許伍德夫人以及她們進城多久了。愛蓮娜聽見這樣的談話，一時之間腦子一片空白，說不出話來。不過她妹妹卻當即把情緒都宣洩出來了。她滿臉通紅，激動不能自已的叫道：「好啊！魏勒比，這是什麼意思？你沒接到我的信嗎？你不打算跟我握

就在這時候，瑪麗安看見魏勒比了

個手嗎？」

他避不掉，只好跟她握手，然而碰觸到她的手似乎讓他痛苦不已，他只握了一下而已。此刻很明顯地，他在盡力克制自己，讓自己冷靜以對。愛蓮娜看著他的臉，他的表情已漸趨平靜。一會兒之後，他冷靜地開口道：「上週二我有幸得以前往柏克萊街登門拜訪，但是很遺憾無緣和你們以及詹寧斯太太相見。我曾留下名片，相信你們應該看到了。」

「可是你沒接到我的信嗎？」瑪麗安焦急地叫道：「這其中一定有問題，我確定——出了嚴重的問題。這到底是怎麼回事？告訴我，魏勒比——看在上帝的份上，告訴我，到底是怎麼回事？」

他沒有回答，但臉色全變了，又恢復到先前那副困窘的樣子；然而一接觸到剛才跟他說話的那位年輕女子的目光，他立時覺得非得好好應付不可，於是恢復鎮靜地說道：「是的，我很榮幸收到你們抵達城裡的消息，謝謝你們不吝通知。」說完，欠個身快速離開，回到他朋友那兒去了。

瑪麗安臉色慘白，站立不住，跌坐在椅子上，而時刻都擔心妹妹會昏厥過去的愛蓮娜，試圖用身體擋住別人好奇的眼光，並且幫妹妹抹抹薰衣草水，以求她能鎮定下來。

「愛蓮娜，去找他，」瑪麗安一能開口就如此說道：「去叫他過來。告訴他，我非得再見他一面不可——非得馬上跟他說話不可。我沒有辦法歇息——在沒有解釋清楚以前，我連一分鐘都平靜不下來——這一定是有什麼可怕的誤會之類的。噢！你現在就去找他。」

「怎麼可能這樣做呢？親愛的瑪麗安，你一定得等一等。這不是個適合解釋的地方，就等明天再說吧！」

她費了好大的勁兒才攔住妹妹親自去找魏勒比，但無論怎麼勸，就是無法讓她克制住情緒——先忍下來，至少要在外表上先平靜下來——等到可以私下談的時候再談會比較好，因爲瑪麗安一直在唉聲嘆氣，低喃著心中的愁苦悲傷。

不久之後，愛蓮娜看見魏勒比從通往階梯口的門離開了，便告訴瑪麗安他走了，力勸她打消在今晚再次跟他說話的念頭，並極力要她鎮靜一點。瑪麗安立即央求姊姊去拜託米德頓夫人送她們回去，因爲她實在難過得連一分鐘都待不下去了。

米德頓夫人雖然正打牌打到一半，但聽說瑪麗安不舒服，卻也禮貌地不再眷戀牌桌而將手中的牌交給一位友人，一等馬車備好，立即帶著她們離開。在返回柏克萊街途中，大家幾乎都沒有說話。瑪麗安心中憂憤難當，連哭都哭不出來；還好詹寧斯太太還沒回家，她們得以直接回房去，瑪麗安嗅了嗅碳酸銨，情緒比較回穩了。她隨即更衣上床休息，而且似乎不想被打擾，姊姊也就離開了。愛蓮娜邊等著詹寧斯太太回來，邊想著所有發生的事情。

她毫不懷疑在魏勒比與瑪麗安之間有著某種約定，而且很明顯的，魏勒比退卻了；就算瑪麗安還想編織她的美夢，愛蓮娜是不會把魏勒比這種行爲歸因於什麼誤會或誤解之類的。除了魏勒比已然變心之外，沒有其他解釋了。要不是愛蓮娜親眼見到魏勒比那副自知理虧的窘態，她怕會更加義憤塡膺吧，而且會以爲魏勒比品行不佳，存心不良，打從一開始就想玩弄她妹妹的感情。其實兩人不在一起或許使他的感情變淡了，而考慮到利益婚姻更使得他放掉僅剩的感情吧，但是他先前對瑪麗安的感情，她是不會懷疑的。

至於瑪麗安，這次不愉快的見面已讓她夠痛苦的了，然而，事情怎麼收尾可能會更令她難以忍受呢！愛蓮娜一想到這裡不免憂心忡忡。比較之下，她的情形似乎好些；雖然她跟艾德華可能終將分離，但他卻可以一直保有她的尊敬，一直是她心靈上的依靠。而一切招致瑪麗安深沉痛苦的因素似乎都聚在一起了，瑪麗安與魏勒比的分手——那即將發生，無可挽回的關係破裂，鐵定會把瑪麗安推向痛苦的深淵。

# 第二十九章

Chapter 29

第二天，女僕還未進來生火，太陽也尚未在一月的陰冷沉鬱早晨露臉，瑪麗安衣衫不整，跪在窗台前，靠著透進來的微弱光線，一面振筆疾書，一面淚如雨下。

愛蓮娜被她不停的啜泣聲吵醒，睜開眼睛，妹妹的狼狽樣映入眼簾，她無限關懷地看了她一陣子，然後以最溫柔體貼的聲調問道：

「瑪麗安，我可以問一下——」

「不行，愛蓮娜，」她答道：「什麼都別問，很快你就會明白一切了。」

她說話時雖是心情沮喪絕望卻也不失鎮定，然而話一說完，就又恢復到難過得非比尋常的狀態。有好幾分鐘甚至還無法繼續下筆，而且心中的憂憤迫使她寫寫停停的，愛蓮娜心想這準是她最後一次給魏勒比寫信。

愛蓮娜盡其所能地不去打擾她，只是在旁邊默默地關心著妹妹。要不是妹妹近乎歇斯底里的央求她不要跟她說話，愛蓮娜實在很想好好安慰她一下。在這種情形下，兩個人還是不要同在一起太久的好；瑪麗安穿好衣服以後，因著起伏不定的心情，她連一分鐘都不想待在房裡，就想一個人獨處，而且還不斷地換地方，因此在吃早餐前她就一直在房子裡遊來晃去，避開眾人的目光。

早餐時她什麼也沒吃，也什麼都不想吃；愛蓮娜好說歹說地要她多少都得吃一點兒，不過此舉倒沒有勸動她，沒有發揮憐憫關懷的作用，倒是把詹寧斯太太的注意力吸引到自己身上來了。

因爲這是詹寧斯太太最喜歡的一餐，用餐時間也就比較久。餐後，她們剛在平常做針黹工作的桌子前面坐下，僕人就給瑪麗安送來一封信，瑪麗安急切地從僕人手裡拿過信來，霎時臉色變得慘白，她立刻跑出客廳。一看到這種情形的愛蓮娜彷彿也看到信封上的寄信人姓名、地址似的，認定它一定是魏勒比寄來的，頓時覺得一陣噁心，幾乎連頭都要抬不起來了，她坐在椅子上渾身不住的顫抖，生怕難逃詹寧斯太太的注意。但那位熱心的大嬸卻只注意到瑪麗安收到了一封魏勒比寄來的信，覺得這下子可有笑料可說了，果然也就大笑著說，希望那封信可以讓瑪麗安開心。至於愛蓮娜那副窘樣，她因爲要忙著量線織地毯，也就沒發覺；瑪麗安一離開，她只當沒事兒似地逕自說道：「我說啊，我這輩子從沒見過這麼癡情的女人！我的女兒們雖也曾經夠傻的，但當眞比不上她；不過，說到這瑪麗安小姐，她可眞變了個樣了。我衷心地希望他不會讓她等太久，因爲看她身體跟精神都這麼差，眞是讓人於心不忍。對了，他們什麼時候結婚哪？」

愛蓮娜雖然從未像現在這樣不想說話過，但面對這樣的攻擊也只好盡力反擊，她擠出個笑容，答道：「夫人，您該不會嘴巴上說說，心裡也就當眞認爲我妹妹和魏勒比先生訂婚了吧？我都只當這是開玩笑而已，不過，您這個問題這麼嚴肅，似乎意有所指；因此我必須請求您，不要再自欺欺人了。我老實告訴您，沒有比聽到他們要結婚更讓我驚訝的消息了。」

「眞不像話，眞是不像話哪，達許伍德小姐！你怎麼能這麼說呢！我們不是都知道他們必定會在一起的嗎——從他們見面的那時候起，兩人不就是卿卿我我地難捨難分了嗎？我豈沒見過他們在德文郡是天天膩在一起的嗎？我豈不知道令妹和我一塊兒進城來，是爲採買嫁衣的嗎？得了，得了，別來這一套了。你以爲你這樣故弄玄虛，別人就會被你弄得一頭霧水？沒這回事，我可以告訴你，這件事這會兒已是滿城皆知了。我一看到人就說，夏綠蒂也是。」

「夫人，」愛蓮娜非常嚴肅地說道：「您眞的弄錯了。事實上，您這樣到處散播這個消息是很不厚道的，雖然您現在不相信我所說的話，但您將會發現事實並不像您所說的那樣。」

詹寧斯太太再次大笑，不過愛蓮娜已經不想再講下去了，她只掛記著魏勒比的信上到底寫了些什麼，於是她快速回到房裡去。一打開房門，就看見瑪麗安癱在床上，泣不成聲，手裡捏著一封信，身旁還散放著兩、三封。愛蓮娜不發一語地走到妹妹旁邊，在床沿坐了下來，拉起妹妹的手，愛憐地親了又親，然後眼淚便撲簌簌地流下來，起初她哭得幾乎跟瑪麗安一樣傷心。而傷心難過的瑪麗安雖然說不出話來，卻也似乎感受到姊姊的溫情，於是兩人哭成一團。過了一陣子，瑪麗安將信全塞進姊姊手裡，然後用手帕蒙著臉，憤怒得幾乎要嘶吼起來。

驚見妹妹如此傷心的愛蓮娜知道事出必有因，靜靜地陪在妹妹身邊，直等她的情緒漸趨平靜才焦急地打開魏勒比的信，閱讀起來——

親愛的小姐，

——方才有幸接獲來函，謹申謝忱。

我昨夜之言行似有令您不滿之處，實感惶恐，然而我思前想後，實不知在何事上得罪了您；若眞有此事，也期望您海涵，因我絕無冒犯之意。每每思及在德文郡時與您府上一家相處融洽，心中便充滿愉悅，因此竊自期盼，即便我行爲上有所差池甚或導致您的誤解，也不致破壞我們的友誼。對於您府上一家，我發自內心的敬重，但倘若不幸因此而使您誤以爲我別有所圖，那我只得責怪自己在表達這樣的敬重時未曾謹愼小心。您也將知道我不可能別有所圖，因爲我早已有婚約在身，而且約莫再幾個禮拜，即將完婚。

我不勝遺憾，謹遵您的要求，寄回您不吝賞臉寄來的信件以及您贈與的一縷頭髮。

您最恭順謙卑的僕人——約翰・魏勒比

龐德街，一月

達許伍德小姐讀了這樣一封信，會有多麼氣憤自是不難想像。雖然她在讀信之前就已經想到，這一定是他爲自己用情不專的辯白，是確定兩人不會在一起的分手信，只是她萬萬沒想到竟是這樣的寫法！也沒想到魏勒比竟然這般薄情寡義——這麼不顧紳士禮儀，寄來一封措辭如此殘酷的信：

他完全沒有爲自己的行爲表達歉意，絲毫不承認自己背信毀約，把過去的感情推得乾乾淨淨——信上的字字句句都是侮辱，表明寄信人已到了令人深惡痛絕的地步。

她又驚又氣地呆了半晌，然後把信反覆又讀了幾次；每讀一次就更痛恨魏勒比一分，而且她氣得連話都不想講，唯恐不小心會說出令瑪麗安更傷心的話來，因爲她想說，他們解除婚約對瑪麗安而言是福不是禍，她是躲過了一場最慘的災難，逃脫出一個無恥之徒的終身束縛，眞是再幸運不過了。

她專心地想著信的內容，想著那個寄信人實在卑鄙可恥，甚而想起一個與此事全然無關，一個完全不同於魏勒比的人；只是愛蓮娜把他們聯想在一起了，她想著想著，完全忘了她妹妹現在正難過得很，忘了她腿上還放著三封尚未閱讀的信，也忘了她在房裡待了多久了。此時她忽然聽到馬車駛近門口的聲音，於是跑到窗前去，看看是誰這麼不懂禮貌，一大早就要來拜訪，一看卻是詹寧斯太太的馬車，她知道詹寧斯太太吩咐馬車在下午一點來。雖然明知自己無法讓妹妹好過一些，但卻也不想離開她，於是愛蓮娜火速下樓告訴詹寧斯太太，因爲瑪麗安身體不適，她想留在家裡陪她，所以就不一起出門了。因爲詹寧斯太太對此事也非常關心，二話不說就同意了。

愛蓮娜送走詹寧斯太太後，隨即回到妹妹身邊。一回到房裡，她看見瑪麗安試著要從床上起來，她趕緊跑到床邊，正好擋住要滾下床的瑪麗安。在長期欠缺適當休息與食物的情況下，瑪麗安不免頭昏眼花，隨時都有暈厥的可能；她已經好幾天都沒胃口吃東西了，也已經好幾天都沒好好睡了，而現在，心裡左思右盼的期待又落了空，整個人只覺得頭痛胃痛，外加神經衰弱。

愛蓮娜立刻給她倒了一杯酒，她喝了之後，舒服點兒了，始對愛蓮娜聊表謝意，說道：

「可憐的愛蓮娜！我把你給害慘了！」

「我只希望，」她姊姊答道：「能做些什麼好讓你可以舒服些。」

這話和別的話一樣，都教瑪麗安難以承受，她只能從心裡發出一聲痛苦的悲鳴，「噢，愛蓮娜，我眞的好難過……」話還沒說完，便又啜泣起來了。

愛蓮娜見她這麼沒完沒了地唉聲嘆氣，再也受不了了。

「如果你不想把你自己和所有愛你的人都殺了，」她大聲說道：「就振作起來吧，親愛的瑪麗安。想想你的母親，想想她看到你這樣會有多難過，就算爲了她吧，你一定得振作。」

「我做不到，我做不到，」瑪麗安哭道：「如果我讓你難受，你就離開我，離開我啊。離開我、討厭我、忘了我都好，就是不要拿這些話來刺激我。噢，那些不知痛苦爲何物的人，說起振作，顯得多輕鬆啊！幸福、快樂的愛蓮娜，你根本不知道我心裡有多苦。」

「瑪麗安，你說我幸福、快樂？啊！你眞的這麼想！我看見你這麼難過，你想我幸福、快樂得起來？」

「原諒我，原諒我！」瑪麗安說著，用雙手環繞住姊姊的脖子，「我知道你爲我擔心，我知道你心地善良，只不過你——你一定是幸福、快樂的，艾德華愛你——怎麼，噢！這樣的幸福、快樂是什麼事也比不過的！」

「有很多，很多變數啊！」愛蓮娜一本正經地說道。

「不，不，不！」瑪麗安大叫道：「他愛你，而且只愛你一個，你一點也不用擔心。」

「我看你這樣，眞的一點也快樂不起來。」

「我就是這個樣子了，我的憂愁怎麼樣也無法消除。」

「瑪麗安，你不可以這麼說。你沒有可以感到安慰的事嗎？沒有朋友嗎？你的失落大到沒有可容安慰的空間嗎？你現在是很痛苦，可是想想如果你過了一段時間才發現他的眞面目——如果你們訂婚好幾個月之後，他才說要分手，豈不是更加痛苦不堪。那日積月累的感情遭到叛變所造成的打擊，才眞會教人一蹶不振呢！」

「訂婚！」瑪麗安叫道：「我們沒有啊！」

「沒有訂婚？」

「沒有，他不像你所想的那麼不堪啦！他並沒有背叛我。」

「可是他跟你說過他愛你？」

「是啊——不——沒有——當然沒有。他每天都有這種暗示，不過從未正式說過。有時候我想他是這麼說了——其實從來沒說過。」

「可是你給他寫過信了？」

「是啊——可是事情都這樣了，寫信難道不對嗎？我不會說了啦！」

愛蓮娜不再說什麼，轉頭去看那三封信，更加好奇信上寫了些什麼，於是立刻把信件都看過一次。第一封信是她們進城當天就寄出去的，內容如下——

魏勒比，收到這封信，你會多麼驚訝啊！當你知道我已進城時，怕會更驚訝吧！一個進城來的機會，雖說是和詹寧斯太太一起，也是我們無法抗拒的誘惑。我希望你會及時收到這封信，可以在今晚就到這兒來，不過，我不會抱太大希望的。不管怎麼說，我希望明天能見到你。再見。

瑪（麗安）．達（許伍德）

柏克萊街，一月

她的第二封信是在米德頓夫人家舞會後的第二天早上寫的，她寫道——

前天你來時我沒有見到你，我都不知道該如何表達我的失望了，還有，我一個多禮拜前寫給你的信也沒有回音，更是讓我驚訝。我時時都在期盼你的來信，更希望能和你相見。請盡快再過來一趟，並解釋一下我的期待爲什麼落空。

下回你要來的時候最好早一點，因爲我們平常在下午一點會出去。我們昨天到米德頓夫人家參加舞會。我聽說你也受到邀請了。不過，可能這樣嗎？如果你當眞受到邀請卻沒出席，那麼自從我們分別以來，你可是改變了很多，不過，我認爲這是不可能的，我希望你能盡快親自過來解釋一下這件事。

瑪・達

她的最後一封信是這樣寫的——

魏勒比，我該怎麼看待你昨天晚上的行爲呢？我要再次請你解釋一下。我本想快快樂樂的和你見上一面，因爲那是久別重逢的自然反應，本想熱熱絡絡的聊上一聊，因在巴頓的情誼使我覺得此爲理所當然。但你卻拒我於千里之外！

我整個晚上都在痛苦中掙扎，爲的就是替你近乎侮辱的舉止找個理由，然而我卻無論如何也找不出來，我已準備好洗耳恭聽你分訴情由。也許你聽信了關乎我的不實傳言，或遭人蓄意欺騙，以致對我有所誤解。告訴我，到底是怎麼一回事，解釋一下你的作爲，我必能澄清你的疑慮並以此爲滿足。若不得不對你有低劣的評價，我會很痛苦的；倘使我非得如此，倘使我終將發現你已非我迄今爲止所相信的那個人，你對我們的一切言行只是虛僞，而你對我也只不過是一場騙局，那麼你最好盡快告訴我。我的心意目前處於猶疑未決的混亂中。但願我能宣判你是無罪的，不過只有眞相才能稍解我的痛苦。如果你對我的感情已不復往日，就請你退還我寫給你的信件以及你所收存的、我那一縷頭髮。

瑪・達

對於這樣情眞意切、毫無保留的信件，愛蓮娜眞是不敢相信魏勒比會做出那樣的答覆。不過在她譴責魏勒比的同時，她也並非沒看到瑪麗安寫這些信的失當；對於瑪麗安沒有得到什麼明確的承諾就莽莽撞撞地向人家傾訴心意，落了個痛苦難堪的結果，愛蓮娜覺得非常心痛。而瑪麗安發覺她看完了信，便對她說，其實這些信也沒什麼，任何一個置身於相同情況下的人都會這樣寫的。

「我自己覺得，」她補充道：「是已經跟他訂婚了的，就彷彿是用最嚴格的法律約定把我們彼此約束住似的。」

「我相信你的話，」愛蓮娜說道：「可是，不幸的是，他並沒有同感。」

「他有的，愛蓮娜，他有好幾個禮拜都這麼想，我知道他有過同感的。不論是什麼使他變成現在這個樣子（要使我變心，只有使出最厲害的邪術才可能）我都曾經是他最深愛的人。這縷頭髮，他這麼乾脆就還給我了，當初可是千求萬討，我才給他的。要是你看到他那時候的表情、態度，聽到他那時的聲音就好了！你忘記我們一起待在巴頓的最後一個晚上了嗎？還有我們分別的那天早上？他告訴我，我們還得再過好幾個禮拜才能見面——他那時沮喪難受的樣子——我怎麼忘得了呢！」

她再也說不下去了，過了一會兒她漸趨平靜，便語氣較爲堅定的補充說道：

「愛蓮娜，我被利用得很慘，不過利用我的人並不是魏勒比。」

「瑪麗安，我的好妹妹，不是他還有誰呢？難道還有人唆使他這樣做嗎？」

「全天下人都要他這樣做，這絕非他的本意。我情願相信是所有我認識的人都聯合起來在他面前毀謗我，而不願相信他的心有這麼壞。他信上提及的這個女人哪——不管她是誰——或任何人都可能啊，簡言之，除了你自己、媽媽，以及艾德華以外，沒有人會相信我，給我予適當的評價。在這世界上除了你們三個人之外，我爲什麼不懷疑別人的壞而去懷疑我知之甚深的魏勒比呢？」

愛蓮娜不想爭辯，只是答道：「不論是什麼人如此可憎的與你爲敵，就讓他們在居心不良的幸災樂禍裡自欺欺人吧，我親愛的妹妹，讓他們看看你的純眞與善良，使你的精神得以振作。這就是對抗這種惡劣行徑，最合理也最令人稱道的驕傲了。」

「不，不，」瑪麗安叫道：「像我這樣的痛苦絕無驕傲可言。我不在乎誰知道我受苦，全世界的人看到我這樣都可以幸災樂禍。愛蓮娜啊，愛蓮娜，沒什麼苦難的人儘可以驕傲，儘可以自由獨立——還可以抗拒侮辱，甚或以牙還牙——可是我不行。我必須——我必須感受傷痛——看到的人想笑就去笑吧！」

「可是你看在媽媽和我的份上就——」

「我眞願多爲你們著想，可是在我這麼痛苦的時候卻還得強裝出快樂——噢！誰能要求我這樣做呢？」

她們兩人又再度陷入沉默。愛蓮娜若有所思地從火爐前踱到窗邊，又從窗邊踱回火爐前，既感受不到火爐的熱氣也無視於窗外景物的變化；而瑪麗安坐在床角，頭倚著床杆架，再次拿起魏勒比的信，顫抖著看著每個字句，嘆道：

「太過分了！噢，魏勒比，魏勒比，這眞是你寫的信！好狠，好狠心哪——你眞是不可原諒。愛蓮娜，他說什麼也不可原諒。無論他聽到什麼毀謗我的話——他難道不該先存疑嗎？他難道不該告訴我，讓我有個澄清的機會？『您贈與的一縷頭髮』（她唸出信上的字句）——眞是罪無可赦。魏勒比，你寫這話的時候，良心何在？噢！眞是侮辱人！——愛蓮娜，他這樣說合理嗎？」

「不，瑪麗安，一點也不合理。」

「而這個女人——誰曉得她施了什麼法術——預先策劃了多久，奸詐到什麼程度！——她是誰？——她會是誰呢？——在他曾提起過，又年輕又漂亮的女性友人中有誰呢？噢，沒有，連一個也沒有——他提到的只有我而已。」

說完這話，兩人又是一陣沉默；瑪麗安的情緒非常激動，於是丟下這句話：

「愛蓮娜，我非回家不可，我得回去安慰媽媽。我們不能明天走嗎？」

「明天？瑪麗安！」

「是啊！我待在這兒做什麼？我是爲了魏勒比才來的——而現在有誰在乎我？有誰關心我？」

「我們不可能明天就走。我們欠詹寧斯太太非常多的人情，而匆促的離開絕非償還人家人情的作法。」

「那，也許就再多待個一兩天好了；不過我沒有辦法在這兒待太久，我受不了那些人的問題和批評。米德頓夫婦和帕瑪夫婦——我如何能忍受他們的同情？一個像米德頓夫人這種女人的同情！——噢，魏勒比知道了會怎麼說啊！」

愛蓮娜勸她再躺一下，她也果眞再躺了一下。然而她怎麼躺都覺得不舒服，只感到身心都在痛，她翻來覆去輾轉難眠，終至越來越歇斯底里，她姊姊都沒辦法讓她好好躺在床上，還一度擔心非得找人來幫忙不可。所幸，她終於聽勸抹了幾滴薰衣草香水，而此舉果然奏效，一直到詹寧斯太太回來之前，她都安安靜靜、規規矩矩的躺在床上。

# 第三十章

Chapter 30

詹寧斯太太一回來就直奔她們房間，還沒等她們說請進，就逕自打開房門，帶著一臉嚴肅的關懷走了進去。

「親愛的，你還好嗎？」她非常關切地對瑪麗安問道。不過瑪麗安卻別過臉去，一點也不想回答她的問題。

「她怎麼樣了，達許伍德小姐？可憐的人兒，她看起來很糟啊！這也難怪啦！唉，這一定是真的了。他就快要結婚了——那個沒有用的傢伙！我真是受不了他。泰勒太太半個小時前告訴我的，而她則是從格雷小姐的一個朋友那兒聽說的，倘若是別人說的，我還不信呢！我一聽兩條腿簡直都快站不住了。唉，我說啊，我只能說，倘若這事是真的，那他就把我所認識的一位年輕小姐給利用得太慘了，我衷心希望他妻子會給他罪受。我會一直這麼說下去，親愛的，你就等著看好了。我從沒看過這樣做事情的男人；如果我再碰到他，一定要把那個欠罵的傢伙狠罵一頓。不過，親愛的瑪麗安小姐，值得慶幸的是，他又不是全世界唯一值得釣的男人，況且憑你那張美麗的臉，是不會缺乏愛慕者的啦！啊，可憐的人兒！我不會再打擾她了，因為她最好馬上大哭一場，然後就把這件事拋諸腦後。還好，派瑞夫婦和桑德森夫婦今晚會過來，你知道的嘛，這樣可以給瑪麗安找點兒樂子。」說完隨即踮著腳尖走出房間，彷彿她的年輕朋友一聽到聲音，痛苦指數就會攀升似的。

瑪麗安竟然出乎愛蓮娜意料的，決定跟大家一起用餐。愛蓮娜甚至勸她不要這樣做，但她卻說，不，她要下樓去，她完全可以忍受得住，這樣，有關她的閒話也會少些。愛蓮娜很高興她能這樣稍微自我克制一下，雖然她不太相信她能好好吃完晚餐，不過卻也不再說什麼，趁著瑪麗安還在床上躺著的時候，盡量幫她整理一下服裝，準備一等有人來叫她們下樓用餐，就可以扶著妹妹走進餐室。

她們在餐室裡坐著，瑪麗安雖然看起來狀況不佳，但是卻吃得比她姊姊預期的還多，態度也比預期的要冷靜。其實如果她試圖開口說話，或是看到詹寧斯太太對她那立意良好卻用錯場合的關愛，怕就無法保持鎮靜了；所幸，她既沒開口又心不在焉地對眼前一切視而不見。

愛蓮娜對於詹寧斯太太那種常常令人哭笑不得，有時甚至顯得滑稽可笑的好心還是予以正面的評價，也常向她致謝，給予禮貌的回應，那是她妹妹做不到的。她們的好朋友看見瑪麗安這麼不愉快，便覺得自己得負起讓她減輕痛苦的責任。於是，她便像一個父母親寵愛一個即將收假的最得寵的小孩那樣地嬌寵她。瑪麗安可以坐在火爐旁最舒服的位子，有家裡最美味的佳餚來引誘她多吃點，有一天當中最有趣的新聞來逗她開心。愛蓮娜要不是看到妹妹苦著一張臉，自己不好意思放鬆玩樂的話，早就被詹寧斯太太那帖治失戀的藥——各種不同的糖果蜜餞、橄欖以及舒服的爐火，給逗笑了。然而，瑪麗安終於被這不斷朝她施展的把戲給弄明白了，一發覺如此便再也坐不住了。她難過地嘆了一聲，給姊姊打個手勢，叫她不要跟來，然後倏地站起來，快速走出去。

「可憐的人兒！」瑪麗安一走，詹寧斯太太立刻說道：「看她這樣我好難過！她連酒都沒喝完哪！還有櫻桃蜜餞也是！天哪！好像什麼都幫不了她，如果我知道什麼事可以讓她開心，我一定要人翻遍全城也要幫她找來。唉，眞是不懂，爲什麼就是有人可以這麼惡待一個如此漂亮的小姐！不過若是一方很有錢，另一方卻沒什麼錢的話，上帝保佑你！他們也就不太在意這些事了。」

「這樣說來，那位小姐──我想您是叫她格雷小姐的──她很有錢囉？」

「五萬英鎊啦，親愛的。你見過她嗎？聽他們說是個伶俐時髦的小姐，不過不漂亮就是了。她姑媽比蒂．恩蕭的事，我記得很清楚，她嫁了個非常有錢的男人。一家人都跟著發了財。五萬英鎊！而且這筆錢剛好派上用場，因爲聽說魏勒比破產了。這也難怪！他老是駕著馬車、帶著獵犬跑來跑去的！然而說這些也沒什麼用，只不過，一個年輕人，不管他是誰，既然向一位漂亮的小姐示愛也答應要娶人家了，總不能因爲自己變窮，而且有個較有錢的小姐看上自己，就毀了自己的諾言。既然沒錢，他爲什麼不把馬給賣了，把房子租出去，把僕人遣散了，一切從頭開始呢？我敢保證，瑪麗安小姐絕對願意等他到情況變好的。不過，現在沒用啦，時下的年輕人說什麼也不願意放棄享樂的。」

「您知道格雷小姐是什麼樣的人嗎？性情好嗎？」

「我從未聽過她的傳言，事實上，我很少聽人提起過她。只有今天早上聽泰勒太太說，有一天華克小姐暗示說她相信艾莉森夫婦對格雷小姐將出嫁之事絕不會感到難過，因爲格雷小姐和艾莉森太太合不來。」

「艾莉森夫婦是什麼人？」

「格雷小姐的監護人哪，親愛的。不過她現在已經成年了，可以自己做決定了；她還眞是做了個好決定哪！——咦，這會兒，」暫停片刻之後，她繼續說道：「你那可憐的妹妹應該已經回到她房間，在那兒暗自神傷了。難道就沒有辦法可以安慰她嗎？可憐的孩子，放她一個人獨處似乎滿殘忍的。對了，等一下會有幾個朋友過來，也許可以讓她開心一下。我們該打什麼牌呢？我知道她討厭打惠斯特牌，難道就沒有她喜歡打的牌嗎？」

「親愛的夫人，您不用這麼費心，我想瑪麗安今晚是不會再下樓來了。如果我勸得動她，我會勸她早點兒睡，因爲我知道她需要休息。」

「唉，我相信那樣對她最好了。看她晚上想吃什麼宵夜，吃過再去睡吧！天哪！難怪這一兩個禮拜她看起來總是精神渙散、無精打采的，這件事想必也困擾了她這麼些日子了吧。而今天來的那封信就讓這件事告吹了！可憐的孩子！我如果知道實情，是絕不會拿她開玩笑的。可是，那個時候，你說我怎麼猜得到嘛！我以爲那只是一封普通的情書，你也知道年輕人喜歡人家拿這種事笑笑他們的。天哪！如果約翰爵士和我那兩個女兒知道這件事，不知會有多關心呢！如果我腦子夠冷靜的話，剛才在回家的路上應該繞到康迪特街去給他們報個信兒的。看來，我只能明天再去了。」

「我相信，您就算不用提醒，帕瑪太太和約翰爵士也會知道在我妹妹面前盡量不要提及魏勒比先生的名字，以及所發生的事情。因爲他們都是心地非常好的人，明白在我妹妹面前露出知情的樣子，是很殘酷的事；還有我相信親愛的夫人您也一定不難理解，別人越少跟我談論這件事，我受的傷害也就越少。」

「噢，天哪！是的，我完全同意。你聽別人談及此事一定很難過，至於你妹妹，我在她面前一定連一個字也不會說的。你看，今天吃晚餐時我不就什麼也沒說嘛！約翰爵士和我女兒們就更不用擔心了，因爲他們都是非常善體人意的——特別是有我的暗示時，我一定會暗示他們的啦！我說啊，這些事越不去提越好，很快就被遺忘了。老在那邊說來說去有什麼好處呢，你說是吧？」

「如果一再談論這件事，只會帶來壞處而已，也許造成的傷害會多過其他的同類事件，因爲牽扯其中的人都有其處境的考量，實在不適宜拿來公開談論。我必須幫魏勒比先生講一句公道話——他並沒有悔約，因爲他根本就沒有跟我妹妹訂婚。」

「啊，親愛的！別假裝替他辯護了，什麼他們根本沒有訂婚！他都帶她參觀過整個亞倫罕莊園了，也許連以後要住哪個房間都說好了呢！」

愛蓮娜因爲顧慮到妹妹，不想再往下說，而且她也用不著再幫魏勒比說話；況且眞要爭論起眞相來，瑪麗安一定深受其害，對魏勒比也沒什麼好處。

雙方在片刻的沉默之後，生性好事的詹寧斯太太又嚷叫道：

「好啦，親愛的，這眞是應了那句俗話：『惡風不盡惡，此失而彼得』，布蘭登上校就要得到好處啦！他終於要得到瑪麗安了，是啊，他會的。他們若到仲夏還沒結婚，我才輸給你呢！天哪！這消息包準教他樂壞了！我希望他今晚就到這兒來。你妹妹嫁給他比較配啦！一年兩千英鎊，沒有負債也沒什麼欠缺——不過就負擔一下那個小私生女，——啊，我都把她給忘了，不過就花點小錢讓她去學點技藝嘛，這有什麼大不了的呢？我可以告訴你，德拉福特莊園是個好地方。我說它是個有著古典美的地方，又舒適又方便，一點兒也不誇張；宅邸坐落在漂亮的大院子裡，而院子裡種滿了全鄉下品質最優良的果樹，院內有個角落種了一棵好棒的桑樹！天哪！我跟夏綠蒂去過一次，我們吃得快撐死了！此外，還有一座鴿舍、幾窪魚塘，和一條很美的小河；簡言之，你想要的東西那裡都有。而且，離教堂很近，距離公路也只有四分之一英里，所以絕不會無聊，因爲你只要坐到屋後山丘上那棵老紫杉樹的樹下，就可以把來往的車輛盡收眼底了。噢，那眞是個好地方！村子裡不遠處就住著個屠戶，離牧師公館又只有一箭之遙。依我看，簡直就比巴頓莊園好上千倍，他們要買肉得走個三哩路，附近鄰居沒有一個比你母親更近的。好啦，我要盡快讓上校振奮起來。你知道的，羊肩肉，吃了這塊就忘了那塊。我們只要能讓她忘了魏勒比就好啦！」

「是啊，如果能這樣，」愛蓮娜說道：「有沒有布蘭登上校就都無所謂了。」

說完隨即起身到瑪麗安那兒去，果然不出她所料，瑪麗安就在房裡，鬱鬱寡歡地坐在將熄的爐火前面，一直到愛蓮娜進來，房裡都只有這麼點光而已。

「你最好不要管我！」瑪麗安就只對姊姊說了這一句。

「你如果上床睡覺，」愛蓮娜說道：「我就不管你。」

瑪麗安心情鬱悶，先是拒絕，但後來在姊姊苦口婆心的婉言相勸之下，很快便又軟化態度，聽姊姊的勸了。愛蓮娜看著頭痛的她把頭靠上枕頭，一副想要好好休息的樣子，便離開她出去了。

隨後她來到客廳，不一會兒詹寧斯太太也來了，手裡拿了個盛滿的酒杯。

「親愛的，」她一進來就說道：「我剛想起屋裡還有一點兒最棒的康斯丹雪老酒（Constantia）——所以我給你妹妹倒了一杯。我那苦命的丈夫！他多愛喝康斯丹雪酒啊！每次那要命的痛風老毛病發作時，他總說這個東西是最有用的特效藥。快把它拿去給你妹妹吧！」

「親愛的夫人，」愛蓮娜答道，聽說這酒還有這種功效不免微笑起來，「您眞好！不過我剛剛才把瑪麗安哄上床，現在也許已經睡著了。我想目前她最需要的正是休息，如果您允許的話，就讓我把這酒喝了吧！」

詹寧斯太太雖然因自己沒有早來五分鐘而覺得懊悔，對這折衷辦法倒也還滿意。而愛蓮娜在呑下大半杯酒的同時卻也不免想到，這酒對於痛風的療效，她並不在乎，不過就治療失戀來說，讓她試試跟讓妹妹試試一樣，應該都可以測出其功效吧！

布蘭登上校在稍晚大家一塊兒用茶的時候來了，從他四面環視室內尋找瑪麗安芳蹤的態度來看，愛蓮娜立刻就猜到他既不認為也不想要能見到瑪麗安，簡言之，他已經知道瑪麗安不在那兒的原因了。而詹寧斯太太卻不這麼想，因為他一進來，詹寧斯太太就走到對面正坐在茶桌前泡茶的愛蓮娜身

他多愛喝康斯丹雪酒啊！

旁，悄聲道：「你看，上校就跟往常一樣無精打采的，他還不知道這件事。親愛的，快告訴他吧！」

不久之後，上校拉了一把椅子在愛蓮娜身旁坐定，表情凝重的向愛蓮娜探詢瑪麗安的狀況，愛蓮娜一看那表情，更加肯定自己猜得沒錯。

「瑪麗安不太舒服，」她說道：「整天都心情不好，我們已經勸她去睡了。」

「那麼，也許，」他有些遲疑地答道：「我今早聽說的事情有可能是眞的了——本來我還不相信，現在看來也許不是空穴來風。」

「您聽說了什麼？」

「有一位男士，我有理由相信——簡言之，那位男士，我早就知道他已經訂過婚了——可是我該怎麼跟你說呢？如果你已知道，想必你是知道的，我可以不用再說了。」

「若您指的是，」愛蓮娜盡量裝出冷靜的樣子，「魏勒比先生和格雷小姐的婚事。是的，我們已經都知道了。今天似乎是個公布眞相的好日子，我們今天早上才聽說這件事，魏勒比先生眞是莫測高深哪！您是在哪兒聽說的？」

「我到帕美爾街一家文具店去辦事，就在那裡聽到這件事。那時有兩位女士在等她們的馬車，其中一位就對另一位女士談起這件婚事，而且音量還不小，似乎不怕別人聽到，所以我想不聽見也很難。魏勒比的名字，約翰·魏勒比，一再地出現在談話中，這是起初吸引我注意之處，再往下聽便聽到他跟格雷小姐的婚事已經底定——不再需要保密了——甚至再過幾個禮拜就要舉行婚禮了，而且還提到許多籌備上的細節和其他事情。其中有一件事讓我對男主角的身分確認無誤——他們一結婚就要搬到男方在撒姆賽特郡的產業，康柏莊園去了。我眞是聽得目瞪口呆！我的心情眞是五味雜陳，無以名狀。我一直待在店裡直到她們離開，後來得知那位說話的女士是艾莉森太太，他們告訴我，她就是格雷小姐的監護人。」

「是啊，可是您也聽說格雷小姐有五萬英鎊的身價了吧？如果我們想爲這件事找出個原因，我想那就是原因了。」

「也許吧。可是魏勒比先生可以——至少我認爲，」他停頓片刻，換成不太有把握的語氣說道：「令妹——她如何——」

「她非常難過，我只能希望她不要難過太久。這對她來說實在是殘酷的打擊。我相信，一直到昨天，她都還不曾懷疑過他對她的感情，即使是現在，也許——不過我倒是認爲他從未眞心對待過她。他眞的很會騙人！而且就某些方面來說，猶若鐵打心腸。」

「嗄！」布蘭登上校說道：「沒錯！可是令妹並不——我想你這樣說——她並不認爲如此吧？」

「你知道她的個性，她到現在還是相信著魏勒比，甚至還想替他辯解。」

上校沒有答話，不久茶具撤走，牌桌也擺上了，他們也就不再談起這件事了。打從他們一說話便在一旁喜孜孜地盯著他們瞧的詹寧斯太太，正期待著上校在聽到達許伍德小姐透露的消息後，會像一個青春洋溢的年輕人一樣歡呼快樂，然而事與願違，上校整晚鐵青著臉，神情陰鬱更甚以往。

Chapter 31

# 第三十一章

雖然這一晚瑪麗安睡得比預期的多，第二天早上她一覺醒來，還是感覺到前一晚入睡前的痛苦。

愛蓮娜盡其所能地勸她不要把情緒悶在心裡，要說出來才好，於是在早餐預備好前，她們一遍遍地談著這件事。愛蓮娜一如往常信心堅定，關懷溢於言表地開導妹妹；瑪麗安卻也是一貫的性情急躁，心情不定。有時她覺得魏勒比就和她自己一樣不幸且無辜，有時卻又覺得魏勒比是不可原諒的。有時她完全不在意全世界的人怎麼想，有時她又想永遠與世隔絕，又有些時候她想頑強地與之抗衡。然而，對於詹寧斯太太，她的看法倒是始終如一的，如果避不開詹寧斯太太，她就會選擇沉默以對。她完全不相信詹寧斯太太對於她的痛苦會有一絲一毫的同情。

「不，不，不，不可能，」她叫道：「她不會有什麼好心腸。她的仁慈稱不上同情，她的好心稱不上體貼。她想要的只是八卦話題，而她現在喜歡我只是因爲我能讓她八卦個不停。」

愛蓮娜就算不聽這話，對於妹妹常常有失公允的看待別人也早就了然於胸，因爲妹妹敏感易怒的個性，又總是過於強調情緒感覺與優雅儀態的重要，以至於對人常有不切實際的判斷。如果世界上有半數以上的人屬聰慧善良，那麼才華洋溢、品味超卓的瑪麗安就和另外一半的人一樣，既不通情理又不坦誠了。她期待別人能有著同她一樣的見解和感情，而別人的行爲對她所產生的立即影響就成了她對別人行爲動機的判斷。當姐妹倆用過早餐之後在房裡坐著時，詹寧斯太太進房來，做了一件立意良善卻教瑪麗安給貶得一文不値的事情，詹寧斯太太在瑪麗安心中的地位更是一落千丈。

詹寧斯太太將拿著信的手伸得長長的，臉上滿是和藹可親的笑容，暗自以爲她這樣做會讓瑪麗安心情好得多，她一進來就大聲說道：

「好啦，親愛的，我給你送好消息來啦！」

這話眞是說到瑪麗安心坎兒裡了，她的想像力開始運作，眼前浮現的是魏勒比寫來的信，信中充滿了溫柔和後悔，並且詳細地解釋了事情的原委，讓人滿意、使人信服；緊接著是魏勒比本人，義無反顧地衝進來跪在她腳前，充滿柔情地注視著她，保證信中所言句句屬實。然而接下來發生的事情卻讓她的美夢在刹那間破碎。母親的字跡從未像現在這樣的讓她討厭過，在美好的期盼落空之後，她感受到跌落谷底般的絕望，眞正的痛苦彷彿這才開始似的。

詹寧斯太太所帶給她的痛苦打擊，即便是她在最能言善道的時候也難以形容；現在她只能用汨汨淌流、充滿憤恨的淚水，對詹寧斯太太加以譴責——但卻是詹寧斯太太完全感受不到的譴責，詹寧斯太太說了許多安慰的話，仍是要她讀讀信以便放寬心，說完就離開了。等瑪麗安冷靜下來讀信的時候，卻發現這封信並不能讓她得到什麼安慰，每一張信紙都讓魏勒比佔滿了空間。她母親仍然相信她和魏勒比之間存有婚約，對魏勒比的忠貞不渝就和以往一樣信任，只是因為愛蓮娜的要求才要瑪麗安對她們坦白一些，信中盡是對她的溫柔關懷以及對魏勒比的疼愛，深信他們將來必然幸福快樂，害得瑪麗安淚眼婆娑地把信讀完。

那種迫切想要回家的心情又出現了，她比以往任何時候都更想念母親——因為母親過分的誤信魏勒比，更顯得母親跟她之間的親密甚於任何人，她急著想要走。愛蓮娜也無法決定到底是留在倫敦還是回到巴頓會對瑪麗安比較好，所以也沒有提出任何意見，只說先問過母親再說；最後她終於說服了妹妹，靜待母親來信再做決定。

詹寧斯太太比以往早出門，因為如果不讓米德頓夫婦和帕瑪夫婦跟她一樣傷感，她就會心有不安，於是她堅絕不讓愛蓮娜同行，一整個早上都獨自一人在外頭奔波。愛蓮娜心情沉重，因她知道詹寧斯太太是去傳播這傷心事的，而且從母親寫給瑪麗安的信可以看出，她前一封信根本就無法讓母親對眼前所發生的這事有絲毫的心理準備，於是她坐下來給母親寫信，把詳情告訴母親，並請母親為她們該怎麼辦做出指示。瑪麗安在詹寧斯太太出門後也來到客廳，站在姊姊旁邊，看著她振筆疾書，為自己給姊姊添的麻煩而歉疚不已，也為母親在收到信後會有什麼反應而憂心忡忡。

她們就這樣地過了約莫十五分鐘，瑪麗安神經緊繃，彷彿任何一點風吹草動都會讓她情緒崩潰，此時突然的一陣敲門聲，嚇了瑪麗安一大跳。

「這會是誰呢？」愛蓮娜叫道：「還這麼早！我還以為我們可以不受打擾的。」

瑪麗安走到窗口。

「是布蘭登上校！」她苦惱地說道：「我們永遠也擺脫不了他。」

「詹寧斯太太不在家，他不會進來的。」

「我才不信，」說著便朝自己房裡走去。「一個沒事做的男人，一點也不知道這樣是會打擾到別人的。」

瑪麗安的說法雖然有失公允，不過還眞猜對了，因爲布蘭登上校果然走了進來。愛蓮娜明白上校是因爲擔心瑪麗安才到這兒來的，而且從他臉上陰鬱不安的神情就可以看出來，因此對於妹妹這麼看不起他，覺得很過分。

「我在龐德街碰到詹寧斯太太，」寒暄過後，他說道：「她鼓勵我來一趟，而且我也很快就答應了，因爲我想也許只會見到你一個人，這正合我意。我的目的——我的願望——我企盼——我希望，我想要爲令妹帶來一點安慰——不，我不該說安慰——不是眼前的安慰——而是確信，令妹心中持續不斷的確信。我對她的關懷，對於你以及你母親的敬重——請讓我陳述相關事項以資證明，我只是一片眞心——只希望能有所幫助——我想我應該這樣做——雖然我花了好幾個小時說服我自己這樣做是對的，我不必擔心我這樣做有錯吧？」他停了下來。

「我明白您的意思，」愛蓮娜說道：「您是想和我談談魏勒比先生，好讓我更清楚他的爲人。您來告訴我們這些事，就表示您是瑪麗安最值得信任的朋友。您的陳述將有助於我們了解魏勒比先生的個性，我自當感激不盡，而且假以時日她也會很感激您的。請您快告訴我吧！」

「好的，長話短說，我去年十月離開巴頓時——可是這樣你會聽不懂，我得再多說些。達許伍德小姐，我眞是不擅長敘述事情；眞不知該從哪兒開始說才好。我想我得簡單介紹一下我個人，其實還眞是簡短的介紹，」他長嘆了一聲道：「因爲實在沒什麼好囉嗦的。」

他停了一下，理理思緒，然後又嘆了一口氣，再開口說話。

「你也許已經忘了我曾跟你說過（你不太可能對那次談話留有印象）——有一天晚上在巴頓莊園，在我們的談話中——那是在晚上舉行的一個舞會上，我曾提過我認識一位女士，在某些方面和令妹瑪麗安很像。」

「是啊，」愛蓮娜答道：「我沒忘。」

他似乎很高興愛蓮娜還記得那次的談話，繼續說道：

「如果我沒有被那段特別珍愛的美好回憶給弄昏頭的話，我覺得令妹不論在外表上和性情上都和那位女士神似——同樣熱情洋溢，愛幻想，活潑有趣。

這位女士是我的近親，從小就是孤兒，我父親便成了她的監護人。我們差不多同齡，從小就是玩伴兒兼朋友。記憶中，我無時無刻不愛著伊麗莎；長大之後我對她的愛有增無減，不過從我目前這副鬱鬱寡歡的樣子看來，你也許不相信我曾有過那樣的熱情。而她對我，我相信就和令妹對魏勒比的感情一樣強烈，後來雖然原因不同，但結果並沒有比令妹的情形好太多。在她十七歲那年，我永遠失去了她。她結婚了——事與願違的嫁給了我哥哥。她可以繼承一大筆的財富，而我們家卻負債累累。也許這就是爲什麼我父親，也就是她的叔父兼監護人會這樣安排這樁婚姻的原因吧！

我哥哥根本就配不上她，他甚至也不愛她。我原本希望她能因爲對我的愛而熬過一切痛苦，有一段時間的確是這樣；可是後來她遭逢的無情對待讓她處境非常艱難，終於使得她再也撐不下去，雖然她答應我不會——啊，我在說些什麼呢！我還沒告訴你事情的發展。就在我們相約私奔到蘇格蘭去的前幾個小時，我表妹的女僕，不知是因愚笨還是詭詐，出賣了我們。於是我被送到一個遠方的親戚家，她則失去了自由，不准參加任何社交活動，沒有任何娛樂，直到我父親滿意爲止。我太高估她的忍耐力了，而打擊是如此之大——可是如果她婚姻幸福，我那時那麼年輕，也許過了幾個月，我也就能泰然處之了，就不會像現在這樣，一想起來就悲嘆不已。但事實卻非如此。我哥哥並不愛她，只顧追求不當的享樂，他打從一開始就對她不好。對於一個既年輕又活潑且涉世未深的年輕女孩來說，結果當然就是悲慘的了。

起初她對於不幸的境遇逆來順受，而且倘若她沒有忘記對我的眷戀，事情也許還不會那麼糟。但是，唉，這也是情有可原的，有一個那樣的丈夫，她是很容易走極端的，而且又沒有朋友可以開導她，也沒有人可以約束她（我父親在他們婚後幾個月就過世了，我又隨軍駐紮在東印度群島），她能不墮落嗎？如果我當時人在英國，也許——可是我是爲了讓他們兩人能幸福，才想遠離她好幾年，爲此我還故意和別人換防。我聽到她要結婚時的震驚，」他情緒激動地繼續說道：「比起我在兩年後聽到她離婚的消息，簡直就算不了什麼。她的離婚開始了我鬱鬱寡歡的人生，即使現在，一想起當年的痛苦——」

他無法再說下去，倏地站起來，在屋子裡踱來踱去數分鐘。愛蓮娜聽了那段令人鼻酸的往事，又看到他眉頭深鎖的愁容，也難過得說不出話來。他看到愛蓮娜對自己的關心，便走過來拉起她的手，緊握著，感激且恭敬地親吻一下。

他又花了幾分鐘時間讓自己平靜下來，才得以繼續往下說。

「這件不愉快的事情發生後將近三年，我回到英國。我回來之後的第一件要事當然就是找她，然而卻遍尋不著，眞教人失望。我只查到第一個誘騙她的人，之後就再也查不到任何資料了，而且我有足夠的理由擔心她離開那個人，只是朝更墮落的人生裡去。她的法定津貼既不能使她享福，也不夠維持她生活的舒適，而且我從我哥哥那兒得知，收受津貼的權利在幾個月前已經移轉給另一個人了。他猜測，唉，他竟然還可以冷靜的猜測，她揮霍過日以及因此而造成的拮据後果，迫使她不得不放棄這項津貼以解燃眉之急。最後，終於在我回來英國的六個月後，找到她了。

因爲我以前的僕人落難了，基於對他的關心，我便到拘留所去看他，因爲他欠債無法償還；就在那兒，同一個地方，同一個原因，拘留著我那不幸的表妹。她完全變了樣——憔悴衰老——被種種痛苦折磨給拖垮了！我幾乎認不得眼前這個可憐兮兮、病懨懨的人就是當年如花似玉、朝氣蓬勃、身體健康，我所深愛的女孩。我看著她，心在淌血——然而我無權詳述給你聽，引得你傷感陰鬱——我已經讓你太難過了。她的外在跡象顯示，已是肺病末期了，這種情況，我反倒覺得是最大的安慰。生命除了給她點時間做好死亡的準備之外，已不能再爲她做些什麼了；所幸她還能有這點時間。我看見他們把她移到一個比較舒適的地方，給她適當的照顧；在她短暫生命最後的日子裡，我每天都去看她，在她臨終時，我也陪著她。」

他再一次的沉默下來以求平復情緒，愛蓮娜輕嘆一聲，表示對他不幸的友人深切的同情。

「令妹，我希望她不要生氣我這麼說，」他說道：「和我那糟糕的可憐表妹很像。不過她們的人生，她們的命運不可能一樣；如果我那個性溫婉的表妹能夠堅強些，婚姻也能夠幸福些，你就會看到她其實會跟你妹妹以後的生活一樣。唉，我說到哪兒去了呢？我似乎只會惹你厭煩而已。啊！達許伍德小姐——這樣一個話題——我十四年來從未提過——實在不知該怎麼說才好！我會冷靜一點，說得簡潔一點的。

她把她唯一的孩子交由我照顧，是個小女孩，是和第一個誘騙她的男人所生的，當時約莫三歲。她很愛那個孩子，總是把她帶在身邊。她把孩子託給我，對我而言是非常寶貴的信任；如果環境許可，我必定樂於親自負起教養她的責任，然而我沒有家庭，而且居無定所，只好把我的小伊麗莎送到學校去。我一有空就去看她，而且在我哥哥死後（那大約是五年前的事，我也因此而繼承了家產），她也經常來德拉福特看我。我說她是我的遠房親戚，但是我知道大家都懷疑她和我有更親的親屬關係。

說起來，這也是三年前的事了（那時她才剛滿十四歲），我把她從學校裡接出來，讓她住在多賽特郡一位很令人尊敬的女士家中，接受她的照顧與教導，當時一塊兒在那兒受教的還有四、五位年齡相仿的少女。頭兩年我對她的狀況很滿意，但是去年二月，也就是差不多一年前，她突然失蹤了。因爲她一直要求，我也就答應她（結果卻證明我太草率了）可以跟她的一個年輕朋友一塊兒到巴斯去，那位朋友是去照顧父親的。我知道那位父親是很好的人，我也認爲他女兒很不錯——我太高估她了。她明明知道一切，卻冥頑不靈地對錯誤的事情保密，什麼也不說，一點線索也不給。她父親雖然是個好人，卻看不出事情的嚴重性，我相信他的確沒什麼消息可提供，因爲他大半的時間都待在家裡，放任兩個女孩在城裡遊蕩，恣意結交朋友；他試圖說服我，就像他自己所認爲的，她女兒跟此事全然無關。簡言之，我什麼也不知道，只知道她不見了，至於在後來的八個月裡到底出了些什麼事，只好用猜的了。我當時的心情和擔心可想而知，你也不難想像我有多難過。」

「天哪！」愛蓮娜失聲叫道：「該不會是魏勒比——」

「我最初接到有關她的消息，」他繼續說道：「是去年十月她的一封親筆函，是從德拉福特轉來的，也就是我們打算要去惠特偉爾的那天早上；這就是我匆忙離開巴頓的原因，我知道大家都很納悶，而且有幾個人肯定因此而不高興。魏勒比先生因爲我掃了大家的興，而投過來責備的目光，卻不知道我必須離開是爲了去救一個被他害得悲慘不堪的女孩；不過，就算他知道了，又有什麼用呢？面對令妹的笑容，你想他會開心不起來嗎？當然不會，他已經做了任何一個稍有同情心的人都不會去做的事了。他誘拐了一個天眞無邪的少女，又拋棄了她，置她於絕望的深淵中，無家可歸，孤苦無援，沒有朋友，甚至連他的住址都不知道！他離開了她，信誓旦旦地說會回來，然而根本就不見人影，也不寫信，也不在經濟上支援她。」

「這眞是太過分了！」愛蓮娜氣憤地叫道。

「你現在知道他是什麼樣的人了——奢侈、放蕩，甚至有過之而無不及。知道這一切之後，其實我好幾個禮拜前就知道了，你想，在我看到令妹還是那麼迷戀他，一個勁兒地想要嫁給他，心中作何感想；請想想我爲你們的緣故，心裡是什麼滋味啊！我上個禮拜過來，只看到你一個人時，就下定決心想要問明眞相，雖然還不曉得在得知眞相之後該怎麼辦。那時你一定覺得我舉止怪異，不過你現在就能理解了。看著你們大家受騙上當，痛苦不堪；看著令妹——可是我能怎麼辦呢？我說的話有用嗎？有時候我想也許令妹可以感化他。可是現在，他又做出這檔子不光采的事，誰知道他對令妹有什麼企圖呢？

不管他葫蘆裡賣的是什麼藥，令妹只要把她的情況跟我可憐的伊麗莎相比較，想想伊麗莎的可憐與無助，想想伊麗莎也跟她一樣，仍舊對他一往情深，內心卻還要一輩子忍受自責的煎熬，這樣無疑地，令妹不論現在或將來都會對自己的情形慶幸不已。這樣的比較一定會對她有所助益的。因爲這樣一比，她就會覺得自己的苦實在算不得什麼。這些痛苦並非行爲不當所造成，沒有什麼好丟臉的。相反的，每個朋友必定會因此而更加支持她，關心她的不幸，敬重她處於壓力下的勇氣，一定會喚醒她對其他事物的熱情的。不過，怎麼把我告訴你的事說給她知道，你就自行決定吧！你一定很清楚這樣會有什麼效果；倘若我不是確信這會對她有益，可以減輕她的遺憾，我絕不會痛苦地搬出自家的不幸來煩擾你，這絕不是編個故事來貶低別人，抬高自己。」

聽完這一席話，愛蓮娜的感激之情溢於言表，誠摯地向他再三道謝，並且保證她若向瑪麗安講述這段往事，對瑪麗安一定大有裨益。

「讓我最難以忍受的是，」愛蓮娜說道：「她竟然還想盡理由幫魏勒比脫罪；因為這樣做比相信魏勒比是個無賴，還更教她心煩。把這段往事告訴她，一開始她一定會很難受的，不過，我相信，很快就會比較好了。」片刻的沉默之後，她繼續說道：「自從您離開巴頓之後，是否曾見過魏勒比呢？」

「見過，」他嚴肅地答道：「見過一次。一場決鬥是免不了的。」

愛蓮娜被他的態度嚇了一大跳，焦急地看著他，說道：

「什麼！您跟他見面是要——」

「我不會以其他任何一種形式跟他見面。伊麗莎雖然很不願意，但終究告訴了我，她情人的姓名。當他回到城裡時，我已回來兩個禮拜了，我當即邀他見面，他必須自我防衛，因我要為他的行為而懲罰他；結果我們誰也沒受傷，因此，這次決鬥的消息也就沒有傳出去。」

愛蓮娜心想非得這樣做不可嗎？逕自嘆了一口氣，不過還是不要貿然質疑這位有男子氣概的軍人此事的必要性比較好。

「這眞是，」停頓片刻之後，布蘭登上校說道：「母親和女兒的命運竟然如此相似！我眞是辜負她母親所託！」

「她還在城裡嗎？」

「不在。我見到她時，她已經快要臨盆了，一等她生完小孩，身體復原之後，我就把她和小孩送到鄉下去了。她此刻還待在鄉下。」

不久之後，上校想到他可能把愛蓮娜拖離開瑪麗安身邊太久了，便起身告辭。愛蓮娜再次向他致謝，心中也充滿了對上校的同情與敬重。

Chapter 32

# 第三十二章

達許伍德小姐很快就把上校跟她說的事告訴她妹妹，但是效果並不像她原先預期的那麼好。瑪麗安看起來並不是不相信姊姊告訴她的話，因為她從頭到尾都很專心且順從的聆聽著，既沒提出異議也沒發表評論，更沒幫魏勒比說話，似乎只是用眼淚來表示她覺得這是不可能的。不過，雖然姊姊將瑪麗安的反應解讀成承認魏勒比有罪；雖然姊姊對瑪麗安在上校來訪時不再迴避，甚至帶著同情的敬意主動跟他說話，情緒不再那麼激烈起伏而感到滿意；卻也不見她心情轉好。

雖說她的情緒已穩定下來，卻是在陰鬱沮喪中持平。她覺得喪失魏勒比的人格，比喪失魏勒比的心還要來得令人難以忍受，他誘拐了伊麗莎又將之遺棄，置她於可憐的窘境，又懷疑他或許也曾對自己有過什麼企圖，這一切的思慮加在一起，壓得她喘不過氣來，甚至無法把心裡的感覺告訴愛蓮娜，只得任由陰鬱沮喪在內心裡悄然成長；跟敞開心門與姊姊詳談內心的感受比起來，這樣要讓姊姊傷心多了。

若要說達許伍德夫人在收到愛蓮娜來信後的感覺和言語，只須重提她女兒們的經歷即可。她因失望而受的痛苦不下於瑪麗安，她的憤慨更甚於愛蓮娜。

她密集地寄來一封封長信，告訴女兒們她心中的痛苦和想法，表達她對瑪麗安的憂心和牽掛，千萬叮嚀要她在不幸中努力支撐下去。瑪麗安的痛苦想必是溢於言表了，因爲連母親都勉勵她要支撐下去！而且連母親都勸她不要再悔恨了，可見瑪麗安所受的傷害及羞辱有多大！

達許伍德夫人要女兒們先別顧慮她，不用急著回來安慰她，倒是要以瑪麗安爲考量，要她住哪兒都好，就是先別回巴頓，因怕她會觸景傷情，看到一切都會想到以前與魏勒比在一起的時光，而更添痛苦悲傷。因此她建議女兒們不要縮短在詹寧斯太太家作客的時間，雖然她們沒有事先講好會在詹寧斯太太家住幾天，但大家都希望她們至少能待上五、六個禮拜。因爲在詹寧斯太太家不可避免的會有許多活動，可以見到不同的朋友，在巴頓就不是這樣了，而且達許伍德夫人希望這些事可以讓瑪麗安打開心扉，甚至能讓她歡笑起來，雖然在目前這都是不太可能的事。

還有，爲了避免再次見到魏勒比的危險，她母親認爲待在城裡至少是跟待在鄉下一樣安全的，因爲凡是認識魏勒比又自稱是瑪麗安友人的，現在一定都跟魏勒比斷交了。他們不會蓄意去見到彼此，就算疏忽也不會不期而遇；在熙來攘往的倫敦，彼此見面的可能性算是微乎其微，若是在巴頓，也許婚後的魏勒比在驅車前往亞倫罕莊園的路上就會碰見瑪麗安也說不定。剛開始達許伍德夫人只是這麼假設，後來乾脆就認定一定會這樣了。

她還有另一個要女兒們留在原地的理由：約翰．達許伍德來信說，他和他太太在二月中旬前會進城去，做母親的心想，女兒們偶爾還是得和哥哥見見面才好。

瑪麗安早就答應要遵從母親的建議行事，因此願意完全照母親的話去做，雖然這跟她當初所期望的完全背道而馳，而且她認爲這麼做是不對的，因爲要她在倫敦繼續待下去，簡直就是剝奪了她減輕痛苦的唯一機會，無法讓她直接得到母親的安慰，而且還要她跟這樣一夥人一起待在這樣的環境中，分明是讓她連喘息的機會也沒有。

不過，繼而想想，自己的不幸將造就姊姊的幸福，她也就釋懷了。另一方面，愛蓮娜卻想著，這樣一來無法完全避開艾德華了，只好自我安慰地想道，雖然留在倫敦會造成自己的痛苦，但爲瑪麗安著想，總比馬上回德文郡去要好些。

她謹愼小心地不讓任何人在瑪麗安面前提起魏勒比的名字，總算是略見成效了。雖然瑪麗安完全不知姊姊對她的盡心維護，卻享受了其中的好處；因爲不論是詹寧斯太太、約翰爵士，甚至帕瑪太太，都不曾在瑪麗安面前提起過魏勒比。愛蓮娜眞希望他們也可以不要在她面前提起魏勒比，不過這是不可能的，她每天都得聽他們慷慨激昂地將魏勒比痛罵個不停。

約翰爵士簡直無法相信這件事。「一個向來頗得我們好評的男人！一個個性溫和的傢伙！我還認爲他是全英國最勇敢的騎師！眞是令人不敢相信，但願他惡有惡報。不論在哪裡碰到他，我都不會跟他說話！絕不！就算得跟他一塊兒在巴頓的樹叢旁等候兩個小時，我也絕不跟他說半個字。這個渾帳東西！這個大騙子！上次見面時還給了他一隻我家福力生的小狗呢！我跟他的交情就到此爲止了！」

還給了他一隻我家福力生的小狗呢！

帕瑪太太也用她自己的方式表達同等程度的憤怒。「我已經決定馬上跟他絕交，感謝上帝，我從來就沒跟他熟過。眞希望康柏莊園不要離克里夫蘭那麼近；不過也無所謂啦，眞要去拜訪的話也還是有一段距離的。我眞痛恨他，再也不想提起這個人的名字了，而且我要逢人就說這傢伙是一個沒有用的人。」

光這樣說還不夠，帕瑪太太還將所剩的同情用來收集這樁婚事的情報，以及把這些情報鉅細靡遺地告訴愛蓮娜。於是她很快就知道新馬車是在哪一家製造廠做的、魏勒比的畫像是哪位畫師畫的，以及可以在哪一家衣料店看到格雷小姐的衣服等等。

米德頓夫人對這件事平靜以對，禮貌地並不多說話，讓愛蓮娜的精神得以放鬆不少。因爲她常常被其他人喧鬧擾攘的好心給弄得神經緊張，確信在這一群朋友中至少有一個人對這件事不感興趣讓她感到極大的寬慰，有一個人在見到她時不會一直問她有關此事的詳情，不會一直追問她妹妹的健康狀況，自然讓她覺得舒服多了。

有時人們會因當時環境的作用而產生一些過當的善心，愛蓮娜有時被那些囉哩囉唆的安慰弄得實在心煩，便覺得要安慰別人時，進退得宜的教養遠比好心好意來得重要。

米德頓夫人若聽到大家經常談論這件事，她自己也就一天一次或兩次，稍微表達一下關切的說道：「眞是讓人驚訝呀！」當她持續幾次委婉地表達關切，卻發現達許伍德小姐們從起初就不把旁人過多的問候放在心上，而且很快就不再提起這件事情時，便也決定既然在維護女性尊嚴上已盡過力，罵過負心漢，該是可以關心一下自己聚會的時候了，於是打算（雖然約翰爵士對此舉並不表贊同）等魏勒比和格雷小姐一結婚，便向既優雅又有錢的魏勒比太太發出邀請函。

布蘭登上校謹慎卻不失禮貌的問候，從不惹愛蓮娜煩心。他盡心盡力想要讓瑪麗安好過些，愛蓮娜對此甚為感激，他也因此而贏得能與愛蓮娜親密交談的特權，兩人常推心置腹地談話。他沉痛地說出自己的舊怨新恨所得到最大的報償，就是瑪麗安偶爾會憐憫地看著他，而且在不得不和他說話或想和他說話時（雖然這種機會不太多），總是語調溫和。瑪麗安這些舉動，讓上校覺得自己的努力已經讓瑪麗安對自己的印象越來越好，也讓愛蓮娜覺得上校越來越有希望贏得妹妹的青睞；然而對此毫不知情的詹寧斯太太，只知道上校仍同往常一樣憂鬱，不可能說服他去跟瑪麗安求婚，也無法讓他答應由自己代他去提親，如此這般地想了兩天之後便覺得，他們在仲夏之前是不會結婚了，也許得等到米迦勒節，過了一週之後便又認為，他們根本就不可能結婚。而上校與愛蓮娜之間推心置腹的坦誠又讓詹寧斯太太覺得，這不就表明享受那棵桑椹樹的果實、小河的美，還有老紫杉樹的樹蔭等等特權，全都轉給愛蓮娜了嘛；詹寧斯太太一時之間完全忘了法若斯先生的存在了。

二月初，離瑪麗安收到魏勒比那封信還不到兩個禮拜，愛蓮娜就得沉重的告訴瑪麗安，魏勒比已經結婚了。她已先吩咐過，魏勒比一結婚就要告訴她，再由她告訴妹妹，免得天天翻報紙的妹妹從報紙上得知此事。

瑪麗安鎮靜地聽著姊姊告訴她的消息，一語不發，起初也沒掉淚；但一會兒之後，便淚如泉湧，那一整天她都是一副慘不忍睹的模樣，簡直就像她當初聽到魏勒比要結婚的消息時一樣。

魏勒比夫婦一舉行完婚禮就立刻出城。愛蓮娜希望妹妹可以逐漸恢復戶外生活，因爲自從受到打擊以來，瑪麗安就沒出過門，現在總算可以不用擔心碰到魏勒比或他太太了。

大約就在這時候，兩位斯蒂爾小姐也在最近來到她們住在霍爾本的巴特利大樓的表姐家作客，於是便再次拜訪她們位於康迪特街和柏克萊街的兩家尊貴的表親，主人家熱烈歡迎她們的到來。

愛蓮娜對於再次見到她們只感到不舒服。她們的出現總會帶給她痛苦，璐西見她還在城裡，一副欣喜欲狂的樣子，弄得愛蓮娜幾乎無法禮貌地回禮。

「如果你不是還在城裡，我一定會大失所望的，」璐西重複說道，還特別強調「還」字。「不過我總認爲我會見到你的。我幾乎可以肯定，你不會很快就離開倫敦的，雖然你告訴我，你知道嘛，就是在巴頓的時候，你說你不會待超過一個月。不過我當時就在想，你到時很可能會改變心意，因爲不等你哥哥嫂嫂來就走，未免太遺憾了。現在你肯定不急著走了。你沒有信守承諾眞教我又驚又喜啊！」

愛蓮娜完全明白她的意思，卻又不得不盡量克制自己，裝出一副聽不懂她在說什麼的樣子。

「好啦，親愛的，」詹寧斯太太說道：「你們是怎麼來的啊？」

「不是搭公共馬車喔，老實告訴您吧，」安妮．斯蒂爾頗得意地答道：「我們一路上都搭驛馬車呢，而且還有一個帥小子護花喔。戴維斯大夫要進城來，所以我們就同他一道搭驛馬車；他眞有

還有一個帥小子護花喔

紳士風度，比我們多付了十或二十先令呢！」

「喔！」詹寧斯太太叫道：「眞有你的！我敢打包票，那醫生還是個單身漢。」

「唉呦，」斯蒂爾小姐裝模作樣地說道：「每個人都愛拿那大夫來取笑我，眞不知道是怎麼回事。我表姐妹們都說，她們確定我是征服他了，不過我可要聲明，我沒有一天到晚想著他。那天我表姐看見他穿過街道朝她家走過來，就說：『你的意中人來啦！』我就說：『眞的！誰啊？我不知道你在說誰，那位大夫不是我的意中人。』」

「啊，說得眞好聽——不過沒用啦——我看哪，那個大夫就是你的意中人。」

「才不是呢！」這表姪女裝出一副認眞的樣子答道：「如果您聽到有人這麼說，我求您一定得幫我澄清一下。」

詹寧斯太太立刻給她一個順心滿意的答覆——絕不會幫她澄清的。斯蒂爾小姐一聽，果然樂不可支。

「我猜在你哥哥嫂嫂進城後，你們會過去和他們住吧，達許伍德小姐？」璐西在中斷了一會兒含沙射影的敵意之後，再次發動攻擊。

「不，我想我們不會。」

「會啦，我敢說你們會的。」

愛蓮娜不想讓她詭計得逞，便不再接話。

「達許伍德夫人能讓你們兩人一起離開家這麼久，眞讓人高興！」

「哪裡久了，眞是的！」詹寧斯太太插嘴說道。「怎麼，她們才剛來呢！」

璐西當即啞口無言。

「達許伍德小姐，我們見不到令妹眞是遺憾。」璐西的姊姊說道：「聽說她身體不舒服，我們都很難過。」原來，她們一到，瑪麗安就離開客廳了。

「你眞客氣。我妹妹錯失和你們見面的機會，也同樣覺得遺憾；不過，她最近頭痛得厲害，也不適宜會客或說話。」

「啊，那眞是可憐哪！不過對於像璐西和我這樣的老朋友，我想她也許會見我們的，而且我保證我們絕不會出聲。」

愛蓮娜非常禮貌地拒絕了這項要求。「我妹妹也許正躺在床上，也許是穿著睡衣，所以無法來見你們。」

「喔，如果只是這樣的話，」斯蒂爾小姐叫道：「我們去看她也一樣嘛！」

愛蓮娜對於這樣的魯莽無禮快要無法忍受了，不過璐西即時嚴厲斥責她姊姊，倒幫愛蓮娜省了親自出言制止的麻煩。而這一次就如同其他許多次情形一樣，璐西的態度雖不見得教人喜歡，卻管住了她姊姊免得讓人討厭。

Chapter 33

# 第三十三章

瑪麗安拗不過姊姊一再的懇求，便答應在上午陪她和詹寧斯太太一塊兒出去半個小時。不過她也開出條件——不拜訪親友，只陪她們到薩克維爾街的格雷商店去一下，因爲愛蓮娜帶了幾件母親的舊款式珠寶，她想拿去交換。

當她們抵達店門口時，詹寧斯太太忽然想起得去拜訪住在街角附近的一位太太，而且她在店裡也沒什麼事要辦，便決定留她的年輕朋友們在店裡辦事，自己去拜訪朋友後再回來跟她們會合。

一走上店裡的台階，達許伍德小姐們發現已有好多人在那兒了，店裡沒一個人有空過來招呼她們，於是只好等了。而且最好還是到櫃檯旁邊等才有可能趕快輪到她們，櫃檯前面只有一位男客人，愛蓮娜眞希望這個人可以懂點兒禮貌，不要讓後面的人等太久。只是這個人在那兒精挑細選又品味獨特，實在不具備愛蓮娜所期待的禮貌。那個人要訂一只牙籤盒，爲了決定大小、樣式以及牙籤盒上的裝飾，他把全店裡的牙籤盒都拿過來仔細端詳，邊看邊批評，每看一個要花十五分鐘左右，後來憑著他自己別出心裁的想像力總算決定了，在此期間他無暇顧及旁邊站著的小姐們，只斜眼瞥過她們三、四次而已；他的這幾瞥讓愛蓮娜瞧見了他的外貌和嘴臉，雖然穿著入時但充其量也只不過是頑固、粗俗、沒什麼修養的人。

瑪麗安倒是免受這種輕蔑憤慨的感覺所苦，不論那人是無禮地打量她們的長相，或是傲慢自負地挑剔起送到他面前來的牙籤盒，她都沒有感覺，因爲她一直都在想著自己的事情，根本不管周圍有何動靜，在格雷商店簡直就跟在她自己房間裡一樣。

那男人的事終於解決了，象牙、黃金、珍珠都要放到牙籤盒上去了，還訂了取貨日期，而且在取貨日非得拿到他的牙籤盒不可，然後好整以暇地戴上手套，又瞥了她們一眼，彷彿自己很了不起的樣子，才踩著愉快的步伐，趾高氣昂地離去。

愛蓮娜趕緊向前做買賣，就在快要成交時，看到身旁又來了一位男士。她轉過臉來看他一下，卻驚訝地發現竟是自己的哥哥。

他們見到彼此時的熱情和愉快，在格雷商店裡看起來還滿像一回事的。約翰・達許伍德眞的一點兒也不懊惱與他的妹妹們重逢，他們甚至都還很高興，而且他對她們母親的問候也很恭敬關心。

愛蓮娜發現哥哥和嫂嫂進城已經兩天了。

「我昨天就很想去看望你們，」他說道：「可是沒辦法，我們得帶哈利到艾克斯特交易所去看野獸，接下來就一直陪著法若斯夫人。哈利高興得不得了。今天早上我非常想去看望你們，就算只有半個小時空檔也好，可是剛進城來，總有許多事情要忙！我過來幫芬妮訂個圖章。不過我想我明天一定可以有空到柏克萊街去拜訪的，可以和你們的朋友詹寧斯太太認識一下。我知道她很有錢，米德頓夫婦也很有錢，你一定得幫我引薦引薦。他們既是我繼母的親戚，我當然樂於對他們表達諸般敬意囉！我知道他們都是你們在鄉下的好鄰居。」

「他們的確很好，他們對我們的照顧和各方面的體貼是我難以形容的。」

「說真的，聽你這麼說，我真高興，非常高興哪！不過也該當如此啦，他們那麼有錢，又是你們的親戚，對你們好，照顧一下你們的生活，本來就是理所當然。這麼說來你們在那鄉間小屋眞是舒適得很，沒什麼欠缺的了。艾德華把你們那個地方描述得棒極了，他說是同類的屋舍中最完美的，而你們也很喜歡。說實在的，我們聽他這麼說都滿意極了。」

愛蓮娜有點替哥哥覺得丟臉，此時詹寧斯太太的僕人也剛好進來告訴愛蓮娜，女主人已在外頭等著了，愛蓮娜便省了回應哥哥談話的麻煩，對此她一點也不覺得遺憾。

達許伍德先生陪同她們走下商店台階，在店門口和坐在馬車裡的詹寧斯太太寒暄問候，在重申明日將登門拜訪的意願之後離開。

他果然依言前來，並且爲了她們的嫂嫂未能同行而裝模作樣的道歉：「她得陪她母親，所以實在沒什麼時間可以出來。」詹寧斯太太馬上請他放心，不必如此客套，大家算起來都是親戚嘛，而且她一定很快就會去拜訪約翰．達許伍德夫人的，而且會帶著她的兩位小姑一起去。他對她們的態度雖很自然卻是非常客氣，對詹寧斯太太尤其禮貌周到；在他到訪不久之後，布蘭登上校也來了，他好奇地打量著上校，彷彿在說，如果他知道上校也是有錢人，也會對他客氣有加的。

在店門口和坐在馬車裡的詹寧斯太太寒暄問候

詹寧斯太太馬上請他放心，不必如此客套

坐了約莫半個小時後，他請愛蓮娜帶他去康迪特街，介紹他和米德頓夫婦認識。那天天氣很好，愛蓮娜便欣然同意了。他們一走出戶外，他就開始問道：

「布蘭登上校是什麼人？有錢嗎？」

「是啊，他在多賽特郡有一大筆產業。」

「很好，我聽了很高興。他似乎很有紳士風度，愛蓮娜，我想，我要恭喜你啦，你下半輩子不愁吃穿啦！」

「我？你是什麼意思啊，哥哥？」

「他喜歡你。我仔細觀察過了，一定是這樣沒錯。他的收入如何？」

「我想大概一年兩千英鎊吧。」

「兩千英鎊啊！」他說道，然後又無限熱誠地補充道：「愛蓮娜，爲了你的幸福著想，我衷心地希望他可以有四千英鎊。」

「我相信那是你的肺腑之言，」愛蓮娜答道：「不過，我確定布蘭登上校完全沒有要娶我的意思。」

「你錯了，愛蓮娜，你錯得離譜了。你只要花點心思，他就是你的了。也許目前他還有些舉棋不定，你那微不足道的財產可能讓他望而卻步，他的朋友們可能都反對這件事。然而對女人家來說，要耍手段，殷勤招呼一下，不是什麼難事，不管他怎麼想，很快都會搞定的啦！你實在沒理由不去試一下啊！不要去想你以前的愛情是——總之，你也知道那種愛情是不可能的了，有著難以跨越的障礙在嘛——你是個理性的人，不會不明白的。布蘭登上校就是你的理想人選；我這方面一定會以禮相待，好讓他對你和你的家庭感到滿意。這是一樁皆大歡喜的婚姻。總之，」他壓低聲音一副要說機密話的樣子，繼續說道：「大家都會舉雙手贊成的啦！」然而卻又像想起了什麼似的補充說道：「我的意思是——你的朋友們都迫切地希望你嫁個好人家，尤其是芬妮，我老實告訴你，她眞是打從心裡關心你。還有她的母親法若斯夫人也是，她眞是一位宅心仁厚的婦人，我相信，她一定會很高興的；她前兩天才這麼說過的。」

愛蓮娜根本就不想回答。

「事情如果能這樣就好了，」他繼續說道：「這可有趣啦，芬妮的弟弟和我的妹妹同時辦喜事哪！這也不是不可能。」

「艾德華．法若斯先生要結婚啦？」愛蓮娜鼓起勇氣問道。

「是還沒有談妥啦，還在醞釀中，他母親可好啦，慷慨得很，說是婚事辦成的話就要給他一年一千英鎊。女方是名門閨秀——莫頓小姐，已故的莫頓爵士唯一的掌上明珠，身價三萬英鎊——雙方都很看好這門親事，我更是毫不懷疑他們兩家會結親。一個做母親的一年要給兒子一千英鎊，眞是夠慷慨大方了，而且是給一輩子哪，不過法若斯太太本來就是不同凡響、品格高超的人。我再告訴你一則她的慷慨小故事好了：那天我和芬妮剛進城來，法若斯太太就想到我們手邊的錢可能會不夠用，就塞了些錢到芬妮手裡，有兩百英鎊哪！這筆錢來得眞是時候，因爲我們住在這兒開銷一定很大的。」

他說完就稍停片刻，想聽聽愛蓮娜的附和之詞。愛蓮娜只好勉強自己說道：

「你們在城裡或在鄉間的開銷一定都很大，可是你們收入也很可觀哪！」

「其實我們收入也沒有像許多人想的那麼多啦！不過，我可不是在叫窮喔！只是還算不錯就是了啦，希望將來會更好。目前諾蘭德公用草地的建築計畫正在進行，所費不貲，而且這半年來我買了一小塊地——東金翰農場，你一定記得這塊地，就是老吉布森以前住的地方嘛！這塊地我怎麼看怎麼喜歡，就在我的產業隔壁，不買下來說不過去的。要是讓它落入別人手裡，我會良心不安哪！人要圖個便利就得付出代價，我可是因此而花了一大筆錢的。」

「你覺得那塊地買貴了？」

「喔，希望不是。我本來在第二天可以把它轉賣出去，而且賺上一筆的。不過說起買地的錢，當時可眞倒楣，因爲股價很低，要不是我剛好有那筆錢存在銀行，可就得賠本賣股票來買地了。」

愛蓮娜只能微笑以對。

「而且我們剛到諾蘭德時，也免不了得花上一大筆錢。我們令人敬愛的父親，你也知道的，把當初從老家帶到諾蘭德的動產（很值錢的）都留給你母親了。我絕不是埋怨他這麼做，他當然有權隨意處理他自己的財產。可是這樣一來，我們就得花大錢買床單、瓷器之類等等的東西，好把你們所帶走的必需品補足。你可以算算，在這些花費之後，我們哪會有什麼錢，而法若斯太太的好心有多麼令人喜愛了。」

「沒錯，」愛蓮娜說道：「希望在法若斯太太慷慨的資助下，你們能舒適愉快地生活。」

「要談舒適愉快，還得等上一兩年呢！」他幽幽地答道：「一大堆事情都還沒做，芬妮的溫室連一塊石頭都還沒砌上，花園也是，除了藍圖之外，什麼也沒有。」

「溫室要蓋在哪裡呢？」

「屋後的山丘上，我們把老核桃樹都砍掉了，這樣才有空間蓋溫室。這座溫室從莊園裡許多地方看過去都很好看，而花園就在溫室前的斜坡上，漂亮極了。我們已經把斜坡上的老荊棘叢都清除乾淨了。」

愛蓮娜把對莊園的關心和對兄嫂的責難都憋在心裡，暗自慶幸瑪麗安不在現場，不用和她一塊兒受這頓窩囊氣。

做哥哥的心想，這下已經清楚的說明自己手頭有多拮据了，下次去格雷商店就可以省下幫妹妹們一人買一副耳環的必要，不禁開心起來，換了個話題，恭喜愛蓮娜能交上詹寧斯太太這麼個朋友。

「她看起來是個十足的有錢人。她的房子、生活方式，在在說明了她的收入頗豐，結交了這樣一位有錢的朋友，不光是享有眼前的好處，最終的結果更是富貴可期。她邀你進城來可是對你的厚愛喔；而且由此可見她很看得起你，也許她要過世時也會想到你，她一定會留下一大筆財產的。」

「我想大概不會，她只有從丈夫那兒繼承下來的一點兒財產，將來要傳給她女兒們的。」

「可是她也許不會有多少就花多少，謹愼小心的人很少這樣做的啦，不論她攢了多少錢，最終還是得處理一下嘛！」

「即便如此，你不認爲她會把錢留給她女兒，而不是留給我們嗎？」

「她兩個女兒都已嫁入豪門，因此我認爲她不會再記掛著她們了。依我看哪，她這麼看重你們，對你們這麼好，就表示她也考慮到你們的將來啦，一個小心謹愼的婦人怎麼可能忽略掉這個。她對人再好不過了，而且既然她對人如此之好，就應該知道人們會因爲這樣而對她有所期待的。」

「不過那些最受她照顧的人卻沒有這樣的期待呢！說眞的，哥哥，你因爲顧慮我們的福祉而操太多心了。」

「喔，那當然，」他說道，似乎竭力想讓自己鎮靜下來，「我所能做的，眞是非常、非常有限的嘛！不過，我親愛的愛蓮娜，瑪麗安怎麼啦？她看起來很不舒服，臉色蒼白，身體消瘦。她生病了嗎？」

「她身體不舒服，最近幾個禮拜一直喊著神經痛。」

「眞可憐，在她這樣的年紀，任何一場病都會讓她由美貌變衰老呢！她的青春美貌何其短暫哪！去年九月她還和我所見過的任何一位少女一樣美麗，一樣讓男人動心的。她的美有一種特別吸引男人的特質。我記得芬妮曾說過，她會比你嫁得早、嫁得好；芬妮是很喜歡你的，她只不過偶然有感而發。不過，她說錯了。現在，瑪麗安充其量也只能嫁個身價五、六百英鎊的男人了，你要是嫁得不比她好，我才不信呢！多賽特郡！我對多賽特郡沒什麼印象，不過，我親愛的愛蓮娜，我會樂於多認識這個地方的；而且我想，你一定會讓芬妮和我當你們最早且最受歡迎的訪客的。」

愛蓮娜很認真的要讓他相信，她不可能嫁給布蘭登上校，不過一廂情願的哥哥根本就不願意對自己的美夢死心，還想盡辦法要和那位先生攀上親戚，試圖用各種可能的方法促成這門親事。他因爲自己向來沒替妹妹做過什麼，良心上有點過意不去，便巴望著別人能多做些事，而布蘭登上校的求婚，或詹寧斯太太的贈與遺產，便成了彌補他自己疏失的最佳方式了。

他們很幸運地遇到剛好在家的米德頓夫人，而約翰爵士也在他們告辭之前回來了。他們都非常客氣的彼此招呼寒暄。約翰爵士向來喜歡交朋友，而達許伍德先生雖不怎麼認識他，卻也很快就將他當作心地善良的人看待了；米德頓夫人看到達許伍德先生那身行頭，便也認定他是值得結交的人。達許伍德先生帶著對米德頓夫婦滿意的印象離開了。

「我要把這次拜會新朋友的美好經驗告訴芬妮，」和妹妹一起走回去時，他開口道：「米德頓夫人眞是雍容華貴！我確定芬妮會喜歡結識這樣的女人。還有詹寧斯太太，她也是舉止非常得宜的女人，只不過沒有她女兒那麼優雅就是了。你嫂嫂可以不用顧忌了，甚至來拜訪她都可以，老實說，你嫂嫂原本有所顧忌，而這也是無可厚非的啦！因爲我們只知道詹寧斯太太是個寡婦，而她丈夫以低下的手法賺得財產，於是芬妮和法若斯太太都認爲不論是詹寧斯太太或是她女兒，都不是芬妮應該結識的人。不過，我現在可以回去告訴芬妮，詹寧斯太太和她女兒都沒問題啦！」

Chapter 34

# 第三十四章

達許伍德太太對於丈夫的眼光很有信心，第二天便去拜訪了詹寧斯太太及其女兒。她發現丈夫說的果然沒錯，甚至還發覺那位招待兩位小姑們住宿的女士絕對不可小覷；至於米德頓夫人，簡直就是全世界最迷人的女人！

米德頓夫人對於達許伍德太太也有同等的好感。她們兩人都有些冷漠自私，這就使得她們互相吸引，此外造成她們同病相憐的原因尚有：得體卻乏味的舉止，以及智力的欠缺。

達許伍德太太的舉止贏得米德頓夫人的讚賞，卻無法讓詹寧斯太太滿意。在詹寧斯太太看來，達許伍德太太不過是個說話言不由衷、態度高傲的小氣女人，對她丈夫的妹妹們沒有任何感情，幾乎都不跟她們說話；在她拜訪柏克萊街詹寧斯太太家的十五分鐘裡，幾乎有七分半鐘一語不發。

愛蓮娜雖然不問，心裡卻很想知道艾德華在不在城裡；而芬妮除非是要宣告艾德華和莫頓小姐的喜訊，或是她丈夫對布蘭登上校的期盼成眞，否則絕不會主動在愛蓮娜面前提起艾德華，因爲她相信他們彼此間仍深愛對方，所以在言行上要特別小心，免得透露出他們任何一方的消息。然而，無法從芬妮那兒得到的消息，卻在不久之後由璐西帶過來了。她原本要博取愛蓮娜的同情才來告訴她，艾德華已經隨著達許伍德夫婦進城了，但是怕人看見，所以不敢到巴特利大樓去看她，雖然他們迫不及待的想見面，眼前卻也只能通信而已。

艾德華本人倒是不久之後就兩次親臨柏克萊街拜訪，讓她們知道他人在城裡。她們有兩次早上外出回來都發現艾德華的名片在桌上。愛蓮娜很高興艾德華來過，更高興沒見到他。

達許伍德夫婦非常喜歡米德頓夫婦，雖然他們不常舉辦宴會，卻決定在與米德頓夫婦認識不久後，即邀請他們過來哈雷街的住所參加晚宴，達許伍德夫婦在哈雷街租了一所很好的房子，租期三個月。除了米德頓夫婦之外，兩位妹妹和詹寧斯太太也在受邀之列，而且約翰・達許伍德還特別邀請了布蘭登上校。一向樂於與達許伍德小姐們爲伍的布蘭登上校，接到他熱情的邀約甚感驚訝，卻更是高興。屆時他們將會見到法若斯太太，不過愛蓮娜無從得知法若斯太太的兒子們是否也會出席。然而，一想到將在筵席上見到法若斯太太，愛蓮娜就對這個聚會充滿興趣；雖說她現在不用懷著忐忑不安的心去會見艾德華的母親，雖說她可以像個局外人似的去見她，完全不用在意她對自己的看法，她卻也好奇不減當時地想知道法若斯太太是個什麼樣的人。

不久之後她聽說斯蒂爾小姐們也會出席晚宴，雖說對這個消息不是很高興，但卻讓她對這個聚會更有興趣了。

斯蒂爾小姐們對米德頓夫人百般討好，因而博得了她的歡心，雖說璐西絕談不上優雅，而她姊姊也不斯文，約翰爵士還是邀請她們到康迪特街家中住上一兩個禮拜。而且就是這麼湊巧，她們住進約翰爵士府上幾天之後，就碰到達許伍德夫婦設宴請客了。

她們之所以受到達許伍德太太的青睞，並不是因爲她們的舅舅照料了達許伍德太太的弟弟好幾年。她們之所以能在晚宴席上掙得兩個位子，乃是因爲米德頓夫人的客人也是受歡迎的；璐西一直想見見法若斯一家人，近距離觀察他們的爲人，想辦法補救自己缺點，找機會對他們大獻殷勤，因此達許伍德太太的邀請函簡直讓她獲得了此生少有的快樂。

愛蓮娜的反應卻截然不同。她立刻斷定，跟母親一塊兒住的艾德華，當然會跟母親一道受邀參加姊姊舉辦的晚宴。在經過這許多事之後首度跟他見面，而且還是跟璐西一起！她實在不知道自己怎麼能受得了！

愛蓮娜這些顧慮並非全然合理，當然也沒有事實的根據。然而，她可以不用擔心了，其實並不是因爲她說服自己要鎮定，而是璐西好心地來跟她說，艾德華不會去參加禮拜二晚上在哈雷街所舉辦的晚宴了，她原本想告訴愛蓮娜這個消息讓她失望的，甚至還想再刺激她一下，說艾德華怕碰見自己會隱藏不住對自己的感情，因而不去宴會的。

這個重要的禮拜二到了，兩位年輕的小姐就要見到難纏的婆婆了。

「可憐可憐我吧，親愛的達許伍德小姐！」她們一塊兒走上樓梯時，璐西說道——因爲米德頓一家就跟在詹寧斯太太後面抵達，於是大家一起跟著僕人往前走——「這裡除了你之外沒有別人可以了解我的感受了。我都快站不住了。天哪！再過一會兒，我就要見到那個決定我一生幸福的人了

——那個要成爲我婆婆的人！」

愛蓮娜本來可以立刻幫她消除緊張，告訴她，那個她們即將見到的人將是莫頓小姐的婆婆，不是她的婆婆；不過她並沒有這麼做，只是非常善意的告訴她，她的確很同情她。璐西一聽，驚訝得瞪大眼睛，因爲她雖然緊張難熬，卻也希望引得愛蓮娜羨慕不已的。

法若斯太太是個身材瘦小，背脊筆直，甚至有點拘謹的女人，姿態嚴肅，甚至可說乖僻彆扭；臉色蒼白，五官很小，毫無美感可言，而且面無表情。不過，她若是皺個眉頭就可以給平板的臉上添幾分驕傲和邪惡之氣，整張臉也因此得以免去單調乏味的醜名。她是個話不多的女人；不同於一般人的是，她有多少想法就說多少話，而從她嘴裡冒出來的不多的話語中，沒有隻字片語是給達許伍德小姐的，她的眼神透露出對達許伍德小姐堅定的厭惡。

愛蓮娜現在不會因這種舉動而難過了。若在幾個月之前，她肯定會因此而痛苦不已的，不過現在法若斯太太是影響不了她了；法若斯太太對斯蒂爾小姐們迥然不同的態度——彷彿是故意要讓愛蓮娜難堪的——卻只是讓愛蓮娜覺得可笑而已。她看到她們母女二人同時對璐西那麼親切，便忍不住覺得好笑——

她們使得璐西的地位遠高過其他人——要是她們像自己一樣清楚璐西的所作所爲，怕是會爲她們的和藹可親而痛悔不已吧！然而不可能對她們造成任何傷害的自己，卻坐在那兒被她們毫不客氣的冷落著。不過在她笑看這場錯置的殷勤時，卻也免不了想到這不過是反映出她們母女倆詭詐愚蠢

法若斯太太

的心思罷了，而且她也看到斯蒂爾姐妹蓄意對她們母女百般討好，以便讓這種場面繼續下去，她覺得這四個人實在可鄙。

璐西受到這樣尊榮的待遇，忍不住洋洋得意；而她姊姊只要別人開開她和戴維斯大夫的玩笑就樂不可支了。

晚宴辦得非常豐盛，僕人多得難以計數，一切都表明女主人有意炫耀而男主人也有能力支持。儘管諾蘭德莊園正在進行擴建，儘管莊園的主人還說幾乎要爲了幾千英鎊而賠本賣股票，但這場面卻一點兒也看不出主人家要人家覺得他貧窮呢；在這兒唯一跟貧乏沾得上邊的就是談話了——而且內容還眞貧乏呢！約翰·達許伍德所說的話沒幾句值得聽的，他太太就更少了。不過這也沒什麼好丟臉的，因爲他們大多數的賓客也是如此。他們因爲欠缺讓人愉快的條件而大費周章——有人欠缺腦筋——不論是先天還是後天造成的，有人欠缺優雅，有人欠缺活力，還有人欠缺氣質。

在女士們吃過晚餐，移駕客廳時，這種貧乏的情形更加明顯了。男士們先前還談論了點兒不同的話題——政治啦、圈地啦，還有馴馬啦等等的，可是都已經說完了；女士們在咖啡端上來之前就只繞著一個話題打轉——哈利·達許伍德和米德頓家的二兒子威廉到底誰比較高，因爲這兩人年紀相仿。

倘若這兩個男孩子都在現場，只消把他們叫過來比一比就得了，可是只有哈利在那兒，所以就只好用猜的了。於是每個人都有權利表示意見，而且愛說幾次就說幾次。

賓客們的意見如下：

現場的兩位母親，雖然心裡都認爲自己的孩子比較高，但是顧及禮貌，嘴巴上還是說對方的孩子較高。

現場的兩位外祖母，雖然也偏心，卻也眞實的說出自己的看法，認爲自己的外孫較高。

璐西，急著討好兩方，便說在他們那樣的年紀，兩人都長得鶴立雞群了，實在分不出來誰稍高一些；而斯蒂爾小姐更會說話，她俐落地把兩個孩子都讚美了一番。

愛蓮娜，先前曾說覺得威廉比較高，結果惹得法若斯太太不高興，更是因此而得罪了芬妮，因此便覺得沒有必要再說些什麼；而輪到瑪麗安發表看法時，她直接說沒什麼意見，因她從沒想過這個問題，結果把雙方都得罪了。

愛蓮娜在離開諾蘭德莊園前曾畫了一對很漂亮的畫屏送給她嫂嫂，這對畫屏現在剛裱褙好拿回來，就擺在這漂亮的客廳裡。約翰．達許伍德跟著男賓客們走進客廳時，瞧見了這對畫屏，便把它們取過來送交布蘭登上校鑑賞。

「這是我大妹的畫作，」他說道：「您是有品味的男士，所以請您鑑賞一下囉！我不知道您以前是否看過她的作品，大家都說她畫得很好的。」

布蘭登上校雖謙稱自己沒有什麼鑑賞的品味，卻滿心讚賞地看著畫屏，一如他讚賞達許伍德小姐的任何一幅畫作一樣；其他人當然也被引得好奇不已，爭相傳看這對畫屏。法若斯太太不知道眾人傳看的是愛蓮娜的作品，便也要人拿過來給她看看。等米德頓夫人讚嘆不已地欣賞過畫屏之後，芬妮便把它們拿過來給她母親看，同時體貼地告訴她，這是達許伍德小姐的作品。

「嗯，」法若斯太太說道：「很漂亮！」──然後連看也不看它們一眼，就把畫屏還給她女兒了。

也許芬妮有那麼短暫的一刻認爲母親太過失禮，所以有些臉紅，她立刻說道：「媽媽，這對畫屏畫得眞好，是嗎？」然後，似乎又怕自己太客氣，太過推崇愛蓮娜，便又補上一句：「您看，這像不像莫頓小姐的畫風，媽媽？莫頓小姐畫得可美了，她上一幅風景畫眞是傑作呢！」

「沒錯。不過，她每件事情都做得很好。」

瑪麗安受不了了。她早就對法若斯太太相當不滿了，現在又聽她這麼錯選時機地稱讚另一個人，藉以貶低愛蓮娜，雖然她不知道她們這麼說用意何在，卻也按捺不住怒氣，立刻不客氣地說道：「我們正在欣賞一種別緻的藝術！莫頓小姐跟我們有什麼相干？誰知道，誰又在乎她是什麼人？愛蓮娜才是我們所想、所談論的對象。」說著她便從嫂嫂手中奪過畫屏，認眞地讚賞起來。

法若斯太太生氣得不得了，背脊也挺得更直了，她氣呼呼地反駁道：

「莫頓小姐是莫頓爵士的女兒。」

芬妮也是一臉生氣的樣子，而她丈夫卻被妹妹的大膽挑釁給嚇了一跳。

愛蓮娜看到瑪麗安這麼生氣，心中甚是難過，剛剛那些讓瑪麗安生氣的事情，其實愛蓮娜還不會太在意的。布蘭登上校則一直關注的看著瑪麗安，顯示出他只看到不願意姊姊受到一絲委屈而挺身發聲的妹妹。

然而瑪麗安的激憤情緒還沒停歇呢！法若斯太太對愛蓮娜的冷漠傲慢看在瑪麗安眼裡，似乎在預告著愛蓮娜前途多舛；因爲自己受傷的心所造成的不安全感，又因情緒上的衝動，她走到姊姊身旁，伸手攬住姊姊的脖子，將自己的臉頰貼住姊姊的臉，低聲而急切地說：「親愛的，親愛的愛蓮娜，不要理她們，不要讓她們掃了你的興。」

她說不下去了，情緒失控，剎那間把臉埋在愛蓮娜肩膀上痛哭起來。大家都注意著她，幾乎每個人都很關心她的狀況。布蘭登上校不自主的起身朝她們走去。詹寧斯太太理解地說了聲：「啊，可憐的寶貝。」便立刻拿出她的嗅鹽來讓她嗅。而約翰爵士對於造成這場精神災難的始作俑者感到義憤塡膺，便立刻換了個位子，坐到璐西身旁，低聲地跟她簡述這件讓人驚駭插曲的來龍去脈。

過了幾分鐘，瑪麗安逐漸恢復平靜，而這場騷動也已平息，瑪麗安又回到眾人當中坐下來；雖然如此，但她這一整晚的情緒都受到影響了。

「可憐的瑪麗安！」她哥哥一逮到機會就低聲對布蘭登上校如此說道。

「她的身體沒有她姊姊好，她很情緒化，她沒有愛蓮娜這麼好的素質；其實人們應該可以理解，對一個年輕女孩來說，曾經是個美女，現在卻失去了魅力，該是多麼痛苦的事。您也許不信，不過幾個月前的瑪麗安可是美麗得很——就和愛蓮娜一樣美麗。現在，一切已不復見了。」

Chapter 35

# 第三十五章

愛蓮娜已經滿足了想見法若斯太太的好奇心了。她發現自己一點兒也不想跟這個家庭有更深一層的關係。她已經領教到法若斯太太的傲慢、冷漠，還有她對自己根深蒂固的偏見，她也明白就算艾德華仍為自由之身並且和自己訂了婚，兩人想要結婚也是困難重重，不知何日才得以在一起；她已看清這一切，並為自己感到慶幸，因為一個大障礙幫她擋掉了法若斯太太可能製造出來的許多小障礙，她可以不必去迎合法若斯太太的挑剔，不必費盡心機去博得她的好感。至少，如果她不能為艾德華愛上璐西而高興的話，她下定決心，只要璐西可以討人喜歡一些，她就要為艾德華感到高興。

愛蓮娜很驚訝璐西居然對法若斯太太的客氣這麼高興，她樂昏了頭，完全忘了自己有幾兩重了，其實法若斯太太只因她不是愛蓮娜才對她另眼相看，她卻以為法若斯太太當真看得起自己——她因為法若斯太太對自己的厚愛而大受鼓舞，卻不知這只是因為法若斯太太不清楚她的底細。璐西不只用當時的眼神顯現出自己的心情，更在第二天早晨公開說出來；由於她的要求，米德頓夫人讓她在柏克萊街下車，好讓她有機會單獨會見愛蓮娜，告訴愛蓮娜她有多高興。

而且她眞的很幸運，因爲就在她到訪不久，帕瑪太太就捎來一封信，把詹寧斯太太給請走了。「我親愛的朋友，」屋裡一剩下她們兩人，她就立刻說道：「我來告訴你我有多快樂。有什麼事情，能比昨天法若斯太太對我的關愛更讓我受寵若驚的呢？她竟是那麼和藹可親！你知道我有多怕去見她的，可是在我被介紹給她的那一刻，她的態度是那麼親切，彷彿在說她很喜歡我。難道不是嗎？你全看見了，你沒有因此而受到震撼嗎？」

「她的確對你很客氣。」

「客氣！——你說昨天她的態度只是客氣！我看不只如此——她只用那樣的態度對我一個人而已！不驕傲、不擺派頭，還有你的嫂嫂也是——都是那麼親切、那麼和藹！」

愛蓮娜想聊點兒別的，可是璐西非得讓愛蓮娜覺得她很幸福不可，愛蓮娜只好無奈地繼續下去。

「毫無疑問地，如果她們知道了你們有婚約，」她說道：「還這樣待你，那當然就很好；可是情況並非如此——」

「我早就猜到你會這樣說，」璐西很快地答道：「如果法若斯太太不知情，她就沒有理由喜歡我了——博得她的好感乃是非常重要的事。你休想破壞我的好心情，我確信一切都會有完美的結局，不會有什麼我原先所預期的困難的。法若斯太太是個可愛的女人，你嫂嫂也是。她們都好令人喜歡哦！——我還覺得奇怪，怎麼都沒聽你說過達許伍德太太人有多好呢！」

愛蓮娜答不出話來，也不想接腔。

「達許伍德小姐，你生病了嗎？你似乎精神很差，半天不說話的，你準是病了。」

「我從沒像現在這麼健康過。」

「聽你這麼說，我打從心底高興，可是你看起來眞的一副病容。如果你眞的生病了，我會很難過的——因爲你帶給我世上最大的安慰！——如果沒有你的友誼，我眞不知道該怎麼辦才好。」

愛蓮娜雖然懷疑自己是否做得到，但總想試著禮貌地回應她一下。不過璐西似乎已很滿意，她隨即接口道：

「我深信你對我非常關心，除了艾德華的愛，你的關心就是我最大的安慰了。可憐的艾德華！不過現在事情有轉機了——我們可以見面啦，而且可以常常見面，因爲米德頓夫人很喜歡達許伍德太太，所以我敢說我們會常到哈雷街去拜訪，艾德華有一半時間待在他姊姊家——此外，米德頓夫人和法若斯太太也會互相拜訪；而且法若斯太太和你嫂嫂都好心的不只一次地告訴我，她們隨時都樂於見到我——她們眞是令人喜歡的女人！——如果你要對你嫂嫂說起我對她的看法，說得怎麼好都行。」

不過，愛蓮娜卻不想讓她覺得她會把這些話告訴嫂嫂。璐西接著說道：

「我確信如果法若斯太太不喜歡我的話，我一定很快就會知道的。比方說，在我給她行禮時一語不發，然後就再也不理睬我，也不再和顏悅色地看我一下——你懂我的意思，如果我遭受到這種不禮貌的待遇，我早就難過得放棄了。我實在無法忍受呢！她要是不喜歡誰，我知道準會用最激烈的方式教那人知道的。」

聽了這番洋洋得意的場面話，愛蓮娜還來不及做出反應，門就被推開了。

僕人傳報法若斯先生來到，而艾德華隨即走進來。

這眞是尷尬不已的時刻，可以從每個人臉上的表情看出來。他們全都呆若木雞；艾德華好像很想轉身退出去，又很想走進裡面來。這種難堪的場面本是每一個人都想極力避免的，現在卻不折不扣地發生了——不但三個人同處一室，而且連一個解圍的人也沒有。女士們首先回過神來。璐西不能走上前去，因爲她和艾德華的關係還不能曝光，她只好用眼神傳遞柔情蜜意，在禮貌的寒暄之後，她便不再開口。

不過愛蓮娜得做的事情比較多，而且她急著爲艾德華也爲自己的緣故，把事情做得漂亮些，於是她硬是控制住情緒，落落大方地歡迎艾德華來訪；接著再努力一下，神態舉止就更自然了。她不想因爲璐西在場或自己遭受委屈就表現失常。她告訴艾德華很高興見到他，並爲他兩次到訪柏克萊街卻撲了個空而向他致歉。她不怕對他展現出熱誠的歡迎，因爲他們是朋友，而且還算是親戚咧，他本來就應該受到熱烈歡迎的，雖然她可以感覺到背後璐西那一雙銳利的眼睛正盯著她瞧。

她的態度讓艾德華安心不少，所以他終於有勇氣坐下來了。不過比起兩位小姐來，他還是較爲難堪，不過這也難怪啦，一個大男人是難得碰到這種情形的；他的心情不像璐西那樣不在乎，良心上也不像愛蓮娜那樣俯仰無愧。

璐西裝出一副嫻靜端莊的樣子，似乎打定主意不想讓其他人好過，一句話也不說。幾乎都是愛蓮娜一個人在說話，她只好主動談起她母親的健康狀況，她們怎麼到城裡來等等，這些事本是艾德華應該發問的，他卻連提都沒提。

愛蓮娜的努力還不只如此，因爲過了一會兒之後，她突然豪氣萬千的決定要去把瑪麗安叫下來，藉機給他們兩人機會獨處。她果然這樣做了，而且做得俐落大方，她懷著崇高堅毅的精神在樓梯口徘徊了好幾分鐘才上去叫她妹妹。

不過，瑪麗安一下來，艾德華來訪的興頭也就要劃上句點了；原來瑪麗安一聽說艾德華來了，興奮得立刻飛奔進客廳，她一看到他高興得不得了，感情豐富，言語熱情。她伸出一隻手來讓他握，說話的聲音流露著身爲小姨子的熱情。

「親愛的艾德華！」她嚷道：「這眞是個讓人欣喜若狂的時刻！簡直可以補償每一件事的不足！」

艾德華本想以同等的熱情回應她，但在另外那兩位小姐面前，他連一半的熱情都不敢表現出來。大家再次坐下，剛開始的一兩分鐘無人開口。瑪麗安的眼裡充滿著溫柔熱情，不時地左看看艾德華，右瞧瞧愛蓮娜，心想這不受歡迎的璐西幹嘛在這兒殺風景呢！艾德華首先打破沉默，表示瑪麗安的外貌變了很多，擔心她是不是住不慣倫敦。

「噢，別擔心我！」她興奮而誠摯地答道，說話間眼眶含著淚水，「不要擔心我的身體。你看，愛蓮娜健健康康的，這樣就夠了。」

這樣的回答自是無法讓艾德華或愛蓮娜好受，也無法獲得璐西的好感，她不太友善地抬起頭看了瑪麗安一眼。

「你喜歡倫敦嗎？」艾德華說道，他想隨便說些什麼來轉換一下話題。

「一點兒也不喜歡。本來以爲倫敦會很好玩的，結果，一點意思也沒有。看見你，艾德華，是此行唯一値得安慰的事；而且，感謝上帝，你一點兒也沒變！」

瑪麗安說完——沒有人接話。

「愛蓮娜，我想，」她接著說道：「我們得讓艾德華送我們回巴頓。我想，再過一兩個禮拜，我們就該回去了，我相信艾德華應該不會拒絕我們的要求才是。」

可憐的艾德華咕噥了幾句，沒有人知道他說了些什麼，就連他自己也不知道。不過，瑪麗安見他的情緒有點激動，就照自己的想法將其解釋成讓自己最高興的原因，所以也心滿意足了，便談起別的事情來。

「艾德華，我們昨天在哈雷街過了你無法想像的一天！好無聊，眞是無聊透頂！我還有好多關於昨天的事要跟你說，只是現在不能說。」

她的謹愼小心足可讓人稱道，沒說出口的話就是：他們共同的那幾位親戚比以往更討人嫌，而且她尤其討厭他母親。只是這些話只好等私底下再說。

「可是，你昨天怎麼不在呢，艾德華——你爲什麼沒來？」

「我在別處有約。」

「有約！——有我們這樣的朋友要相見，你還有什麼約呢？」

「瑪麗安小姐，也許，」璐西嚷嚷道，急著想報復她一下，「你以爲年輕男人對於大大小小的承諾，只要不想遵守就可以不遵守啦！」

愛蓮娜一聽這話非常生氣，可是瑪麗安似乎完全沒察覺到璐西的話中帶刺，因爲她只是心平氣和地答道：

「沒有啊，我不是這樣想的。說正經的，我確信艾德華一定是基於良心上的考量才沒有去哈雷街的，而且我百分之百相信他是全世界最有良心的人；只要有約，無論多麼微不足道，無論他多麼不想去，他一定都一絲不苟地赴約去。他最怕讓人難受、失望，是我所認識的人當中最不自私的。艾德華，事實就是如此，我要把事實說出來。什麼！你不要這樣被人稱讚？那你一定不是我的朋友，因爲凡是接受我的愛與尊敬的人，也要願意被我公開讚揚才行。」

不過眼前這個情形，她的公開讚揚卻弄得在場三分之二的聽眾心裡很不是滋味，尤其是艾德華，非常不高興，立刻站起身來要走。

「這麼快就要走啦！」瑪麗安說道：「我親愛的艾德華，這可不行喔！」

瑪麗安說著還把他拉到一旁，低聲告訴他璐西不會待太久。不過就連這樣的勸說也沒有用，他執意要走；而原本打算即使艾德華坐上兩個小時，也要奉陪到底的璐西，在艾德華離開之後不久便也告辭了。

「她怎麼那麼常來！」璐西一走，瑪麗安就說道。「她難道看不出來我們巴不得她早點離開嗎？弄得艾德華好尷尬！」

「怎麼會呢？——我們都是他的朋友，而且璐西認識他的時間比誰都長，他見到璐西就跟見到我們一樣歡喜啊！」

瑪麗安注視著她，說道：「愛蓮娜，你知道嗎？就是你這種話教我無法忍受。如果你只是要人反駁你說的話（我的確是這麼想的），請你記得，我絕不會這樣做。因爲我才不會上你的當，去說些沒有人要聽的廢話。」說完隨即走出去。

愛蓮娜不敢再跟過去說些什麼，因爲她答應過璐西要保守祕密的，她無法提供任何消息讓瑪麗安相信她；讓人誤會卻又無法澄清的確是痛苦不堪，不過，她也只好繼續忍受下去了。她所能希望的只是艾德華或她自己可以不要常領教瑪麗安那錯誤的溫情，也不要再經歷最近見面時所發生的不愉快——她的確是該這樣期盼的。

瑪麗安說著還把他拉到一旁

Chapter 36

# 第三十六章

在這次見面之後不久，報紙刊登了湯瑪斯．帕瑪夫人順利產下一個兒子兼繼承人的消息，至少對於老早就知道情況的近親知交來說，這是一則有趣而令人滿意的新聞。

這件事攸關詹寧斯太太的幸福，所以她的生活作息也就暫時有所改變，而她的年輕朋友們也因此略受影響。由於詹寧斯太太希望盡量多跟夏綠蒂在一起，所以每天早晨一梳洗更衣之後就到帕瑪太太家去了，晚上總是很晚才回來。達許伍德小姐們就在米德頓夫婦的特別要求下，每天都在康迪特街度過。其實顧慮到舒適，她們倒是希望至少上午能待在詹寧斯太太家，可是總不能堅持己見而拂逆大家的好意。所以她們大部分的時間都得和米德頓夫人以及斯蒂爾小姐們在一起了，斯蒂爾小姐們雖然嘴巴上說很高興有她們作伴，心裡卻並不這麼想。

對米德頓夫人來說，達許伍德小姐們太有見地而無法成為她喜歡的友伴；對斯蒂爾小姐們來說，她們是令人嫉妒的目標，因為她們姐妹倆闖進了原先屬於斯蒂爾小姐們的地盤，瓜分了她們原本可以獨享的盛情款待。雖說米德頓夫人對愛蓮娜與瑪麗安再客氣不過，她卻一點兒也不喜歡她們。因為她們既不會阿諛奉承她，也不會討好她的孩子們，她便認定她們不是好相處的人；而且因爲她們喜歡看書，她就認爲她們是愛諷刺的人，也許她自己都不是很清楚愛諷刺是什麼意思，不過那無所謂，反正是大家常常拿來說別人的。

她們的出現對米德頓夫人和璐西都是一種約束，約束前者的懶惰，後者的忙碌。在她們面前什麼都不做，讓米德頓夫人感到羞愧，以忙著阿諛諂媚人爲拿手絕活的璐西，怕在她們面前經常這麼做會教她們看不起。斯蒂爾小姐是那三個人當中對達許伍德姐妹的出現最輕鬆以對的，不論她們怎麼樣，斯蒂爾小姐都不受影響。只要她們之中有人願意把瑪麗安和魏勒比之間所發生的事詳詳細細的說給她聽，她就會覺得，每次晚餐後一看到她們姐妹走進客廳便讓出火爐前面最好的位子給她們姐妹的舉動，有所回報了。然而這個回報卻遲遲未到，雖然她常常對愛蓮娜表示她很同情瑪麗安，也不只一次在瑪麗安面前說起男人的用情不專，但除了讓愛蓮娜漠然以對、瑪麗安不屑與之談話以外，什麼效果也沒有。她們只要稍做努力，她就會成爲她們的朋友了。拿她和大夫說說笑就好了嘛！不過，她們就和其他人一樣，不想讓她感激，如果約翰爵士不在家用餐，她就整天也沒聽到有人提起這件事，她就只好自我解嘲了。

詹寧斯太太對於這些嫉妒與不滿之類的事情完全沒有注意到，因爲她以爲小姐們待在一塊兒是很愉快的事，所以每天晚上她總要恭喜她們能夠脫離這糟老太婆身旁那麼久的時間。她有時會到約翰爵士家和她們在一起，有時則待在自己家裡；不過不論身在何處，她總是精神奕奕、神采飛揚、神氣十足。她將夏綠蒂的健康歸功於自己的照料有方，而且準備要跟眾人詳細述說她的狀況，不過有興趣聽的只有斯蒂爾小姐一個人。然而有一件事的確教詹寧斯太太很不舒服，她每天都要抱怨一下——帕瑪先生和全天下的男人有著一樣的想法，不過這樣說太不像父親了：所有的嬰兒都長得很像。雖然她在任何時間都可以輕易看出這嬰兒長得跟他父母親兩邊的任何一位親戚都很像，嬰兒的父親就是看不出來，再怎麼樣也沒辦法說服他，他兒子就是跟同齡的其他嬰兒長得不一樣；也沒有辦法讓他明白一件簡單的事，就是他兒子乃全天下最漂亮的嬰兒是也。

現在該來談談約在此時發生在約翰．達許伍德太太身上的不幸事件了。在她兩位小姑偕同詹寧斯太太首次到哈雷街拜訪時，她的一位友人也剛好順道進來坐坐——這件事情本身應該不會給她惹出什麼麻煩的。不過當有些人開始運用起想像力，把別人的行為舉止誤解一番，再僅憑表象就做出結論，於是一個人的幸福與否就取決於機運了。在眼前的這個例證中，最後進來的這位女士，任憑想像力奔馳，將事實與可能性皆拋諸腦後，光是聽到達許伍德小姐們的名字，知道她們是達許伍德先生的妹妹們，就立刻認為她們也住在哈雷街；由於這樣的誤解，這位女士在一兩天後便給她們及哥哥嫂嫂發了請柬，邀請他們一塊兒去參加一場在她家舉行的小型音樂會。結果是，達許伍德太太不得不大費周章地派她的馬車去接達許伍德小姐們，更慘的是，她還得老大不情願地裝做對小姑們照顧有加的樣子。而且誰曉得會不會有一就有二，她們難保不巴望著往後還要跟她一起出去呢？當然啦，她隨時可以拒絕她們的。可是，她才不要這樣做；因為，人就是這樣，要裝樣子就要裝到底囉！

瑪麗安現在已經漸漸習慣每天出去赴約了，其實出去與否，對她來說並沒有什麼差別；她默默地且機械式地爲每天晚上要去的宴會做準備，心裡一點兒也不認爲自己會在這樣的場合中得到什麼樂趣，而且常常都到最後一刻才知道自己要到哪裡去。

對於穿著打扮，她已經變得完全不在乎了，她似乎花上大半天的時間準備出門，但是等她準備妥當，斯蒂爾小姐過來看她時，只花個五分鐘給她建議，就比她原先所做的要好個兩倍以上了。沒有一件事躲得過斯蒂爾小姐鉅細靡遺的觀察與無遠弗屆的好奇心：瑪麗安的每一樣東西，她都看了也都問了；她不弄清楚瑪麗安每一件衣服的價錢絕不善罷甘休；對於瑪麗安總共有幾件外衣，比瑪麗安本人還清楚，而且在兩人分離之前，還想知道瑪麗安一個禮拜花多少錢洗衣服，以及一年花費多少錢在自己身上等等。斯蒂爾小姐魯莽地問了一大堆，最後還總以恭維做總結，雖然她自認爲這樣做是禮貌周到，但瑪麗安卻覺得她魯莽至極；因爲斯蒂爾小姐仔細調查過瑪麗安衣服的價格、樣式、鞋子的顏色，以及梳的髮式之後，以近乎肯定的姿態告訴瑪麗安：「看起來很不錯，肯定會征服許多人的。」

聽到這樣的鼓勵，瑪麗安便走出房間下樓去，坐上她哥哥的馬車。她們在馬車到達門口後約莫五分鐘便可出發了，但是她嫂嫂卻不喜歡她們這麼準時，因爲嫂嫂已經先抵達朋友家了，她希望她們會耽擱些時間才來，雖然這樣會造成馬車夫的不便，她卻覺得比讓自己因看到她們而覺得不舒服還好。

晚上的音樂會並沒有什麼特別之處，就跟其他音樂會差不多，看門道的內行人很多，看熱鬧的外行人也不少；而演奏的人，就跟往常一樣，在自己與親朋好友的心目中，穩居全英國第一流的業餘音樂家寶座。

愛蓮娜對音樂既沒什麼研究，也不想裝懂，於是便毫無顧忌的讓眼光從鋼琴、豎琴、大提琴，一直瀏覽到自己有興趣的事物上。就在她隨意四處張望時，竟在一群年輕人當中看到那張在格雷商店裡大談牙籤盒要如何如何製作的臉，很快地，愛蓮娜也發現那人正看著自己，而且還熱絡地跟她哥哥說著話；就在愛蓮娜想打聽一下那人的姓名時，那人和她哥哥一起走過來了，達許伍德先生向愛蓮娜介紹，這位男士就是羅伯特·法若斯先生。

他跟她說話時，態度不甚莊重，偏著頭鞠了個躬，他的所言所行都讓愛蓮娜想到那個璐西口中的紈褲子弟。她眞慶幸當初對艾德華有好感是因爲他的品行，而不是因爲他和自己的親戚關係。他弟弟的這一鞠躬，簡直把他母親和他姊姊開始的令人嫌惡的感覺推上了頂點。不過當她研究著兩兄弟的不同時，卻也發現自己並不會因其中一人的無知與自滿，而對另一人的謙遜與莊重失去好感。爲什麼他們兩兄弟如此不同呢？羅伯特花了十五分鐘跟愛蓮娜解釋一番：一提到艾德華，羅伯特先是爲哥哥的不合時宜感到惋惜，並且認爲這是後天教育的結果，而不是先天個性所造成；因爲就他本身來說，雖然沒有什麼特殊之處，當然也沒有天賦異稟，不過就是去公學唸書，結果卻練就了一身可以和任何人相處融洽的好本領。

達許伍德先生向愛蓮娜介紹，這位男士就是羅伯特·法若斯先生

「說眞的，」他補充道：「我相信事情就是這樣。所以每當我母親因此而難過的時候，我就會告訴她，『親愛的母親，』我常這樣跟她說：『你不要難過了，事已至此，無法彌補了，而且這都是你一手造成的。誰叫你當初不要順任自己的心意，而要聽舅舅羅勃特爵士的話，把正値成長關鍵期的艾德華送到私塾老師那兒去？如果當初你把他送去唸西敏公學（譯註：Westminster School，倫敦著名的貴族學校）和我一樣，而不是把他送到普瑞特先生那兒去，今天一切就都不一樣了。』對於這件事，我的看法一直是這樣的，而我母親也認爲她的確是做錯了。」

愛蓮娜沒有持反對意見，因爲，就算她不認爲去唸西敏公學有什麼好處，至少也比讓艾德華住在普瑞特先生家要讓她來得滿意。

「你們在德文郡的住處，」羅伯特接著說道：「我想是在道麗西附近的鄉舍吧？」

愛蓮娜把正確的位址告訴他，然而他卻似乎很訝異，竟然有人住在德文郡卻不是住在道麗西附近的。不過，他對她們居住的那種屋舍還是讚譽有加。

「就我個人而言，」他說道：「我是非常喜歡鄉下小屋的；這種房子住起來很舒服，看起來也極其優雅。我敢說如果我有多餘的錢，我一定會在離倫敦不遠的地方買塊地，自己蓋棟鄉舍，無論何時想去就去，還可以找一夥朋友來同樂。

我建議要蓋房子的人都來蓋鄉舍。那天我的朋友，柯特蘭爵士，帶著三分波諾米的建築計畫來問我的意見，要我決定哪一份計畫最好。我就說：『親愛的柯特蘭，』然後隨手將那三份計畫全扔進火爐裡去，『那些計畫全都甭考慮了，你千萬得蓋棟鄉舍才行。』我想那就是結果了。有些人認爲鄉舍的空間小，住不了幾個人——其實這是錯誤的想法。上個月我在達德福特附近的一個朋友艾略特家裡。艾略特夫人想辦個舞會。『可是怎麼辦得成呢？』她說道：『親愛的法若斯，請告訴我該怎麼辦才好，因爲這鄉下小屋沒一個房間可以容得下十對舞伴的，而且要在哪裡擺晚餐呢？』我立刻就看出這沒什麼難的，所以我說道：『親愛的艾略特夫人，請放寬心。餐室裡絕對容得下十八對舞伴，牌桌可以擺到客廳裡去，圖書室可以開放給客人喝茶、吃點心，晚餐就擺到接待室裡去。』艾略特夫人一聽，開心得很。我們量了一下餐室，大小正好容得下十八對舞伴，所以舞會就照我的計畫去做啦！所以，你看，只要懂得如何善用空間，住在鄉舍就跟住在最寬敞的地方一樣，舒適得很。」

愛蓮娜完全贊同他的話，因爲她根本就懶得跟他辯駁。

約翰．達許伍德跟他的大妹一樣，對音樂沒什麼興趣，所以也就心不在焉地想東想西的了；他在音樂會上想到了一個主意，回家後便講給太太聽，以便徵求她的同意。由於丹尼森太太誤以爲他妹妹們住在他家，才發請柬請妹妹們過去赴會的，所以他想應該趁著詹寧斯太太每天忙得早出晚歸的時候，請妹妹們眞的來家裡作客。這樣做不會花什麼錢，也不會不方便，況且還可以讓他實現當初答應父親要照顧她們的承諾，也好對得起自己的良心。芬妮聽他這麼說，大吃一驚。

「我不知道你這樣做，」她說道：「怎能不得罪米德頓夫人，她們可是天天在一起的呀；如果不是這樣，我倒是非常樂意請她們過來作客。你知道，一有機會，我總是不遺餘力地照顧她們，我今天晚上帶她們出去就是最好的證明。可是她們是米德頓夫人的客人，我怎麼能把她們搶過來呢？」

她丈夫並沒有被她說服，仍然態度恭敬地說道：「她們已經在詹寧斯太太忙得不可開交的情況下，在康迪特街待了一個禮拜啦！再說，讓她們到自己哥哥家來住上一個禮拜，米德頓夫人也不會不高興的。」

芬妮沉默了片刻，然後便又精神奕奕的說道：

「親愛的，如果可以的話，我一定竭盡心力邀請她們過來。可是，我剛剛已經決定要請斯蒂爾小姐們過來我們家住幾天了。她們是非常端莊賢淑的好女孩，而且她們的舅舅又那麼照顧艾德華，我們眞該邀請她們才對。你知道我們以後還有機會可以邀你妹妹們來，可是斯蒂爾小姐們，也許以後就不會待在城裡了。我確信，你會喜歡她們的，而且事實上，你很喜歡她們呦，你知道的嘛，就跟我母親一樣喜歡她們；況且她們也非常喜歡哈利呢！」

達許伍德先生被說服了。他了解非得立刻把斯蒂爾小姐們請來不可，至於他的良心，就在決定明年再邀請妹妹們來時獲得了安慰；然而在此同時，他卻也忍不住竊喜，明年，愛蓮娜就會變成布蘭登夫人，而瑪麗安則會成爲他們的座上客，他也就用不著邀請她們了。

芬妮很高興能逃掉這場麻煩，並且對自己的應變能力非常引以爲傲，第二天就寫了封信給璐西，邀請她和她姊姊在米德頓夫人同意放人時，到哈雷街作客幾天。這當然使璐西高興得很，璐西心想，達許伍德太太似乎很替自己著想，她顧念璐西的每一個願望，實現她的每一個夢想！能有這樣一個機會和艾德華以及他的家人們相處，對璐西而言，再重要不過了，這個邀請簡直讓她樂翻了！這眞是一個既讓人感激不盡，又讓人迫不及待要去享用的特權；當初她們到米德頓夫人家作客，沒有說要住多久，現在卻一副本來就打算住個兩天就好的樣子。

璐西接到信之後十分鐘左右，就把信拿去給愛蓮娜看了，看完信後，愛蓮娜第一次覺得璐西有希望入主法若斯家；因爲在相識不久的情況下，竟能得到如此異乎尋常的垂青，顯然不是因厭惡自己而故意做的事，也許日子一久，她們相談甚歡，璐西的願望就可以實現了。她的拍馬逢迎已經征服了米德頓夫人的傲慢，開啓了達許伍德太太緊閉的心扉，這些成果勢必助她更上層樓。

斯蒂爾小姐們搬到哈雷街去了，愛蓮娜聽到她們在那兒受寵的情形，更加深了自己對此猜測正確無誤的看法。約翰爵士不只一次地去拜訪過她們，回家後便將她們如何受到禮遇的情形詳細說給大家聽，聽者無不嘖嘖稱奇。達許伍德太太這輩子從未看過任何一個年輕女子像她們姐妹倆那樣討喜的，她送給她們一人一個由移民所做的插針墊，還直稱璐西的教名，並且不知道自己捨不捨得讓她們離開咧！

Chapter 37

# 第三十七章

帕瑪太太產後兩週，身體狀況良好，因此她母親也覺得沒有必要把全部的時間都拿來陪她，一天過來看她個一兩次也就夠了，於是她回自己家了，而生活也回到以前的模式，她發現達許伍德小姐們還滿樂於重拾往日生活的。

就在她們重拾柏克萊街生活後的第三天或第四天早晨，詹寧斯太太和往常一樣去探視帕瑪太太回來，一走進客廳，發現只有愛蓮娜一個人坐在那兒，於是表現出一副緊張匆忙、有要事相告的神色；不過她沒有讓愛蓮娜等太久，便直接說道：「天哪！親愛的達許伍德小姐！你聽到消息了嗎？」

「沒有啊，夫人，什麼消息？」

「非常奇怪的事！不過我會一五一十的說給你聽啦！我到帕瑪先生家去的時候，發現夏綠蒂爲了孩子緊張不已。她一直說孩子病得不輕——因爲孩子又哭又鬧，而且全身都長了疹子。我立刻上前察看，『哎呀！女兒啊，』我說道：『這不過是長了些紅疹嘛！』護士也是這樣說。可是夏綠蒂還是不放心，於是便把唐納文醫生給請來了；還好，他剛從哈雷街回來，可以立刻過來，他一看到孩子便說那是長紅疹，就跟我和護士說的一樣嘛，夏綠蒂這才放下心來。等到醫生要走的時候，我忽然想到，啊，說實在的，我眞不知道怎麼會有這樣的念頭的，我隨口問了一句，哈雷街那邊有沒有什麼新鮮事兒。聽我這麼一問，他先是得意的笑了一下，繼而一副傻笑樣，然後又換成一臉嚴肅的樣子，彷彿知道些什麼似的，最後終於小聲說道：「爲了怕住在你們家的那兩位小姐聽到她們嫂嫂身體微恙會擔心，我想我最好還是說，沒什麼好擔心的；我希望達許伍德太太一切都好。」

「什麼！芬妮病了？」

「我也是這麼說的，親愛的。『天哪！』我說道：『達許伍德太太生病了嗎？』接下來，事實眞相就出現了；據我所知，事情的經過大概是這樣——

艾德華．法若斯先生，也就是我過去經常拿來開你玩笑的那位年輕人（不過，我很高興，那些玩笑從來就當不得眞），大約在一年前跟我的表姪女璐西訂婚了！而且，你知道嗎？除了璐西的姊姊之外，竟然沒有人知道這件事！——你能相信有這樣的事嗎？——他們彼此相愛，本是不太會啓人疑竇，但是，事情都已經到這個地步了，竟然都沒有人懷疑！實在是太奇怪了！我從未見到他倆在一起過，要不然我早就能看出些端倪了。

他們是因爲害怕法若斯太太才守口如瓶的，不論是法若斯太太還是你的哥哥嫂嫂，都一直沒有起疑，一直到今天早上——璐西那可憐的姊姊，你也知道，她是個不長心眼的好人，一個不小心，把事情全給抖出來啦！『哎呀！』她心裡想：『他們全都這麼喜歡璐西，一定不會爲難她的』；於

唐納文醫生小聲說道

是她去找你嫂嫂，你嫂嫂當時正一個人坐著織地毯——完全沒料到接下來會發生什麼事——因爲她五分鐘前才跟你哥哥說，想幫艾德華跟某位，我記不得是哪位爵爺的女兒牽紅線。所以啦，你可以想見這對你嫂嫂的虛榮心和自尊心是多麼大的打擊了。她立刻歇斯底里地狂亂吼叫，叫聲直達你哥哥耳朵裡，當時你哥哥正坐在樓下他自己的著裝間，打算給鄉下的管家寫封信。他一聽到聲音立刻飛奔上樓，一個令人驚駭的場面出現了，璐西也在那時趕到，她也不清楚到底發生了什麼事。可憐的孩子！我眞同情她。還有我得說，她一定是受到很不堪的對待；因爲你嫂嫂發了瘋似的罵她，她隨即暈了過去，而她姊姊則跪在地上，痛哭失聲。你哥哥就在房間裡踱步，說他不知道該怎麼辦才好。達許伍德太太當即下達逐客令，要她們姐妹立刻離開，你哥哥不得已也只好下跪求她讓她們把衣物收拾好再走。然後，你嫂嫂的歇斯底里又發作了，你哥哥嚇得把唐納文醫生給請了去。

唐納文醫生到的時候，那屋子簡直就是一團糟。馬車停在門口，準備好要把我可憐的表姪女們送走，她們一跨進馬車，唐納文醫生剛好下車；唐納文醫生說，他看到璐西情況很差，幾乎連路都沒辦法走，她姊姊也差不多一樣。我老實告訴你，我受不了你嫂嫂；我衷心地希望，艾德華和璐西能夠不受你嫂嫂的干擾，結成夫妻。天哪！可憐的艾德華先生要是聽到這件事，不知會有多難過呢！自己心愛的人竟被這麼難堪的對待！因爲聽說他非常喜歡璐西，我想也是。要是他爲此事而大發雷霆，我是一點兒也不會驚訝的！唐納文醫生也有同樣的想法。他和我爲這件事談了很久，而且最有意思的是，唐納文醫生在離開後又被請回去哈雷街，因爲我的表姪女們一走，他們就派人去請法若斯太太過來，也許你嫂嫂認為她母親要是聽說了這件事也會開始歇斯底里，要醫生隨時在旁邊待命；我想，她也許會吧。

不過我一點兒也不會可憐她們母女，我眞想不到人竟會為了金錢和地位做出這樣的事。艾德華先生和璐西實在沒有理由不能結婚，因為法若斯太太可以資助兒子，讓兒子過好日子；而璐西雖然沒有財產，但是她比任何人還會善用資源，我敢說就算法若斯太太一年只給兒子五百英鎊，璐西也一定可以把家打理得像一年有八百英鎊的人家那樣。天哪！他們可以住像你們家那樣的——或更大一點兒的鄉舍，那就夠舒服的了——再僱上兩個女僕，兩個男僕；對了，我還可以幫他們找個女僕，因為我家的貝蒂正好有個妹妹沒事做，恰可介紹給他們。」

詹寧斯太太說到這裡就打住了，愛蓮娜也趁此整理一下自己的思緒，如此才能對詹寧斯太太的話有所回應，說點兒看法。她很高興地發現詹寧斯太太並不認為自己對這件事很感興趣，而且詹寧斯太太也不會再亂點鴛鴦譜，老拿她和艾德華作文章了（她近來常常希望可以這樣）；而且最高興的是，瑪麗安並不在場，她可以自由自在地和詹寧斯太太談起這事而不用感到困窘，而且她相信自己是並不偏袒任何一人的作為，對此事發表意見。

她實在拿不定主意，該對此事的結局有什麼期望；雖然她也想祝福艾德華和璐西能結為連理，但是心中卻又不免想著事情或許會有另一種結局。雖然法若斯太太會怎麼說、怎麼做，早在意料之中，她還是迫不及待的想聽聽法若斯太太究竟想怎麼辦，而且她更想知道艾德華本身會怎麼做。對於艾德華，她深感同情；對於璐西卻只有一丁點兒的同情——而且這一丁點兒還是努力了半天才擠出來的；對於和此事有關的其他人，則一點兒也不覺得同情。

由於詹寧斯太太目前肯定不會有別的話題，愛蓮娜想，自己必須盡快讓瑪麗安準備好，以便可以隨時談論此事——不能再瞞著她了，一定得立刻告訴她事情的眞相才行，要盡力使她在聽到別人談論此事時，不要顯露出爲姊姊難過或是對艾德華不滿的樣子。

愛蓮娜的任務無疑是讓她備感痛苦的——因爲只要她這麼一說，瑪麗安心中最主要的慰藉也就要消失無蹤了，把艾德華的作爲一五一十的全說出來，怕要永遠毀掉瑪麗安對他的好印象了，而且姐妹倆的境遇這麼像，怕要勾起瑪麗安不愉快的回憶，讓她再度置身痛苦之中。然而，此項任務雖然艱困，卻是非做不可，於是愛蓮娜加快腳步執行任務去了。

她不想多談自己的感情，也不想談自己有多痛苦，因爲自從她知道艾德華訂婚以後便一直在自我克制，心想這也許可以讓瑪麗安明白一下什麼叫切實。

她簡單明瞭地把一切說給瑪麗安聽，雖說免不了有情緒上的反應，卻沒有激動不已或悲傷難抑。倒是聽的人，情緒劇烈震盪，瑪麗安驚駭地聽著姊姊的敘述，痛哭失聲。愛蓮娜不但在別人的悲傷故事裡扮演安慰者的角色，就連在自己的悲傷故事中，也要忍住傷痛，安慰他人；而且她發自肺腑眞誠地安慰妹妹，也極力爲艾德華脫罪，只說他做事有些莽撞而已。

然而，瑪麗安一度不肯相信那兩個人不是故意的。艾德華好比第二個魏勒比，而且既然知道愛蓮娜深愛過艾德華，她又怎能不將姊姊的境遇和自己相比呢！至於那位璐西．斯蒂爾，一點兒也不討人喜歡，根本就吸引不了一個有頭腦的男人，艾德華竟會看上她！起初瑪麗安覺得無法相信，後來卻覺得艾德華簡直不可原諒。她甚至認爲此事違反自然，愛蓮娜只好告訴她，對人性須有進一步的了解與認識，勸說她接受此事。

愛蓮娜最初提及此事，只說到他們訂婚的事實，以及訂婚多久了。當她在詳述事情經過時，瑪麗安情緒發作，便打斷了姊姊的話；愛蓮娜只得盡力讓她冷靜下來，減輕她的驚駭，不要讓她滿心忿恨。她提了第一個問題，卻也讓愛蓮娜得做出更詳細的敘述。她問道：

「愛蓮娜，你知道這件事情多久了？他給你寫過信嗎？」

「我知道這件事已經四個月了。去年十一月璐西到巴頓莊園作客時，偷偷告訴我的。」

聽到姊姊這麼說，瑪麗安的眼神顯現出不可置信的樣子，而且連話都說不出來。沉默半晌之後，她叫道：

「四個月！你知道這件事已經四個月了？」

愛蓮娜回答說是。

「什麼！當我痛苦不堪，你來照料我時，內心竟隱忍著這件事？我當時還責怪你只顧自己快活呢！」

「當時還不能讓你知道我的情形有多慘。」

「四個月！」瑪麗安再次大叫。「這麼冷靜！這麼快活！你怎麼做得到？」

「因爲我覺得我得盡到責任，我答應過璐西要保密的。我得說話算話，不能透露一點兒消息；而且我不能讓我的家人和朋友們爲我擔心，倘若說出這件事，我就不能不讓她們爲我擔憂了。」

瑪麗安似乎很感動。

「我常希望可以不要瞞著你和媽媽，」愛蓮娜補充說道：「有一、兩次，我眞想說出來；而現在，爲了讓你們信服，我只好辜負別人對我的信賴了。」

「四個月！你仍愛著他哪！」

「是啊！可是我不只愛他，我也愛周遭的親人，我不想讓她們爲我擔心，因此我樂於自己承受痛苦。現在我可以平靜地思考與談論此事了。我不要你們爲我憂愁；我可以肯定地告訴你，我不再難過了。有許多事情支撐著我，我知道這件令人沮喪的事，錯不在我，而且我盡可能保密，不讓消息流出去。我願讓艾德華從所有錯誤的作爲中無罪開釋，我祝他快樂幸福，而且我也確定他只是想要履行責任義務而已，也許現在會有些悔恨，但終將獲致幸福。璐西是個理智的人，這就是一切美好事物的基礎了。其實，瑪麗安，雖然堅貞不渝地只愛一個人，將自己的幸福完全寄託在某個特別的人身上，是浪漫迷人的想法，但這並不意味著——也不適合——甚至是不可能的。艾德華要娶璐西，他要娶的是一個在外貌上和理智上都勝於半數女性的女人；假以時日，他就會忘記，他曾認爲有一個女人比璐西好了。」

「如果這是你的思考方式，」瑪麗安說道：「如果你認爲失去最寶貴的東西，可以輕易就用別的東西加以彌補，那麼，你的決心、你的自我克制，就不是那麼令人匪夷所思了，這樣我就能理解了。」

「我懂你的意思，你不覺得我曾爲此事痛苦過。瑪麗安，這四個月來，這件事一直縈繞我心，卻又不能向任何人傾訴；只要一告訴你或母親，無論怎麼解釋，你們都無法接受，只是徒增你們的憂愁傷痛而已。當初告訴我這件事，不由得我不聽這件事的，就是拿自己的祕密訂婚毀掉我對將來美好期盼的人；而且，我猜她當時的心態是得意的吧！這人明明是衝著我來的，我只好應戰，當她提及我最想知道的部分時，我卻又只好裝做一點兒興趣也沒有，免得她起疑。而且她還不只一次地上演同樣的戲碼，我得一次又一次地聽著她滿懷希望、欣喜若狂地說著讓我心痛不已的事。

我知道我得走出艾德華的人生了，但是我從未聽到過讓我不想和他在一起的話。沒有一件事會讓他失去我對他的敬重，也沒有什麼事讓我覺得他不喜歡我。他姊姊的冷漠無情，以及他母親的傲慢無禮，我都得吃下來，爲了這一段感情我吃盡了苦頭，卻一點兒好處也沒有。況且在這段時間裡，你也是知道的，我碰到的不如意事絕不只這一樁。如果你認爲我是個有感覺的人——你理當知道我一直承受著多大的痛苦。雖然我現在可以沉著鎮靜地思考此事，雖然我也已經釋懷了，但這都是不斷地、痛苦地努力所獲致的結果，並不是自然而然就平靜下來的；起初我也是備受煎熬，噢，瑪麗安，如果不是謹記必須保持緘默，也許無論什麼事——包括必須對最親密的朋友所盡的義務，都無法阻止我在眾人面前顯露出我的不快樂。」

瑪麗安完全服了姊姊了。

「噢，愛蓮娜，」她叫道：「你讓我永遠痛恨我自己了。我一直對你那麼蠻橫！你一直安慰我，在我傷心難過時陪伴我，彷彿就只是為了我的不幸而難過！噢，這就是我的感激嗎？我就是這樣回報你的嗎？就因為你一再向我表現出你的美德，我就一直忽視它嗎？」

兩姐妹一說完心裡的話，便互相溫柔地擁抱。瑪麗安在目前這種心情下，不論愛蓮娜要求她許下什麼承諾，她都會答應的；於是在她的要求下，瑪麗安答應，不論跟誰談起這件事，都絕不會露出絲毫難過的樣子，看到璐西絕不會表現出嫌惡甚於以往的表情，即使巧合見到艾德華本人，也要熱誠不減地對待他。這是極不容易做到的讓步，但是一想到自己對姊姊的虧欠，似乎再怎麼彌補都嫌不夠。

瑪麗安果然信守承諾。她聽著詹寧斯太太對此事的一切批評而面不改色，不論詹寧斯太太說什麼，她都沒有表示異議，而且還附和了詹寧斯太太三次，說道：「是的，夫人。」當詹寧斯太太稱讚起璐西時，她也不過是從一張椅子坐到另一張椅子上，而聽到詹寧斯太太說起艾德華的癡情時，也不過是喉頭一陣痙攣而已。看到妹妹表現得這麼好，愛蓮娜覺得自己也可以戰勝一切挑戰的。

第二天，她們的哥哥來訪，以最嚴肅的態度說起這件可怕的事，也帶來了他妻子的消息，這對姐妹倆來說無疑是一場更嚴厲的挑戰。

「我想你們應該都已經聽說了，」他一坐下就非常嚴肅地開口道：「我們家昨天發生了一件怎麼樣也料想不到的事。」

她們都露出了然於胸的神情，這時刻似乎嚴肅得沒人敢開口。

「你們的嫂嫂受了極大的委屈，」他繼續說道：「法若斯太太也是，簡言之，就是一場令人慘不忍睹的景象；不過，我希望這場風暴就這樣過去了，不要再把我們家弄得雞犬不寧。可憐的芬妮！她昨天歇斯底里了一整天。不過我不想嚇壞你們，唐納文說沒什麼好擔心的，她身體好，意志力佳，打不倒的。她以天使般的毅力撐過來了！她說她再也不會把別人當好人看了，她被欺騙得這麼慘，會這樣說也是無可厚非啦！她那麼善待她們，對她們推心置腹，她們卻如此忘恩負義。她好心地請那兩位年輕小姐到家裡住，只是因爲她看得起她們，認爲她們不會傷害別人，是端莊的姑娘家，可以結成好朋友；要不然，我們夫妻倆早就打算在你們的朋友，詹寧斯太太，忙著照顧她女兒的時候，邀請你和瑪麗安過來了。現在她們竟然這樣報答我們！芬妮就語重心長地說道：『我眞希望，我們當初邀請的是你妹妹們，而不是她們。』」

說到這裡，他停了一下，等著她們姐妹倆道謝。她們道了謝，他便繼續往下說。

「可憐的法若斯太太一聽到芬妮告訴她的事，其反應有多痛苦，眞是令人難以形容。她一直滿懷熱情地要替兒子安排一樁門當戶對的親事，沒想到兒子卻早已祕密地跟別人訂婚了！她無論如何也想不到會有這種事！就算她疑心兒子已有喜歡的人，卻怎麼也想不到會是那個人。『說實在的，

我想你們應該都已經聽說了

那個人，』法若斯太太說道：『我壓根兒也想不到會是她！』法若斯太太氣得不得了。於是我們一起商量該怎麼辦才好，最後法若斯太太決定把艾德華給叫來。

他來了，不過他來了以後的事卻讓我覺得遺憾不已。法若斯太太苦口婆心地勸他解除婚約，而且你們可以想見，我當然在旁邊幫著講道理，芬妮也在苦苦哀求，不過這一切的苦心全然白費。什麼責任啦、親情啦，一點兒用也沒有。沒想到艾德華竟然如此固執，這般無情。他母親慷慨仁慈地告訴他，倘若他跟莫頓小姐結婚，她就要把諾福克的產業傳給他，諾福克的產業可是免納土地稅的，而且一年可有一千英鎊的收入。然而看到艾德華仍講不聽，他母親甚至願意加到一千二百英鎊給他，同時他母親也告訴他，倘若他悖道而行，仍執意和那個出身低賤的女人結婚，婚後生活必定窮困潦倒。她清楚嗆明，除了原屬於他的兩千英鎊之外，他什麼也拿不到；往後她將不再見他，而且絕不會給他絲毫幫助，就算他找到一份有前景的工作，她也會盡一切力量，不讓他有任何發展的機會。」

瑪麗安聽到這裡已經一肚子怒火，忍不住兩手一拍，嚷道：「天哪！怎麼會有這種事！」

「瑪麗安，這當然是夠你驚訝的，」她哥哥答道：「頑固到拒絕這麼優渥的條件，你會有這樣的驚嘆也是理所當然的。」

瑪麗安本想辯駁，繼而想起自己的承諾，只好作罷。

「然而，所有這一切，」他繼續說道：「利誘加威脅，全都沒有用。艾德華幾乎沒說什麼話，不過只要開口，總是語氣堅決。他無論如何也不願意解除婚約，不管必須付出什麼代價，他就是要堅守諾言。」

「那麼，」無法再保持沉默的詹寧斯太太，坦率真誠地嚷道：「艾德華倒是表現得像個正人君子。達許伍德先生，請恕我直言，如果艾德華不是這樣做，我倒要把他看作一個渾球了。我就跟你一樣，和這件事多少有點兒關係，因為璐西・斯蒂爾是我的表姪女，而且我相信世界上再沒有比她更好的女孩兒了，她比誰都更配嫁得一個好丈夫。」

約翰・達許伍德甚為驚訝，不過他生性溫吞，從不當眾發怒，絕不想得罪人，尤其是有錢人。因此，他神態自若地答道：

「夫人，我絕非有意批評您的任何一位親戚。當然啦，璐西・斯蒂爾小姐肯定配嫁得一個好丈夫的，但是您也知道，這樁婚事在目前來說是不可能的。其實和一個在舅舅照料下的私塾學生祕密訂婚，而且這學生又是一個極為富裕的婦人，法若斯太太的兒子，總的說起來，是有些異乎尋常的。簡言之，詹寧斯太太，我並不想批評您任何一位貴親的作為。我們所有人都祝她非常幸福，而法若斯太太只不過採取了在這種處境下，任何一位替子女著想的慈母都會選擇的作法而已，她的作法高貴而大方。艾德華也已經做出抉擇，只不過，我擔心那是個錯誤的抉擇。」

瑪麗安嘆了口氣，她也很擔心；愛蓮娜則替艾德華難過不已，他拂逆母親的意思，就為了一個無法帶給他幸福的女人。

「那麼，達許伍德先生，」詹寧斯太太說道：「結果如何呢？」

「夫人，眞是不幸得很，這件事造成了他們母子的決裂——他母親將他趕出家門。他昨天已經離開他母親家了，至於他去了哪兒、現在還在不在城裡，我就不知道了，因爲我們當然不會去打聽的。」

「可憐的年輕人！他該怎麼辦呢？」

「是啊，夫人！眞是讓人想到就難過。出生在那麼富裕的家庭，本是前途無量的，我想不到還有什麼比這更可悲的情況了。兩千英鎊所孳生的利息，這叫人怎麼過日子呀！其實他如果還記得的話，可是他太傻了，三個月後，他一年還有兩千五百英鎊可拿（因爲莫頓小姐有三萬英鎊），我想不到還有比這更慘的情況了。我們全都爲他擔心不已，而且因爲我們都幫不了他，就更替他擔心了。」

「可憐的年輕人！」詹寧斯太太大聲說道：「我非常歡迎他來我家住宿用膳，我如果碰到他，就會這麼告訴他。若要在外面住宿吃喝，可得花上一筆錢，他現在不適合這麼做的。」

愛蓮娜心裡深深感激詹寧斯太太對艾德華的好意，卻也忍不住對詹寧斯太太的說法感到好笑。

「如果他自己也能盡點責任，」約翰．達許伍德說道：「就像他所有的朋友都在努力爲他打算一樣，他現在就可以過好日子了，什麼東西都不缺。不過，事已至此，誰也幫不了他了。此外他還得面對一件更悽慘，也許是慘中之慘的事——他母親順理成章地決定把家業立刻都轉給羅伯特了，要是艾德華願意聽他母親的話，那些財產本來可都是他的。我今天早上離開法若斯太太時，她正在跟律師談這件事。」

「啊！」詹寧斯太太說道：「那是她採取的報復方式。每個人都有自己的作法，但是我不會因一個兒子忤逆我，就把財產全都轉給另一個兒子。」

瑪麗安站起來，在屋裡踱來踱去。

「對於一個男人來說，」約翰・達許伍德接下去說道：「還有什麼比眼看著屬於自己的財產被弟弟給接收過去，更來得讓人懊惱的呢？可憐的艾德華！我打從內心深處同情他。」

約翰繼續熱烈地抒發己見達數分鐘之後，便起身告辭。臨走前還不斷的向他妹妹們保證，芬妮體質優良，健康狀況不會有問題，要妹妹們別擔心，說罷即辭別她們離去。屋子裡的三位女士對眼前這件事，看法一致相同，至少對於法若斯太太、達許伍德夫婦以及艾德華的作爲，她們有著相同的感覺。

約翰・達許伍德一走出去，瑪麗安憋了許久的氣隨即爆發出來；愛蓮娜也因此無法保持緘默，而詹寧斯太太更是沒有閉口不言的必要，於是三個人一起，把那夥人痛批了一頓。

她正在跟律師談這件事

# Chapter 38 第三十八章

詹寧斯太太對艾德華的作爲讚賞有加，不過只有愛蓮娜和瑪麗安明白艾德華這麼做的眞正價值。只有她們知道，艾德華其實很不想和母親決裂的，而且在失去了朋友又丟掉了財產之後，認爲自己擇善固執是他得到的唯一安慰。愛蓮娜因他的誠信而更加看得起他，瑪麗安也因他所受的懲罰而原諒了他與璐西訂婚的魯莽作爲。雖說兩姐妹在這件事情公開之後，顯然成爲知交，但卻也謹守分際，只有兩人在時，誰也不喜歡談及此事。愛蓮娜原則上避談此事，因爲瑪麗安太過熱情、太過武斷，總說艾德華還是愛著她的，愛蓮娜心裡倒是很不想這樣，可是瑪麗安越說，她就越會胡思亂想；不過，瑪麗安不久即失去勇氣了，每次她和愛蓮娜談話，不論是什麼話題，總覺得談完後自己就會更加沮喪，因爲相同的一件事，自己的反應卻和姊姊的反應截然不同。

這樣的比較讓她感覺到壓力，但卻不是像她姊姊所希望的那樣，是一股促使她自我克制的力量；她只感覺到不斷自責的必要而痛苦不堪，深深懊悔自己以前那麼不懂得自我克制。然而，這卻只帶來懊悔的痛苦，而不具備知過能改的希望。她的心志也變得脆弱不堪，認爲自己現在也是做不到自我克制，以至於精神越來越差。

爾後這一、兩天，她們沒再聽說哈雷街或巴特利大樓有新的消息出來。然而，雖說她們已經知道了不少情況，詹寧斯太太不用再去打聽些什麼也夠四處宣揚一陣子的了，她還是一開始就打定主意，一得空就要盡快去探望她的表姪女們，安慰她們一下，也問問情況；不巧這兩天訪客比往常多，她一時之間還眞走不開。

在她們獲悉內情之後的第三天，天氣晴朗，是個美麗的星期天，雖說只是三月的第二個禮拜，但肯辛頓花園裡已來了不少遊客了。詹寧斯太太和愛蓮娜都在遊客的行列中，而瑪麗安因為知道魏勒比夫婦又回城裡來了，她一直怕會和他們碰面，所以她寧願選擇待在家裡，也不願冒險到這樣一個公開場合來。

她們一走進花園不久，詹寧斯太太的一個老朋友就過來加入她們，愛蓮娜一點兒也不介意那個人一直跟著她們，並且一直跟詹寧斯太太聊天，因為這樣她正可以落得清閒，想想自己的事。她沒有看到魏勒比夫婦，也沒看到艾德華，有一陣子，就是那麼巧，她連個想見的人或不想見的人都沒看到。不過，最後她頗為訝異地發現，斯蒂爾小姐竟出現在她眼前，斯蒂爾小姐看起來有些不好意思，不過卻很高興見到她們。詹寧斯太太極為熱情地邀請她過來一塊兒聊聊天，於是她也就暫時拋下自己的朋友，過來加入她們。詹寧斯太太立刻小聲地對愛蓮娜耳語道：

「親愛的，讓她把事情全都說出來。只要你一問，她就什麼都說了。你看，我這會兒不能丟下克拉克太太的。」

對於想滿足好奇心的詹寧斯太太和愛蓮娜來說，這不啻是最幸運的一刻，斯蒂爾小姐根本不需人家問她，就一股腦兒的全說出來了，要不然，她們還無法得知最新消息呢！

「我眞高興見到你，」斯蒂爾小姐說道，親熱地拉著愛蓮娜的手臂，「因爲我最想見到的人就是你了！」然後便降低音量說道：「我猜詹寧斯太太都已經聽說了，她有沒有生氣？」

「我相信她一點兒也沒生你的氣。」

「那就好。米德頓夫人呢？她生氣了嗎？」

「我猜，她不可能生氣的。」

「噢，我眞是太高興了。天哪！我還擔心得要死呢！我這輩子還沒見過璐西那樣生氣的。她氣得發誓說再也不會幫我打理一頂新帽子，或幫我做任何事情了；不過她現在已經完全沒問題了，我們又跟以前一樣要好囉！瞧，昨天晚上她幫我的帽子做了個蝴蝶結，還拿羽毛裝飾著呢！好啦，你也要笑我了。可是我爲什麼就不能繫粉紅色的絲帶呢？我才不管這是不是醫生最喜歡的顏色咧！說實在話，如果不是碰巧聽見他自己這麼說，我怎麼會知道他最喜歡這個顏色呢！我表妹們眞是讓我傷透腦筋啦！有時候我眞是得說，在她們面前，我都不知道眼睛該看哪裡了。」

她隨即聊起另一個話題，不過愛蓮娜對那個話題沒什麼好說的，她權衡了一下，心想還是回到第一個話題比較好。

「啊，不過，達許伍德小姐，」她說道，語氣中透著得意：「有人說法若斯先生曾當眾宣布，

昨天晚上她幫我的帽子做了個蝴蝶結，還拿羽毛裝飾著呢

他不要璐西了。我可以告訴你，才沒這回事咧；那些壞心眼的人，到處散布這樣的謠言，眞是可恥。璐西對這件事自有她的定奪，其他人實在不必好管閒事的。」

「說眞的，我以前從來沒聽過有人這樣說過。」愛蓮娜說道。

「哦！你沒聽過？可是有人這樣說啊，我清楚得很，而且還不只一個人說呢。戈碧小姐就告訴過斯伯克斯小姐，凡是有頭腦的人都會認為，法若斯先生才不會放棄有三萬英鎊財產的莫頓小姐，去娶什麼也沒有的璐西．斯蒂爾；這是斯伯克斯小姐親口告訴我的。還有，我表哥理察，也說眞到了節骨眼兒，法若斯先生怕就會退縮了，而且艾德華又已經三天沒來找我們了，我也不知道該怎麼想。不過，我倒是認為璐西已經完全放棄了；因為我們是星期三離開你哥哥家的，而且星期四、星期五、星期六全無艾德華的音訊，也不知道他怎麼樣了。璐西一度想給他寫信，後來又想算了。然而，就在我們今天早上從教堂回來以後，看到他來了。然後我們才知道一切事情。

他告訴我們，星期三那天，他如何被叫到哈雷街去，他母親還有其他那些人如何勸說他，但是，他卻當著他們的面說他只愛璐西一人，而且非璐西不娶。他被所發生的這些事弄得煩亂不堪，以至於一從哈雷街回到他母親家，便立刻又跨上自己的馬，離開母親家到鄉下去了。星期四和星期五兩天，他都待在一家小客棧裡，想把這些事情理出個頭緒。經過再三考慮之後，他認為他現在不但沒有財產，而且什麼也沒有，如果繼續用婚約綁住璐西的話，就太虧待她了，因為對璐西而言損失太大了，他只有兩千英鎊而已，不會有別的津貼了；如果像他早先想的那樣，去當聖職人員，目前也只能當個副牧師而已，這樣的收入要怎麼生活呢？一想到他不能讓璐西過更好的生活，他就難受得很，因此他請求璐西，若是她願意的話，可以立刻解除婚約，讓他獨自去面對他的生活。

我清清楚楚聽到他這樣說的。那完全是爲了璐西的緣故，他之所以要解除婚約，完全是爲了璐西好，而不是爲了自己的好處。我可以發誓，他完全沒有說到一個不喜歡璐西的字，或想跟莫頓小姐結婚之類的話。不過，璐西當然不喜歡聽他這樣說；於是她直接告訴他（非常地濃情蜜意喲，你知道，那一切——啊，我不能重複這樣的甜言蜜語啦！）——她就立刻告訴他說，她一點兒也不想解除婚約，即使只有微薄的收入，她也願意跟他一塊兒生活，不管他的錢多少，她都非常樂於幫他管理，你知道的，就是那一類的話啦！於是，他高興得不得了，花了些時間討論他們該怎麼辦，後來決定他應該立刻去當牧師，等他找到工作時，兩人再結婚。然後，他們後來再說些什麼，我就聽不到了，因爲我表哥在樓下叫我，說理查森太太乘著馬車來了，她要帶我們其中一人到肯辛頓花園玩兒；於是我只好硬著頭皮走進房間去，打斷他們的談話，問璐西要不要去，可是她不想離開艾德華，所以我就衝上樓去，套了一雙絲襪，跟著理查森夫婦走了。」

「我不懂你說『走進房間去，打斷他們的談話』是什麼意思，」愛蓮娜說道：「你們不是在同一個地方嗎？」

「才不是呢！我沒跟他們在一起啦！達許伍德小姐，你以爲戀人們會當著別人的面談情說愛嗎？噢！別傻了！這種事，你應該知道的吧？」說著，乾笑了兩聲，「我沒看著他們你儂我儂的，他們兩人關在客廳裡說話，我只是站在門口聽而已！」

「怎麼！」愛蓮娜叫道，「你剛剛告訴我的，只是你站在門口聽到的話？真抱歉，我不知道是這樣，要不然我就不會讓你告訴我這些連你自己都不應該知道的談話內容了。你怎麼能用這麼不光明的方法對待你妹妹呢？」

「啊，這又沒什麼！我只是站在門口聽而已。今天換作是璐西的話，她也會這樣做的；在一、兩年前，我和瑪莎．夏普常常有許多私密話要說，她總是毫不在意地躲在衣櫥裡或煙囪板後面，故意偷聽我們說話。」

愛蓮娜試著聊點其他話題，不過斯蒂爾小姐總是沒幾分鐘又聊回這個佔據她最多心思的話題。

「艾德華說，他過不久就要去牛津了，」她說道：「不過，他目前暫住在帕爾摩街的一處地方。他母親真是個壞心眼的女人，不是嗎？還有，你哥哥和嫂嫂也不是什麼好人！不過，我不該跟你批評他們的；可是，他們還用他們自己的馬車送我們回來，這倒是讓我意想不到的。我當時好怕你嫂嫂會跟我們要回她一兩天前送給我們的針線盒喔！不過她完全沒提到針線盒的事，我就小心翼翼的把我的針線盒藏好。艾德華說，他在牛津有些事要處理，所以他得去一段時間，之後，他會盡快去找一位主教，好承接聖職。我真不知道他會當個什麼樣的副牧師呢！天哪！」她邊說邊咯咯地笑，「我敢以性命擔保，我表妹們知道此事後，會怎麼說。她們一定會叫我給醫生寫封信，叫他在新家附近的教區給艾德華安插個副牧師的職位。我知道她們一定會這樣的，不過，我才不要這麼做咧！我會直接告訴她

我只是站在門口聽而已

們說：『啊！眞不知道你們是怎麼想的，竟然要我給醫生寫信，還眞的咧！』」

「哦，」愛蓮娜說道：「這眞是所謂的有備無患哪！你把該如何答話都準備好了。」

斯蒂爾小姐正準備接話，可是她的同伴們走過來了，心想換個話題比較好。

「啊！理查森夫婦來了。我還有好多好多話要跟你說，可是我得回去陪他們了。我老實跟你說，他們可是氣派得很。理查森先生賺了好多好多錢，而且他們還擁有自己的馬車。我沒時間親自跟詹寧斯太太說這件事了，可是麻煩你告訴她，得知她不生我們的氣，還有米德頓夫人也是如此，我好高興；還有，萬一你和你妹妹要離開，而詹寧斯太太需要有人陪的話，我們會很樂意過來跟她作伴的，她要我們陪她多久，我們就陪她多久。我猜，米德頓夫人這次不會再找我們去了。再見啦，眞遺憾，瑪麗安小姐沒來，請代我問候她。啊！你不該穿這種圓點薄紗衣服的！眞是的呀，你也不怕鉤破了。」

這是她的臨別關懷，然後再甜甜地跟詹寧斯太太來幾句臨別的奉承後，她就被理查森太太給叫走了。愛蓮娜從斯蒂爾小姐那兒得來的消息，雖說跟她預先料想的情況相去不遠，但也夠她再三地咀嚼玩味了。艾德華和璐西肯定是會結婚的，只是婚期未定罷了，這和她當初推斷的一樣；而婚期未定的原因，也正如她所料，要看他何時當上牧師，但在目前，似乎是一點兒希望也沒有。

她們一回到馬車裡，詹寧斯太太就迫不及待地想知道最新狀況；不過愛蓮娜因爲考慮到消息來源乃是斯蒂爾小姐的竊聽，便覺得還是不要大肆宣傳的好，於是只輕描淡寫地複述了幾個情形，而她也確信，璐西爲了抬高自己的身價，也會樂於讓人知道這些部分的，像是：他們的婚約仍然繼續，以及他們將來打算怎麼做，這就是她所說的全部內容了。詹寧斯太太聽完，不加思索地評論道：

「等他找到工作！唉！我們都知道後來會怎麼樣；他們會先等上一年，然後發現沒有結果，就只好靠著一年五十英鎊的副牧師俸祿和那兩千英鎊生的利息過日，因為斯蒂爾先生和普瑞特先生實在沒什麼可給璐西。而且，他們還會有孩子哪！願上帝幫助他們！他們將來一定窮得可以！我得看看能送他們些什麼東西布置房子。他們真的需要兩個女僕、兩個男僕！就像我那天說的。噢，不，不，他們需要一個身強體壯的女僕來扛下一切活計，貝蒂的妹妹現在絕對不適合他們。」

第二天早晨，郵差給愛蓮娜送來一封信，是璐西的親筆函。內容如下：

希望親愛的達許伍德小姐能原諒我的冒昧來函；不過在你對我的深厚情誼下，一定會樂於知悉我和我親愛的艾德華，在歷經最近的困難阻礙之後近況如何，因此我想無須多致歉意，只須大喊——感謝上帝！雖然我們備嘗痛苦艱辛，但我們現在一切安好，而且在彼此的愛中，我們永遠幸福無比。我們經歷了嚴厲的試煉，以及可怕的逼迫，然而，在此同時，我要感謝許多朋友，特別是你，對我的仁慈相待，我已告知艾德華，他也會銘感在心。我相信你還有親愛的詹寧斯太太都一定會很高興得知，昨天下午我和艾德華愉快地共處了兩個小時。雖然我盡力為他著想，力勸他謹慎思考此事，若他同意，可立即和我解除婚約；然而，他卻說他絕不會這樣做，他可以無視於他母親的憤怒，只要他能擁有我的愛。我們的前景肯定不樂觀，但是我們必須等待，而且抱持著最美好的盼望。他很快就要承接聖職，若你知道有人可以提供教區牧師一職的話，還請你舉荐他，我相信，你不會忘了我們的，還有親愛的詹寧斯太太也是，相信她也會在約翰爵士、帕瑪先生，以及其他可以幫助我們的朋友面前，替我們美言幾句的。可憐的安妮，眞是不該說那些話的，不過她也是一片好心，所以我也就沒再叨唸她了。希望詹寧斯太太在任何一個早晨路過此地時，能紆尊降貴地來看望我們一下，這對我們是莫大的榮幸，我的表姐妹們也會以結識她爲榮。紙短情長，請容許我就此擱筆，還請代爲問候詹寧斯太太她老人家，還有約翰爵士、米德頓夫人以及可愛的孩子們——如果你有機會見到他們的話，也請代我向瑪麗安小姐致意。

你親愛的璐西

巴特利大樓，三月

愛蓮娜一看完信，便對璐西眞正的意圖了然於胸地把信拿給詹寧斯太太看，詹寧斯太太唸著信，還不時地發出讚賞之詞。

「眞好哪！她寫得多感人啊！唉，艾德華若是願意的話可以解除婚約，這倒是適切之舉。眞是璐西的作風呢！可憐的孩子！我打從心底希望能給他找個工作做。你瞧，她稱我爲親愛的詹寧斯太太，她是我所見過最善良的女孩子了。她寫得眞好，尤其是那句邀我去看她的話，寫得漂亮極了。是了，是了，我一定會去看她的。她眞是體貼啊，把每個人都問候到了！親愛的，謝謝你把信拿給我看。這眞是我讀過的最優美的一封信，璐西的信眞是文情並茂啊！」

Chapter 39

# 第三十九章

達許伍德小姐們在城裡已經住了兩個多月了，瑪麗安日益顯得歸心似箭。她渴求鄉間的空氣、自由與安寧，心想若是有什麼地方可以安定她的神經，定非巴頓莫屬。愛蓮娜的歸鄉之心不下於她，只是不像她那樣急著要走，因爲她明白路途遙遠，歸去實屬不易，然而，瑪麗安似乎聽不進姊姊的勸言。愛蓮娜幾次對好心的女主人提說她們的心意，但詹寧斯太太卻是熱誠不減地要求她們多住些日子，後來總算是想出了一條可行之道，即便如此，她們也還是得再過幾個星期才能回家，不過比起其他辦法，愛蓮娜覺得這是最好的了，於是也開始思考返家之行了。

帕瑪夫婦在三月底要回克里夫蘭去過復活節，而詹寧斯太太以及她的朋友們都收到夏綠蒂一塊兒同行的熱情邀約。顧慮甚多的達許伍德小姐對此邀約原本興趣缺缺，然而，連帕瑪先生都非常懇切的邀請她們同去，愛蓮娜只好恭敬不如從命了。原來這帕瑪先生自從聽到瑪麗安的不幸遭遇之後，便大幅改變對她們姐妹倆的態度了。

當愛蓮娜將此事告知瑪麗安時，她的反應卻不很積極。

「克里夫蘭！」她激動地叫道：「不，我不能去克里夫蘭。」

「你忘啦，」愛蓮娜溫和地說道：「它的位置並不在……不在……那附近……。」

「可是它在撒姆賽特郡——我不能去撒姆賽特郡——以前我是想去的……噢，不，愛蓮娜，你不要想我會到那兒去。」

愛蓮娜不想再勸說她應該拋開那樣的感覺才對，她只是努力地要妹妹去想想別的事情，把克里夫蘭之行當成是一個可以早日回家，見到思念已久的母親的捷徑，跟別的方法比起來，這算是較可行也較愜意的了，而且也不會耽擱太多時間。克里夫蘭離布里斯托只有幾英里路程，去巴頓的話，只要辛苦走上一天也就到了，而且她母親也可以吩咐一個僕人過來，在路上照料她們；此外，她們頂多也只在克里夫蘭住上一個禮拜，這樣算起來，她們差不多再三個星期左右就可以回到家了。因爲瑪麗安思母心切，愛蓮娜這樣一說，也就輕易打敗了妹妹內心對克里夫蘭之行的恐懼了。

詹寧斯太太對於她的客人們一點兒也沒有久而生厭，甚至還邀她們在克里夫蘭過完復活節假期後再一起回來。愛蓮娜對於詹寧斯太太這番盛情甚爲感激，不過她們計畫已定，她們母親那邊也已經都說好了，彼此都已著手準備返家的一切事宜。瑪麗安數算著返回巴頓的時日，心裡也覺得輕鬆多了。

「噢，上校啊！我眞不知道你跟我少了達許伍德小姐們，日子該怎麼過，」兩姐妹決定離開詹寧斯太太返回巴頓之後，布蘭登上校第一次來訪，詹寧斯太太一看到他就如此說道。「她們已經吃了秤砣鐵了心，要從帕瑪家直接回巴頓去了。這下子等我再回倫敦時，我們可寂寞了！天哪！到時候我們就像兩隻貓，坐在這兒大眼瞪小眼的了。」

也許，詹寧斯太太是想把他們將來無聊的生活盡量生動的描寫一番，好刺激布蘭登上校提出免於無聊過日的解決之道——向達許伍德小姐求婚。如果她眞是這麼想的話，那她很快就要以爲計謀已經得逞了；因爲此時愛蓮娜正走向窗邊去仔細測量一下那幅她要幫詹寧斯太太臨摹的版畫，而布蘭登上校帶著若有所思的神情跟了過去，兩人就站在那兒交談了幾分鐘。女方對這場談話的反應當然也難逃詹寧斯太太的觀察；雖然詹寧斯太太不屑偷聽人家談話，而且還故意換了個座位，坐到正在彈鋼琴的瑪麗安身邊去，以免不小心聽到談話內容，她還是忍不住朝她們那邊瞧，瞧見了愛蓮娜的臉色變化，情緒起伏，也瞧見她因專注於上校的談話而停下手邊的工作。在瑪麗安變換曲目而無法避免的琴聲暫停時，飄進她耳中的對話讓她對自己的猜測更加有信心，因爲上校似乎在爲自己屋舍的寒傖致歉。他們之間的事已經無庸置疑啦！但她想上校何須如此咧；不過，就把它當成合宜的禮儀好了。然而愛蓮娜怎麼回答，她就聽不到了，只能從愛蓮娜說話時的口型來加以判斷，她應該是說物質條件不是阻礙；詹寧斯太太便打從心裡欣賞愛蓮娜的誠實。

然後他們又交談了幾分鐘，詹寧斯太太連一個字也聽不到，就在此時，幸運地，瑪麗安的琴聲又停了，只聽上校沉著地說道：

「我怕這事兒不能很快舉行。」

如此不像戀人說的話，讓詹寧斯太太驚呆了，她幾乎想大叫：「天哪！怎麼不能很快舉行呢！」——不過，她控制住自己，只是無聲地脫口而出：

「這就怪了！他不必等年紀夠大啊！」

布蘭登上校的拖延似乎並沒有招致身旁美麗女伴的不快與傷感，因爲他們很快就結束談話，兩人各自走開去。而詹寧斯太太正好聽到愛蓮娜誠懇地對上校說道：

「對於您，我永遠心懷感激。」

詹寧斯太太很高興愛蓮娜有感激之心，但是對於上校的舉動可就大惑不解了，因爲他聽到愛蓮娜這麼說之後，竟然什麼反應也沒有，泰然自若地準備要立刻告辭了！她眞是想不到自己這位老友竟是如此一隻呆頭鵝。

其實他們之間眞正的對話是這樣的——

「我聽說，」布蘭登上校非常同情地說道：「你的朋友法若斯先生，受到他家裡非常不公平的對待；如果我知道得沒錯，他因爲堅持與一位值得他愛的年輕小姐維持婚約而被趕出家門了。我的消息正確嗎？事實眞是如此嗎？」

愛蓮娜告訴他，沒錯，事情就是這樣。

「拆散或試圖去拆散兩個相愛已久的年輕人，」上校激動地回應道：「這種野蠻行徑是很糟糕的；法若斯太太不知道她自己做的是什麼事——會把兒子逼到什麼地步。我在哈雷街見過法若斯先生兩三次，很欣賞他。他不是那種很快就可以跟人混熟的年輕人，不過，這兩三面之緣就足已讓我對他衷心祝福了，而且他又是你的朋友，我更加希望他一切平安了。我明白他打算承接聖職，可否請你轉告他，德拉福特有一個牧師的職位出缺，我也是今天收到信才知道的，如果他願意接受的話——目前他的處境這麼艱難，去懷疑他不願意接受這個職位，似乎顯得荒謬了點兒，不過我只是希望他的俸祿能更好而已。那是教區牧師的職缺，俸祿不多；我想，前任在職者的津貼一年還不到兩百英鎊，法若斯先生的津貼雖然有可能更高一些，總是也算不上優渥的。雖然如此，我還是很高興可以提供這個職位給他，就麻煩你轉告他了。」

聽到上校委託給她的任務，愛蓮娜驚訝不已，就算上校真的跟她求婚，她也不會這麼驚訝的。不過才兩天前，她還以為艾德華當上牧師的日子遙遙無期，現在竟有人奉上這個職位，讓他可以結婚了；而她，愛蓮娜，竟是在芸芸眾生中，被挑選出來，告知艾德華這個消息的人！她澎湃起伏的情緒看在詹寧斯太太眼裡，卻另有一番解讀。雖然在愛蓮娜激動的情緒中免不了包含著些微的五味雜陳與悵然，然而因為上校對艾德華的仁慈心腸與上校對她的情義相挺，成就了這件事，讓她打從心底高興，並且樂於表示她的感激。

她誠摯地向上校致謝，而且告訴上校，艾德華的確是有原則、品行傑出的年輕人，她也答應上校，若需要她來傳達這件事，她一定義不容辭去做。不過，她同時也免不了想到，也許上校本人更適合來做這件事。因為，她不希望艾德華因此而覺得欠她一份人情，這樣的事若能不要她做，是最好的了；但是上校也有同樣的掛慮，因而還是希望由愛蓮娜轉達此事，不要再推辭了。愛蓮娜相信艾德華還在城裡，而且幸運得很，上次斯蒂爾小姐才告訴過她艾德華的住址。於是她便答應上校，當天就會寫信給艾德華，告訴他這件事。說定了這件事之後，上校開始談及有這麼一個令人敬佩又好相處的人當鄰居，眞是好事一樁；然後又提到牧師公館小而寒傖，在這方面，愛蓮娜就如同詹寧斯太太所認爲的那樣，一點兒也不在意。

「房子小一點兒，」愛蓮娜說道：「對他們來說不會有什麼不方便，因爲他們人少，收入也少嘛！」

上校一聽愛蓮娜當眞以爲艾德華有了這份工作就可以結婚，甚覺驚訝；因爲他並不認爲一個先前養尊處優的人，現在光憑著德拉福特教區牧師一職的薪津就想冒險成家。於是他說道：

「這個職務所能提供給法若斯先生的薪津只夠他過平穩的單身生活而已，光靠這個，他養不起一個家的。很抱歉我的能力僅止於此，這是我權利範圍的極限了。若我權限更大，能有機會爲他做更好的安排，肯定是毫不考慮就會給他更好的職位的，然而，目前的職務眞的是我能力所及最好的安排了。我知道目前我的棉薄之力對他來說似乎全無幫助，因爲無法幫他得到他專心致意、夢寐以求的唯一幸福。他不知何時才能結婚；至少，我怕這事兒不能很快舉行。」

詹寧斯太太就是聽了這句話，並且弄擰了句意才會那麼訝異的；不過，就這兩人站在窗前的對話以及愛蓮娜臉上的表情變化，還有臨別前彼此的互動來看，不把它想成求婚的場面也很難。

Chapter 40

# 第四十章

「啊，達許伍德小姐，」上校一告辭出去，詹寧斯太太就一臉對一切事情了然於胸的神情，笑道：「上校跟你說了些什麼，我不要問啦，而且我絕對沒有偷聽你們談話，不過卻也免不了聽到一些片段而得知他的意思。我這輩子簡直就不曾這麼開心過，我衷心地祝你因此事而快樂。」

「謝謝您，夫人，」愛蓮娜說道：「這件事的確讓我覺得很快樂；我尤其感謝上校的善心。能像他這麼做的人不多，擁有他那樣古道熱腸的人更少！這眞是有生以來最讓我吃驚的事了。」

「天哪！親愛的，你也太謙虛了吧！我就一點兒也不驚訝，我最近就常想這事兒也快了吧！」

「您知道上校向來是個好人，當然免不了這麼想。不過至少您也無法事先猜到，機會這麼快就來臨了。」

「機會！」詹寧斯太太複述道：「噢！這種事，男人一旦下定決心去做，總會有辦法很快就找到機會的。好啦，親愛的，我要再三地祝你快樂啦；若要問我，天下的佳偶何處尋，我肯定知道上哪兒去找啦！」

「我猜，您是要上德拉福特去找他們囉！」愛蓮娜淡淡地笑道。

「啊，親愛的，當然啦！不過上校說房子寒傖，我就不知道他要住到哪兒去了，我看過那房子，好得很哪！」

「他說需要修理。」

「哦，那是誰的錯呢？他怎麼不修一修呢？他不修，誰修哪？」

僕人進來傳報說，馬車已在外頭等著了，因而打斷了她們的談話。

趕著出門的詹寧斯太太說道：「噢，親愛的，我想說的話還說不到一半就得走了。不過晚上只有我們兩個人的時候，就可以彌補不足啦！我就不邀你一起去了，因為你的心思怕都要讓那件事給佔滿了，無暇他顧哪；而且你一定也急著要告訴你妹妹吧！」

瑪麗安在詹寧斯太太和愛蓮娜開始聊天以前就離開了。

「當然啦，夫人，我會告訴瑪麗安的。不過目前，我還不想讓其他人知道。」

「喔！好吧！」詹寧斯太太說道，顯得相當失望。「那你也不讓我告訴璐西囉，我打算今天最遠要到賀玻區去的。」

「是的，夫人，請您連璐西也不要說。她晚一天知道沒有關係的，在我寫信給法若斯先生之前，這件事我們還是保密比較好。我立刻就去寫信，這件事對他而言很重要，不能浪費時間，因為他要承接聖職，當然有很多相關事情要去做的。」

詹寧斯太太本來聽得一頭霧水，為什麼得急著寫信通知法若斯先生，她一時還無法理解。思索片刻之後，一副恍然大悟的神情，說道：

「喔，哈！我懂了。你是要請法若斯先生當那個人。喔，對他來說再好不過了。說眞的，他可是準備好要承接聖職的；我眞高興你們已經發展到這個地步了。不過，親愛的，這樣不妥吧？不是該由上校自己來寫嗎？他才是該做這件事的人哪！」

愛蓮娜一時也聽不懂詹寧斯太太的意思，不過她想不打緊，所以也沒有提問。就只根據最後一句話加以回答，說道：

「上校向來總替別人著想，他認爲由別人來告訴法若斯先生這件事，會比他自己去說還好。」

「所以你是不得不寫了。哦，這倒是一種很奇怪的替別人著想喔！不過，我不打擾你就是了（看到她已準備要寫信）。你自己的事你自己最清楚了。好啦，再見了，親愛的，自從夏綠蒂生產後，還沒一件事讓我這麼高興的。」

於是，她出門去了，不一會兒，卻又折了回來——

「我剛剛還想到貝蒂的妹妹，親愛的，她眞該高興，我幫她找了個這麼好的女主人。不過她適不適合做貼身侍女，我就不知道了。她是個絕佳的女僕，針線活兒做得一級棒。總之，你有空時再想想看吧！」

「好的，夫人。」愛蓮娜答道。她急著要獨處寫信，也就不太注意詹寧斯太太到底說了些什麼，只隨便答應了一聲。

她該如何下筆——該如何向艾德華提起這件事，這是目前最令她費心的。對全世界人而言再簡單不過的事，卻因她跟艾德華之間這種微妙的處境，顯得難以開口；她怕說得太過也怕說得不及，於是坐在那兒，手裡握著筆，望著信紙苦思，而她的文思也被恰於此時進來的艾德華本人給打斷了。

正要上馬車的詹寧斯太太在門口碰到來送辭別卡的艾德華，因要出門而無法回禮的詹寧斯太太在致過歉意後，力邀艾德華進屋小坐。她說愛蓮娜在樓上，而且有很特別的事要和他談談。

愛蓮娜本來還在慶幸，雖說茫然不知如何下筆甚是苦惱，至少也比面對面提及此事來得好，沒想到艾德華本人卻出現了，她只好硬著頭皮上陣了。他這麼突然的現身，弄得她又驚訝又困惑。自從他訂婚的消息公開，而艾德華也知道愛蓮娜已知曉此事之後，他們就沒再碰過面了；她想到這些天一直盤旋在自己腦中的事，又想到受人之託必須告訴他的事，弄得自己不舒服了好幾分鐘。他也是一副窘樣，於是兩人都困窘不已地坐了下來。艾德華不記得方才進門時有沒有爲自己的突然到訪致過歉，爲了安全起見，他坐下之後，一能開口說話，就正式爲自己的冒失闖入道歉。

「詹寧斯太太告訴我，」他說道：「你有事情要跟我說，至少，我的理解是這樣——要不然，我絕不會這麼冒失無禮地突然闖進來。雖然，此時若無法再跟你及令妹見上一面就離開倫敦，我一定會甚感遺憾；特別是，我也許得離開一陣子——短期內也許無法再有榮幸見到二位。我明天就出發去倫敦了。」

「就算我們無法當面向你致上我們的祝福，」愛蓮娜說道，她現在恢復過來了，心想就豁出去吧，把不知該怎麼說的事盡量說出來，「我們也會在你去倫敦之前，寫信祝福你的。詹寧斯太太說得沒錯，我正要寫信告訴你一件重要的事。有人交託我一件美好的任務（呼吸比平常說話時急促）。十分鐘前，布蘭登上校還在這兒呢！他要我轉告你，在得知你有意承接聖職之後，他很榮幸能將目前出缺的德拉福特教區牧師一職提供給你，他只是擔心怕俸祿不夠優渥，他說俸祿要再優渥一些就好了。恭喜你，有這麼一位令人尊敬又深明事理的朋友，我也同他一樣，希望俸祿能再優渥些——目前一年約有兩百英鎊——希望不只可以讓你有個地方住，也可以讓你建立起幸福。」

艾德華無法說出自己心中的感受，其實，任誰也無法替他說出他內心的感受。這個突如其來、出人意料的消息所引起的震驚充分的顯現在他臉上，然而，他卻只能吐出這幾個字——

「布蘭登上校！」

「是啊，」愛蓮娜繼續說道，她越發鎮靜了，因爲最難啓齒的部分已經過去了，「布蘭登上校只是想對最近發生的一些事表達關懷——你因爲家人不公平的舉止而陷入困境——我確信上校只是想表達瑪麗安、我以及你所有朋友都會做出的關懷，而且也藉以表示對你的個性，特別是在這次事件中所作所爲的高度評價。」

「布蘭登上校給了我一個職位！——可能嗎？」

「自家人的苛薄寡恩讓你懷疑起友情的可貴來了。」

「不，」他答道，突然回過神來了，「我從未懷疑過你的友情；我也不會不知道，這一切全是你的功勞，我欠你這個人情。我覺得——眞希望我可以表達出我的感受——可是，你知道的，我不太會說話。」

「你錯得離譜啦！我敢保證，這一切全是，或幾乎全是你自己的好品性以及上校的好眼光所成就的事，我是一點兒關係也沒有的。在聽上校談起此事之前，我連那個職位出缺都不知道，更別提我會知道他有能力送出這樣一個禮物了。做爲我和我們全家人的朋友，他也許會——嗯，我知道他會的，覺得把這個職位給你會比給其他人更愉快的。不過，請聽我說，你並不因此而欠我人情。」

事實不由得她不承認此事的確和她有關；不過在此同時，她也絕不願意表現出有恩於艾德華的姿態，是以遲遲不願承認自己的確有所貢獻。而她的遲疑卻也加深了艾德華對於最近心上困惑的懷疑。愛蓮娜說完之後，他沉思了片刻；最後，彷彿經過很大的努力似的，他說道：

「布蘭登上校似乎是個値得敬重、令人敬佩的人，我總是聽人這麼說他，而且我知道你哥哥對他的印象也很好。他毫無疑問是個深明事理的男人，舉止也非常有紳士風度。」

「是啊，」愛蓮娜答道：「我相信只要你更認識他一些，你就會發現，人們對他的讚美，他都當之無愧。而且你們就要成爲近鄰啦——據我所知，牧師公館幾乎就在他家園邸旁邊——他是個什麼樣的人，當然也就格外重要了。」

艾德華沒有答腔，卻只是在愛蓮娜轉身之際，非常認眞、誠摯卻又非常憂傷的注視著她，彷彿在說，但願牧師公館能離園邸遠些。

不久之後，艾德華就起身，說道：「我想，布蘭登上校是住在聖詹姆士街，對吧？」

愛蓮娜將門牌號碼告訴他。

「那麼，我得趕快走了，去把你不願意接受的謝意都獻給他，懇切地告訴他，他讓我成爲一個非常——幸福快樂的男人。」

愛蓮娜沒有留他。兩人道別時，愛蓮娜情眞意摯的告訴他，不論將來景況如何變化，她都永遠祝他幸福；艾德華也想回應相同的好意，但嘴巴卻是不聽使喚，根本說不出什麼話來。

「下次再見到他時，他就是璐西的夫婿了。」一見艾德華消失在門外，愛蓮娜便這麼對自己說道。

她坐下來以祝福之心期盼一切，回想往事，回味兩人的言談，努力去體會艾德華的感受；當然，免不了也感覺到自己的難受。

詹寧斯太太回來了，雖然她剛剛才從一堆素未謀面的人那兒回來，肯定有許多新鮮事兒好說的，不過她的心思卻全在那件除她之外無人知曉的重要祕密上頭，所以一見到愛蓮娜，便又開始了那個話題。

「親愛的，」她叫道：「我把那個年輕人給你送上來了。我沒做錯吧？要說這樣的事，你應該沒什麼大困難——他該不會不接受你的提議吧？」

「沒有啦，夫人，不大可能不接受的。」

「那麼，他何時可以準備妥當？這件事似乎都得靠他呢！」

「對啊，」愛蓮娜說道：「我對這類的形式都不太懂，也很難猜測需要多少時間、得做些什麼準備；不過，我猜，他大概兩三個月就能取得牧師資格了。」

「兩、三個月？」詹寧斯太太嚷道：「天哪！親愛的，你怎麼還能這麼冷靜地談論此事呢！上校竟然可以等上兩、三個月！天可憐見！我才沒那個耐心呢！雖說幫可憐的法若斯先生一個忙是好事，可也犯不著為了他而等上兩、三個月。找別人來做也可以——找個已經是牧師的人來做嘛！」

「親愛的夫人，」愛蓮娜說道：「您在想些什麼啊？——布蘭登上校的用意就是要幫法若斯先生一個忙的。」

「天哪！親愛的，你該不會要我相信，上校娶你就只是為了要付給法若斯先生十塊金幣吧！」

雙方的雞同鴨講終於到此結束，兩人隨即互相解釋一番，並為此而覺得好笑不已。這件事雖然性質不同但仍是好消息，並沒什麼損失，因為詹寧斯太太只是把開心的原因從一件事換到另一件事上頭而已，而且她對原先的那件好消息仍期待不已。

「對，對，牧師公館是小了點兒，」詹寧斯太太又驚又喜的大笑一陣過後，說道：「而且極有可能年久失修；不過當時聽到一個據我所知，他家一樓有五間起居室，而他的管家也告訴我，那個屋子可以擺上十五張床的男主人，告訴住慣了巴頓小屋的你，房子小了點兒時，我眞是驚訝不已！

爲此而覺得好笑不已

簡直就是太滑稽了！不過，親愛的，我們得說動上校在璐西過門之前整修一下牧師公館，好讓他們小倆口住得舒適。」

「可是布蘭登上校似乎覺得那樣的收入是不夠成家用的。」

「上校是個傻瓜啦，親愛的，因爲他自己一年有兩千英鎊的收入，就以爲每個人都得有那樣的收入才能結婚。相信我吧！我敢說趕在九月底米迦勒節前，我就可以造訪德拉福特的牧師公館了；而且璐西如果還沒過門，我是不會去的。」

愛蓮娜也深有同感，認爲他們不會再多等了。

Chapter 41

# 第四十一章

艾德華過去跟布蘭登上校道謝後，又去跟璐西分享這份喜悅。他人到巴特利大樓時，眞是神采飛揚，以至於第二天詹寧斯太太再過來跟璐西道賀時，璐西信誓旦旦地說，她這輩子從未看見艾德華這麼高興過。

至少，璐西本人的幸福和情緒高昂是無庸置疑的；於是她便也附和詹寧斯太太說道，希望大家都能在米迦勒節時一塊兒到德拉福特的牧師公館愉快地相聚。同時，璐西也毫不保留地說出艾德華對愛蓮娜的感謝之意，說起愛蓮娜對他們兩人的友誼更是充滿熱情，滿懷感激，說這一切都是愛蓮娜的功勞，還公開宣稱，無論現在或是將來，無論達許伍德小姐再爲他們的福祉做些什麼努力，都不足爲奇，因爲她相信達許伍德小姐可以爲了心中敬重的人而做任何事。至於布蘭登上校，她不只打算拿他當聖人來崇拜，更準備在一切世上的俗務中也都把他當聖人看待，期盼他繳給教會的奉獻可以增加到最高，且暗自下定決心，將來在德拉福特可以盡可能地利用他的僕從、馬車、乳牛，以及家禽。

距離上次約翰．達許伍德造訪柏克萊街至今已經一星期了。而且除了那次在口頭上請哥哥代爲問候嫂嫂之外，她們就沒有再問過身體不適的嫂嫂安好了，於是愛蓮娜便覺得有必要去探望一下芬妮。然而，此行不僅有違愛蓮娜自己的意願，就連她兩個同伴都不支持。瑪麗安不但自己絕對不去，還極力叫姊姊也不要去；而隨時都願意把馬車借給愛蓮娜使用的詹寧斯太太，對約翰・達許伍德太太也是討厭至極，雖然對於她在事發後的近況非常好奇，也很想當著她的面替艾德華出一口氣，卻還是不想再見到她。結果是，愛蓮娜獨自一人去探望那個她比誰都不想看到的女人，而且還得冒著面對面撞見另一個她比她兩個同伴都更有理由不喜歡的女人的危險。

達許伍德太太謝絕訪客，不過就在馬車駛離門口之前，達許伍德先生碰巧走出來。他看到愛蓮娜顯得很高興，還說他正打算到柏克萊街去看她們；他一邊請她進屋，一邊告訴她，芬妮會很高興看到她的。

他們上樓走進客廳──裡頭空無一人。

「我想芬妮一定是在她房裡，」他說道：「我這就去叫她，我保證她絕對不會不想見你──眞的，絕對不會。現在這個時候尤其不會──總之，你和瑪麗安向來是最得她寵愛的。咦，瑪麗安怎麼沒來呢？」

愛蓮娜隨口編了個理由。

「不過你單獨來也好，」他答道：「我有很多話要跟你說。布蘭登上校將教區牧師一職給了艾德華，是眞的嗎？當眞要給艾德華嗎？我昨天偶然聽人說起，本想專程去找你問個清楚的。」

「此事千眞萬確，布蘭登上校將德拉福特的教區牧師一職給了艾德華。」

「眞的！喔，這倒挺讓人意外的！他們既不沾親又不帶故！現在教區牧師一職的價碼不低啊！他年俸多少呢？」

「大約兩百英鎊。」

「很好哪——舉薦一個這種俸位的繼任者——呃，假使前任者又老又病的話，職位可能很快就會出缺——上校大概就可以撈個，我敢說——一千四百英鎊。咦，他怎麼不在人死之前就敲定這件事呢？——現在才要賣的話就嫌晚了，虧得上校還是個有頭腦的人咧！我眞不懂在這麼淺而易見的事情上，他怎麼就如此沒有金錢觀念呢！唉，我得說，幾乎每個人都有反常的時候。然而，仔細想想，我猜事情也許是這樣：艾德華只是暫時擁有這職位，等到眞正的買家年紀夠大，能夠接手時，就得還人家了。對，對，這才是事實，準是這樣。」

然而，愛蓮娜卻斬釘截鐵地反駁哥哥的說法。她告訴哥哥，上校親自要她把這件事轉告艾德華，所以要說有些什麼條件的話，她一定會知道的。如此一來，哥哥只好信了她的消息。

「這太讓人驚訝了！」聽完愛蓮娜的敘述，他忍不住叫道：「那麼，上校的動機是什麼？」

「很單純哪——他只想幫法若斯先生一個忙而已。」

「好，好，不管布蘭登上校的動機是什麼，艾德華可眞幸運哪！不過，在芬妮面前就別提這件事了；雖然我已告訴過她，而她也能接受，但是，她不喜歡聽人多談此事的。」

一聽到哥哥這麼說，愛蓮娜幾乎忍不住想說，有人要提供錢財給她弟弟，而且又不是花到她或她兒子的錢，她當然能接受了。

「我岳母，」他補充說道，而且壓低聲音，彷彿在說什麼要事一樣，「目前還不知道這件事，我相信能瞞多久就瞞多久，對她而言是最好的。我擔心到時候婚禮一舉行，她就什麼都知道了。」

「可是何必這麼小心呢？雖然我們不難想像法若斯太太知道她兒子有足夠的錢可以過日子，是連高興一下都不會的——這是毫無疑問的；可是，最近她都已經做出那樣的事了，她對艾德華境遇如何，怎麼還能有所感覺呢？她都跟兒子斷絕關係，把兒子趕出家門，還叫所有能受她影響的人都不跟她兒子往來。當然了，這麼做之後，實在很難讓人想像她會因艾德華而感覺到憂愁或喜樂——她應該也不會對發生在艾德華身上的任何事感興趣才對。她應該不會優柔寡斷到既放棄了有子承歡的安慰，又要承擔母親爲兒子的掛慮吧！」

「啊，愛蓮娜，」約翰說道：「你的分析很有道理，但卻完全忽略了人性。將來艾德華結成那門不幸的親事時，他母親心中的感受仍會跟以前一樣；因此，凡是會加速那件可怕之事發生的任何因素，我們都應盡可能地瞞著她才好。我岳母永遠也不會忘記艾德華是她的兒子。」

「你這麼說，我倒是很驚訝。我還以爲事到如今，她差不多已將艾德華遺忘了呢！」

「你完全誤會她了，我岳母是世界上最仁慈的母親。」

愛蓮娜沒有說話。

「我們現在，」短暫的沉默之後，達許伍德先生說道：「在想羅伯特和莫頓小姐的婚事。」

愛蓮娜聽著哥哥嚴肅且鄭重其事的語氣，忍不住覺得好笑，便冷靜地回答道：「那位小姐，在這件事上，想必是沒有選擇的餘地了。」

「選擇！怎麼說呢？」

「我只是說，從你講話的態度來看，這位莫頓小姐不論是嫁給艾德華或是嫁給羅伯特，都是一樣的。」

「當然，這沒什麼不同啊。因爲現在的羅伯特，不論從什麼方面來看，都是長子了；而且，他們兄弟兩人都是很好相處的年輕人——我不認爲他們之中有誰優於誰。」

愛蓮娜不再開口，而約翰也陷入短暫的沉默，不過隨即用以下的話結束他短暫的沉思——

「有一件事，親愛的妹妹，」他慈愛地握著妹妹的手，嚴肅地悄聲說道：「我可以跟你保證：而且我一定要說，因爲我知道你聽了準會高興的。我有充分的理由相信——事實上我是從可靠的消息來源知道的，要不然，我也不會說給你聽，因爲若非如此，我還這樣告訴你，那就非常不對了——不過，我是從最可靠的消息來源得知此事的——雖然我沒有直接聽我岳母提起，但是芬妮卻聽到了，而我是從芬妮那兒知道的——

那麼，長話短說，也就是不管當初反對那一樁，那一樁親事的原因爲何——你明白我說的是哪樁啦，我岳母覺得，當初那一樁還比較討她歡心呢！現在這一樁簡直是教她加倍惱恨！聽到我岳母

他慈愛地握著妹妹的手

這麼認爲，我好高興——你知道的，這眞是値得我們大家高興的情形。她說，『是用不著比啦，不過小爛總比大爛好，而且跟大爛比起來，現在寧願跟小爛妥協。』

然而，事到如今，這都不可能了，不用想也不必提了；至於所謂的迷戀，你也知道嘛——那是不可能的——都已經過去了啦。不過，我還是覺得應該告訴你一下，因爲我知道這會讓你非常高興的。親愛的愛蓮娜，不要覺得遺憾了。你現在就過得很好啊——從各方面來看，都和以前一樣好，甚或更好。最近布蘭登上校是不是都和你在一起啊？」

愛蓮娜眞是聽夠了，就算不覺得高興，不覺得自己勝於璐西，也免不了要神經緊繃，一肚子火；所幸羅伯特．法若斯剛好走了進來，愛蓮娜很高興，這下子她可以不必再說些什麼來回應哥哥，也脫離再聽哥哥說話的險境了。他們三人聊了一下，約翰．達許伍德想起他還沒去通知芬妮他妹妹來了，於是走出客廳去叫她，也把愛蓮娜留在客廳，好讓她跟羅伯特更認識一下。這生活態度一派閒散浪蕩的羅伯特，因兄長的正直招致母親的偏見而被貶謫，因而得了機會享盡母親的偏愛和財產，卻又一副事不關己的輕鬆愉快和無比快樂的志得意滿，眞是教原本就認爲這人既缺頭腦又缺修養的愛蓮娜，對他討厭到了極點。

兩人獨處不到兩分鐘，羅伯特便開始談起艾德華，因爲他也聽說了牧師俸位的事，便問了許多相關問題。愛蓮娜將剛才說給約翰聽的細節再重述一次。

雖說兩人聽後的反應都很驚訝，羅伯特卻是基於不同的原因。他聽完即縱聲大笑，一想到艾德華要去當神職人員，住在小小的牧師公館裡，他就樂不可支；再加上想像起他穿著白色法衣唸祈禱文，以及宣布張三和李四的結婚公告等等樣子，覺得簡直沒有比這更好笑的了。

愛蓮娜默不作聲，依舊保持嚴肅地等他說完蠢話，帶著鄙夷眼神的眼睛也一直注視著他；這鄙夷乃因他的言行舉止而起，不過這眼神卻展現得很好，不但抒發了她內心的情緒，也讓對方無所覺察。羅伯特從插科打諢回到言歸正傳，不是因爲愛蓮娜的指責，而是他自己的警覺。

「我們也許可以把它當成一個笑話看，」在假笑得比實際上的快樂感覺還久之後，他終於說道：「可是，我敢說，這是再嚴重不過的事了。可憐的艾德華！他這一生全毀了。我眞的很難過——因爲我知道他是一個心腸很好的人，也許是全世界最好心的人了。達許伍德小姐，您跟他不太熟，不能對他妄下斷語。可憐的艾德華！他絕非天生討人喜歡的人。不過，您也知道，人人生而不同，才情及談吐皆不同。可憐的傢伙！想到他置身於一群陌生人中，的確是夠可憐的！不過，我敢說，他是全英國最善良的人。我要鄭重聲明，我這輩子從未像初聽到這件事情那樣震驚過，我簡直無法相信。我母親是第一個告訴我這件事的人，我當時就覺得我得採取果決的行動，便立刻對我母親說：『親愛的母親，我不知道您將如何處理此事，換作是我，我必得說，如果艾德華眞娶了那女人，我就永遠不再見他。』那就是我當時立刻做出的反應——我眞是太過震驚了！可憐的艾德華！他徹底把自己給毀了——從此自絕於上流社會之外！不過，我也立刻告訴我媽，其實我一點兒也不懷疑這件事；他在那種環境下受教育，發生這種事自是不難想像了。我可憐的母親都快氣瘋了。」

「您見過那位小姐嗎？」

「是的，見過一次。當時她還住在這兒，我剛好路過，進來坐個十分鐘。我把她瞧得夠仔細啦！上不了檯面的鄉下女孩，既沒氣質也不優雅，更稱不上漂亮。我記得很清楚，就是那種會讓可憐的艾德華心動的女孩。我母親一告訴我這件事，我馬上就自動提說要去找艾德華談，勸他取消跟那女人的婚約；不過，已經來不及了，因爲不幸地，一開始他們並沒讓我知道，都已經趕他出去了才告訴我，您也知道，如此我就沒有插手的餘地了。不過，要是讓我早幾個小時知道，我就極有可能想出個辦法來的。我肯定會以最有效的方法向艾德華分析利害關係。『我親愛的兄弟，』我就會這麼告訴他：『想想你在做些什麼。你想結一個門不當戶不對的親事，大家都覺得丟臉透頂，你的家人全體反對啦！』總之，我就是忍不住想，當時應該可以想出點辦法來的。然而，現在一切都太遲了。您知道的，他絕對要挨餓的了；錯不了，鐵定要挨餓了。」

他才冷靜沉著地說完這一點，芬妮就進來了，於是他們的談話只好劃上句點。

雖然芬妮從不跟她家以外的人談起這事，愛蓮娜卻也看到這件事對嫂嫂的影響——她進來時臉上表情茫然，而且還試著在舉止上釋出善意，甚至在聽說愛蓮娜和妹妹就要離開城裡時，更表現出非常關心的樣子，彷彿她一直就希望能多看看她們似的。照料著她進來的丈夫在聽到這勉強擠出的一席話時，只覺得妻子語多溫柔，再深情、再優雅不過了。

Chapter 42

# 第四十二章

愛蓮娜又到哈雷街去短暫的拜訪了哥哥一下，而哥哥對於她們要旅行到巴頓那麼遠的地方卻不用花一毛錢，且布蘭登上校在一兩天後就會跟著到克里夫蘭去，直向愛蓮娜道賀，如此也就結束了兄妹們在城裡的往來。芬妮若有似無的邀請她們，若順路，隨時都可到諾蘭德去，不過，此行是絕不可能順路的；約翰則較熱情卻較不公開地對愛蓮娜保證，他應該很快就會到德拉福特去看她了，哥哥以此預表雙方將來在鄉間相聚的唯一可能。

愛蓮娜一想到所有的朋友似乎都要把她往德拉福特推，就覺得好笑。現在，德拉福特可是她最不想去玩，也最不想去住的地方了；不但她哥哥和詹寧斯太太都認爲那是她未來的家，就連璐西在道別的時候也情意懇切地邀約一定要到那兒去看她。

四月初，兩方人馬一大早就各自從漢諾威廣場和柏克萊街的家中出發，然後約在路上碰頭。爲了夏綠蒂和孩子方便，她們排定兩天的行程，而帕瑪先生要跟布蘭登上校一塊兒走，行動較爲迅速的他們，要在女眷們抵達克里夫蘭之後才前去會合。

瑪麗安雖然在倫敦過得不怎麼愉快，而且一直都很想離開，真到了要走的時候，想起在這屋中所經歷過的，從對魏勒比的滿懷憧憬與信心到一切希望的破滅，不禁悲從中來；又想到即將遠離這個魏勒比忙進忙出，卻都與她無關的地方，不免潸然淚下。

臨別的愛蓮娜心中就沒有那麼多惆悵了。她沒有什麼魂縈夢繫的對象，沒有什麼在離開之後放心不下的人，她很高興可以不再受璐西迫害式的友誼所苦，也滿懷感激可以在魏勒比婚後，沒有讓他再見到瑪麗安的情況下就可以把妹妹帶走，她滿心期盼在巴頓可以過上幾個月平靜的日子，好讓瑪麗安恢復心靈的平和安詳，也讓自己更加堅定。

她們此行非常平安。第二天就來到撒姆賽特郡，那個瑪麗安心中時而可愛、時而可怕的地方；而第三天上午，一行人即已抵達克里夫蘭。

克里夫蘭莊園的房子是一棟寬敞、坐落在斜坡草地上的現代建築，莊園裡雖然沒有花園，嬉遊場卻相當廣袤。就像其他同等級華麗的莊園一樣，它也有著開放的灌木林和祕密的林間小徑；平滑的碎石所鋪成的一條小徑蜿蜒繞過墾植場，直通往屋前；草地上妝點著高大的樹木，幾株冷杉、山梨和刺槐形成一個屏障護住屋子，而這幾株樹再間以高大的倫巴底白楊樹則形成一個屏風，遮住廚房以及食品儲存處等地方。

瑪麗安走進屋子，想著八十英里外就是巴頓，而三十英里不到就是康柏莊園，內心不禁激動不已。她進屋不到五分鐘，就趁著大家幫夏綠帝把孩子抱給管家看的時候，偷偷地跑到外面去了。她穿過此時正是風姿綽約的灌木林，登上遠處的高崗，在希臘式的聖堂上極目遠眺，目光越過廣闊的

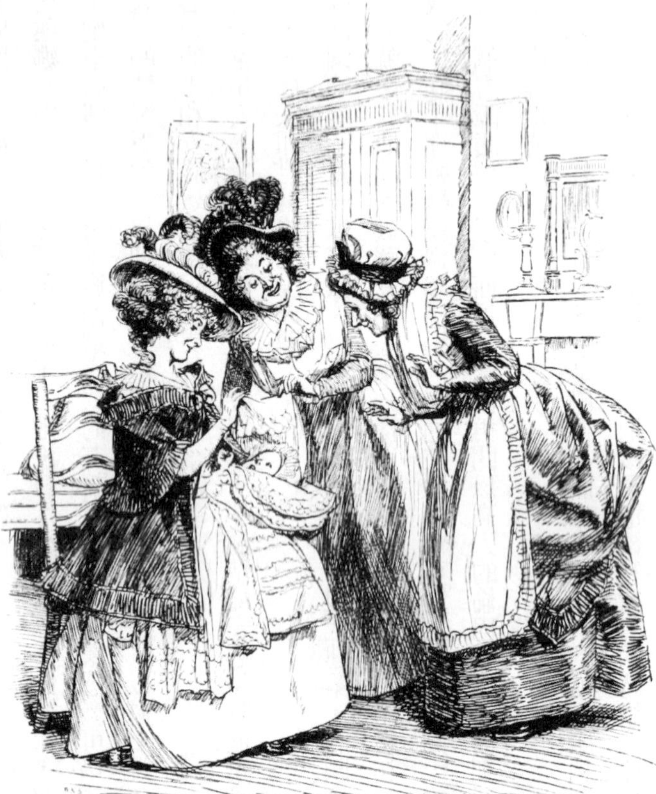

把孩子抱給管家看

大地，直望向東南，停駐在地平線上最遠的山脊上，想像著從那兒可以看見康柏莊園。

此刻難能可貴卻又讓她悲痛萬分，她爲自己能置身克里夫蘭而流下狂喜的眼淚。她走另一條路回莊園，愉快地感受到鄉間特有的自由，徜徉在一處又一處的靜謐之地，享受著無拘無束且奢侈豪華的孤獨，她下定決心在帕瑪家作客的日子裡，要每日每時都沉浸在這種孤獨的漫步中。

她一回來剛好碰上大家正要出門，便跟著大夥兒到屋子四圍走走。白天的時光就在逛逛菜園、看看牆頭上的花朵、聽聽園丁嘆息著病蟲害的情況下飛快的過去了。她們在溫室裡閒逛的時候，夏綠蒂看見她最喜愛的一株植物因疏於照料，受到霜害，竟大笑起來，而去看養雞場時，聽著照看的女工失望的說母雞有的跑了、有的被狐狸給偷了，一窩成長中的小雞卻突然死亡，夏綠蒂似乎又找到了新的笑點。

白天晴朗而乾燥，瑪麗安計劃著外出活動，未曾料到在客居克里夫蘭期間會有任何的天氣變化。晚餐後，她又想出去走走，卻讓一場突如其來的大雨給掃了興。她本打算在薄暮時分到希臘式聖堂去，也許在四周逛逛也行，她不在乎傍晚的寒氣與潮溼；不過一場突如其來的傾盆大雨，就連她也無法將之想像成乾燥晴朗，適合散步的天氣了。

她們一行沒幾個人，屋內的時光靜靜地流逝。帕瑪太太照料著小孩，詹寧斯太太織著地毯，她們聊起留在城裡的親友，想像米德頓太太正忙著宴會的事，猜測帕瑪先生和布蘭登上校當天晚上會不會已經過了瑞丁了。愛蓮娜雖然對這些事沒什麼興趣，卻也加入聊天，而不管來到多不愛看書的

園丁嘆息著病蟲害的情況

人家裡都有本事找到書房的瑪麗安，很快就給自己拿了一本書看。

帕瑪太太待客甚爲周全，她向來親切和善，總是盡力讓客人有賓至如歸的感覺。她的坦率與眞誠，恰可彌補因欠缺端莊及優雅所造成的失禮；她的善意，因有美麗臉龐的陪襯而更顯可親；她的蠢笨，雖然明顯卻不惹人厭，因她並不自以爲聰明。愛蓮娜除了帕瑪太太的笑聲之外，其他事都可以原諒。

兩位男士於第二天晚上抵達，用了頓很晚的晚餐，大家都很高興增添了兩名生力軍，也樂於有新的話題可聊，因爲白天下雨下個不停，早就有話聊到沒話了。

愛蓮娜向來很少跟帕瑪先生接觸，但在那少有的接觸中卻發現他對自己與瑪麗安說話的態度已大幅轉變，不禁猜測他對家裡人說話是否也如此。然而，她發現帕瑪先生對所有賓客們都是一派紳士風度，只偶爾會兇一下妻子和岳母而已；她還發覺這人挺能與人相處的，只因常常自覺高人一等，就像他在妻子和岳母面前那樣必然有的感覺那樣，才無法一貫如此。至於他的個性和其他習慣，就愛蓮娜看來，和其他同齡的男性並沒有太大的不同。他講究飲食，作息時間不定，疼愛孩子卻假裝不在意；白天應該工作的時間，卻拿來待在彈子房裡。不過，愛蓮娜對他的印象卻遠比預期的好，而且對於自己不會對他有更好的印象，她也不覺遺憾；帕瑪先生的挑嘴、自私與自負都不會讓愛蓮娜覺得遺憾，只會讓她更想起艾德華的溫和大方、簡單口味和樸實謙虛。

至於艾德華的近況，最近才去過多塞特郡的布蘭登上校，給她帶來了至少是和艾德華有關的一些消息。上校以爲愛蓮娜和艾德華是普通朋友，可是上校又把愛蓮娜當成知己好友，所以也就跟她大談德拉福特牧師公館的情形了，他描述起屋子需要修葺的概況，也告訴她，他打算怎麼做。上校對愛蓮娜提及此事的態度，以及其他種種，再加上此次他們才十天不見，上校見到她就難掩相見的喜悅，隨時都找她說話，聽從她的意見等等，在在都證明詹寧斯太太說上校愛上愛蓮娜的說法沒錯，然而，要不是愛蓮娜從一開始就知道瑪麗安才是上校的眞愛，也許連愛蓮娜自己都要起疑心了。其實要不是詹寧斯太太提說這事，愛蓮娜壓根兒也不會這麼想。不過，愛蓮娜忍不住認爲，自己的觀察力遠勝於詹寧斯太太；她觀察上校的眼神，而詹寧斯太太只是看他的言行舉止而已。上校擔心瑪麗安頭痛、喉嚨痛是重感冒的徵兆而憂心不已，但因沒說出來也就完全逃過了詹寧斯太太的觀察，但愛蓮娜卻在他的眼神中看到了戀人的深厚情意與不必要的緊張。

在來到此地後的三、四天，瑪麗安又兩次在薄暮時分出去愉快的散步，不只是走在灌木林中乾燥的碎石路上，也走過整座莊園，更走到最遠處——此地最荒野，樹最老、草最長也最溼之處。更魯莽的是，她竟穿著溼透的鞋襪席地而坐——終致引起重感冒，頭一兩天，她毫不在意，也否認自己感冒了，但後來病情加劇，惹得大家關懷連連，她自己也不得不注意。眾人提供了各種藥方，而瑪麗安一概回絕。雖然她頭痛發燒，四肢痠痛，又咳嗽，又喉嚨痛，仍堅信一夜好眠就可以恢復正常；她上床休息時，愛蓮娜還費了好大的勁兒才說服她試試一兩帖最簡單的藥方。

Chapter 43

# 第四十三章

第二天早晨，瑪麗安在平常時間起床，對每個來問候的人都答說好多了，爲了證明如此，便照平常慣例做事。不過，她一整天都坐在火爐前面打哆嗦，手上拿了一本書卻沒辦法看，要不然就疲倦無力的躺在沙發上，實在無法說服大家，她已經好多了；最後，只好早早上床休息，情況似乎越來越糟。愛蓮娜雖然不顧妹妹反對，整天都在照料、看護著她，晚上還強迫她吃藥，但卻跟瑪麗安一樣，以爲只要好好睡一覺就會好了，一點兒也沒有警覺到事態嚴重，這一點看在布蘭登上校眼裡，深覺不可思議。

夜裡瑪麗安發著高燒，翻來覆去，徹夜難眠，粉碎了姐妹倆都認同的睡一覺就會好的期盼；而當瑪麗安堅持要起來，卻又坦承根本做不到而自動躺回去時，愛蓮娜便決定採用詹寧斯太太的建議，去把帕瑪家的藥劑師給請來。

藥劑師來了，診察過病人，雖也樂觀地告訴達許伍德小姐，不出數日她妹妹即能恢復健康，但也宣布瑪麗安的病有帶原的傾向，而且提到了「傳染」這兩個字。帕瑪太太一聽，立刻擔心起孩子；詹寧斯太太一開始就認爲瑪麗安的病沒有愛蓮娜所想的那麼簡單，現在聽藥劑師——哈里斯先生這麼說，臉色隨即嚴肅起來，她認爲女兒的擔心是對的，該防範一下才好，於是催促著女兒帶小孩即刻離開；帕瑪先生雖然覺得她們母女過於大驚小怪，卻被妻子的焦慮與強求給煩得受不了。於是夏綠蒂要離開了，在哈里斯先生到達後不到一個小時，夏綠蒂就帶著她的寶寶跟奶媽住到帕瑪先生附近的一位親戚家去了，那兒離巴斯不過幾英里遠；她丈夫拗不過她的要求，便答應在一兩天後過去陪她；而且她也催促她母親一塊兒過去。但詹寧斯太太卻沒有讓因她的好心而眞正喜歡她的愛蓮娜失望，她宣布只要瑪麗安還病著，她就絕不離開克里夫蘭，並且說她既從她母親身邊把她帶走，就得代替她母親好好照顧她才是。愛蓮娜後來也發現，詹寧斯太太無論在什麼情況下都是不可或缺的好幫手，她非常樂意分擔愛蓮娜的辛勞，且看護經驗老到，常常幫了大忙。

可憐的瑪麗安因身體的病痛而疲憊不已，整個人病懨懨的，一點兒也不再認爲睡一覺隔天就會好了；再加上一直想著，如果不是這場倒楣的病，明天就可以如何如何，弄得病情更嚴重。因爲她們原本打算明天啓程回家的，詹寧斯太太派了一位女僕好沿路照料她們，後天上午就可以給母親一個驚喜了。她很少說話，但一開口就是對這無可避免的耽擱發出嘆息；愛蓮娜則不斷的鼓勵她，要她相信，她們不會耽擱太久的，愛蓮娜當時的確是那樣想的。

第二天，病人情況還是沒有好轉。她當然沒有比較舒服，不過雖是沒有好轉，還好也沒惡化。屋裡的人數明顯減少了；帕瑪先生因爲仁慈和善心，而且也不想讓人覺得是被妻子的危言聳聽給嚇走的，本來不願意離開，最後在上校的勸說之下——上校勸他，既已答應帕瑪太太要去陪她，就應履行承諾——帕瑪先生才答應離開；就在男主人準備啓程時，心裡委實不願意離開的上校，只好說出自己也得走了之類的話。還好此時善體人意的詹寧斯太太適時介入，她心想上校的心上人此時正爲了妹妹的緣故而憂慮不安，上校若就這麼走了，豈不教雙方都難受嘛，於是當即告訴上校，她需要上校留下來，因爲晚上達許伍德小姐在樓上陪妹妹時，才有人陪她打牌閒聊之類的。詹寧斯太太殷勤熱誠地挽留上校，還眞合了上校的心意，以致上校連假意推託一下也沒有推託太久；尤其是帕瑪先生在一旁極力附和詹寧斯太太，若是達許伍德小姐萬一需要幫忙，也好有人照應或拿個主意，他也可以較爲放心。

這一切的安排當然都沒跟瑪麗安說，她一點兒也不知道，克里夫蘭的屋主到家才七日就爲了她落荒而逃了。她沒看到帕瑪太太，卻既不驚訝也不關心，連提都沒提到她的名字。

帕瑪先生離開已經兩天了，瑪麗安的情況仍舊沒什麼起色。哈里斯先生每天過來看診，依舊大膽宣稱她很快會康復，達許伍德小姐也同樣有信心；不過其他人的看法就沒這麼樂觀了。詹寧斯太太在瑪麗安發病的初期就認爲，瑪麗安怕是好不了了，聽著詹寧斯太太這麼預測的布蘭登上校，心裡其實也無法持反對意見。他試圖用藥劑師的看法來掃除自己內心的恐懼，認爲自己的意見和哈里斯先生相左甚爲荒謬，怎奈他整天獨處時間太長，正好放任那些消極的思想滋長，心裡總是揮不去瑪麗安來日無多的陰影。

然而，第三天早上，悲觀二人組心中的陰霾幾乎一掃而空，因爲哈里斯先生看診後宣布，病人的情況大有改善。她的脈搏較強，而且每一種徵狀都顯得比前次好。原本就抱持樂觀態度的愛蓮娜自是欣喜不已，暗自慶幸在寫給母親的信中不採用詹寧斯太太的建議，只堅持己見，輕描淡寫地敘述了她們滯留克里夫蘭只因瑪麗安身體微恙，她甚至還將瑪麗安可以上路的日期都預測好了。

不過，這以好運開始的一天，並沒有也以好運結束——晚間瑪麗安又病了起來，昏沉、煩躁、不舒服更甚於以往。然而她姊姊卻依然樂觀，以為她只是因等著整理床鋪坐得太累了的緣故，又悉心服侍她吃了藥劑師所開補血氣的方子，安心地看著她入睡，期待有好的療效。她睡得雖不似愛蓮娜所預期的安穩，卻也睡了一段時間；亟欲觀察療效的愛蓮娜，決定不睡，坐著陪妹妹。不知瑪麗安病情有變的詹寧斯太太則比平常早睡；她的女僕，也是這次瑪麗安的主要看護之一，則在管家房中休息。愛蓮娜獨自陪伴著瑪麗安。

瑪麗安睡得越來越不安穩，她姊姊目不轉睛看著她翻來覆去的，聽著她嘴裡不清不楚地唸唸有詞，幾乎想把她從這麼痛苦的睡眠中喚醒。突然間，屋子裡不知什麼聲音把瑪麗安給驚醒了，她慌忙地掙扎著起身，狂亂地叫著：

「媽媽來了嗎？」

「還沒呢，」姊姊答道，努力隱藏起心中的恐懼，連忙讓妹妹再次躺下，「不過她快到了，希望啦，你也知道的，從這兒到巴頓，路途遙遠嘛！」

「她可千萬別繞到倫敦去，」瑪麗安仍是急促地說道：「如果她去倫敦，我就見不到她了。」

愛蓮娜警覺到妹妹神智不清，她一面安撫妹妹，一面焦急地去量她的脈搏。瑪麗安的脈搏跳得更弱也更快了，嘴裡仍含糊不清地猛唸著媽媽，嚇得愛蓮娜立刻決定把哈里斯先生給請來，並派人到巴頓給母親送信去。她一打定主意便立刻想找上校商量，母親該怎麼過來才好；於是她拉了鈴請女僕過來接替她，自己則飛奔下樓到客廳去，她知道上校再晚也都在那兒。

事不宜遲，愛蓮娜立刻向上校說出自己的恐懼和困難。她的恐懼，上校既無勇氣也無信心去排解，他只能沮喪無言地聽著；至於困難，卻立即迎刃而解。上校迅速的回應，彷彿此情此景已在他心中事先演練過一般，他自告奮勇去帶達許伍德夫人過來。愛蓮娜也不多客套，只是滿懷感激地向他簡短致謝，在上校打發僕人去請哈里斯先生與準備驛馬之時，愛蓮娜簡單的給母親寫了封信。

在這種時候有上校這個朋友，眞讓人覺得寬慰——而且母親有他作伴前來——眞是太讓人感恩了！有他相伴，母親的疑惑有人可解，焦慮可有人釋除，不安則有友誼的安慰！母親接到這樣突如其來的召喚而產生的驚嚇，在上校的陪伴、上校的態度以及上校的幫助下，當可以獲得舒緩。

此時的上校，不管感受如何，依然頭腦冷靜、態度堅定，迅速俐落地處理一切事宜，且還準確地告訴愛蓮娜他回來的時間。這期間一分一秒都沒有延誤浪費，馬匹甚至比預期的還來得早，上校只表情嚴肅地握了一下愛蓮娜的手，說了幾句聲音低得連愛蓮娜都聽不清楚的話，隨即登上馬車。此時約爲午夜十二點，愛蓮娜回到妹妹房間去等藥劑師來，打算整夜陪著妹妹。這一夜，對兩姐妹來說幾乎同樣難受。一小時又一小時過去了，哈里斯先生還沒來，瑪麗安疼痛難眠，不停地囈語著，愛蓮娜則心焦如焚。因著先前的放心，愛蓮娜這會兒憂急起來簡直是更爲嚴重，因爲不想吵醒詹寧斯太太，便由女僕在旁邊陪著，哪知女僕一直暗示著她女主人先前的看法是對的，惹得愛蓮娜更爲心煩。

瑪麗安仍是一直想著媽媽，不時地喊著媽媽，每當瑪麗安唸著愛蓮娜的名字時，愛蓮娜就感到椎心的刺痛，自責這幾天來都小看了這場病，可憐妹妹的痛苦不能立即解除，繼又想像著痛苦無法解除了，因爲一切都已經拖得太久了，而且還想像著，她憂心不已的母親就快要見不到這個親愛的女兒了，或當母親到達時，這女兒都已經不省人事了。

正當她打算再找人去請哈里斯先生，或哈里斯先生不能來就請別人過來看診時，哈里斯先生終於來了——此時已是清晨五點。還好看診的結果可以彌補他的姍姍來遲，他說雖然病情突然料想不到的急轉直下，卻沒有危險，還信心十足地說只要換個方子，一定可以藥到病除；愛蓮娜聽他這麼說，便多少安心一些。他答應三、四個鐘頭之後再過來看看，在他離開時，病人以及她焦急不已的姊姊都顯得比他剛到時平靜多了。

詹寧斯太太一早聽說了昨天晚上的事，關切得很，還幾次責備她們怎麼沒叫她呢！她先前的擔心就更有理由了，讓她對這件事的可能結果更加深信不疑，因而雖試圖說些話來安慰愛蓮娜，但基於她對瑪麗安病情的看法，並不說些語帶希望的字眼。她的心非常憂傷，像瑪麗安這麼年輕、這麼可愛的女孩卻這麼快就因病痛而凋敝，這麼早就得面臨死亡，就算不認識的人也會震驚不已；更何況，她還陪伴了自己三個月，就連現在都還是在自己的照看之下，而且眾所周知她又受過劇烈的情傷，長期以來都鬱鬱寡歡。最得她歡心的愛蓮娜也憂鬱沮喪，更是教她心疼；又想起她們的母親，瑪麗安之於達許伍德夫人就好像夏綠蒂之於自己一樣，一思及此，她的悲傷也就更眞切了。

哈里斯先生準時再次過來看診，雖然上次走時信心滿滿，這回來時一看卻失望了。他的藥方沒有用，瑪麗安的燒沒退，只是更加沉靜——根本沒有意識——人事不省地昏睡著。愛蓮娜心慌不已，哈里斯先生在那瞬間的恐懼更讓愛蓮娜害怕，她建議找別人來看。然而哈里斯先生卻認爲沒有必要，他還有別的藥方可以試，一些最新的方子；一提起他的藥方子，他仍像先前一樣信心滿滿的，看完診依舊是說沒什麼大礙。不過愛蓮娜聽是這麼聽，想卻不這麼想。除了想到母親的時候以外，她都能保持冷靜，然而她卻近乎絕望；她就這樣坐在妹妹床邊直到中午，幾乎沒有移動過，腦中浮現出一個又一個悲哀的景象，以及一個又一個難過的親友。詹寧斯太太從幾個禮拜前瑪麗安的情傷所引起的身體不適開始談起，毫無顧忌的將之視爲瑪麗安生病的主要原因，讓她情緒緊繃到極點。愛蓮娜覺得她說得有理，因而又添新的愁緒。

然而中午，她開始想像著，希望妹妹的脈搏跳動有好轉的跡象——不過卻很小心，因爲不想再讓任何人希望落空，因而她保持沉默，就連詹寧斯太太也不提說。她等待著，觀察著，一次又一次查驗著妹妹的脈搏；終於，她無法克制先前的沮喪，更加無法克制眼前的興奮，大膽地說出自己的希望。詹寧斯太太雖在要求下也察看了瑪麗安的脈搏，感覺到暫時的好轉，卻也勸她的年輕朋友不要對跡象的持續好轉抱持太大的希望；愛蓮娜想著每一個不可能，也告訴自己不要抱太大的希望。然而，想要不抱希望已經來不及了。希望已然進入愛蓮娜心中，在她心中焦躁地鼓動著，她彎腰看著妹妹——自己也不知道爲什麼。

半個小時過去了，吉兆仍然護佑著瑪麗安，身體其他狀況也開始響應。她的呼吸、她的皮膚、她的嘴唇，在在都告訴愛蓮娜，病情已然好轉，而瑪麗安也睜開眼睛看著她，雖是神情疲憊，卻是神智清醒的。愛蓮娜就在半憂半喜的煎熬下，直等到下午四點鐘——哈里斯先生的再次看診，他確定瑪麗安已逐漸康復，也因此向愛蓮娜道賀。他還說瑪麗安好得比他預期的還快，至此愛蓮娜放下心來，一感到安慰，便也流出歡喜的淚水。

瑪麗安在各方面都有起色，哈里斯先生也宣布她已脫離險境。詹寧斯太太雖覺得自己先前的預測是對的，對眾人都晚她一步發現危機而認爲自己果然經驗老到，現在卻也相信哈里斯先生的說法，對瑪麗安病情的好轉感到開心不已，衷心期盼她早日康復。

愛蓮娜卻不能像旁人那樣興高采烈的，她有著截然不同的喜悅，遠勝過任何一種快樂。瑪麗安恢復了生命、健康，重回朋友以及寵愛她的母親的懷抱，讓愛蓮娜內心充滿著絕妙的安慰，更盈滿了感恩之情；然而，這樣的情緒發之於外並非興高采烈的表現，既無言語也無笑容。充塞在愛蓮娜胸中的，只有沉靜而強烈的滿足。

她整個下午也一直陪在妹妹身旁，幾乎沒有離開，安撫妹妹的每一種恐懼，滿足病弱的她的每一個需求，供給她一切的援助，照看她的每一個眼神、每一次呼吸。當然，她也時時擔心著舊病復發的可能，因而深受焦慮所苦——不過她頻繁而詳細的檢查都看到妹妹持續好轉的跡象，而且瑪麗安在下午六點沉穩安靜地睡著了，睡相恬靜安適，愛蓮娜終於不再擔心焦慮了。

她看看時間，心想布蘭登上校也快回來了，應該差不多十點鐘左右，不會太晚的，母親就可以從這一路上擔心不已的緊繃情緒中解脫出來了。上校也是！他擔心的程度絕不下於母親！噢！時間怎麼過得這麼慢啊，他們還無法得知這好消息呢！

晚上七點鐘，瑪麗安還穩妥地睡著，愛蓮娜到客廳去和詹寧斯太太一塊兒喝茶。早餐，她因爲擔憂根本吃不下；晚餐，因擔憂都變成喜悅，也吃不了太多——眼前的點心時間則因心上的石頭落了地，特別顯得受歡迎。詹寧斯太太勸愛蓮娜在她母親到來之前先休息一下，由自己來替她照顧瑪麗安，不過愛蓮娜卻不覺得疲倦也毫無睡意，除非必要，她不想離開妹妹身邊。於是詹寧斯太太陪著她上樓到瑪麗安房裡去，瑪麗安的情況仍在持續好轉，詹寧斯太太便讓愛蓮娜留在房裡照顧妹妹，想想事情，自己則回房去寫信，睡覺了。

晚上很冷，風雨交加。狂風繞著房子怒吼，驟雨不停地打在窗戶上，然而愛蓮娜因心中洋溢著喜悅，對屋外的風雨也就沒什麼感覺。瑪麗安依舊安眠穩睡，而疾風勁雨中的旅人——有好消息來償報他們的辛勞。

時鐘敲了八下。倘若是十下，愛蓮娜一定會以爲自己聽到馬車駛近門口的聲音了；雖然認爲他們不可能這麼早回來，愛蓮娜卻也相信自己眞的聽到馬車的聲音了，於是她連忙走到比鄰的小更衣室，打開一下百葉窗，查證一下屋外的狀況。她立刻發現她的耳朵並沒有欺騙她，屋外搖曳的燈火明顯帶出了一輛馬車，她依稀可辨識出那是一輛四匹馬拉的馬車；可憐的母親心急如焚，這就是他們爲何如此迅速的因由。

愛蓮娜覺得此生中再也沒有比這一刻更難以平靜下來的了。一想到馬車停下來時，坐在裡頭的母親的感覺——她的疑惑、她的憂慮，甚或絕望！——還有她必須跟母親說的話！一想到這些，她如何能平靜呢？還是趕快下去再說吧！一將瑪麗安交託給詹寧斯太太的女僕照顧，她便飛奔下樓。

她走過穿堂時聽到玄關前的嘈雜聲，更讓她確定，他們已經進屋了。她連忙趕到客廳去，一進客廳——卻只見到魏勒比。

打開一下百葉窗

# 第四十四章

Chapter 44

一看到魏勒比，愛蓮娜嚇得往後退去，本能地想轉身往外走，而且手已經握住門把了，此時魏勒比快步向前攔住她，以命令勝於懇求的口氣說道：

「達許伍德小姐，半個鐘頭——十分鐘就好，請你留下來聽我說。」

「不行，先生，」她語氣堅定地答道：「恕難從命，你的事與我無干。我猜僕人們忘了告訴你，帕瑪先生不在家。」

「就算他們告訴我，」魏勒比激動地嚷道：「帕瑪先生一家都不知滾到哪裡去了，我也不會出去的。我就是要找你，只找你而已。」

「找我？」愛蓮娜極爲驚訝，「那就快點說吧——可以的話——請你不要那麼激動。」

「你坐下，我一定快說又不激動。」

愛蓮娜遲疑著，不知道該怎麼辦，卻忽然想起布蘭登上校隨時都有回來撞見他的可能。既然她都已答應了，而且好奇心也在旁邊加把勁兒，因此考慮片刻之後，覺得應該謹慎快速處理此事，於是她一語不發地挪步到桌子旁邊坐了下來。魏勒比則選了跟她面對面的位子坐下，將近半分鐘的時

請你留下來聽我說

間，兩人都沒有開口。

「請你快說吧，先生，」愛蓮娜不耐煩地說道：「我沒時間。」

魏勒比似乎正陷入沉思中，沒聽到她的話。

「令妹，」一會兒之後，他突然開口道：「已經脫離險境了，我是聽僕人說的。感謝上帝！——不過，此事當眞？——眞的是這樣嗎？」

愛蓮娜本來不願意回答，他卻一次比一次更焦急地詢問著。

「看在上帝的份上，請你告訴我，她已脫離險境，或是還沒？」

「希望是脫險了。」

他站起來，走到客廳另一邊去。

「我若早在半個鐘頭前知道就好了。——不過，我既然來了，」他走回座位，強打起精神說道：「說這些又有什麼意義呢？——這一次，達許伍德小姐，也許是最後一次了——就讓我們開開心心地聚聚吧！我興致正高呢！——老實告訴我吧，」他的臉頰漲得更紅了，「你認爲我是惡人還是傻子？」

愛蓮娜比先前更驚訝地看著他，心想這傢伙一定是喝醉了，要不然怎麼這副德性跑到人家家裡來呢？一旦這樣認定，她便立刻站起身來，說道：

「魏勒比先生，我建議你現在馬上回康柏莊園去，我沒時間奉陪了。不論你有什麼事情找我，一切都等明天再說。」

「我知道你的意思，」他意味深長地微笑著，語氣卻異常冷靜地說道：「沒錯，我是醉了。在馬博羅喝了一品脫黑啤酒配冷牛肉，是夠我醉茫茫的了。」

「在馬博羅！」愛蓮娜叫道，越來越不懂他想要說些什麼了。

「對——我今早八點離開倫敦，除了在馬博羅花上十分鐘吃點兒點心之外，我一路上都沒停。」

他說話時態度堅定，眼神清明，愛蓮娜因而認爲，不管他是爲了什麼蠢原因到克里夫蘭來的，反正不會是喝醉酒誤闖就是了。她鎮靜下來之後，說道：

「魏勒比先生，你應該感覺得到，其實我早就有這樣的感覺了，在經過一些事之後——你這樣跑來，還強迫我聽你說話，應該有個特別的理由才是。你這樣做到底是什麼意思？」

「我只想，」他鏗鏘有力地說道：「如果可以的話，讓你比現在少恨我一丁點兒。我只想解釋一下，爲過去的事，致上歉意——開誠布公地告訴你，讓你了解，雖然我一直是個蠢蛋，卻不是個壞人——希望能得到瑪——得到令妹的原諒。」

「這就是你來此的眞正目的？」

「絕對是的。」他語氣熱情誠懇地答道，讓愛蓮娜回想起從前的魏勒比，不知不覺也就認爲他是眞心的了。

「如果只是這樣的話，你就如願以償了——因爲瑪麗安已原諒你了，她老早就已經原諒你了。」

「眞的！」他以同樣懇切的語氣叫道。「那麼她在我還不値得原諒時就已經原諒我了。不過，她會再原諒我一次，而且有著更充分的理由原諒我。好了，你要聽我說了嗎？」

愛蓮娜點頭表示同意。

「我不知道，」魏勒比讓愛蓮娜等了一下，他自己也思索了一下以後才說道：「你是如何看待我對令妹的所作所爲的，或許已經把最邪惡的動機都搬出來了。也許你很難把我看得更好了，——不過，何不試試這値得一聽的一席話，我會把一切告訴你的。最初我與你們一家要好，完全沒有別的意圖，我只想讓我必須留在德文郡的日子過得比往年輕鬆愉快些而已。令妹美麗的外貌與有趣的舉止讓我不自覺的著迷；而且她對我的態度，自始即有些——這眞叫人吃驚，當我回想她的態度、她的人，我當時眞是笨頭笨腦得令人驚訝呀！然而，我不得不承認，一開始我只是虛榮心作祟而已。不管她能否獲致幸福，只在意我自己好玩就好，完全沉溺在我慣常的享樂主義裡，我想盡辦法要讓她喜歡上我，卻從未想過要如何回報她的愛情。」

達許伍德小姐聽到這裡，極爲憤恨鄙夷地看著他，插嘴道：

「魏勒比先生，這些事都不値得你再提，也不値得我再聽下去了。這樣開頭的故事不會有什麼値得聽的下文。請別再拿這種事來徒增我的困擾。」

「請你務必聽我說完，」他答道：「我的財產本來就不多，可我一向揮霍度日，又老是喜歡和比我有錢的人交朋友。從我成年以後的每年起，又或許在成年以前就是了吧，我的負債逐年增加；雖然我姑婆史密斯太太過世後，我就可以繼承一筆財產來紓困，但是那也充滿了變數，也許也還有得等呢！所以我有一段時間一直打算娶個有錢的女人來幫助自己東山再起。因此，我根本不會想要和令妹有什麼瓜葛；我這樣一個卑鄙、自私、殘忍的傢伙——任何人，包括你，就算用再憤慨、再鄙夷的眼神看我，我都是罪有應得——我當時就是這種心態，既要讓她愛上我，卻不打算要愛她。但是有一件事我一定要澄清一下，在我當時既自私又虛榮的可怕狀況中，根本不知道我會造成什麼傷害，因爲我還不知道什麼是愛。我現在已經明白愛爲何物了嗎？——我也很懷疑；因爲若我曾眞的愛過，我又豈會爲了虛榮和貪婪而犧牲掉感情呢？——或更甚者，會犧牲掉她的感情嗎？——但我竟那樣做了。就爲了避免一時的貧窮——避免那在她的深情和陪伴下，一點也不可怕的貧窮，我竟那樣做了，爲了富裕的生活，卻葬送了一切幸福的源頭。」

「所以，」愛蓮娜有點心軟地說道：「你認爲自己是愛過她的。」

「世界上有哪一個男人可以抗拒那樣的魅力！可以面對那樣的溫柔而不爲所動呢！——沒錯！我發覺自己在不知不覺中，眞心地喜歡上她了；跟她在一起的時光是我生命中最快樂的日子，因爲那時的我對她感情眞摯，別無所圖。就算在當時我已下定決心要跟她求婚，卻也一天拖過一天遲遲沒有說出口，因爲我的經濟狀況那樣貧乏，實在不願意在那樣的景況下跟她求婚。在此我不是要替自己找藉口——也不想停下來向你解釋我的荒謬，其實比荒謬更慘的是，我竟顧忌履行自己的承諾。結果證明我是一個狡猾的蠢蛋，處心積慮的爲自己打算，到頭來卻只讓自己擁有永遠可鄙、可悲的可能而已。然而就在我終於下定決心，一等有機會跟她獨處，就要告訴她，我對她殷勤不變的關懷就是我對她的愛，還有坦然說出我內心的掙扎時，發生了一件事情——就在我能找到機會和她獨處之前的幾個小時——出了一件事——不幸的事，打壞了我的決心，也毀了我的幸福。有件事被人知道了。」說到這裡，他遲疑了一下，眼睛向下看。「不知是誰去跟史密斯太太告狀的，我猜也許是某個想要讓我在她面前失寵的遠親，告訴她，我有過一筆風流帳、一段情——我無須在此詳述，」他補充道，臉色漲紅，眼神滿是探詢之意，「你是那人的好朋友——也許你早就聽過整個故事了。」

「我是聽過，」愛蓮娜答道，她也漲紅了臉，重新硬起心腸，不想對他有任何同情，「那件事的來龍去脈我都聽說了，無論你再怎麼爲自己的罪行開脫，我都不會買帳的。」

「請你記得，」魏勒比叫道：「你的消息來源是誰。他的說法會不會偏頗些？我承認我必須尊重她的身分以及她的人格。我當然不是說自己沒錯，可是在此同時，你也得聽聽我的說法呀，難道只因她受了傷害，就可以不受指責；只因我是個浪蕩子，她就必須是聖人。如果她那激動的熱情、淺薄的智力——我不是要替自己辯解。我是應該更加善待她對我的情意，每次我回想起當時短暫而我應該予以回報的萬種柔情，我也常常悔恨自責。但願——我衷心地但願沒出過那種事。然而我傷害的人不只她一個；我傷害了另一個深情於我不下於她（我可以如此說嗎？）而智力卻——噢！與她天差地別的人！」

「不管怎麼說，你對那可憐女子的冷漠——雖然談論這樣一件事會讓我很不愉快，我還是要說，你的冷漠絲毫不能表達你狠心棄她於不顧的歉意！別以爲你可以用她的缺點和不聰明來爲自己明顯的放蕩狠心開脫。你一定知道當你在德文郡恣意享受人生，追求新歡，時時高興、日日快樂時，她卻陷入窮愁潦倒的絕境。」

「可是，我發誓，我眞的不知道，」他激動地答道：「我不記得自己未曾給她地址，何況只要有點常識也找得到啊！」

「好吧，那麼，史密斯太太怎麼說呢？」

「她立刻對我嚴加指責，我的窘況可想而知。她的生活一向單純，觀念守舊，不問世事——所有情況都不利於我。我無法否認這件事，雖盡力解釋也無法讓她的情緒緩和下來。我相信，對我平日作爲的道德操守，她早有懷疑，況且她也很不滿意我這次去看她，對她並不太關心，也沒花多少時間陪她。簡言之，我們之間徹底決裂了。那時本來還有一個補救辦法的。那個道德掛帥的女人！她竟然說我要是娶伊麗莎，她就可以原諒我。我怎麼可能？——於是我失去了她的歡心，也被趕出她的家門。

爆發此事的那夜——我隔日清晨就得離開——我整夜都在想將來該何去何從。我內心痛苦地掙

我失去了她的歡心，也被趕出她的家門

扎著——但是我太快做出決定。我愛瑪麗安，也完全相信她愛我——但這些仍止不住我對貧窮的恐懼，也壓不下我非富裕不可的錯誤觀念，我天生就想有錢，和富貴人家在一起久了，這種想法便更加強烈。我有把握只要開口求婚就娶得到我現在的妻子，而我也說服了自己，已經沒有其他尋常辦法可想了。不過，在我離開德文郡之前，還有件麻煩事兒得做；那天我跟你們全家約好了要共進晚餐，不能赴約總得道個歉。不過，是寫封信去還是親自去好，我考慮良久。我怕見到瑪麗安，我甚至擔心見了她之後會不會動搖我已經下定的決心。後來，結果卻證明我太低估自己的忍耐力了；我去看了瑪麗安，看到她難過不已的樣子，卻留下她一個人獨自悲傷，離開時還暗自希望可以永遠不再見到她。」

「魏勒比先生，你何必親自來呢？」愛蓮娜語帶指責說道：「寫封短信也就夠了，何必親自走一趟呢？」

「爲了我的自尊，非去不可。我無法忍受悶聲不響地離開鄉間，而讓你們以及鄰舍們猜測我與史密斯太太之間到底發生了什麼事，於是我決定在前往杭靈頓途中到巴頓小屋去。不過，見到令妹眞是讓人困窘；更慘的是，我發現只有她一個人在家，你們不知都上哪兒去了。前一天晚上離開她時，我還信心滿滿地決定要做正確的事！就差那麼幾個小時，她就要永遠屬於我了；我想起了前一晚的快樂，當我從巴頓小屋走回亞倫罕時，內心滿足恬靜，遇到任何人都很高興！然而，我們這最後一次以朋友之姿相見，我懷著罪惡感走向她，連僞裝的能力都快沒了。當我告訴她，我必須立刻離開德文郡時，她的傷心、她的失望、她的深沉嘆息——我永遠無法遺忘；況且，她是那麼倚賴我、那麼信任我！天啊！我眞是個硬心腸的惡棍！」

兩人都沉默片刻之後，愛蓮娜首先開口。

「你告訴過她，你會很快回來嗎？」

「我不知道我告訴過她什麼，」魏勒比煩亂地答道：「無疑地，對過去而言說得太少，對將來而言卻又說得太多，我想不起來了——沒有用的。然後你母親出現了，她對我的仁慈和信心更是讓我難受。天哪！眞是讓我難受哪！我眞是痛苦不堪。達許伍德小姐，你也許無法想像，當我回頭審視自己的痛苦時，覺得有多安慰。我眞痛恨自己的愚蠢，厭惡自己的渾帳，因而一思及我所受的痛苦，便有一種罪有應得的快慰。我就這樣離開了，將一切所愛拋諸腦後，去投入一夥最多也只能說是沒有感覺的人群中。我到倫敦的旅程——坐著自己的馬車——路途遙遠而沉悶——沒有人可以聞聊——心情卻暢快美好——展望前程，一片光明！回首遠望巴頓，景色如此宜人！——噢！那眞是趟美好的旅程。」

說完，他停了下來。

「那麼，」愛蓮娜雖覺得他可憐，卻巴不得他可以快點兒走，「你說完了嗎？」

「還沒呢！——你忘了在城裡發生的事了嗎？那封罪大惡極的信！她讓你看過了嗎？」

「對，你們往來的每一封信，我都看過了。」

「我接到她的第一封信時（我一直都在城裡，所以很快就收到信了），心裡的感覺是，套句俗話說，就是無以名狀；更簡單的說，就是心情簡單到引不起任何情緒了——這是非常非常痛苦的。信上的字字句句，對我而言，套句如果寫信人在這兒一定不准我用的陳腔濫調來說——就是——利劍穿心。得知瑪麗安在城裡，再用一句陳腔濫調來說，就是——晴天霹靂。利劍穿心和晴天霹靂！這種詞彙——她會怎麼罵我啊！她的品味、她的意見——比我自己的品味和意見更讓我熟悉，也更深得我賞識。」

因這次特別的談話而心情起起伏伏的愛蓮娜，此時又對魏勒比心軟了。雖然如此，她仍舊認為魏勒比不該和自己談起這樣的事。

「這是不對的，魏勒比先生。請記住，你已經結婚了。你只須告訴我，你在良心上認為我必須知道的事情就可以了。」

「瑪麗安的來信讓我確知她依然愛我如往昔——雖然我們已分開好幾個禮拜了，她對我的感情依然不變，並且確信我對她也是如此，我的悔恨也因而再起。我說再起是因為時間和倫敦，正事和出遊，已經多少撫平了我的悔恨，我也日益變成一個硬心腸的惡棍，假想著自己對她已毫無感覺，也選擇讓自己相信，她對我亦已毫無感覺；還告訴自己，我們過去的戀情，根本不算什麼，只是小事一樁，還聳聳肩表示確實如此。為了讓心裡的自責禁聲，揮去一切的悔恨，我不時暗暗地對自己說道：『如果她嫁得好，我一定打從心裡替她高興。』但是，她的信卻讓我更加認識了自己。我發覺我愛她甚於愛全世界任何一個女人，我對她太過分了。然而，那時我和格雷小姐之間的親事剛剛談妥，已經不可能後悔了。我所能做的事就是避開你們兩人。我沒給瑪麗安寫回信，希望她能不再想起我；我一度甚至決定不去柏克萊街拜訪，最後又覺得裝成平凡無奇的尋常朋友會更明智些。有一天早上，我看著你們平安出門去，便進去遞上我的名片。」

「看著我們出門！」

「不只這樣，我常常看著你們，還有好幾次，簡直就要跟你們碰上面了。好幾次當你們的馬車駛過，我都要躲進附近的店家去。我既是住在龐德街，一天裡不瞧見你們姐妹其中一人一次，怕是不可能的；爲了不要碰上你們，我只好持續謹愼小心地提防，所以我們才會那麼久都沒碰面。

此外，我也盡量避開米德頓夫婦以及每一個認識的人。然而，我不知道米德頓夫婦也進城了，那天應是他們進城的第一天，也就是我造訪詹寧斯太太家的第二天，我在路上巧遇約翰爵士。他邀我去參加宴會，是晚上在他家舉辦的一個舞會。若不是他將你和令妹都會赴會當成一個誘因來邀我，我是一定會去他那兒走動的。舞會隔天，我又接到一封令妹寄來的短信——依舊是深情坦率，不做作，很相信我——在在使得我的作爲更顯可惡。我無法回信。我試過，可是一個句子都寫不出來。說眞的，那天一整天，我都在想她。如果你能可憐我，達許伍德小姐，就可憐一下我那時的處境吧！我的腦子裡、心裡，想的都是令妹，卻還得扮演著另一個女人的幸福男友！

那三、四個禮拜是最難熬的了。還有，最後那一段，我就不必說了，你們還是碰到我了。我傷

我都要躲進附近的店家去

害了多麼可愛的一個人哪！那是一個多麼令人痛苦的夜晚哪！一邊是美如天仙的瑪麗安多情地呼喚著魏勒比！噢，天哪！還對我伸出手來，一雙迷人的眼睛訴說著萬千掛慮般地盯著我的臉，要我給個解釋！另一邊則是打破了醋罈子的蘇菲亞，看來真是——算了，沒有意義了；現在，一切都結束了。那樣一個夜晚！我一找到機會就儘速逃離你們，但在走之前卻看到瑪麗安甜美的臉龐蒼白如死。那是我對她的最後一眼了——也是她在我面前的最後一個模樣。真叫我膽顫心驚！然而思及她今日瀕臨死境的情況，倒教我覺得安慰，因我已能想像她在世上的最後一個樣貌是什麼樣的了。這趟行程中，我一路行來，她都一直是那個表情和臉色出現在我面前。」

雙方都陷入沉思，半晌不說話。魏勒比回過神來，打破沉默道：

「好吧，讓我長話短說，快點兒走吧！令妹已然好轉，確定脫離險境了？」

「這一點我們已確定了。」

「還有可憐的令堂——她那麼疼愛瑪麗安。」

「那麼，那封信呢？魏勒比先生，關於你自己寫的那封信，你有什麼要說的嗎？」

「對，對，尤其是那封信。令妹在隔天早上又寫了封信給我，你知道的，你也知道信上的內容。我當時正在艾莉森家吃早餐，令妹的信和其他信件一起從我住處轉來。在我看到她的信以前，蘇菲亞先看到了，信封的大小、優雅的紙質還有筆跡，立刻引起她的疑心。她早就聽說我在德文郡和一位年輕小姐曾有過一段情，前一天晚上她又剛好看到了這位小姐是誰，一時之間醋勁大發，於是裝出一副若由一個討人喜歡的女人來裝會很可愛的淘氣模樣，把信給拆了看。她的厚顏無恥還真滿足了她的好奇心，她讀到信上令她難過的內容了。她的難過，我倒還能容忍，不過她的發脾氣——她的敵意——不管如何都得想辦法平息。簡言之，你覺得內人的信寫得如何啊？細膩、溫柔，很有女人味——不是嗎？」

「尊夫人！——可是信上明明是你的筆跡。」

「沒錯，不過我的功勞僅止於卑屈地抄寫那些令我汗顏到不敢署名的語句而已。原稿是她寫的，滿是她愉快的念頭和溫婉的措辭。可是我能怎麼樣呢？

我們已經訂婚了，每件事都在籌備中，婚期也快決定了——我說得像個蠢蛋一樣。什麼籌備！什麼婚期！講白點，我只是需要她的錢，置身在我那種景況下，只要不跟她決裂，叫我做什麼都行。瑪麗安和她的親友對我的回信有什麼看法，以至於對我的人格有什麼看法，又有什麼意義呢？反正結果只有一種。我的任務就是宣布我是個惡棍，我客氣地說和狂暴地說並沒有什麼不同。『我在他們心中的形象已經全毀了，』我這樣告訴自己：『他們不會再跟我交朋友了，他們已經認定我是沒原則的人，這封信只會讓他們把我當成如假包換的惡棍而已。』這就是我當時的想法，帶著一種絕望了的不在乎，我抄寫下我妻子的每一個字句，並且跟瑪麗安給我的最後贈與物道別。她寫給我的三封短信——很不幸地，都收在我的皮夾裡，要不然，我絕對會否認它們的存在，並將之永遠珍藏；我被迫把它們交出去，連最後的吻別都不被允許。還有那縷頭髮，也是放在我同一個皮夾裡隨身攜帶的，都被那位尊貴的女士笑吟吟卻毫不留情地搜出來——那親愛的髮絲——每一樣信物，都從我這兒被搜走了。」

「魏勒比先生，你錯得離譜了，也非常不應該，」愛蓮娜說道，語調激動，流露出對魏勒比太太的同情，「不論是對尊夫人或是我妹妹，你都不該用這種態度說話。這是你自己做的選擇，沒人逼你這樣做。對於尊夫人，你應該有基本的禮貌與尊重，她一定很愛你，否則也不會嫁給你。對她不好，說些貶抑她的話，並不會對瑪麗安有所補償，也不會讓你的良心好過些。」

「不要跟我談我妻子，」他說道，長嘆一聲。「她不值得你同情。我們結婚時，她就知道我並不愛她。不過，我們還是結婚了，然後到康柏莊園幸福度日，又回到倫敦去快樂生活。現在，達許伍德小姐，你可以可憐我一下了嗎？還是我這一番話都白說了？我是不是——有一丁點兒——讓你沒有那麼討厭我了呢？我的出發點並不總是錯的，我的解釋有沒有洗掉我一些罪惡呢？」

「當然，你已洗掉一些了——一小部分。你也已證明，在這整件事上，你並沒有我想的犯那麼大的錯。你也已證明你的心並沒有那麼邪惡，遠不及那麼邪惡。然而我不太知道——你所造成的悲劇——我不太知道有什麼可以比那更慘的。」

「等令妹痊癒之後，你可以把我告訴你的話，轉述給她聽嗎？讓她也跟你一樣，可以對我稍微改觀一下。你跟我說，她已經原諒我了。可是我希望她能更加了解我的心以及我目前的感受，以求得到她更自然、更真切、更溫柔，且不那麼嚴肅的原諒。告訴她，我的悲慘和懊悔；告訴她，我對她的心意從未改變；而且如果你願意的話，請告訴她，此時此刻，我愛她更甚於以往。」

「我會轉告她，這些堪稱你的辯解的必要部分。不過，你尚未告訴我，你到這兒來的原因，還有你是如何得知她生病的消息的？」

「昨天晚上，我在杜瑞連劇院（譯註：Drury-lane Theatre，倫敦著名的大劇院）的大廳碰到約翰・米德頓爵士，這是近兩個月以來，他在碰到我之後，第一次跟我講話。自從我結婚之後，他就不再跟我來往了，我既不驚訝也不遺憾。不管怎麼說，現在，好心、誠實又愚蠢的他，因著對我的義憤塡膺，以及對令妹的關懷，忍不住把這件他認爲不會——或許他猜可能不會讓我焦慮至極的事，說了出來。於是他盡可能直截了當地說，瑪麗安・達許伍德在克里夫蘭罹患了傷寒，就快死了——他那天早上才接到詹寧斯太太寄來的信，說瑪麗安瀕臨險境——帕瑪一家都已經嚇跑了等等。我一聽，實在太過震驚，無法裝出無動於衷的樣子，就連眼力遲鈍的約翰爵士也看出來了。他看我擔心的樣子，心也軟下來了，對我的敵意也削弱了大半，以至於臨別時幾乎要跟我握起手來了，還提醒我，以前曾承諾過，要送他一隻小獵犬的。我聽說令妹快死了，心中是什麼感受？——她瀕死之際，可能還認爲我是世界上的頭號惡棍，在彌留之際還鄙視我、痛恨我——我怎麼知道是不是有其他爛帳也一併算到我頭上來呢？——有一個人，一定會把我說成要多壞就有多壞的。我覺得可怕極了！我很快就做出決定，於是今天早上八點就坐上我的馬車，現在這一切，你都清楚了。」

愛蓮娜沒有答腔。她暗自思忖道，一個英俊挺拔、才華洋溢、率眞誠實，卻又感情豐富的年輕人，只因過早承繼家業，且習於懶惰、放蕩、奢侈的生活，終致為自己的心靈、性格與幸福招來無法彌補的傷害。上流社會造就了他的豪奢與自負，豪奢與自負則造成了他的冷漠與自私。在尋求自身罪惡的勝利時，以犧牲別人為代價而換得的虛榮，卻將他捲入一段眞愛，然而這眞愛，卻在豪奢，或至少在豪奢的嫡傳子孫——貧乏的逼迫下，做為犧牲。每一個帶領他走向邪惡的錯誤習性，也同時在帶領他走向懲罰。他曾不顧榮譽、不顧感受、不顧每一個更好的關心，在外表上切斷那段眞愛，而今，那段眞愛已不可求，他卻因而魂縈夢繫。他曾經毫無顧忌地置她妹妹於痛苦的深淵中於不顧，而去另外結親，如今，那一門親事，卻可能是他無法擺脫的，不幸的源頭。她在這樣的沉思中過了幾分鐘，才讓也陷於同樣痛苦沉思中的魏勒比給打斷思緒。他從沉思中回過神來，站起身，準備要走了，他說道：

「留在這兒也無濟於事，我得走了。」

「你要回城裡去嗎？」

「不，回康柏莊園，我在那兒有點事要處理，過一、兩天再回倫敦。再見了！」

他伸出手來，她也不得不伸出手來，他情意深厚地握了一下。

「你對我的印象眞的比較好了嗎？」鬆開手時，他問道，而且傾身靠向壁爐架，彷彿忘記要離開似的。

愛蓮娜向他保證是的；她原諒他，同情他，也祝福他——甚至還對他的幸福表達關切——也補充了些溫柔的勸言，希望能讓他們幸福。他的回答卻不太樂觀。

「關於幸福，」他說道：「我只能過一天算一天了，家庭幸福是不可能的了。不過，如果可以得到你以及你們家人對我的命運和行爲的關心，也許就可能——就會提醒我注意——至少，會讓我覺得值得繼續活下去。瑪麗安，無疑地，我永遠失去她了。萬一，我有幸得以重獲自由——」

愛蓮娜一句斥責，阻止他再說下去。

「那麼，」他答道：「再一次說再見了。我現在應該走開去，活在對某件事的恐懼中。」

「這話是什麼意思？」

「令妹的婚姻。」

「你錯得離譜了，她沒有比現在更不可能跟你在一起的時候了。」

「不過，她會跟另一個人在一起，如果他就是我最無法容忍的那位——我還是走吧，免得讓你看到，我多麼不能原諒那傷害我最深的人，而失去你對我的同情與善意。再見，上帝賜福你！」

說完這些話，他幾乎是跑著出去的。

# Chapter 45 第四十五章

愛蓮娜在魏勒比走了之後，甚至在聽到馬車駛離之後，腦子裡仍思緒紛亂地想著許多繁雜的事情，儘管這些雜思性質大相逕庭，但普遍來說，總以令人傷感的結局告終。思索著，傷感著，愛蓮娜幾乎沒空想到妹妹了。

魏勒比——半個小時之前還被愛蓮娜視為頭號卑鄙小人而痛恨著——魏勒比，雖然錯誤行徑殃及他人，本身卻也嚐其惡果，不免激起愛蓮娜的同情——

想到魏勒比帶著強烈的不捨與悔恨，永遠與她們家分道揚鑣，愛蓮娜意識到原來自己同情的是他的心願而非他的為人。愛蓮娜發覺魏勒比藉著按道理說乃是無足輕重的條件，強化了對她心靈的影響；比方說，他迷人的丰采——坦率、深情、活潑的態度——但卻沒什麼美德；他對瑪麗安仍就熱情未減——但卻不值得稱道。

雖然這樣想，但在情緒上的影響還是久久始見稍緩。

她回到睡夢中的瑪麗安身邊時，剛好見到她醒過來，睡了這麼長久且香甜的一覺之後，瑪麗安果如姊姊所期望的恢復得很好。愛蓮娜滿懷心事。過去，現在，未來——魏勒比的造訪，瑪麗安的康復，在母親即將到來之際，這些思緒攪得她一點兒倦意也沒有，只怕在妹妹面前不小心將心事顯露出來。不過這些擔心不久即隱去了，因爲就在魏勒比離開之後半小時不到，她又聽到門口有馬車聲。

由於不想讓還不知瑪麗安已脫險的母親再受到焦慮擔憂的折磨，愛蓮娜立刻飛奔下樓，趕赴門廳，一到門口正好遇到母親，趕忙將母親迎進屋裡。

達許伍德夫人在即將到達時，即擔心到認爲瑪麗安已不在人世，現在連問問瑪麗安病情、問候一下愛蓮娜都沒辦法；然而愛蓮娜不等母親開口即告訴她好消息，讓母親心上的大石頭落了地。而一向易於情緒激動的母親，馬上用歡天喜地來取代之前的憂慮焦急。她在女兒以及布蘭登上校的扶持下走進客廳，在那兒，心情一放鬆，也就喜極而泣了，雖然還是說不出話來，卻一再地擁抱愛蓮娜，也不時轉過身去握握上校的手，眼裡盡是謝意，也深信上校此時正和她一樣高興。

上校靜靜地分享這喜悅，內心的激動狂喜比起達許伍德夫人，有過之而無不及。

達許伍德夫人一平靜下來就立刻想去看瑪麗安，兩分鐘之後，她已來到愛女身旁。因著久別重逢，遭遇不幸，到目前的脫離險境，達許伍德夫人更加憐愛這女兒了。愛蓮娜看到母親與妹妹重逢，心中也是充滿喜悅，不過卻又擔心瑪麗安睡得不夠。雖然沉浸在重逢的歡樂中，但顧及性命垂危的愛女，達許伍德夫人當然可以保持冷靜，甚至謹慎小心，而瑪麗安得知母親已在身邊即已心滿意足，並意識到自己太虛弱還無法聊天，便欣然聽從身旁每一位看護的吩咐，安靜地休息。達許伍德夫人決定整夜陪著瑪麗安，愛蓮娜則在母親的勸說下，上床睡覺去。

在整夜沒睡與焦急擔憂了幾小時之後，愛蓮娜似乎需要好好休息一下，然而擾人的思緒卻教她無法成眠。她現在管魏勒比叫「可憐的魏勒比」，紛擾的思緒當中一直都有他；她曾經無論如何都不想聽他辯解，卻在聽了他的辯解之後，對於當初把他想得那麼壞，既自責又自覺有理。可是一想起答應過他，要把他的話轉述給瑪麗安聽，就覺得萬分棘手。她害怕去轉述那些話，也害怕瑪麗安聽了以後的結果。她懷疑妹妹在聽過魏勒比的解釋之後，是否還能和別人一起幸福地生活，一時之間，她還真希望魏勒比可以變成鰥夫；繼而想起布蘭登上校，隨即自責一番，她覺得上校受了那麼多苦，又那麼癡情，遠比他的情敵還配得起瑪麗安，因而也就不希望魏勒比太太早死了。

布蘭登上校這一趟巴頓任務，因達許伍德夫人早已有心理準備，也就沒有太過驚嚇到她。其實她因為非常擔心瑪麗安，早已決定不再等進一步消息，當天就要前往克里夫蘭，在上校到達之前，她就已經準備好了，之所以尚未出發，是因為要等隨時都可能來接瑪格麗特的卡瑞夫婦，畢竟做母親的不願帶小女兒到可能會傳染疾病的地方去。

瑪麗安的病天天持續好轉，而達許伍德夫人明亮愉快的神色和興高采烈的情緒，證明了她果如自己所再三宣稱的，是世界上最幸福的女人。愛蓮娜聽著母親的宣言，看著母親果然如此，內心不時疑惑著，母親是否曾想起艾德華。當初，達許伍德夫人看了愛蓮娜寫來的信，輕描淡寫地描述艾德華已和別人訂婚之事，便以為女兒真能淡然處之，以至於不再擔心愛蓮娜，她看著瑪麗安日漸康復，心情也就越來越愉快了。瑪麗安的起死回生讓她感覺到，自己先前判斷錯誤，鼓勵她與魏勒比交往，以致釀成這次大禍；這次瑪麗安的平安康復，又爲達許伍德夫人帶來一個愛蓮娜所不知道的喜悅的緣由。

一等母女二人有機會獨處，達許伍德夫人便將這件事告訴愛蓮娜。

「我們終於可以獨處了，親愛的愛蓮娜，你都不知道我有多高興呢！布蘭登上校喜歡瑪麗安，他親口告訴我的。」

她女兒一則以喜，一則以悲，又覺驚訝、又不覺驚訝，因此只是沉默地靜聽著。

「你一點都不像我，親愛的愛蓮娜，要不然怎麼還坐得住呢！如果要我坐下來爲我們家的幸福許個願，我最希望的就是布蘭登上校能娶你們姐妹當中的一人。而且我相信你們兩人之中嫁給他會最幸福的，應該是瑪麗安。」

愛蓮娜很想問母親爲什麼會這麼想，因爲她認爲母親一定已經無偏頗地做過年齡、個性或感情方面的考量了；然而，母親一想到感興趣的話題，總是隨著想像力奔馳四方，愛蓮娜因而不想提問，只以微笑回應。

「我們昨天過來時，他在路上就跟我說起心事了。其實也是很偶然，完全不經意地提起的。我這個人，你也知道，當時那麼擔心，談的一定都是我的孩子。他也是掩不住心中的擔憂，我看他的憂心並不下於我，也許他認爲這麼做已顯露出他對瑪麗安不只是普通朋友的關懷，也或許他並沒想那麼多，不過就是情不自禁地把他對瑪麗安的眞心、溫柔、癡情，都說給我聽而已。親愛的愛蓮娜，他打從看到瑪麗安的第一眼起就愛上她了。」

然而，愛蓮娜聽到這裡卻察覺到，這不會是上校所使用的詞彙，不是上校的告白，應該是想像力豐富的母親，隨著自己的喜好，加油添醋了一番的結果。

「他對她的愛，遠遠勝過了魏勒比所有的眞情或假意，是如此的熾熱，如此的眞或癡——怎麼說都可以啦——因爲他都已經知道瑪麗安先前被那個無賴魏勒比迷得團團轉的事，卻還愛她！他沒有私心，也不奢望什麼！——他能看著她嫁給別人嗎？如此高貴的情操！——如此坦誠！如此率眞！——他誰也不會騙的。」

「布蘭登上校的個性坦率正直，這是眾所周知的。」

「這我知道，」她母親正色道：「有了前車之鑑，我本是不會主動鼓勵，也不會高興要女兒這麼快就再談感情的。可是他主動對我掏心挖肺的，又這麼積極，這麼有情有義，足可證明他是最值得信賴的男人了。」

「他的名聲，」愛蓮娜說道：「並不只是建立在這件善行上，這次他對我們的幫忙，不光只是出於對瑪麗安的感情，也是基於人道的立場。詹寧斯太太和米德頓夫婦都是熟知上校爲人的老朋友，他們也同樣喜愛他、敬重他。雖然我認識上校的時間不長，對他的爲人卻也相當了解；我對他可說是推崇備至，如果瑪麗安能嫁給她，我會跟您一樣，認爲結了這門親，是我們家最大的福氣。

您怎麼回應他呢？您讓他覺得有希望嗎？」

「噢！親愛的，那時候瑪麗安生死未卜，別說讓他有希望了，我自己都不曉得有沒有希望呢！可是他也沒有要求給他明確的回答。他那段情不自禁的肺腑之言，乃是憂急中希望能得到朋友的安慰，不是向爲人父母者提親啦！不過，我起初雖因擔憂焦急而說不出話來，後來我的確告訴過他，如果她能活下來，彷彿我相信她可以似的，我會非常樂於促成他們的婚事；而自從我們到達之後，瑪麗安又已獲平安，我就更明顯地告訴他，並且盡我所能地鼓勵他。時間，只要一點點時間，我告訴他，就能成就一切——瑪麗安不該把心思浪費在魏勒比那種人身上的——他本身的優點一定很快就能贏得芳心的。」

「可是從上校的情緒來看，您還沒讓他變得像您說的那麼有希望呢！」

「沒錯，因他認爲瑪麗安用情太深，短時間內是不可能有所改變的；此外他也認爲，就算瑪麗安已不再迷戀任何人，他客氣地說，自己在年齡和性情上都和她差距甚遠，也不可能討她喜歡的。這一點，他就錯了。他年紀大她一截才好呢！正足以顯出他的成熟穩重，而他的個性，我清楚得很，正是絕對能讓你妹妹幸福的那種。至於他的人品、儀態，也都優於魏勒比。我的偏心還不至於讓我盲目，他當然沒有魏勒比那麼帥；不過，話說回來，他的五官還比較討人喜愛。你記得吧，我就常說魏勒比的眼睛看起來賊賊的。」

愛蓮娜不記得母親曾說過這樣的話，不過達許伍德夫人不等女兒回答，逕自繼續說道：

「還有他的舉止，上校的舉止不但比魏勒比更讓我喜歡得多，而且也是我知道會讓瑪麗安很喜歡的那種。他的溫文儒雅，對別人眞誠的關心，還有充滿男性氣概的自然樸實，比起魏勒比的沉不住氣、做作、經常的不合時宜，更配得上瑪麗安的眞性情。我非常確定，就算魏勒比脫胎換骨，變得非常討人喜歡，瑪麗安嫁給他，也不會像嫁給上校那般幸福的。」

達許伍德夫人說完了。她女兒並非完全贊同她的看法，不過沒提出異議，所以沒惹母親生氣。

「即使我繼續住在巴頓小屋，」達許伍德夫人補充道：「她住德拉福特也離我很近，而且如果可能的話，因爲我聽說那村子還滿大的——附近一定會有一些小房子或鄉村小屋，適合我們居住的。」

可憐的愛蓮娜！又來一個要把她弄到德拉福特去的計畫！不過她可是頑固得很！

「還有他的財產！因爲到我這個年紀，你也知道，大家都注重這個的；雖然我不清楚，也不想去問，不過，我相信一定是挺不錯的。」

此時，進來了第三個人，打斷了母女二人的談話，愛蓮娜便退出去，私下再想想這些事。她祝上校成功，卻也替魏勒比感到心痛。

Chapter 46

# 第四十六章

瑪麗安的病雖然讓她身體虛弱，卻還沒有久病到復原狀況遲緩的地步；她年輕，體力好，再加上有母親照顧，所以恢復得很快，在她母親抵達克里夫蘭的第四天，她就已經可以遷進帕瑪太太的更衣室了。她因爲急著向上校致謝，感謝他帶母親過來，便特別派人去請他過來相見。

他走進來，看見瑪麗安憔悴的樣貌，握住瑪麗安一看到他就伸過來的纖纖細手，神情激動，不禁讓愛蓮娜揣測起，這不單只是因爲對瑪麗安的愛，或因讓別人看穿他對瑪麗安的愛戀而起；上校注視著瑪麗安時，眼中的憂鬱神色和臉上表情的變化，很快就讓愛蓮娜明白，也許因爲瑪麗安相貌神似伊麗莎，現在又加上空洞的眼神、生病中的膚色、虛弱的臥床姿勢，以及她那不勝感激的眞誠道謝，讓上校想起了令人心痛的過去。

達許伍德夫人仔細觀察眼前的一切，用心並不亞於女兒，然而感受卻截然不同，解讀也就大異其趣，她在上校的舉止中只看到單純明確的眞情流露，而對於瑪麗安的動作和言語，又一個勁兒的相信，在感激之情以外，已然產生了其他情愫。

又過了一、兩天，瑪麗安的健康情形似乎是每十二個小時就大有進展，達許伍德夫人和她的女兒都認爲該是回家的時候了，因此也就提說想回巴頓去了。她的決定影響著兩位友人的行程，只要達許伍德母女們還在克里夫蘭，詹寧斯太太就得陪伴她們，不能離開；至於布蘭登上校，雖說不像詹寧斯太太那樣不可或缺，但在大家一致的要求下，也要和大家同進退。而達許伍德夫人在詹寧斯太太和上校的聯合要求下，也答應乘坐上校的馬車回家，好讓她生病的女兒可以坐得舒服些。至於上校，他在達許伍德夫人和詹寧斯太太的聯合邀請下，欣然答應在幾個禮拜之後，造訪巴頓小屋——這古道熱腸的詹寧斯太太，不但自己友善好客，也幫別人友善好客起來了。

離別的日子到了，瑪麗安特別花了許多時間跟詹寧斯太太道別——她誠摯地獻上感激，態度謙恭，滿懷祝福，似乎是意識到自己過去對人家太過冷淡似的——再來是充滿朋友真摯情誼的與上校說再見，上校小心地攙扶她坐上馬車，而且像迫不及待地要她獨佔一半空間似的。達許伍德夫人和愛蓮娜也隨後坐上馬車，一行人終於離去，留下詹寧斯太太和上校寂寞地談論著馬車上的旅人。不一會兒，詹寧斯太太的馬車也已備好，她隨即登上馬車，一路上和女僕們閒聊，以彌補失去兩位年輕夥伴之憾；布蘭登上校跟著隨即出發，一個人孤寂地回德拉福特去。

達許伍德母女們在路上走了兩天，這兩天來瑪麗安都沒有太勞累。她身旁兩位照護的同伴總是把細心呵護照顧她當成自己的首要任務，看到她身體安舒，神清氣爽，便覺得安慰滿足。這一切看在愛蓮娜眼裡，更是特別感恩。好幾個禮拜以來，她總是看瑪麗安受苦——既沒勇氣說出重壓心頭的苦悶，也沒毅力隱藏它，現在看著她喜悅不已，心寧神靜，想必是對許多事情都仔細思考過了，終將滿足快樂的。

馬車趨近巴頓，駛進喚起她愉快、痛苦兼而有之回憶的田野樹林間，瑪麗安沉默起來，陷入沉思，她別過臉去不看她們，認眞地盯著窗外瞧。愛蓮娜見她如此，既不狐疑，也不責怪；在扶著她下馬車時，看到她已經哭過，便覺得那是情緒的自然反應，憐憫之情油然而生，還暗自讚許她的克制工夫。接下來她的表現很明顯地是要讓自己重新振作起來；一走進她們慣常使用的小客廳，瑪麗安就帶著堅毅的神色環顧室內一周，彷彿立刻就下定決心要習慣會讓她想起魏勒比的一切景物。她話不多，不過每一句話都想讓人開心，雖然有時忍不住嘆惜，卻也很快就以微笑補過。晚餐後，她想彈鋼琴，一走過去便看到魏勒比送給她的歌劇樂譜，其中有幾首他們最喜歡的男女對唱，封面還有魏勒比幫她寫上的她的名字。沒辦法，她搖搖頭，拿開樂譜，隨便在琴鍵上彈了彈之後，便抱怨說手指還太虛弱無力，說著便合上琴蓋，跟大家宣布以後會多多練習。

第二天，這些快樂的徵兆不但沒有降低，反倒因充分休息而使身心愈加強健，瑪麗安在外表上和言談上都更顯得神采奕奕，她期盼瑪格麗特返家所帶來的喜悅，談及全家團聚愉快地在一起，更是唯一值得希冀的幸福。

「等天氣穩定，我也恢復體力時，」她說道：「我們天天都要散步到好遠的地方去。我們要走到原野盡頭的農田去，看看孩童們；我們要走到約翰爵士在巴頓邊界的墾植場，也去看看大修道院；我們還要走到小修道院的廢墟去，努力找找它最遠最遠的地基。我知道我們都會幸福的，我知

看看孩童們

道夏天會愉快地過去。我是指每天早上六點以前起床，而且從那時起直到晚餐以前，我如果不是彈琴就是看書。我已經計劃好了，也下定決心要用功唸書。我們家裡的書，我都已經太熟了，再讀也只能當消遣而已。不過，巴頓莊園裡有好多値得一讀的書，而且我知道可以跟布蘭登上校借比較新的書來看。一天只要唸個六小時書，一年下來，就可以得到目前我覺得欠缺的知識了。」

愛蓮娜很敬佩她有立意如此崇高的計畫，不過一想到當初就是這樣的熱情幻想引得她過度疲倦怠惰和自私的抱怨，現在卻又矯枉過正地嚴格自我要求，訂出這樣的計畫，不免覺得好笑。然而，一想起答應魏勒比的事還沒去做，微笑也就變成嘆息了，她擔心萬一將那些話轉述給瑪麗安聽，又會害得她心神不寧，或者至少也會短暫地毀了她忙著安定下來的美好計畫，因而決定還是把那可怕的時刻往後延，等妹妹身體更好時再說。不過才做了決定，就被破壞了。

瑪麗安在家裡待了兩三天，天氣狀況仍舊沒有好到讓她這個病人敢外出。不過，最後終於來了個和煦舒暢的上午——引得女兒很想出去，母親也很安心；於是瑪麗安倚著愛蓮娜的臂膀，被允許在不太累的情況下，可以在門前的小徑盡情的徜徉。

因爲瑪麗安身體還很虛弱，姐妹兩人慢慢地走著，自從生病之後，瑪麗安就再沒到戶外走動過了。——她們才繞到屋後，一可以看到矗立著的山崗全貌時，瑪麗安就注視著它，平靜地說道：

「那邊，就在那邊，」她用手指著說道：「在那個凸出來的山丘上，我滑倒了。就是在那裡第一次見到魏勒比的。」

她的聲音隨之變小，不過很快地便又恢復正常聲調補充道：

「發現我能不太難過地看著那座山丘，覺得很高興！——我們可以談一下那件事嗎，愛蓮娜？」她有些遲疑地說道：「——還是不該談呢？我希望我現在可以談談它，因爲我該這麼做的。」

愛蓮娜溫柔地請她儘管說。

「要說遺憾的話，」瑪麗安說道：「關於他，已經沒什麼好遺憾的了。我不是要告訴你，曾經對他有過什麼感覺，而是要說，我現在對他的感覺。目前，我只要確定一點就會覺得滿足——只要讓我覺得他不是故意的，不是一直在騙我，就好了；尤其是，如果我能確定，他沒有我所害怕的那麼邪惡就好了，自從聽了那個不幸女子的故事之後——」

她說到此便打住了。愛蓮娜聽她這麼說甚是高興，答道：

「只要你確定那一點，當眞就會比較好過嗎？」

「是啊，我的心好過與否，和那一點有雙重關聯。因爲把他想成一個故意欺騙我的人，讓我覺得很可怕；再則，我又該怎麼看待自己呢？我的情況除了說明自己是最不可饒恕的濫用感情之外——」

「那麼，」她姊姊問道：「你如何解讀他的行爲呢？」

「我把他想成是一個花心的人——就是非常花心而已。」

愛蓮娜沒有接話，她內心猶疑未決，不知是否該開始陳述魏勒比的話，還是等妹妹身體好些再說——於是兩人無言地往前走了幾分鐘。

「我不會祝福他過得很好，」瑪麗安終於嘆了口氣說道：「只但願他在暗自回想這些事情時不會比我更不愉快。一想起這一切，他肯定不會好受的。」

「你拿自己的行爲跟他比嗎？」

「不，我拿它跟該比的比。我拿我的行爲跟你相比。」

「我們的情況大不同啊！」

「至少比我們的行爲相像。親愛的愛蓮娜，請不要用你的仁慈爲你原本判斷爲錯的事情辯解。我的病讓我思考——有足夠的時間和冷靜的頭腦，認眞想想事情。早在我身體恢復到能說話之前，就足以思考了，我思索著過去：發現自從去年秋天我們結識他以來，我就一直放縱自己輕率任性，對別人缺乏善心。我的任性給自己帶來痛苦，在受苦時又缺乏破繭而出的毅力，弄得自己差點送命。

我這場病，自己清楚得很，完全是自作自受，明知不對，卻還是那麼輕忽自己的健康。如果我死了，也是自取滅亡。我一直到脫離險境才明白自己有多危險；然而仔細思考這一切之後，我有種感覺，我對我的康復感到驚訝，對我的求生意志感到訝異，我想要有時間向上帝和你們贖罪，以致我活下來了。倘若我死了，身爲我的看護、我的朋友、我的姊姊的你，會是多麼難過啊！——你在我最後的日子裡看盡了我討人厭的自私、聽盡了我心底的抱怨，我如何能以這副德性存留在你的記憶中呢！——還有媽媽啊！你如何安慰得了她呢！

我簡直無法表達對自己的憎惡。每當我回首前塵，總是看到自己的不負責任與任意而行。我似乎傷害了每個人。對於好心好意的詹寧斯太太，我卻總以不知感恩的輕蔑回報她。對於米德頓夫婦、帕瑪夫婦、斯蒂爾姐妹，甚至所有認識的人，我總是傲慢又偏見，以不屑一顧回報他們的善意，以暴躁易怒回報他們的關注。對於哥哥、嫂嫂，也許他們不值得尊重，我卻連起碼的禮貌也沒做到。至於你，你比其他人，比媽媽，都更受我虧待。只有我一個人知道你心裡有多苦；然而，我又做了些什麼？就連給你或給我自己一絲安慰的同情也沒有。你就是我眼前的模範，但是又有什麼用呢？我更關心你和你的需求了嗎？我學習你的忍耐、減輕你的負擔，分擔你一直以來對眾人殷勤招呼，對特別的人致上感激的日常事務了嗎？並沒有。——就算知道你的遭遇實屬不幸，或在以為你無憂無慮時，我都沒有負起責任照顧你，連友誼的安慰也沒給你；彷彿除了我自己之外，誰也不讓悲傷似的，一心只為那個遺棄我、惡待我的人怨嘆悔恨不已，還累得你——我口口聲聲最深愛的姊姊為我擔驚受怕。」

她那滔滔不絕的自責情緒在此停歇；愛蓮娜雖誠實到不想恭維她，卻急著想安慰她，立刻對她的真心悔悟加以讚美與支持。瑪麗安握住姊姊的手，答道：「你真好。未來就是我的證明，我已訂好計畫，若能貫徹執行，情緒就能得以控制，脾氣也能加以改善，不會再讓別人擔憂，也不會再使自己痛苦。從現在起，我將只為家人而活。你、媽媽以及瑪格麗特，就是我的世界了；你們會分享我全部的深情。我再也不會有一絲要離開你、離開我們家的念頭。如果我跟別人在一起，也只是為了展現我已變得謙卑，我的心已然悔悟，我可以殷勤待人，並能溫柔忍耐地處理日常瑣事。說到魏勒比，倘若我告訴你，我會很快或終將忘了他，那是騙人的。不論環境或對他的看法如何改變，我都忘不了他；然而，我會節制的，或用宗教、或用理智、或用不停的忙碌來做到。」

她停了一下，繼又低聲補充說道：「如果我能得知他的心意，一切就都好辦了。」

已經思前想後，斟酌此時是否爲說出魏勒比所託之事的適當時機，卻又和先前一樣猶豫不決的愛蓮娜，一聽妹妹這麼說，覺得再怎麼考慮也沒有用，行動才是必要的，於是跟妹妹談起事實。

她一如自己所希望，選擇當面告訴妹妹。先謹愼小心地讓她心急的聽者做好準備，繼而簡單誠實地陳述魏勒比道歉的重點：恰如其分地傳達了他的悔意，避重就輕地提了一下他的愛情宣言。

瑪麗安聽後一言不發，她顫抖著，眼睛直視地面，雖已病癒，嘴唇卻是慘白；心中湧起千百個疑問，卻一個也問不出口。她心焦地傾聽愛蓮娜所說的每一個字眼，自己的手卻在不知不覺中緊握姊姊的手，眼淚爬滿了雙頰。

愛蓮娜擔心她太累，領著她往回家的路走；雖然她沒問，但愛蓮娜很容易就看出她的好奇，所以一直到家門口前，都一直談著魏勒比以及他們之間的對話，魏勒比的言談和神色等詳情，只要是不會太過影響瑪麗安的，愛蓮娜都描述得很仔細。一走進家裡，瑪麗安滿懷感激地親了姊姊一下，含著眼淚迸出「告訴媽媽」這幾個字，就緩緩地上樓去了。愛蓮娜不想打擾此時需要清靜的妹妹，卻也急著在心裡設想結果會如何，便下定決心，如果瑪麗安沒再提起這事，自己就要主動提說，然後走進客廳去做瑪麗安臨上樓前所交代的事。

Chapter 47

# 第四十七章

達許伍德夫人聽到愛蓮娜所轉述前寵兒的辯詞，難免有所感慨。她很高興可以抹掉一些算在他頭上的罪過，她也替他感到遺憾，不過還是祝他幸福。雖然如此，過去的感情已經喚不回了。什麼也恢復不了當初對他顛簸不破的信心——對瑪麗安來說毫無瑕疵的人格。什麼也磨滅不了瑪麗安因他所受的苦，什麼也磨滅不了他對伊麗莎的行爲所造成的罪過。因此，魏勒比再怎麼樣也回不到先前在達許伍德夫人心中的地位，也沒有任何事可以使上校的地位稍減。

假使達許伍德夫人像女兒那樣，親自聆聽了他的辯解——看到了他的沮喪，並且感受到他神情和儀態的影響力，或許就會對魏勒比多同情些。不過，愛蓮娜不能也不願用自己詳細的敘述去激發別人湧起像她當初那樣的情緒。經過了審愼的思考，她已能冷靜地給魏勒比一個公斷，頭腦清醒地評評魏勒比的功過；因此她只願轉述事實，訴說攸關他人格的眞相，而不願溫柔地添枝加葉，以免讓人胡思亂想。

晚上大家在一起時，瑪麗安主動提起魏勒比；不過對她而言，這也不是容易的，她先是不安地坐著，思緒翻騰了半晌，繼之開口時也是臉色泛紅，聲音明顯地顫抖著。

「我要跟你們二位保證，」她說道：「我看透所有事情了——就像你們所希望的那樣。」

達許伍德夫人本想溫柔地安慰兩句，打斷她的談話，不過愛蓮娜卻很想聽聽妹妹不帶偏見的看法，連忙給母親使個眼色，請她保持安靜。瑪麗安緩緩地繼續說道：

「愛蓮娜今早對我說的話，帶給我很大的安慰——我已聽到我想聽的話了。」一時聲音哽咽，說不出話來，待恢復鎮定後，卻比先前更冷靜地繼續道：「我現在心滿意足，我希望事情不要再有變化了。我知道我跟他在一起，不會幸福的，這是我遲早都會知道的事。我再也不會相信他、尊重他了，無論什麼事都改變不了我對他的看法。」

「我知道——我知道，」她母親大聲說道：「跟一個浪蕩的男人在一起，哪有幸福可言！跟一個傷害過我們最好的朋友（也是全世界最好的人）的傢伙在一起，可能幸福嗎？不會的——我的瑪麗安跟那樣一個男人在一起，心情怎麼可能愉快呢？她的良心，她敏感的良心，她丈夫對所作所為該有的感受，她的良心都感受得到的。」

瑪麗安嘆了一口氣，又重提了一次：「我希望事情不要再有變化了。」

「你對此事的看法，」愛蓮娜說道：「就像一個有理性、有見解的人一樣。我敢說你對此事的認知和我一樣，不僅在事情本身，還在許多其他條件上，足夠理性地看出，你和他結婚將會面臨一些不可避免的難題和挫折，光靠愛情是不能解決問題的，況且他的態度如何又很難說。你若嫁給他，兩人肯定是苦哈哈地過日子。他奢華度日，連他自己也承認的，可是從他的行為來看，他根本不知『自我控制』爲何物。他的需索無度，再加上你的欠缺經驗，兩人就靠那麼微薄的收入，日子肯定難過，而且你也不會因不知道或沒想過這種情況就可以少受些苦。你的榮譽感和誠實會使得你在得知實際情況之後就量入爲出，但是這勤儉度日、縮衣節食的生活，也許對你本身而言就已經夠苦了，更何況——婚前的經濟情形就已搖搖欲墜，光靠你一個人的節儉，也只是杯水車薪，能有什麼效果呢？——再說，如果你要求他省掉一些花在享樂上的開銷，雖說此舉合情合理，但你難道就不擔心不但說服不了他只想宴樂度日的自私之心，就連自己在他心目中的地位也會大受影響，導致他後悔結了這門不但不能解決問題卻帶來一堆限制的親嗎？」

瑪麗安的嘴唇顫抖著，意味深長地複述了「自私」二字，彷彿在問：「你眞的認爲他自私嗎？」

「就你們之間的事來看，他整個行爲，」愛蓮娜說道：「從頭到尾都是建立在自私上頭。剛開始時，他只想自私地玩弄你的感情，後來愛上了你，卻又自私地遲遲不願表白，到最後又自私地離開了巴頓。他自己的享樂、他自己的安適，才是他人生的準則。」

「的確是這樣，我的幸福在他心中根本無足輕重。」

「眼前，」愛蓮娜繼續說道：「他對自己的作爲感到懊悔。不過，爲什麼呢？因爲他發現事情並不是照他想的在進行。他並不幸福；他的經濟困境已獲得紓解——他不再爲錢所苦，但卻娶了個沒有你那麼討人喜歡的女子。不過，話說回來，就算他娶了你，就會幸福嗎？娶了你就會有別的問題啦！娶了你就會爲錢所苦，只因他目前已不缺錢，他才覺得無所謂。他本想娶一個在個性上讓他無所抱怨的妻子，可是這樣他就會有所匱乏──總是缺錢；所以他也許很快就意識到，娶一個家大業大、收入豐厚的女子，對家庭幸福來說，遠比娶一個有德卻無財的女子還重要。」

「我一點兒也不懷疑，」瑪麗安說道：「而且我一點兒也不覺得遺憾──除了自己的愚蠢以外。」

「與其說是你的愚蠢，還不如說是你母親的草率魯莽呢，孩子，」達許伍德夫人說道：「我該負責的。」

瑪麗安不讓母親再說下去。看到每個人都能認錯，愛蓮娜覺得很滿意，她不想再談過去，怕又會影響妹妹的情緒，於是就把話鋒一轉，立刻說道：

「我想，對這件事我們可以有一個公允的評語：魏勒比一切的麻煩，都因他犯的第一個敗德之行而起──他對伊麗莎．威廉斯的所作所爲。那罪行是他一切更小的罪惡及他現今一切不幸的根源。」

瑪麗安也甚爲贊同，母親卻本著對布蘭登上校的溫馨友情，意圖明顯地說起上校所受的種種傷害與美德。不過，她女兒看起來似乎沒怎麼把這一段給聽進去。

在接下來的兩、三天，瑪麗安的復元情形果如愛蓮娜所料，並不像之前那樣持續地好轉；不過既然她的決心並沒有動搖，而且也持續努力表現出愉悅、輕鬆的樣子，她姊姊也就相信，假以時日，她一定會完全康復的。

瑪格麗特回來了，全家又團聚了，她們又恢復了在巴頓小屋中恬靜的生活。若說她們讀書、作畫、彈琴等不似剛搬來時那般勤勉、有活力，至少她們計劃將來一定要好好加油。

愛蓮娜越來越想知道艾德華的消息。自從離開倫敦之後，她就再沒聽過有關他的事了，不知道他現在打算怎麼樣，更不確定他現在住在哪裡。因爲瑪麗安的病，愛蓮娜和哥哥通過幾封信，約翰在第一封來信時寫道：「不幸的艾德華，我們對他一無所知，而且在這樣一個禁忌的話題上，我們也不敢多問，不過倒是確定他人還在牛津。」——這就是信上有關艾德華的全部消息了，在往後的幾封信裡，根本連提都沒提到他的名字。不過，愛蓮娜注定是要聽到艾德華的消息的。

她們的男僕有一天奉命到艾斯克特去辦事，回來服侍用餐時，達許伍德夫人問他事情辦得如何之後，他又自動添了一句：

「夫人，我想您已知道，法若斯先生結婚了。」

瑪麗安大爲驚訝，眼睛盯著愛蓮娜瞧，只見愛蓮娜臉色慘白，而瑪麗安自己則歇斯底里地狂叫，倒進座椅中。達許伍德夫人回應著僕人的問題，眼睛也不自覺地朝大女兒看過去，一見愛蓮娜慘白的臉色，驚覺女兒正痛苦難當，不一會兒又看到瑪麗安那副絕望的樣子，一時之間，不知該先照顧哪個女兒才好。

男僕一見瑪麗安小姐極度不適，倒還知道趕緊去喚一名女僕過來，女僕隨即在達許伍德夫人的

夫人，我想您已知道，法若斯先生結婚了

協助下，將瑪麗安攙扶進另一間房。瑪麗安的狀況隨後即趨於穩定，她母親便把她交給瑪格麗特和女僕照顧，自己則回到愛蓮娜身邊。愛蓮娜雖然仍心煩意亂，但已恢復理智，也已能說話，她正想問男僕，這消息是打哪兒來的。達許伍德夫人立即代勞，愛蓮娜因而無須勉力開口即可得知答案。

「湯瑪斯，是誰告訴你，法若斯先生已經結婚了？」

「夫人，今早在艾克斯特，我見到法若斯先生和他夫人，也就是斯蒂爾小姐了。他們的馬車剛好停在新倫敦客棧門口，我因為要幫巴頓莊園的莎莉給她在那兒當信差的弟弟送個口訊兒，所以也到那兒去了。我經過馬車時剛好抬起頭來，碰巧就看到斯蒂爾家的二小姐；我便脫帽為禮，她就看到我了，還叫住我，問起夫人您以及小姐們，尤其是瑪麗安小姐，後來還叫我代她和法若斯先生向您以及小姐們致意，致上最誠摯的問候，還說很抱歉，她們沒有時間過來探望您，可是他們當時還急著趕路——急著往前行——不過，他們說回程時肯定會來拜望您的。」

「可是，她告訴你，她結婚了嗎，湯瑪斯？」

「是的，夫人。她微笑著說她如何改了姓氏的。她向來就是位溫柔和藹、直言不諱的小姐，而且又總是那麼客氣，所以我也就大膽地祝她幸福快樂。」

「法若斯先生也同她一塊兒在馬車裡嗎？」

「是的，夫人。我看到他斜坐著，不過他並沒有抬起頭來；他向來不愛說話的。」

愛蓮娜心裡當然明白他為何不探身向前，達許伍德夫人心裡也許也有同樣的解釋。

「馬車裡沒有別人了嗎？」
「沒有，就他們兩人。」
「你知道他們打哪兒來嗎？」
「他們直接從城裡過來的，是璐西小姐——法若斯太太告訴我的。」
「他們是要更往西走嗎？」
「是的，夫人。不過不會待太久，他們很快就會回來，到時候一定會到這兒來的。」
達許伍德夫人看著女兒，不過愛蓮娜心裡清楚得很，別盼他們來了。她完全了解璐西這訊息的意思，也相信艾德華是不會再來接近她們了。她低聲對母親說道，他們也許是去看望住在普利茅茲附近的普瑞特先生了。
湯瑪斯的消息似乎說完了，愛蓮娜卻一副還想再多聽點兒的樣子。
「你離開之前是否看到他們出發了？」
「沒有，夫人。那時馬匹才剛牽出來，可是我不能再待下去了，我怕會耽誤時間。」
「法若斯太太看起來好嗎？」
「她很好，夫人。她說她好極了；據我看，她向來就是一位非常漂亮的小姐——而且她似乎很滿足的樣子。」
達許伍德夫人想不出還有什麼問題好問了，而且也不需要桌巾，便叫湯瑪斯把桌巾撤走了。瑪麗安早已派人來說過她不想吃東西，達許伍德夫人和愛蓮娜同樣都沒了胃口，瑪格麗特也許會覺得自己好幸運，兩位姊姊最近經歷過那麼多麻煩事，以至於她們常常吃不下東西，自己倒是從來不會沒有胃口。

當僕人們準備好甜點和酒時，只剩下達許伍德夫人和愛蓮娜了，她們一塊兒待在那兒良久，同樣陷於沉思中。達許伍德夫人不敢貿然開口，也不敢隨便安慰女兒。她現在才發覺當初不該相信愛蓮娜的來信，以為她眞的沒事；現在才明白當初愛蓮娜為了不要母親在憂心瑪麗安之外，還要替她擔心，所以才將一切輕描淡寫地一筆帶過。達許伍德夫人發現自己被小心謹愼、體貼他人的大女兒給誤導了，她本來以為愛蓮娜和艾德華之間兩情相悅、彼此相愛，可是愛蓮娜卻讓她以為是自己多慮了，或事情根本就沒有現在那麼嚴重。她眞怕在這樣的前提下，自己已是對愛蓮娜不公，關懷不夠——甚至不夠疼愛她；瑪麗安的傷痛因為顯而易見，也就較易引起她的關注，然而卻也因此忽略了傷痛程度不下於瑪麗安，只是較內斂、較忍耐的愛蓮娜。

# Chapter 48

# 第四十八章

愛蓮娜現在發現，對於不愉快的事，不論怎麼期盼它，最終的事實總會出乎你的料想之外。她發現當艾德華還是單身時，自己總是希望會突然發生個什麼事，讓他不要娶璐西；像是他自己的決心、親友的調解，或璐西碰到更合適的人選之類的，好讓大家皆大歡喜。然而，他現在卻結婚了，愛蓮娜埋怨自己，就是因爲沒有早早死心，現在才會被這個消息給弄得加倍痛苦。

他居然這麼快就結婚了，在取得神職人員資格之前哪（愛蓮娜想他會先取得資格的），而且也還沒就任教區牧師。愛蓮娜起初甚感驚訝，不過，她很快就想到，也許深謀遠慮的璐西急著要套牢艾德華，爲免夜長夢多，便什麼事都不管，先結婚再說。他們結婚了，是在城裡結的婚，現在急著趕到她舅舅家去。艾德華來到距離巴頓四英里不到之處，見著了她母親的僕人，聽著璐西的那一番話，心裡作何感想呢？

她猜他們很快就會在德拉福特安定下來——德拉福特，那個想盡辦法要獲得她青睞的地方——那個她既想擁抱又想遠避的地方。她似乎已然看到他們搬進牧師公館，看到璐西活潑能幹地持家，把外表光鮮亮麗和內裡勤儉度日結合在一起，生怕別人揣測她拿一分錢當兩分錢用；追求自己的利益不遺餘力，努力巴結布蘭登上校、詹寧斯太太和每一位有錢的朋友。至於艾德華，她不知道該怎麼想像他，也不知道希望他怎樣——幸福或是不幸福——她都不會高興；於是索性不去想像他了。

愛蓮娜自認為倫敦的親友們會寫信來告訴她們這件事，以及更多詳情；然而，日子一天天過去了，既沒收到信也沒聽到消息。雖說不知該責備誰才好，但每個沒捎消息過來的都有錯，因為他們不是粗心就是懶惰。她心中實在按捺不住，只好想辦法打聽，便問了這樣一個問題：

「您什麼時候給布蘭登上校寫信的呢，媽媽？」

「我上個禮拜就給他寫信了，孩子，而且我希望見到他本人更甚於再次收到他的信。我竭力邀請他來看我們，他也許今天、明天，或說不定哪天就到了呢！」

這眞是大有斬獲，就期盼上校的到來吧！他一定有很多消息可以提供。

她心裡剛這麼打定主意，就看到窗外有個男人正騎著馬過來。他在她們家大門口停下。來者是一位紳士，是布蘭登上校本人。現在她有更多消息可以聽了；她期盼著，忍不住顫抖。可是，那人並不是上校——樣子不像，身高也不像。可能的話，她會說那人是艾德華。她又看了一次，那人正好下馬——這下子，她不會看錯了——正是艾德華。她趕緊離開窗邊，找張椅子坐下。

「他特地從普瑞特先生家來看我們。我得冷靜，我得控制住自己。」

不一會兒，她發現母親和妹妹也自覺剛剛看錯人了。她看到母親和瑪麗安的臉色都變了，兩人都在盯著她瞧，還彼此小聲地交談了幾句。她眞希望能大聲地說出來，讓大家了解，她不要她們冷

正是艾德華

淡或輕慢來客；不過，既然她根本說不出話來，也只好讓她們愛怎麼辦就怎麼辦了。

沒有人說話，她們全都安靜地等待訪客出現。他踩在碎石道上的腳步聲清晰可辨，不一會兒即來到走道，接下來就出現在她們面前。

他進來時臉色不太好看，愛蓮娜也幾乎一樣。她心裡七上八下的，因而臉色慘白，而他則一副擔心自己不受歡迎的樣子，把自己的自知之明全寫在臉上。然而深明女兒心意的達許伍德夫人，便決定聽女兒的，秉持熱誠，以禮待客；她盡力擠出滿面笑容，朝他伸出手來，祝賀他。

他漲紅了臉，結結巴巴嘟噥了一句沒人聽得懂的回答。愛蓮娜也隨母親問候了他一下，也很希望自己能跟他握握手，不過卻已錯過時機，只好一臉熱誠的樣子，坐回椅子上，談起了天氣。

瑪麗安盡量往旁邊坐，省得讓人看出她的難過；而對此事一知半解的瑪格麗特，則認爲自己有必要保持威嚴，於是挑了個離他最遠的座位，嚴肅地保持沉默。

愛蓮娜說完了天氣，尷尬的冷場隨即出現。達許伍德夫人心想得問候一下沒有同來的法若斯太太才是，便打破沉默，表達關心。艾德華連忙說她很好。

又是一陣沉默。愛蓮娜雖然害怕聽到自己的聲音，卻也鼓起勇氣問道：

「法若斯太太目前在朗斯特伯嗎？」

「朗斯特伯！」他很驚訝地回應道。「不是，我母親在倫敦。」

「我指的是，」愛蓮娜說道，一面從桌上抄起一件手工來，「艾德華．法若斯太太。」

她不敢抬起頭來，不過她母親和瑪麗安卻都直盯著艾德華看。他滿臉通紅，一副狼狽樣，卻又很困惑似的，遲疑了一下才說道：

「也許你是指——我弟弟——你是指——羅伯特．法若斯太太。」

「羅伯特．法若斯太太！」瑪麗安和達許伍德夫人同時驚叫起來；——愛蓮娜雖然說不出話來，卻也不可置信地注視著他。他從椅子上站起來，走到窗戶旁邊，很明顯地不知該怎麼辦才好，隨手拿起一把擱在那兒的剪刀，就著剪刀鞘亂剪起來，把剪刀和剪刀鞘都弄壞了，又慌亂地說道：

「也許你們不知道——你們可能沒聽說我弟弟最近結婚了——他娶了——二小姐——璐西．斯蒂爾小姐。」

除了愛蓮娜之外，每個人都在心中複述了一遍他的話，愛蓮娜把頭埋進自己手上拿的那件手工裡頭，激動得不知自己身在何方。

「是的，」他說道：「他們上禮拜結的婚，現在人在多里士。」

愛蓮娜再也把持不住了，她幾乎是跑出去的，一關上門，喜悅的淚水便奪眶而出，她起初還以爲永遠停不了呢！那時站在屋裡東看西看就是不敢看她的艾德華，眼見她跑出去，也許也看到——或聽到她激動的情緒，隨即陷入沉思，不管達許伍德夫人說些什麼、問些什麼、如何關懷，都無法讓他從沉思中醒來。最後，他一語不發地離開達許伍德家，往村子裡走去，留下其他人對他突如其來、美妙的處境改變驚奇且困惑不已——這困惑無人能解，她們只好自己亂猜。

# Chapter 49 第四十九章

儘管達許伍德一家對艾德華能從婚約的束縛中解脫出來感到不可思議，但他確定是自由了。而他將如何運用這自由，大家都不難想到；在未徵得母親同意即魯莽的享用訂婚之福達四年之久，既然婚約已告解除，立刻再定一門親，也屬合情合理。

他來巴頓，只有一個簡單的任務，就是向愛蓮娜求婚；想想他在這方面也不是沒經驗，方才他表現得那麼困窘不安，還眞是奇怪，又需要鼓勵又需要透透氣的。

他是走了多久才走出決心，等了多久才等到機會，怎麼求婚又怎麼被接受，就毋須贅述了。反正就是：在下午四點鐘，也就是他來到巴頓的三個小時之後，大家一起坐下來時，他就已經得到小姐首肯，也徵得她母親同意，不僅得以宣稱是欣喜若狂的戀人，也是理論上和現實中最幸福的男人了。他的情況眞是遠勝於一般的欣喜若狂，超乎尋常的興奮喜悅充塞了他的胸懷、振奮了他的精神。他無可指責的從一場纏繞了他四年之久的困厄中，從一個他老早就已經不愛的女子手中被釋放出來了——更何況他還立刻攀升到那位他一決定想要，就差不多非得絕望不可的女子的懷抱中。他的情況轉變不是從懷疑或是緊張，而是從痛苦到幸福——這樣的轉變讓他自然開放地流露出感恩的喜悅，簡直是他的親友們前所未見的。

他現在向愛蓮娜敞開心門——將一切的缺點和錯誤都告訴她，並且以二十四歲的哲學威嚴談起當年對璐西那份不成熟的少年情懷。

「都怪我當時的愚蠢和懶惰，」他說道：「對世事認識不多——遊手好閒的結果。當我十八歲離開普瑞特先生家時，如果我母親能給我一些有意義的事情做，我想——不，我確定，就不會發生那種事了；因為當時我雖帶著自以為對他外甥女無法自拔的迷戀離開朗斯特伯，但是只要有個目標或其他事可忙，和她疏遠幾個月，我就會從那種幻想式的愛戀中掙脫出來了，尤其是在那種情況下，我真應該多和世界接觸的。然而沒有事做——既不為我安排事做，也不讓我自己找事做，我回到家中，遊手好閒，無所事事，在接下來的一年裡，我連有名無實的大學生都當不上，因為我一直到十九歲才去唸牛津。因此除了幻想正在談戀愛以外，完全無事可做；我母親讓我在家裡也不是那麼好過——我沒有朋友，和弟弟又合不來，我也不喜歡結交新朋友，所以自然也就常待在朗斯特伯了，我在那裡總有家的感覺，又總是受到歡迎，因而我十八歲到十九歲大部分的日子都是在那兒度過的。璐西看起來既親切又體貼，她也很漂亮——至少我那時候認為如此；而且我又不認識其他女人，根本無從比較，看不到她的缺點。因此，總括來看，我們當時愚蠢的訂婚，後來也證明確是如此，但思及當時，實在絕非不近人情、不可原諒的一件蠢事。」

達許伍德母女們在短短數小時之間的心境變化劇烈非常，每個人都洋溢著幸福歡欣——如此快樂滿足——怕是要一夜無眠了。達許伍德夫人高興得不知如何是好，不知該怎麼疼愛艾德華或是該怎麼稱讚愛蓮娜才夠——不知該怎麼慶幸他的解脫，才能不傷害到他敏感的心思，也不知道該如何能立刻給他們時間、空間獨處，又能伴著他倆，把他倆給看個夠。

瑪麗安只能用淚水來表達她的歡喜快樂，雖然比較之心、遺憾之情油然而生；但她的喜悅就和她對姊姊的愛一樣眞摯，只不過是無法振奮精神、無法以言語表達的那種。

那麼愛蓮娜的心情又是如何呢？從知道璐西另結新歡、艾德華重獲自由的一刻起，到艾德華讓她的一切希望成眞的一刻止，她的內心百感交集，獨缺平靜。但接下來的時刻——當她發現一切的懷疑與掛慮都已去除——將自己的處境今昔相比——看到艾德華正當地從前次婚約中得釋——看到他立刻從這樣的自由中向她求婚，將她一直以來所企求的溫婉、堅貞的愛情表露無遺，她簡直承受不住了——她被淹沒在自己的幸福裡。人類心境對於好轉的情況總是適應得較快，她卻花了好幾個小時才讓精神不再亢奮，讓內心趨於平靜。

現在，艾德華至少得在巴頓小屋住上一個禮拜；不管其他理由爲何，光是爲了要愉快的與愛蓮娜爲伴，就不能少於一個禮拜了，要不然他倆對於過去、對於現在、對於未來所要說的話，怕是連一半都沒時間說呢！區區數小時不間斷的言談，早就夠兩個理性的人爆出許多雙方從沒談過的話題了，然而熱戀中的人卻絕非如此。對於他們而言，同樣的話題至少得聊個二十遍才算談過，也才能結束。

璐西的婚姻當然引得眾人無限好奇，自然也就是小倆口最早談論的話題；就愛蓮娜對男女雙方的了解而言，這樁婚姻無論從哪個角度看，都是她有生以來最不尋常、最無法理解的事。他們怎麼會湊在一起，而羅伯特又是看上璐西哪一點呢？愛蓮娜明明親耳聽過羅伯特把璐西嫌得一無是處的，而且璐西還跟他哥哥訂了婚——他哥哥還因此被逐出家門——愛蓮娜實在無法理解。對她的心而言，此乃大好消息，對她的想像力而言，再滑稽不過；對她的理智和判斷而言，則完全是個謎。

艾德華也只能猜測，也許在雙方的偶遇中，一方的虛榮因另一方的阿諛奉承而大為滿足，大起作用，以至於逐漸地發展出後續一切。愛蓮娜想起在哈雷街碰到羅伯特那次，他告訴她，若有他及時出面調解，則哥哥的事情將如何如何；她講給艾德華聽。

「那就是羅伯特的作風，」艾德華聽完立刻說道：「也許在他們剛認識時，他的確那樣想過。而璐西起初也許只是想請他幫我的忙，其他念頭可能是後來才有的。」

他們到底交往了多久，艾德華也跟愛蓮娜一樣，完全摸不著頭緒；自從離開倫敦之後，他就依照當初所計劃的一直待在牛津，所有的消息來源都是璐西本人，而且直到最後，她的來信都和往常一樣頻繁，濃情蜜意亦未稍減。他根本不疑有他，所以對於即將發生的事，一點心理準備也沒有；璐西最後來了一封信告訴他這件事，起初有一段時間，他還茫茫然地徘徊在離苦得樂的驚嘆、恐懼和喜樂之間呢！他把信交到愛蓮娜手中——

敬啓者：

我知道您早已不再愛我，所以我當然可以另嫁他人，而且，我跟他在一起無疑地會與跟您在一起同樣幸福；其實，我也不屑嫁給一個內心並不愛我的人。

誠心祝您覓得幸福伴侶，我們已是近親，若不再是好朋友，絕非我的錯。我保證無意傷害您，故請您寬大爲懷，也不要互相傷害。令弟已獲得我全心眞愛，我們彼此已分不開，我們剛從教堂步出，正要前往多里士待上幾個禮拜，因爲多里士甚獲令弟青睞，打擾您了，祝您幸福愉快！

您眞誠的祝福者，朋友兼弟媳——璐西・法若斯

附記：您的來信我全燒了，您的畫像我將伺機奉還。

我的信也請您燒了，不過嵌有我頭髮的戒指，您大可保留。

愛蓮娜看完，一語不發，將信還給艾德華。

「我不想問你信寫得好不好，」艾德華說道：「要是以前，無論如何我也不敢讓你看她的信。做弟媳已經夠慘了，做妻子可怎麼辦！她寫的信眞教我臉紅！——相信我可以這麼說，自從我們做了那件蠢事的半年後到現在，這是她寫給我，可以用內容來彌補文筆缺陷的唯一一封信。」

「不管怎麼說，」沉默片刻之後，愛蓮娜說道：「他們已經結婚了。你母親也自己招來最恰當

的懲罰了。她生你的氣，便把財產都給了羅伯特，正好讓他可以隨自己的意思選擇配偶；其實她不過是每年多花一千英鎊去賄賂小兒子做她不讓大兒子做的事情罷了。我想，羅伯特娶了璐西所帶給她的傷害，自是不下於你娶璐西。」

「她受的傷害會更大，因為她向來最疼羅伯特。不過一樣的道理，正如她所受的傷害之大，她也很快就會原諒他的。」

至於他們母子間現在關係如何，艾德華就不得而知了，因為他都還沒跟家裡的人聯絡過。他一收到璐西的信，在二十四小時不到的時間裡就離開牛津了，當時只想著抄最近的路到巴頓來，根本無暇顧及任何一件與此無關的事。在還沒有確定他跟達許伍德小姐的命運之前，他什麼事也不能做；雖然他在趕往巴頓的路上免不了想到自己曾對布蘭登上校有妒意——雖然他對自己的功過謙虛地加以評比，雖然他禮貌地談及自己的疑慮，但總括來說，他也不認為自己會受到很殘忍的對待。不管怎麼說，這是他的事，他做了，也做得很漂亮。關於此事，他一年後會怎麼說，就留給世間夫妻去想像了。

那天璐西對僕人湯瑪斯所說的話是故意欺騙她們，好讓她們對艾德華產生敵意的，愛蓮娜對璐西的壞心眼清楚得很；而現在艾德華對於璐西的個性也完全了然於胸了，他一點也不懷疑，璐西那乖戾詭詐的個性，什麼邪惡的事都做得出來。雖然早在認識愛蓮娜之前，他就已經發現璐西的無知和小心眼，但他總認為那是欠缺教育所致；一直到收到她最後一封信之前，他都還以為她個性溫和、心地善良，並且對自己一往情深。就是因爲這樣，他才一直沒有解除婚約，其實在他母親發現這件事而氣得冒煙之前，他就已經深感困擾，暗自懊悔了。

「我認爲那是我的責任，」他說道：「當我母親跟我斷絕關係，我一個人孤立無援時，我還是認爲得先把感情放一邊，要不要維持婚約必須讓她選擇，我那樣的狀況應該吸引不了任何貪婪或虛榮的人，況且她又真摯又熱誠地堅持和我同甘共苦，除了最無私的深情之外，我哪裡還想得到她會有別的動機呢？一直到現在，我還無法理解，到底是什麼動機或是什麼憑空幻想的好處，使她願意和一個她一點兒也不愛，而且總財產只有兩千英鎊的男人綁在一起。她應該無法預知布蘭登上校會給我工作的。」

「沒錯，不過她也許認爲你還是會有好處可得的；你的家人假以時日也許就會對你寬厚些了。而且不管怎麼樣，維持婚約對她來說並沒有損失，她不就以行動證明，和你訂婚約束不了她的心，也約束不了她的行爲。這門親事當然很體面，她在親友們面前也可以大大地驕傲一下，而且如果沒有更好的人選，嫁給你也總比單身來得好。」

艾德華一聽立刻明白，璐西的行爲再自然不過，動機也是再明顯不過的了。

愛蓮娜嚴厲責罵艾德華，就像女士們在斥責心儀的男士們行爲魯莽一樣，因爲他跟她們一起在諾蘭德住那麼久，怎麼會沒發現自己已經變心了呢！

「你的行爲真的很不對，」她說道：「因爲——先不說我自己的感受——我們的親人都被誤導去想像與期待那——在你當時的情況，根本是不可能的事。」

他只好替自己辯護說，因爲當時無知，又誤信婚約的力量。

「我只是單純的以爲，我都已和別人訂了婚，跟你在一起不會有危險。一想起我的婚約，我的心就有如我的榮譽一樣安全且神聖。我覺得我很欣賞你，可是我告訴自己，那只是友情；一直到我開始拿你和璐西相比，才知道我已深陷其中。後來，我想我留在薩西克斯郡太久是不對的，而我用來說服自己的理由只不過是：危險是我的，除了我自己之外，不會傷害到別人。」

愛蓮娜微笑著搖搖頭。

聽說布蘭登上校即將造訪巴頓小屋，艾德華非常高興，他不僅期盼能多認識上校一些，也希望有個機會讓上校相信，他不再怨嘆上校給他那個德拉福特的牧師俸位了。——「當時，」他說道：「我去道謝的時候，態度很不禮貌，他一定在想，我永遠也不會原諒他把那個牧師俸位給我。」

現在他對自己從沒去過德拉福特覺得很驚訝。當時他對這個俸位沒什麼興趣，多虧了愛蓮娜，他現在才能對那裡的房子、花園、教會屬地、教區範圍、土地狀況，以及什一奉獻的比率有所了解，愛蓮娜因爲常聽布蘭登上校提起這些而且又聽得很仔細，也就恍如專家了。

現在他們之間只剩一個問題，一個必須解決的難題。他們因彼此相愛而結合，也得到眞朋友們誠摯的祝福；他們彼此間的相知相惜更是婚姻幸福的保證——然而萬事俱備，只欠東風——得有錢生活才行。艾德華有兩千英鎊，愛蓮娜有一千英鎊，再加上德拉福特的牧師俸，就是他們的全部收入了，因爲達許伍德夫人也拿不出什麼來給他們了，還好他們都沒有愛到以爲一年三百五十英鎊就可以舒適過日的地步。

艾德華尚未對母親的資助完全死心，他想在兩人的收入之外，母親也許可以再幫補一下。然而愛蓮娜可不這麼想，因爲艾德華還是不能娶莫頓小姐，而且他娶愛蓮娜在他母親的想法中也不過就是沒有娶璐西那麼糟糕而已，她擔心此次羅伯特觸怒其母，只會讓芬妮坐收漁翁之利。

艾德華來後約莫四天，布蘭登上校也來了，達許伍德夫人高興得不得了，而且巴頓小屋裡首次出現客人太多，住不下的榮景。艾德華先來先贏，仍住在小屋裡，布蘭登上校可就得每晚走到巴頓莊園投宿了；他總是一大早就走回來，因而常打擾了在早餐前親密私語的小倆口。

上校回到德拉福特住了三個禮拜，除了每天晚上的例行公事——計算三十六歲和十七歲之間的距離外，沒什麼可做，因此他帶著極需瑪麗安的好氣色、她溫馨的歡迎以及達許伍德夫人好言鼓勵的心境來到巴頓小屋，唯有這些安慰才能讓他好過。這些朋友們果然給他這樣的厚待，他的確活過來了。他還未聽到璐西結婚的風聲，以致對那件事一無所知，所以剛到的幾個小時就全用來聽新聞和表示訝異了。達許伍德夫人將事情詳加敘述給他聽，這會兒他對自己送給艾德華牧師俸位這件事就更加開心了，因爲到頭來受益的是愛蓮娜。

兩位男士，不用說，越是認識，友誼越是增長，這是必然的。他們的處世原則、聰明才智、性情以及思考方式都很類似，就算沒有其他誘因，也足夠使兩人成爲好朋友的了；他們又愛上一對姐妹，而這對姐妹又是彼此親愛，感情深厚，所以兩人勢所難免地立刻惺惺相惜起來，要不然得在一段時間的觀察之後才能成爲好朋友的。

這幾封倫敦來的信件要是早幾天到，保管教愛蓮娜全身血脈賁張，現在卻只讓她喜笑連連而已。詹寧斯太太來信訴說這件令人驚嘆之事，義憤塡膺地罵起那水性楊花的女人來，對艾德華則大把傾注憐憫同情。她確定艾德華因太愛那名不值得的輕佻女子，現在聽說傷心欲絕地待在倫敦。

——「我眞的認爲，」她繼續寫道：「長眼睛以來沒看過這等奸詐狡猾之事；就在兩天前，璐西還來看我，跟我坐了幾個小時。當時一點跡象也沒有，她姊姊也不知道，啊！可憐的安妮！第二天就哭著跑來找我，她怕法若斯太太怕得快嚇死了，也不知道怎麼回普利茅茲去；因爲璐西似乎是把她的錢全給借走，拿去結婚了，想必是故意要擺一下闊。可憐的安妮，身邊連一分錢也沒有；我當即樂意地給她五枚金幣，好讓她回艾克斯特去，她打算在那兒同布吉思太太住上三、四個禮拜，希望能像我說的那樣，再次碰到醫生。我得說璐西不帶安妮一塊兒搭他們的馬車，再彆扭不過了。可憐的艾德華先生！我沒辦法不想到他，你一定得請他到巴頓去玩，瑪麗安小姐一定得想辦法安慰他。」

約翰．達許伍德信上的口氣就嚴肅多了。法若斯太太是世界上最不幸的女人——可憐的芬妮，感情受創嚴重——她們兩人遭此重大打擊還能存活於世，簡直教他驚奇感恩無比。羅伯特誠然罪無可逭，但璐西卻更是十惡不赦。以後絕不可再在法若斯太太面前提起這兩個人的名字，就算她將來可能原諒兒子，也不會認他妻子爲兒媳婦，更不會允許她在面前出現。他們兩人暗中籌劃不軌之事，自是大大加重了罪行，因爲要是有人疑心此事，他們一定會採取適當措施阻止這件婚事的。他要求愛蓮娜和他一同怨嘆：爲什麼璐西不和艾德華結婚就好，反倒還來給法若斯家製造更多的痛苦呢！他這樣寫道：

「法若斯太太還未曾提及艾德華的名字，我們自是不覺驚訝；然而未曾收到過他的隻字片語才教我們吃驚。也許他是怕觸怒我們才刻意保持沉默，因此，我想暗示他一下，想寫封短信到牛津去，就說她姊姊和我都要他寫封懇切的道歉信來，可以先寄給芬妮，再由芬妮轉給她母親；誰也不會見怪的，因爲我們都知道法若斯太太的慈母心，她最想要的就是和子女有良好的關係了。」

這段話對艾德華的前途和作爲有些重要，讓他決定要和解看看，不過不想全照他姊夫和姊姊所提的那樣。

「一封懇切的道歉信！」他學著信上的用語說道。「難道他們是要叫我求母親寬恕羅伯特對她的忘恩、對我的負義嗎？——我才不道歉——我所做的一切既不丟人也無須懊悔。我快樂得很，只是沒讓他們稱心滿意而已，我不知道我得懇切地道什麼歉。」

「你大可以道歉求母親原諒，」愛蓮娜說道：「因爲你觸怒她了。我認爲你可以試著就觸怒她的前次訂婚事件，向她表示悔過之意。」

艾德華同意可以試試看。

「等她原諒你之後，也許再謙卑一點，順勢跟她提及此次的訂婚，因為在她眼裡，這是和第一次訂婚一樣魯莽的。」

艾德華對此沒什麼好提出異議的，不過仍舊抗拒寫一封道歉信的想法；他說都要做這種丟臉的讓步了，與其用寫的，還不如當面去說還來得容易些，於是決定不寫信給芬妮了，他親自到倫敦去，當面請求芬妮幫他忙。

「如果他們眞想幫忙，」瑪麗安以脫胎換骨後的坦率說道：「圓滿達成和解，那我也就不會把約翰和芬妮看作一無是處的人了。」

布蘭登上校只住了三、四天，兩位男士就一同離開巴頓了。他們立刻前往德拉福特，艾德華可以看一下他未來的住家，並幫忙他的教區贊助人兼朋友看看得做些什麼修繕；在那兒待上兩、三晚，他就要直接到倫敦去。

# Chapter 50 第五十章

法若斯太太激動而頑固地拒絕一陣子，彷彿為捍衛她的名聲，極怕讓別人認為她有如謠傳中那般和藹可親似的，之後也就願意見艾德華，並宣布艾德華又是她兒子了。

她家裡最近還真是起伏動盪。許多年來，她一直有兩個兒子，不過數週前艾德華的過犯與貶黜，奪走了她一個兒子；而羅伯特的過犯與貶黜，使她在兩個禮拜之內連一個兒子也不剩；如今，艾德華的覺醒使她找回一個了。

雖然他可以繼續存活在母親面前了，然而在尚未說出此次的訂婚之前，他對自己能否繼續存活並沒有把握；因為他擔心一公布這件事，自己的處境會突然來個大反轉，又像上次那樣被趕出去，因此便謹慎小心地說出這件事，不過聽的人倒是出乎意料的冷靜。

法若斯太太起初勸之以理，竭盡所能叫他不要娶愛蓮娜。她說莫頓小姐較有地位也較有錢，又強調說，莫頓小姐是貴族之女，身價三萬英鎊，愛蓮娜不過是無名紳士的女兒，財產不到三千鎊；然而，她發現兒子雖然萬分肯定她說的是事實，卻不願聽命於她。有了上次的前車之鑑，法若斯太太明智地做出決定，聽兒子的吧——於是為了捍衛尊嚴，以免讓人懷疑她心腸太好，彆扭地推託一陣之後，終於發出許可令，准許艾德華和愛蓮娜結婚。

接下來她所考量的便是如何增加小倆口的收入了：情形很明顯，艾德華現在雖是她唯一的兒子，卻已絕非長子身分；既然她無可避免地要給羅伯特一年一千英鎊，也就不反對艾德華去領一年至多二百五十英鎊的牧師俸祿了；對於現在或未來，除了給芬妮的一萬英鎊以外，她都沒有許下承諾。

不過這已讓艾德華和愛蓮娜心滿意足，甚至超過他們所希望的了。而有一堆推諉搪塞藉口的法若斯太太，倒像是唯一對沒給更多好處感到驚訝的人。

他們已取得滿足生活需要的收入，接下來只要等著艾德華承接聖職就可以，不過房子尚未準備好，因爲布蘭登上校希望愛蓮娜可以住得舒服，正在大肆整修牧師公館；花了一段時間等房子完工——等了又等，一如往常，工人們無法預期的拖延，教他們失望地將婚期往後延——愛蓮娜只好打破自己不等一切就緒便不結婚的決定，早秋時分小倆口在巴頓教堂舉行了婚禮。

他們婚後的第一個月，是和他們的朋友布蘭登上校一起在他的宅邸裡度過的，從宅邸，他們可以監督牧師公館的施工進度，直接告訴工人他們喜歡的安排，可以選擇壁紙，規劃灌木叢，還有設計門前小徑。詹寧斯太太的預言，雖是配錯對，但大致上是實現了；因爲她果眞在米迦勒節前就可以來探望艾德華和他妻子了，而且她會在愛蓮娜和她丈夫身上看到她所確信的，他們是世界上最幸福的一對。現在，除了布蘭登上校和瑪麗安的婚禮，以及乳牛能吃到更好的牧草外，他們別無所求了。

他們一安定下來，幾乎所有的親戚朋友都前來拜訪。法若斯太太也趕來視察她當初幾乎不屑同意的幸福，就連約翰和芬妮夫婦倆也所費不貲，大老遠從薩西克斯郡趕來道賀。

「我就不說我覺得失望啦，親愛的妹妹，」有一天早上，兄妹兩人在上校宅邸大門前散步時，約翰說道：「那樣說太過分了，你當然是世界上最幸運的年輕女子。但是，老實說，我如果能叫布蘭登上校一聲妹夫，我會很高興的。他在這裡的產業，這莊園、這宅邸，樣樣體面、樣樣傑出哪！還有他的林園！我在德文郡還沒看過有德拉福特山坡上種的那種木材呢！雖然瑪麗安看起來不太能吸引他的樣子，不過，我認爲你們倒是應該常讓他們倆和你們在一起，因爲上校似乎經常待在家裡，誰也說不準會發生些什麼事——因爲如果有人經常在一起，又很少跟外人接觸——哎，你們總是可以把她打扮起來，諸如此類的；簡言之，你得給她個機會——你明白我的意思啦！」

話說法若斯太太的確是來看他們了，而且總是一副寵愛他們的樣子，其實他們才沒受到她眞正的寵愛呢——還好不必受那種侮辱。那是虛情假意的羅伯特和他詭詐狡猾的妻子的專利，他們不出幾個月就已經得寵了。璐西的自私狡黠起初曾陷羅伯特於困境中，後來卻又救夫君脫困；因爲她那恭敬長上、殷勤問候，無敵的馬屁工夫，一得機會施展，就把丈夫送回法若斯太太跟前了，繼續施展下去，羅伯特就又成了母親的寵兒了。

璐西在此事件中的一切作爲，及因此所得的富貴榮華，簡直就是奉自身利益爲圭臬者的最佳典

兄妹兩人在上校宅邸大門前散步

範，也許過程難免艱險，但只要勇往直前，奮鬥不懈，一切好處必將手到擒來；除了時間和良心之外，什麼也不必犧牲。羅伯特初結識她時，私下去巴特利大樓找她，其目的正如艾德華所說的那樣。他只想去說服她放棄婚約而已；因爲要征服的只是兩個人的感情，他天眞地想只要去個一、兩次就可以把事情解決了。然而，這一點——他就是栽在這一點上；因爲璐西很快就表現出一副他辯才無礙、她難以招架的樣子，她就快要被說服了，只要再談一次，然後再談一次，她一直在等著被說服。他們道別時，她老是猶豫不決，需要下次再和他談個半小時。她就用這個方法讓他準時來報到，其他的就依序進展了。漸漸的，他們不談艾德華了，他們變得只談羅伯特，這乃是羅伯特最愛談的主題，不久之後，璐西對這個話題也表現出不下於他的興趣；總之，雙方都很快就發現羅伯特已經完全取代了哥哥。他爲征服璐西而驕傲，爲騙過哥哥而驕傲，爲沒有經過母親同意而私自結婚更是驕傲。

接下來發生的事大家都知道了，他們在多里士幸福愉快地住了幾個月，因爲她有許多親戚故舊等著斷交——他則畫了幾張華麗鄉間小屋的藍圖；然後從那兒啓程回倫敦去，在璐西的唆使下，羅伯特以乞求的方式得到他母親的寬恕。起初這寬恕理所當然的只適用於羅伯特而已，璐西本來就無須對法若斯太太負責，當然也就沒有違背什麼，好幾個禮拜都得不到寬恕。

然而，她持續謙卑恭順的樣子，不斷傳遞她爲羅伯特觸怒母親而深深痛悔自責的訊息，又爲自己所遭受的冷漠無情而感激不已，最後終於引起高傲的法若斯太太的注意，親恩浩蕩，讓璐西感激不已幾近崩潰，不久之後，即迅速攀升到最得寵、最有影響力的地位。璐西已變得和羅伯特或芬妮一樣，讓法若斯太太感到不可或缺；不過艾德華卻因一度想娶她而無法得到眞心的寬恕，出身與財富都勝她一籌的愛蓮娜，卻只能被當成眼中釘。只有她最得寵，是公認的母親最疼的孩子。他們住在倫敦，享受著法若斯太太熱情的贊助；與達許伍德夫婦保持著再好不過的關係，若是不提芬妮與璐西間永無止息，且兩人的丈夫也有份的忌妒與壞心眼，也不提羅伯特和璐西間頻繁的家庭糾紛的話，大家在一起簡直就是和樂融融。

許多人對於艾德華到底爲什麼喪失長子名分感到大惑不解，而羅伯特又爲什麼能得到它，更是讓人困惑。這是一個就算沒有好原因卻也帶來好結果的安排。因爲就羅伯特的生活方式以及言談來看，沒有人會懷疑，他會爲自己的收入額度，也就是給哥哥太少而給他太多，感到於心不安；而卸除長子身分的艾德華從各方面來看——不但越來越愛他的妻子以及家庭，也經常神采奕奕——根本沒有人會懷疑，他對自己的命運不滿，或想和弟弟互換。

愛蓮娜的婚姻並沒有讓母親和妹妹們與自己太常分離，也沒有讓巴頓小屋完全荒廢不用，因爲她母親和妹妹們有一半以上的時間都和她在一起。達許伍德夫人常到德拉福特去，不光去玩也有所目的。她想撮合上校和瑪麗安的心不比約翰遜色，卻光明磊落得多。現在，這是她最想達成的目標。雖然很珍惜有女兒陪在身邊，卻也迫不及待地想把這恆常的幸福讓給她寶貴的朋友；而且看著瑪麗安嫁進宅邸，也是艾德華和愛蓮娜的心願。他們都感受到上校的憂鬱，也意識到自己的責任，瑪麗安則是眾所公認的治療處方。

處於這樣的共謀之下——明白上校的性格是如此的好——他對自己又是一往情深，起初是除她之外有目共睹，最後連她都發覺了——她該怎麼辦呢？

瑪麗安・達許伍德注定要有特殊的命運。她注定要發現自己想法的謬誤，並以自己的行動來反擊自己最愛的原則。她注定要征服遲至十七歲才形成的愛戀，懷著強烈的敬意和活潑的友情而非感性至上地，自願將終身另許他人！而這人在前一段感情中所受的痛苦並不下於她，這人，若在兩年前，她肯定認爲太老而不能結婚，至今依舊穿著法蘭絨背心保暖！

然而，事實就是如此，她沒有像以前老愛幻想的那樣，爲不可抗拒的熱情而犧牲，也沒有像頭腦冷靜清醒時所決定的那樣，長伴母親身旁，只以居家讀書爲樂——她發現十九歲的自己，甘願接受新感情，背負新責任，住進新家，成爲人妻，成爲一個家的女主人以及教區的女贊助人。

布蘭登上校現在快樂得就像最愛他的人們所認爲他應享有的一樣。因著瑪麗安，他過去的一切創傷都得了安慰；她的關懷以及陪伴，讓他恢復了生氣，使得他神采奕奕。而他們每一個善於觀察的朋友都發現，瑪麗安爲上校帶來幸福的同時，也造就了自己的幸福。無法只用一半心意去愛人的瑪麗安，終於，像當初愛魏勒比那樣，全心全意地摯愛著丈夫。

魏勒比在聽到瑪麗安結婚的消息時無法不難過，他的懲罰不久之後更是完備：史密斯太太因魏勒比娶了位有品格的女人而自動寬恕他——史密斯太太的厚道使魏勒比相信，當初他要是娶瑪麗安，就可以又快樂又有錢了。他因錯誤的行爲所帶來的懲罰而懊悔不已，眞切懊悔，無庸置疑；很長的一段時間裡，他一想起布蘭登上校就嫉妒，想起瑪麗安就懊悔，這也無庸置疑。不過可別以爲他因此就永遠自甘墮落，遠避人群，養成憂鬱的性格，甚或心碎而死——他並沒有。

他抖擻精神活下去，還經常很快樂。他太太並非總是無趣，家裡也並非總是不好待！他養馬養狗，參加各種打獵活動，增添不少家庭幸福。

對於瑪麗安——不管怎麼說，在失去瑪麗安之後，他依舊倖存實屬無禮。但他仍關心著她，對一切與她有關的事感到興趣，而且把她當成心目中完美女性的標準；往後，許多年輕美女只因比不上布蘭登太太，就會被他看不起。

達許伍德夫人考慮良多，還是決定留在巴頓小屋，不打算搬到德拉福特去。詹寧斯太太和約翰爵士很幸運，因爲瑪麗安出嫁之後，瑪格麗特也長到非常適合跳舞的年齡了，若猜說她有個男朋友，也是無傷大雅的。

在巴頓和德拉福特之間，經常維繫著家人間深厚的感情。而愛蓮娜和瑪麗安兩人，既是姐妹又是近鄰，卻從來不曾爭吵過，也從未讓兩人的丈夫們彼此間出現過尷尬的情形；這樣的本領在兩人的優點和幸福生活中，自是不應被小看的。

國家圖書館出版品預行編目資料

理性與感性【經典插圖版】／珍・奧斯汀（Jane Austen）原著；劉珮芳翻譯.
—— 三版. ——臺中市　：好讀, 2018.06
面：　公分，——（珍・奧斯汀小說全集；01）

譯自：Sense and Sensibility

ISBN 978-986-178-460-1（平裝）

873.57　　107007346

好讀出版

珍・奧斯汀小說全集 01

理性與感性【經典插圖版】

原　　著／珍・奧斯汀
翻　　譯／劉珮芳
總 編 輯／鄧茵茵
文字編輯／莊銘桓
美術編輯／謝靜宜、賴怡君
行銷企劃／劉恩綺
發 行 所／好讀出版有限公司
台中市 407 西屯區工業 30 路 1 號
台中市 407 西屯區大有街 13 號（編輯部）
TEL:04-23157795 FAX:04-23144188　http://howdo.morningstar.com.tw
（如對本書編輯或內容有意見，請來電或上網告訴我們）
法律顧問 陳思成律師

總經銷／知己圖書股份有限公司
106 台北市大安區辛亥路一段 30 號 9 樓
TEL：02-23672044　23672047 FAX：02-23635741
407 台中市西屯區工業 30 路 1 號 1 樓
TEL：04-23595819 FAX：04-23595493
E-mail：service@morningstar.com.tw
網路書店 http://www.morningstar.com.tw
讀者專線：04-23595819 # 230
郵政劃撥：15060393（知己圖書股份有限公司）
印刷／上好印刷股份有限公司

三版／西元 2018 年 6 月 1 日
定價：250 元
如有破損或裝訂錯誤，請寄回知己圖書更換

Published by How-Do Publishing Co., Ltd.
2018 Printed in Taiwan

ISBN 978-986-178-460-1

# 讀者回函

只要寄回本回函，就能不定時收到晨星出版集團最新電子報及相關優惠活動訊息，並有機會參加抽獎，獲得贈書。因此有電子信箱的讀者，千萬別吝於寫上你的信箱地址

**書名：理性與感性【經典插圖版】**

**姓名：**＿＿＿＿＿＿＿＿ **性別：**□男 □女　生日：＿＿年＿＿月＿＿日

**教育程度：**＿＿＿＿＿＿＿＿＿＿＿＿

**職業：**□學生 □教師 □一般職員 □企業主管 □其他＿＿＿＿＿＿＿＿＿＿

**電子郵件信箱（e-mail）：**＿＿＿＿＿＿＿＿＿＿＿＿ **電話：**＿＿＿＿＿＿＿＿

**聯絡地址：**□□□＿＿＿＿＿＿＿＿＿＿＿＿＿＿＿＿＿＿＿＿＿＿

**你怎麼發現這本書的？**

□書店 □網路書店（哪一個？）＿＿＿＿＿＿＿＿＿ □朋友推薦 □學校選書

□報章雜誌報導 □其他＿＿＿＿＿＿＿＿＿＿＿＿＿＿＿＿＿＿＿＿＿＿

**買這本書的原因是：**＿＿＿＿＿＿＿＿＿＿＿＿＿＿＿＿＿＿＿＿＿＿

□內容題材深得我心 □價格便宜 □封面與內頁設計很優 □其他＿＿＿＿＿＿

**你對這本書還有其他意見嗎？請通通告訴我們：**

＿＿＿＿＿＿＿＿＿＿＿＿＿＿＿＿＿＿＿＿＿＿＿＿＿＿＿＿＿＿＿＿＿＿

**你希望能如何得到更多好讀的出版訊息？**

□常寄電子報 □網站常常更新 □常在報章雜誌上看到好讀新書消息

□我有更棒的想法

**是否能與我們分享您嗜好閱讀的類型呢？**

□文學／小說 □社科／史哲 □健康／醫療 □科普 □自然 □寵物 □旅遊 □生活／娛樂

□心理／勵志 □宗教／命理 □設計／生活雜藝 □財經／商管 □語言／學習 □親子／童書 □圖文／插畫 □兩性／情慾 □其他

我們確實接收到你對好讀的心意了，再次感謝你抽空填寫這份回函，請有空時上網或來信與我們交換意見，好讀出版有限公司編輯部同仁感謝你！

好讀的部落格：http://howdo.morningstar.com.tw/

好讀的粉絲團：https://www.facebook.com/howdobooks

填寫線上讀者回函：請掃描右邊 QRCODE

填寫本回函，代表您接受好讀出版及相關企業，

不定期提供給您相關出版及活動資訊，謝謝您！

請填妥後對折黏貼，直接投郵即可，無須貼郵票。

| |
|---|
| 廣告回函 |
| 台灣中區郵政管理局 |
| 登記證第 3877 號 |
| 免貼郵票 |

好讀出版有限公司　編輯部收

407 台中市西屯區何厝里大有街 13 號
電話：04-23157795-6　傳真：04-23144188

沿虛線對折

## 購買好讀出版書籍的方法：

一、先請你上晨星網路書店http://www.morningstar.com.tw檢索書目或直接在網上購買

二、以郵政劃撥購書：帳號15060393 戶名：知己圖書股份有限公司
並在通信欄中註明你想買的書名與數量

三、大量訂購者可直接以客服專線洽詢，有專人為您服務：
客服專線：04-23595819轉230 傳真：04-23597123

四、客服信箱：service@morningstar.com.tw